Femi Kayode a ~~étudié~~
la psychologie clinique avant d'entamer une carrière
dans la publicité. Après avoir écrit pour la télévision et
le théâtre, il décide de suivre une formation en *creative
writing*. Son premier roman, *Les Colliers de feu*, publié
aux Presses de la Cité en 2022, a été couronné du prix
Little Brown UEA du roman policier et est en cours de
parution dans une dizaine de pays. Femi Kayode vit en
Namibie avec sa famille.

LES COLLIERS DE FEU

FEMI KAYODE

LES COLLIERS DE FEU

Traduit de l'anglais (Nigeria)
par Laurent Philibert-Caillat

Les Presses de la Cité

Publié au Royaume-Uni sous le titre original *Lightseekers* par Raven Books, une marque de Bloomsbury Publishing Plc., en 2021.

© Femi Kayode, 2021. Tous droits réservés.
© Presses de la Cité, 2022, pour la traduction française.
ISBN 978-2-266-33296-5
Dépôt légal : septembre 2023

Pour ma famille,
et les amis qui sont venus la rejoindre

À LA SOURCE

Le soleil d'octobre flamboie comme la colère de la foule.

On pousse les trois jeunes hommes en scandant, et John Paul suit le mouvement. Les bourses recroquevillées par la terreur, ils ont été déshabillés sous une pluie de coups dont les blessures ne cicatriseront jamais. Bâtons. Pierres. Briques. Fer. Les os se brisent, le sang coule. La chair qui se déchire arrache de brefs cris à leurs poumons épuisés. Ils tombent mais sont aussitôt relevés et traînés à travers les rues, vers un lieu que personne n'a choisi mais que tout le monde semble connaître.

Il a plu la veille et la terre rouge est encore boueuse par endroits. Quand les jeunes gens s'écroulent, des coups de pied viennent les y enfoncer un peu plus ; leur sang se mêle à la vase. Lorsqu'on leur passe les pneus autour du cou, tels des colliers grotesques, et que l'odeur de l'essence devient si forte que certains membres de la troupe se couvrent le nez, la scène sombre définitivement dans la démence.

Un grattement d'allumette fait jaillir les flammes tandis qu'une brique écrase le crâne de l'un des malheureux, qui se vide de sa matière cérébrale et de sa vie ; lui ne se tord pas de douleur, ne hurle pas quand le feu gagne sa peau et ses cheveux, contrairement aux deux autres.

Le téléphone vibre dans la main de John Paul. Le voyant rouge de la batterie clignote. Il baisse son smartphone et regarde autour de lui. Il n'est pas le seul témoin numérique de l'exécution. Il songe un instant à utiliser le mobile qu'il a pris à l'un des jeunes hommes en train de brûler. Ça n'en vaut pas la peine. De toute façon, c'est terminé – il est temps de partir.

Tandis que John Paul s'éloigne, je le suis dans l'ombre, incapable de fermer les yeux sur le cauchemar qu'il a déchaîné.

Mais il ne se retourne pas, et moi non plus.

ACTE I

Lorsqu'elle vient frapper une surface rugueuse, la lumière se réfléchit dans un grand nombre de directions.

PAS « COMMENT », MAIS « POURQUOI »

J'ai bien l'impression qu'une émeute est sur le point d'éclater dans le hall des départs de l'aéroport de Lagos.

— Quelqu'un peut au moins nous dire ce qui se passe ? aboie un passager furieux au visage d'une employée de la compagnie aérienne, peu impressionnée par l'averse de postillons.

Quant à moi, je suis attablé devant une tourte à la viande et un Coca-Cola dans un Mr Bigg's qui fait face au comptoir d'enregistrement Air Nigeria. Une place que j'ai stratégiquement choisie pour ne pas rester sur la touche lorsque l'avion retardataire prendra enfin son envol pour Port Harcourt.

— Monsieur, le vol est retardé, répète l'employée. Je vous ai déjà dit que…

— Mais qu'est-ce qui le retarde ?

— Je ne peux pas vous répondre, monsieur. Si vous voulez bien faire preuve encore d'un peu de patience…

— Encore combien de temps ?

Cette question-là émane d'une autre passagère, en sueur, qui ne devrait pourtant pas se montrer aussi

13

agacée puisque je l'ai vue arriver moins de trente minutes avant l'heure supposée du décollage.

— On attend déjà depuis…

Trois heures et dix-sept minutes. Mais si je compte le temps écoulé depuis que le Uber m'a déposé à l'aéroport, cela fait plus de cinq heures. Je conclus que les autres passagers, eux, n'ont pas fui leur maison afin d'échapper à une confrontation avec leur épouse infidèle. Possiblement infidèle, d'accord. Quoi qu'il en soit, la rapidité avec laquelle j'ai fait mes bagages avant de partir au petit matin ne relève pas que de la ponctualité. Elle a également à voir avec mon refus de poser à ma femme la question qui me taraudait.

Est-ce que tu me trompes ?

À l'aube, il m'avait fallu beaucoup de volonté pour refouler cette question. Folake fulminait dans son peignoir en coton léger, les bras croisés ; ses longs cheveux ramenés en arrière ne masquaient rien de sa mine désapprobatrice tandis qu'elle me regardait faire ma valise.

— Tu vas vraiment y aller ?

— Oui, ai-je grogné en comptant mes sous-vêtements avec plus de soin que nécessaire.

— Et tu t'en fiches si je te dis que c'est une mauvaise idée ?

J'ai mis les boxers dans la valise et j'ai répondu d'un ton étudié, que j'espérais être neutre :

— On a déjà parlé de ça, Folake.

— Tu n'es pas flic, Philip.

Elle avait mis l'accent sur mon prénom, comme chaque fois qu'elle essayait vainement de garder son calme.

14

— Ta foi en moi m'inspire et me motive au quotidien, ai-je répondu avec tristesse.

— Ne joue pas à ce jeu-là ! Personne ne t'a autant soutenu que moi.

— Ce qui veut dire que tu comptes arrêter ?

— Tu pars dans un trou perdu pour essayer de résoudre une affaire qui date de plus d'un an et tu crois que je vais t'organiser une fête de départ ?

Je me suis tourné vers elle, croisant enfin son regard.

— Je n'y vais pas pour essayer de résoudre quoi que ce soit. Je cherche seulement à comprendre pourquoi c'est arrivé.

— En quoi est-ce différent de résoudre une affaire ? Il va bien falloir que tu découvres ce qui s'est passé, non, pour comprendre pourquoi c'est arrivé ?

Si j'avais alors commencé à lui expliquer en quoi consiste mon métier de psychocriminologue, je ne serais pas là à attendre mon vol. Nous nous sommes mutuellement soutenus durant nos doctorats respectifs, mais quand ça l'arrange, ma femme feint de ne pas comprendre mon travail.

— Folake, c'est l'occasion de mettre en pratique mes compétences dans le monde réel...

— Un monde réel et dangereux, m'a-t-elle coupé d'un ton brusque.

Nul doute que se rendre à Okriki pouvait être risqué pour quelqu'un comme moi, qui a passé la majeure partie de sa vie aux États-Unis. Mais j'aurais préféré que ma femme me dise : « Vas-y, chéri. Si quelqu'un peut découvrir qui a lynché et brûlé ces trois étudiants, c'est bien toi. Tu vas y arriver. »

— C'est insensé, et tu le sais ! Je ne comprends pas ce que tu cherches à prouver.

— Que je suis davantage qu'un prof à deux balles sans poste fixe, ai-je riposté en me retenant de crier.

— Laisser ta famille pour aller enquêter sur un triple meurtre ne va pas te rapporter un poste, a-t-elle répliqué sur le même ton.

Certes, mais ça m'aidera à penser à autre chose qu'à la triste possibilité que tu me trompes.

Bien sûr, je n'ai pas prononcé ces mots. Je déteste les disputes, surtout quand le ton monte. Et de toute façon, lors d'une joute verbale, peu de gens peuvent espérer tenir tête à Afolake Taiwo, la plus jeune professeure de droit de l'université de Lagos. En presque dix-sept ans de mariage, je n'ai quasiment jamais eu le dernier mot.

— D'accord, Philip. Imaginons que, là-bas, tu découvres ce qui s'est vraiment passé, ou du moins pourquoi ça s'est passé. Et après ? Qu'est-ce que tu vas faire ? Écrire un livre ?

— On est au Nigeria, Folake, ai-je ricané. On n'enquête pas sur les détails d'un lynchage dans l'espoir de publier un best-seller.

— Dans ce cas, qu'est-ce que tu espères ?

— Je t'ai déjà dit que le père d'une des victimes m'avait engagé pour...

— Oui, oui, je sais, m'a-t-elle de nouveau coupé en levant les bras et les yeux au ciel. Il veut que tu lui fasses ton rapport. Il ne peut pas croire que son fils était un voleur, même si tout est déjà sur les réseaux sociaux.

— Tu as vu la vidéo ?

Folake a frémi.

— Moi, je l'ai regardée au moins cent fois, ai-je enchaîné pour l'empêcher de me raconter ce qu'elle avait sûrement vu sur les nombreux sites qui avaient relayé la mort des Trois d'Okriki. Et tu sais quoi ? Chaque fois, la même pensée m'obsède : les gens ne peuvent pas perdre la tête au point de brûler comme ça trois gamins sous prétexte qu'on les a pris la main dans le sac.

Folake s'est assise sur le lit, les épaules voûtées. Je n'aurais pas su dire si c'était à cause de notre dispute ou de cette horrible vidéo.

— Mais rien n'est logique, dans ce pays, a-t-elle déploré en secouant la tête.

— Tout le devient quand on sait pourquoi les gens agissent comme ils le font.

— Du psychoblabla vide de sens, a-t-elle répliqué, avant de porter aussitôt la main à sa bouche, comme pour retirer ses paroles.

Elle avait franchi une ligne rouge et elle le savait.

J'ai lentement fermé ma valise, le temps de me composer un visage impassible. Quand je me suis retourné vers elle, ma voix était aussi neutre qu'au début de la conversation.

— Merci. Je vais donc aller pratiquer mon psychoblabla ailleurs, d'une façon qui me vaudra au moins une rémunération. Si tu veux bien m'excuser.

J'ai pris ma valise et je suis parti avant qu'elle ne recouvre ses esprits.

La voix d'un passager en colère me ramène à la réalité.

— C'est inacceptable ! Il n'y a qu'au Nigeria que…

D'ici une petite heure, les voyageurs à bout de patience vont sans doute en venir aux mains avec le personnel exaspéré. En attendant, je me concentre sur la seule chose que j'ai été formé pour comprendre.

Une scène de crime.

COCHER LES CASES

Les scènes de crime s'échelonnent de la transparence absolue au chaos le plus total.

Je fais fi des bruits de l'aéroport et repense aux paroles de mon ancien mentor, le professeur Albert Cook.

« La mort, Philip, c'est toujours moche. Mais mourir, c'est carrément un vrai merdier. »

Prof, comme je l'appelle encore avec affection, n'a jamais adhéré à l'idée qu'une scène de crime s'inscrit forcément dans une typologie précise. Il disait souvent : « Les gens font toujours des erreurs, et c'est là que se cache la vérité. »

Il a été mon directeur de thèse à l'université de Californie du Sud, mon premier patron, et la personne qui m'a fait découvrir la psychologie criminologique – un domaine en constante évolution. Désormais à la retraite, Prof garde la forme en « fouillant le merdier des autres ». Peut-être devrais-je lui envoyer la vidéo de l'exécution des Trois d'Okriki pour avoir son point de vue.

Je consulte mes notes. Sous la section *Scène de crime structurée*, je trace un gros point d'interrogation.

La manière dont la colère de la foule s'est focalisée sur les trois jeunes gens relève en partie d'une scène de crime structurée. En l'occurrence, l'agressivité dirigée contre les victimes avant qu'elles ne soient brûlées témoigne d'une préméditation classique. Et les pneus utilisés ne sont pas sortis de nulle part. Une ou plusieurs personnes les ont apportés dans cette intention sur la scène du crime, qu'à dessein je limiterai à l'endroit où les garçons ont été mis à mort.

En revanche, le lynchage présente les caractéristiques d'une scène de crime déstructurée. En effet, ce type de comportement n'est en général pas dirigé contre un sujet et ne fait donc pas intervenir l'*individuation de la/des victime/s* évoquée dans mes notes. En pratique, cependant, vu l'acharnement avec lequel les Trois d'Okriki ont été assassinés, un transfert collectif – au sens psychanalytique – ne peut être exclu. Si ces jeunes gens étaient soupçonnés d'être des voleurs, la foule de leurs assaillants comptait peut-être d'anciennes victimes de vols restés impunis. Mais quelle part est-ce que ça peut représenter, sur une centaine de personnes en colère ?

J'ajoute plusieurs points d'interrogation à côté d'*individuation* et griffonne : *Trouver données sur le nombre de vols commis dans le secteur avant ou durant le mois des meurtres.*

D'autres éléments sont également des indicateurs classiques de scène de crime structurée : obliger les victimes à se soumettre, l'utilisation de liens. Mais dans cette affaire, ce sont finalement les seuls marqueurs, et à ce stade il m'est difficile de trancher.

Je relève les yeux pour voir si certains passagers ont cédé à l'appel de la violence. Pas encore. Je retourne donc à mes caractéristiques de scène de crime déstructurée.

Corps abandonnés sur le lieu du crime ? Oui.

Corps laissés à la vue de tous ? Oui.

Dépersonnalisation des victimes ? Oui.

Est-on bien certain qu'aucun des assaillants ne connaissait personnellement ces trois jeunes ? Quid de la personne qui a affirmé avoir été volée ?

Interroger celui qui a donné l'alerte.

Absence de communication ? Oui. Les foules ne discutent ni ne négocient avec leurs victimes.

Spontanéité ? Apparemment, quelqu'un a signalé que les trois garçons s'apprêtaient à dévaliser un autre étudiant, hors du campus. Les gens se seraient alors jetés sur eux. Puisqu'il est difficile d'imaginer cent personnes en furie attendant d'être convoquées à un lynchage (ici le supplice du collier de feu), je réponds « oui » également.

Accès de violence subits et inattendus contre les victimes ? Oui. Je marque un temps d'arrêt. À quel point ce déchaînement de brutalité était-il inattendu et soudain ?

Mourir est bel et bien un sacré merdier. La confusion des typologies applicables à cette scène de crime est horripilante, mais peut receler des pistes précieuses. Je vais devoir garder tous les champs des possibles ouverts en attendant d'obtenir d'autres éléments que les images de la vidéo et les dépositions des parents des victimes.

Mobile d'un seul individu masqué par une action ou un mobile collectif ? Cela pourrait expliquer la présence de paramètres contradictoires, typiques des scènes de crime déstructurées.

Les trajectoires individuelles de ceux qui évoluent à la périphérie d'un crime se révèlent cependant tout aussi importantes que la scène de crime en elle-même. Les motivations de la personne qui sera interrogée – coupable, victime ou témoin – peuvent jeter un éclairage crucial sur ce qui s'est réellement passé.

Je fouille dans mes notes jusqu'à retrouver le nom que je cherche : *Emeka Nwamadi.*

PREMIER CONTACT

— Chiemeka Nwamadi, s'est-il présenté en me serrant la main.

— Ravi de vous rencontrer, monsieur Nwamadi.

— Je vous en prie, appelez-moi Emeka. Faisons simple.

— Pas la peine de *l*ester debout non plus, a glissé Abubakar Tukur, dont les roulements de *r* trahissaient l'héritage haoussa.

Abubakar aurait été mon patron si j'avais eu un vrai contrat au sein de l'École de police. Pour l'instant, je me contentais d'y donner des cours ponctuels selon les aléas de leur budget. Il nous a proposé – nous a intimé, plutôt – de nous asseoir sur les chaises au premier rang, face au pupitre depuis lequel je venais de parler du contrôle des foules. Abubakar était de la vieille école ; 32e commandant de l'institution, il croyait encore à l'illusoire retour de l'âge d'or de la police nigériane.

Tandis que nous nous installions, je fouillais ma mémoire : ce nom de « Nwamadi » ne m'était pas inconnu.

— Emeka est le dilecteur génélal de la National Bank, a indiqué Abubakar.

Cet homme était à la tête de la troisième plus grande banque du pays. Aussitôt, un autre détail brumeux est revenu danser au bord de mes pensées et, encore une fois, Abubakar a volé à mon secours.

— Je ne sais pas si vous connaissez l'affaile des Tlois d'Oklriki…, a-t-il commencé.

Ma première réaction a été la surprise, puis la compassion. Dans le cadre de ma première série de cours sur le contrôle des foules, j'avais demandé aux élèves de rédiger une étude de cas sur un crime collectif. Plus de la moitié de leurs essais avaient porté sur un homicide perpétré à Port Harcourt, dans le sud-est du pays, que les médias avaient appelé l'affaire des « Trois d'Okriki ». Ces devoirs ayant éveillé ma curiosité, j'avais pris le temps de me renseigner. C'est ainsi que j'avais appris qu'Emeka Nwamadi était le père de l'un des trois étudiants battus et brûlés, il y a plus d'un an, dans la ville universitaire d'Okriki. Traîner les meurtriers devant la justice était devenu son combat, ainsi que celui des parents des autres victimes. Cette bataille avait fait les gros titres quelques mois avant que je ne revienne des États-Unis, suivant ma femme dans son année sabbatique à l'université de Lagos.

Que dire à un père qui a perdu son enfant dans des circonstances aussi atroces ?

— Je suis sincèrement navré, monsieur, ai-je tenté.

Emeka Nwamadi a hoché la tête, impassible.

— C'est poul ça que nous sommes ici, Philip. Tout le monde sait ce qui s'est passé.

Pas moi, pourtant. Pas à l'époque. Après m'être suffisamment renseigné sur le contexte pour pouvoir noter le travail de mes étudiants, j'avais essayé de tout chasser de mon esprit. Mes jumeaux venaient d'avoir 16 ans et je les imaginais aisément à l'université, loin de chez eux, au mauvais endroit et au mauvais moment. J'avais refusé de me projeter davantage et m'étais empêché de faire des recherches plus approfondies sur les Trois d'Okriki, ou même de regarder les vidéos.

— Je ne suis pas sûr de la manière dont je peux vous aider, monsieur, ai-je répondu.

— Dites-lui, a lancé Abubakar en s'adressant à Emeka.

Ce dernier n'a pas ouvert la bouche. Il a simplement plongé la main dans sa serviette en cuir pour en sortir deux documents reliés. Il les a posés sur la table, entre nous, et je les ai immédiatement reconnus. Le premier était mon mémoire de maîtrise, poétiquement intitulé *Fruits étranges : Comprendre la psychologie des lynchages dans le Sud* ; le second, ma thèse de doctorat, qui en constituait en quelque sorte la suite – *Étrange moisson : Comment les foules tuent en toute impunité*. Les deux documents devaient avoir été téléchargés depuis la bibliothèque en ligne de l'université qui avait accueilli mes recherches. Je les avais aussi présentés avec mon CV lorsque j'avais transmis ma candidature à l'École de police.

J'ai regardé Abubakar, mais c'est Emeka qui a parlé.

— Beaucoup d'histoires circulent sur le jour où mon fils a été tué. Je n'en crois aucune. Je suis donc ici pour vous demander de m'aider à découvrir ce qui s'est vraiment passé.

J'avais déjà eu affaire à ce genre de requête et je disposais d'une réponse standard :

— Je ne suis pas enquêteur, monsieur Nwamadi. Je suis psychologue, spécialisé dans les mobiles qui sous-tendent certains crimes et dans la manière dont ils sont commis. Mais la plupart de mes recherches sont des exercices d'investigation purement académiques.

Après des années passées à clairement signifier mes limites à mes ex-collègues de la police de San Francisco, le discours était bien rodé.

— J'ai lu ces livres, a souligné Emeka en désignant les documents.

— Ce sont des travaux universitaires.

— Je les trouve brillants. Je n'ai jamais rien lu d'aussi élaboré que votre analyse sur le comportement des foules.

— Il s'agit d'observations a posteriori. Ce ne sont pas des enquêtes judiciaires.

J'étais quand même flatté.

— Il n'empêche que vous faites preuve d'une grande perspicacité, a insisté Emeka.

— Je vous avais prévenu qu'il était modeste, a lancé Abubakar à Emeka avant de se tourner vers moi. Philip, a-t-il poursuivi, vous êtes le seul qui puisse découvrir ce qui s'est passé. Ces gens ont besoin de votre aide. Vous êtes le seul psychologue d'investigation du pays...

— À votre connaissance.

Abubakar a agité la main comme pour balayer un argument ridicule.

— Si je ne les connais pas, ils n'existent pas. Vous, je vous connais.

Si j'avais appris quelque chose, durant les huit harassantes années passées à enquêter sur le mode opératoire de certains criminels particulièrement abjects pour le compte du SFPD, c'était qu'il n'y a rien à sauver pour quiconque dans une affaire de meurtre. Désormais, donner des cours me satisfaisait amplement. Je me suis apprêté à refuser de façon un peu plus claire.

— Avez-vous vu la vidéo, docteur Taiwo ? m'a demandé Emeka.

— Je vous en prie, appelez-moi Philip.

— Philip, a-t-il concédé sans se laisser perturber. Avez-vous vu la vidéo ?

J'ai secoué la tête et Emeka a sorti son téléphone, a pianoté deux fois sur l'écran puis me l'a tendu avec un air de défi. Quelques secondes plus tard, les dernières minutes de Kevin Nwamadi défilaient sous mes yeux.

Abubakar et Emeka m'ont laissé dans cette salle de classe, seul avec l'épouvante de ce que je venais de voir. J'avais passé plus de quinze ans à étudier les divers aspects de l'horreur humaine, et je pensais à peu près maîtriser l'art indispensable du détachement. Mais c'était la première fois que j'assistais à un crime, paralysé par le fait qu'il s'était déjà produit et ne pouvait être empêché.

Je n'arrivais pas à chasser les images de ces trois jeunes gens battus, brisés et brûlés vifs. Je ne pouvais pas imaginer la douleur d'Emeka Nwamadi et des autres parents. La perte d'un enfant est insupportable, mais savoir que cette mort épouvantable, cette agonie barbare tourne en boucle sur le Web doit être plus terrible que tout.

Le chercheur en moi avait de nombreuses raisons d'accepter cette mission. Elle m'offrait l'occasion de mettre à l'épreuve certaines de mes hypothèses sur la psychologie des foules en contexte nigérian. Elle augmentait également mes chances d'obtenir un poste de consultant plus permanent au sein de l'École de police, ou d'une autre institution aussi réputée. Cependant, c'était surtout le père en moi qui avait envie d'aider Emeka Nwamadi à trouver les réponses dont il avait si visiblement besoin.

Je suis parti du travail plus tôt ce jour-là, et je me suis rendu au bureau de Folake, impatient de lui livrer mes impressions initiales sur l'affaire. Mais je n'en ai pas eu l'occasion.

Depuis le parking, j'ai levé les yeux et vu ma femme, devant la fenêtre de son bureau, dans les bras d'un autre homme.

LES PÉCHÉS DES PÈRES

Pendant des jours, Abubakar m'a relancé, s'efforçant de me convaincre d'accepter la mission. Je ne pouvais pas lui dire que les Trois d'Okriki étaient bien le cadet de mes soucis. J'ai aussi ignoré les messages d'Emeka Nwamadi et refusé ses appels. Je ne cherchais pas à me faire désirer, je n'étais tout simplement pas assez dans mon assiette pour m'engager dans quoi que ce soit.

Jusqu'au jour où mon père m'a convoqué.

Au sein du clan Taiwo, on juge de la gravité d'une affaire en fonction du moment de la journée choisi par mes parents pour la traiter.

Les conseils de famille durant lesquels étaient administrées les réprimandes pour nos résultats scolaires médiocres ou atteintes graves à l'honneur familial avaient toujours eu lieu en fin de soirée, quand on ne risquait plus d'être interrompus par des visiteurs. Les conversations sérieuses, que mon père appelait « réunions stratégiques », étaient désormais réservées au petit matin. C'était le moment destiné aux discussions sur nos carrières, celui où l'on partageait nos tracas ; on y évoquait aussi le comportement inquiétant de l'un ou l'autre de mes trois frère et sœurs, ou l'ampleur de notre contribution financière à certains projets dans lesquels mon père avait embarqué nos économies, en général sans notre accord.

Quand j'ai reçu le message de mon père me convoquant dans la maison familiale de Lagos Island au lever du jour, je me suis demandé si Folake ne lui avait pas confessé son infidélité, lui demandant son intervention pour obtenir mon pardon – mais j'ai rapidement écarté cette hypothèse. Il est le parrain de Folake, et ils ont toujours été proches. Dans ma vie, j'ai fait peu de choses susceptibles d'impressionner mon père, mais avoir épousé sa filleule constitue un de mes hauts faits, que mon frère jumeau a qualifié d'« échec et mat de la rivalité fraternelle ». Folake ne prendrait pas le risque de ternir son image auprès de son parrain, sinon en dernier recours.

Mon père m'attendait. Ma mère était encore au lit. Depuis qu'elle avait pris sa retraite, elle faisait la grasse matinée ; selon ses dires, elle devait récupérer après avoir élevé deux paires de jumeaux et soutenu un mari obsédé par son travail, qu'elle avait assisté comme infirmière pendant des années. Quand on leur demandait pourquoi ils n'avaient pas eu plus d'enfants, mon père plaisantait, expliquant avoir craint que les suivants ne soient des sextuplés. À près de 80 ans, il exerçait encore dans son cabinet, pas très loin de chez lui, et je savais qu'il s'y rendrait sitôt notre entretien terminé.

— Kehinde ! s'est-il exclamé en m'étreignant avant de m'emmener dans son grand bureau.

Mon père ne m'appelait jamais « Philip ». Il insistait sur le fait que « Kehinde » était le véritable nom que j'avais reçu à ma naissance, et que « Philip » restait l'idée de ma mère pour le baptême. Je redoutais toujours qu'il m'appelle « Kenny Boy », surnom qu'il avait imaginé pour me différencier de l'une des jumelles plus jeunes, aussi prénommée « Kehinde » – ce qui avait abouti à « Kenny Girl ». Si de mon côté je tolère sans broncher mon sobriquet, ma sœur, à 44 ans, répugne à être encore qualifiée de « *girl* ».

— J'ai parlé aux garçons la semaine dernière, a annoncé mon père tandis que je m'installais sur un sofa en cuir usé, en face des bibliothèques dédiées à son admirable collection de livres.

J'ai pris une inspiration et attendu qu'il en finisse avec son sujet préféré : la réussite ou l'échec scolaire de ses petits-enfants. Il s'est d'abord lamenté sur leur écriture, « arachnéenne » selon lui – sans percevoir l'ironie du reproche de la part d'un vieux médecin. Il m'a aussi informé qu'il venait de finir le *Harry Potter* que ma fille lui avait offert. « Des sorciers et des magiciens ! C'est ça que les jeunes apprennent, de nos jours ? » Enfin, il a abordé la décision récemment prise par ma mère d'éliminer le gluten de leur régime. « J'ai 78 ans ! À quoi bon ? »

Lorsqu'il s'est interrompu pour reprendre son souffle, je me suis levé et me suis dirigé vers la cafetière Nespresso dans un coin de la pièce, avant de me hasarder à lui demander pourquoi il m'avait convoqué.

— Assieds-toi, a-t-il ordonné.

Je me suis exécuté, abandonnant mes projets de café, ne sachant toujours rien de ce qu'il me voulait et me sentant de plus en plus nerveux. Il s'est assis aussi et sa mine s'est assombrie, ce qui n'a fait qu'accroître mon malaise.

— Un bon ami à moi me dit que tu l'évites.

— Pardon ?

— Emeka Nwamadi.

— Tu le connais ?

Ça n'aurait pas dû me surprendre. Le réseau de patients et d'amis de mon père ressemblait au *Who's Who* de l'élite de Lagos.

— Oui. Nous jouons au golf ensemble au country club.

— Il ne m'en a pas parlé quand on s'est rencontrés. Il m'a été présenté par le commandant de l'École de police.

— Je sais. Je pense qu'il ne voulait pas user indûment de mon influence sur toi.

— Mmm, je me demande ce qui l'a fait changer d'avis, ai-je répliqué sèchement en me rencognant sur le sofa, plus détendu maintenant que je savais de quoi il était question.

— C'est très triste, ce qui est arrivé à son fils et à ces autres garçons. Tu ne trouves pas ?

— C'est épouvantable, ai-je concédé, ne sachant pas trop où mon père voulait en venir.

— Je crois que tu devrais songer à accepter l'affaire, a-t-il dit d'un ton ferme en me regardant droit dans les yeux.

— Mais, papa, je ne vois vraiment pas ce que je peux faire. Tous les rapports…

— … sont des spéculations, des rumeurs et des conjectures. Nous devons découvrir la vérité.

— Nous ?

Mon père a poussé un profond soupir, s'est levé et a rejoint sa bibliothèque d'un pas souple, pour en sortir une chemise en papier kraft. Il en a tiré une vieille photo et me l'a tendue.

J'ai reconnu une version plus jeune de lui – mes jumeaux lui ressemblent énormément, et j'ai d'abord cru voir l'un d'eux sur cette photo –, entourée de cinq autres jeunes à peu près du même âge.

— Ça remonte à l'époque où tu étais étudiant, non ?

Deux visages au moins me semblaient familiers, grâce aux réunions d'anciens élèves que mon père avait souvent organisées chez nous.

— C'était ma fraternité à l'université d'Ibadan, a-t-il précisé, son ton adouci par la nostalgie. Nous étions inséparables. *Vivez en frères ou périssez en idiots* : telle était notre devise.

Le bandana rouge qu'ils portaient tous autour de la tête m'intriguait.

— Papa, tu faisais partie d'une sorte de secte ?

— Ne dis pas ça, a-t-il répliqué d'un ton vif. Je t'interdis de nous traiter de…

— Une fraternité, une secte… Quelle différence ?

— Nous étions des gentilshommes distingués, s'est-il hérissé.

Sa voix s'était faite impérieuse et ne laissait pas la moindre place à la contradiction.

— Nous n'avions rien à voir avec les gamins des universités d'aujourd'hui, a-t-il repris. Nous étions des frères. Politiquement conscients, académiquement brillants et, par-dessus tout, des gentlemen.

J'ai observé le cliché, et mes mains ont légèrement tremblé. Il pouvait dire ce qu'il voulait, j'étais en train de revoir l'image que je me faisais de mon père.

— Je suis toujours le même, a-t-il enchaîné comme s'il lisait dans mes pensées.

Il s'est assis à côté de moi et a repris la photo pour la contempler, adoptant un ton plus amène.

— Et les autres aussi. Lui, a-t-il poursuivi en désignant un autre étudiant, c'est le Dr Chukwuji Nwamadi. Il était l'un des premiers professeurs de l'université du Nigeria, à Nsukka, mais il est mort durant le bombardement du campus, pendant la guerre. Depuis, nous qui avons survécu, nous avons veillé sur sa famille. Sa femme, ses enfants…

Il m'a lancé un regard appuyé.

— En particulier sur son aîné, Emeka.

— Et c'est pour ça que tu veux que j'accepte ? Parce que tu connaissais le père d'Emeka ?

— J'ai une responsabilité envers lui. Tous ceux qui figurent sur cette photo éprouvent la même chose. Son père était notre frère. Mais ça va plus loin que ça. Ces gamins qui, aujourd'hui, se promènent sur les campus avec des armes et s'entre-tuent, ils salissent notre héritage. Les lois que nous nous sommes battus pour faire passer, les injustices que nous avons dénoncées, les manifestations contre la guerre civile, tout ça a disparu. Quand les gens pensent aux fraternités étudiantes, aujourd'hui, ils ne voient que le chaos.

Il a frémi et secoué tristement la tête.

— Et quand un crime aussi violent se produit, on peut se demander quel rôle nous avons joué dans tout ça, et si le massacre aurait pu être évité. Ce n'était pas ce qu'on voulait. Nous avions un idéal.

Il a laissé échapper un soupir abattu.

— Est-ce qu'Emeka sait tout ça ? À propos de la fraternité… ai-je glissé.

Mon père a opiné.

— Tous les gens que tu vois sur cette photo se sont cotisés pour payer ses études ici, puis son master en administration des affaires aux États-Unis. Il le sait.

— Tu crois que son fils a été tué parce qu'il faisait partie d'une sorte de secte ?

— Qu'est-ce que tu en penses ?

J'ai haussé les épaules.

— Je n'en sais pas assez pour avoir un avis.

Mon père a encore hoché la tête.

— Il y a tant d'inconnues. Mais si la lumière est faite sur cette affaire, peut-être que les malheureux événements qui ont conduit à la mort de Kevin et des autres ne se répéteront plus.

Je me suis levé pour mettre un peu de distance entre nous.

— Tu veux que je prouve que ces meurtres n'étaient pas liés aux activités des fraternités, histoire que toi et tes amis dormiez mieux la nuit, c'est ça ?

— Je veux que tu viennes en aide à un père endeuillé, que tu lui permettes de tourner la page. Je veux que tu découvres la vérité, et si cette vérité doit être un fardeau de plus pour ma conscience, eh bien, qu'il en soit ainsi.

Le docteur jovial avait disparu, tout comme le père affectueux, le grand-père affable et le mari aimant.

— Je n'arrive toujours pas à t'imaginer…, ai-je commencé en secouant la tête. Quand je pense à tout

35

ce que j'ai entendu à propos de ce que ces gangs font sur les campus.

J'ai écarquillé les yeux en me rappelant soudain quelque chose.

— Je me souviens que tu nous avais téléphoné, à Taiye et à moi, quand on voulait revenir étudier ici. Tu nous avais dit de ne pas le faire, et surtout tu nous avais avertis de ne pas rejoindre une secte.

Mon père a agité l'index vers moi.

— Je n'ai jamais utilisé le mot « secte » quand je vous ai parlé de ça. J'ai parlé de « gang ».

— C'est ce que sont devenues vos fraternités, non ? Le genre de gang violent que tu ne voulais pas que tes enfants rejoignent ?

Mon père a froncé les sourcils, mais n'a pas répondu.

— Nous avons fait notre possible, Kehinde. Nous tous, les anciens de ces différentes fraternités issues de nombreuses universités à travers tout le pays. Nous avons essayé de mettre fin à cette violence. Nous sommes intervenus auprès des responsables des universités, nous avons intégré les conseils d'administration. Nous avons même aidé à rédiger des lois visant à freiner ce que tout le monde qualifie de « sectes secrètes ». Mais ça n'a pas marché.

— Pourquoi n'en as-tu jamais rien dit ? Même quand tu nous as dissuadés de revenir ici, Taiye et moi, pourquoi tu ne nous as pas raconté que, toi aussi, tu avais fait partie d'une fraternité ?

— Si tu voyais la façon dont tu me regardes à présent, tu comprendrais pourquoi.

Ce matin-là, j'ai quitté la maison de mon enfance le cœur lourd. En moins d'une semaine, les deux personnes dont j'étais le plus proche avaient brisé mes illusions. Ma femme m'avait fait perdre la confiance que j'avais en notre mariage, et je doutais à présent d'avoir vraiment su qui était mon père au cours de ces quarante-six dernières années.

Mais si je n'étais pas encore prêt à parler avec Folake, j'avais en revanche les compétences et la formation requises pour me charger des Trois d'Okriki. J'avais bien besoin de penser à autre chose. Le lendemain de cette entrevue, j'ai appelé Emeka Nwamadi pour accepter sa mission.

Je n'ai pas évoqué mon père, mais j'ai compris qu'il savait. Nous étions liés.

APPARITION INCANDESCENTE

— Mesdames et messieurs, bienvenue à bord du vol NJ2406 à destination de Port Harcourt. Nous vous présentons toutes nos excuses…

À les entendre, on pourrait presque croire que nous n'avons qu'une heure de retard. Et j'avais bien jaugé la foule. Seule l'annonce d'il y a deux heures disant que l'avion allait enfin pouvoir décoller a empêché le passage à tabac du personnel au sol. Temps d'attente total : cinq heures et vingt-huit minutes. Je suis resté assis au Mr Bigg's durant presque huit heures, me levant parfois pour acheter de quoi grignoter, histoire de justifier ma chaise.

— Le capitaine Duke et le reste de l'équipage feront de leur mieux pour vous acheminer rapidement à Port Harcourt, avec votre sécurité et votre confort pour priorité. Veuillez vous asseoir pendant que l'appareil se ravitaille, et nous pourrons partir.

Le vol ne devrait pas durer plus d'une heure, mais ce retard me pousse encore une fois à me demander pourquoi Emeka a balayé l'idée d'y aller en voiture. L'Américain amateur de road trip qui vit en moi avait espéré se plonger dans l'ambiance en se rendant par la route dans le sud-est du pays. Je n'y suis encore jamais allé. Plus de dix heures de trajet ne me rebutent pas, et j'envisageais de finir rapidement ma mission pour rouler ensuite vers la frontière avec le Cameroun. Mais Abubakar a failli en recracher sa boisson, et avec Emeka ils ont insisté sur le fait que, outre l'état des routes, il était plus sûr de prendre l'avion. Lorsque je leur ai demandé pourquoi, ils m'ont répondu de leur faire confiance. Mais, avec le recul, je n'ai pas souvenir que l'un ou l'autre ait avancé que ce serait plus rapide.

Lorsque ma voisine de vol surgit, il me suffit d'un regard pour me sentir en paix avec tout éventuel retard supplémentaire. Son maquillage est si parfait qu'elle n'a pas pu le réaliser elle-même. Sa robe moulante accentue le contraste entre sa taille et ses formes généreuses, encore plus lorsqu'elle lève les bras pour mettre ses sacs dans le compartiment à bagages. Comme la sacoche en cuir contenant son ordinateur portable n'y rentre pas, elle se penche pour la glisser sous le siège de devant, puis se tourne vers moi avec un sourire éblouissant.

— Salut, me lance-t-elle.

Il me faut une bonne seconde pour retrouver ma voix.

— Bonjour.

— J'avais peur d'être en retard.

Elle lisse sa robe et s'installe confortablement sur son siège.

— Le vol a été retardé.

— C'est ce que m'a dit mon garçon de queue, mais la circulation était dingue.

— Votre « garçon de queue » ?

Elle hausse un sourcil parfaitement dessiné.

— C'est quelqu'un qu'on paie pour faire la queue. Ces vols sont toujours en retard. Alors il suffit d'engager quelqu'un pour attendre à votre place et vous enregistrer. Et le garçon vous appelle dès que l'embarquement commence.

Je n'arrive pas à cacher mon étonnement.

— Mais la circulation… ? Il est impossible d'arriver à temps entre l'appel et l'embarquement, non ?

Elle rit – un rire riche et pétillant qui attire l'attention. Si l'une des femmes à bord avait le numéro de téléphone de Folake, le mobile de celle-ci sonnerait aussitôt. *Tu laisses ton mari se rendre seul à Port Harcourt ? Tu es folle ? Viens tout de suite le tirer des griffes de cette sorcière qui parade en Chanel N° 5 !* Un homme d'âge mûr, assis de l'autre côté de l'allée, nous regarde comme s'il était prêt à échanger sa place avec la mienne en moins de temps qu'il n'en faut à un bus de Lagos pour déverser ses voyageurs.

— C'est pour ça que je suis la dernière à embarquer.

À mon tour de rire. Je lui tends la main.

— Philip Taiwo. Ravi de faire votre connaissance.

Elle me tend ses doigts chargés de bagues.

— Salomé Briggs, de même.

Je veille à ne pas garder trop longtemps sa main dans la mienne.

— Port Harcourt, alors ? Pour le plaisir ou les affaires ?

— À PH, c'est forcément les deux. Je vis là-bas. Lagos, j'y viens seulement pour affaires. Et vous ?

— Pour les affaires.

Ses yeux se posent sur mon alliance.

— Madame est à Lagos ?

— Oui. Elle enseigne à l'Unilag.

La note de fierté dans ma voix n'est en rien affectée par l'infidélité supposée de Folake, ce que je me reproche.

— Ah, c'est donc elle le cerveau de la famille, plaisante Salomé. Ce qui fait de vous le porte-monnaie, je suppose ?

— Hélas, non. Mais j'y travaille. D'où mes affaires à Port Harcourt.

— J'en déduis que vous ne vous rendez pas souvent dans cette partie du pays.

— Qu'est-ce qui m'a trahi ?

— Vous dites « Port Harcourt », alors que « PH » suffit.

— Je plaide coupable !

Elle s'esclaffe.

— Alors, qu'allez-vous faire à PH ?

Je ne suis pas sûr que le meurtre des Trois d'Okriki constitue un bon sujet de conversation entre compagnons de voyage. Mais je me rends dans un endroit inconnu, et cette sympathique passagère y vit.

— Je dois rédiger un rapport sur un événement qui s'est déroulé là-bas il y a deux ans. Enfin, pas exactement là-bas, mais dans une ville voisine.

— En général, je flaire très bien à qui j'ai affaire, et je parierais mon iPhone que vous n'êtes pas journaliste.

Elle se penche vers moi et lâche dans un murmure de conspiratrice :

— Mon iPhone contient ma vie entière.

Je ne peux m'empêcher de rire. Salomé Briggs semble se consacrer à sortir de l'ordinaire, depuis son maquillage jusqu'à ses vêtements et sa manière de parler.

— Je suis psychocriminologue.

— Psy ?

— Non, non…

Je ris de plus belle en voyant la manière dont ses yeux bordés de khôl s'écarquillent, comme si je venais de confesser que je cache 2Pac chez moi.

— J'étudie des crimes pour découvrir pourquoi et comment ils se sont produits.

Elle renifle comme seule une Nigériane sait le faire : elle pousse un grognement méprisant, lève les yeux au ciel, hausse les sourcils et abaisse les coins de la bouche, tout ça simultanément.

— À quoi bon, si c'est déjà arrivé, *abi*[1] ?

— Quand on comprend comment s'est déroulé un crime et qu'on réussit à identifier les motivations qui y ont conduit, on a de meilleures chances de l'empêcher de se reproduire.

— Mmm. C'est ce qu'on vous a dit quand vous remplissiez votre dossier d'inscription pour la fac américaine huppée que vous avez fréquentée, non ?

Je devrais m'en offusquer, mais je n'y arrive pas.

— Ça se voit tant que ça ?

— Ne vous inquiétez pas, je ne dirai rien au reste de votre promotion. Revenons à cet événement. Vous allez donc écrire un rapport dessus pour qu'il ne se reproduise pas ?

— C'est un peu plus compliqué que ça…

Je suis interrompu par l'annonce du décollage imminent, et en sortant mon téléphone je vois que

---

1. En yoruba, une des langues parlées au Nigeria : « Pas vrai ? » *(Toutes les notes sont du traducteur.)*

Folake m'a envoyé deux messages. J'éteins mon appareil sans les avoir lus. Salomé en fait autant avec son iPhone rose-doré, ainsi qu'avec un autre téléphone, plus discret. Elle les range avec son iPad, dans la poche latérale de sa sacoche, et repousse celle-ci sous son siège au moment où l'appareil s'ébranle. Elle se rencogne, se tourne vers moi et me gratifie encore d'un sourire.

— Définissez « compliqué ».

— Hein ?

Je me débats encore avec la culpabilité de n'avoir pas lu les messages de ma femme.

— Vous disiez que l'événement sur lequel vous allez enquêter est « compliqué ».

— Les médias l'ont appelé les « Trois d'Okriki ». C'est un drame affreux qui…

Je ne finis pas ma phrase, car Salomé se détourne de moi ostensiblement pour ajuster son sac sous son siège tandis que l'avion s'engage sur la piste.

— Bonne chance, alors, lâche-t-elle froidement.

COMITÉ D'ACCUEIL

Aussitôt que le voyant des ceintures de sécurité s'éteint, Salomé reprend son iPad, s'enfonce des écouteurs dans les oreilles et se comporte comme si nous ne nous étions même pas adressé la parole. L'hôtesse derrière son chariot nous propose un pitoyable sandwich enveloppé de cellophane, avec un jus de fruits ou de l'eau – ce qui lui vaut un double « non merci ». Clairement, ma voisine m'ignore, alors je feins de retourner à mes notes.

Nous avons décollé depuis trente minutes lorsque je décide de prendre le taureau par les cornes. Je donne un léger coup de coude à Salomé. Doucement, mais assez fermement pour obtenir son attention. Elle hausse un sourcil, sans enlever ses écouteurs. Je désigne ses oreilles. Elle soupire et, à contrecœur, ôte l'écouteur gauche.

— Je croyais que le courant passait bien entre nous…

Sitôt que les mots quittent mes lèvres, je me rends compte que ça part mal. Ses sourcils grimpent un peu plus haut, et un pli irrité barre son front.

— Ce n'est pas ce que je voulais dire, fais-je, embarrassé.

— Qu'est-ce que vous vouliez dire, alors ? Je vous ai souri, je me suis montrée polie et ça vous a suffi pour penser que le courant passait entre nous ?

— Excusez-moi. Je voulais dire… Eh bien, je pensais que nous avions une conversation intéressante, mais vous m'avez rembarré dès que je vous ai expliqué la raison de mon voyage à Port Harcourt.

— De un : que notre conversation soit intéressante ou non est une question de point de vue. Vous avez le droit d'avoir le vôtre. De deux : comme je vous le disais, je me contentais de faire poliment la conversation avec un autre passager, et…

— Je suis désolé si j'ai dit quelque chose qu'il ne fallait pas, ou si j'ai fait quelque chose qui peut vous avoir irritée.

Elle ne répond pas. S'excuser alors que l'on n'a rien à se reprocher est une tactique que j'ai appris à maîtriser, en dix-sept ans de mariage.

— Vous n'avez pas de raison de vous excuser, lâche-t-elle enfin à contrecœur.

— Si. Mon amie d'il y a trente minutes me manque.

— Vous vous faites facilement des amis.

— Seulement s'ils en valent la peine ; je me fie à mon instinct.

— Alors vous devez souvent être déçu.

Elle a prononcé cette phrase comme un avertissement, et je me demande si elle parle de mon instinct ou d'autre chose.

— Je m'en sortirai, dis-je assez nonchalamment pour étouffer le malaise que ses mots ont provoqué chez moi.

Elle soutient brièvement mon regard puis rit, ce qui lui vaut de nouveaux regards curieux des autres passagers. Elle range ses écouteurs et son iPad, puis se retourne vers moi avec son sourire éblouissant.

— D'accord, docteur Taiwo. On efface tout, on recommence…

— Philip. La vie est trop courte, repartons plutôt de là où nous en étions. Vous vous êtes fermée comme une huître quand j'ai évoqué la raison de mon voyage. Pourquoi ?

Elle reste silencieuse pendant un instant, peut-être pour me mettre à l'épreuve.

— Parce que vous allez chatouiller un tigre.

— C'est une vieille affaire, Salomé. Je compte simplement rédiger un rapport.

— Je connais l'histoire, Philip. Ces garçons ont été tués dans la ville de ma mère.

Plus tard, je me souviendrais à quel point, dès le tout début, de multiples coïncidences et liens s'étaient dévoilés dans cette enquête.

Tout ce que j'ai pu répondre sur le coup, c'est :

— Désolé.

— Pas de souci. Mais je peux vous assurer que personne ne vous accueillera à bras ouverts à Okriki, ni n'aura envie de vous raconter ce qui s'est passé. Ou plutôt, pour reprendre vos termes, pourquoi et comment ça s'est passé.

— Du coup, autant faire demi-tour et rentrer directement à Lagos ?

— Oui.

— Et si je m'entête ?

— Je prierai pour vous. On peut changer de sujet, maintenant ?

Ses yeux me mettent au défi de poursuivre cette conversation, ce qui ne ferait que l'amener à remettre ses écouteurs.

— Bien sûr.

Nous parlons de mon travail de formateur à l'École de police, et elle me révèle être avocate, spécialisée dans les secteurs du pétrole et du gaz. Je souris intérieurement. Apparemment, j'ai un type de femme bien précis.

— Mesdames et messieurs, nous allons entamer les manœuvres d'atterrissage d'ici peu. Veuillez relever votre tablette…

Nous nous posons sans incident et Salomé et moi échangeons nos coordonnées, avant qu'elle ne se lève pour récupérer ses bagages.

— Si ce ne sont que vos bagages à main, je n'ose pas imaginer ce que vous avez mis en soute !

Elle secoue la tête en feignant la pitié.

— Dès que cette porte s'ouvrira, vous comprendrez pourquoi tous mes bagages voyagent avec moi quand je me rends à PH.

Mais même ces mots, ajoutés à la bouffée d'air chaud et humide qui nous cueille à la sortie de l'avion, n'auraient pu me préparer au chaos qui suit. Ma surprise doit se lire sur mon visage parce que Salomé éclate de rire.

— Bienvenue à PH, docteur Taiwo. On reste en contact.

Elle me salue joyeusement de la main et s'en va.

Je regarde autour de moi, perdu. Depuis le sommet d'un bâtiment délabré, une immense pancarte – AÉROPORT INTERNATIONAL DE PORT HARCOURT – domine une infrastructure qui a probablement eu pour destin, un jour, d'être achevée. Manifestement, elle ne l'a pas été. Derrière moi, les gens continuent de débarquer, mais je suis saisi d'une envie impérieuse de retourner au galop dans l'appareil et de le réquisitionner pour retourner à Lagos.

— Docteur Taiwo ? Docteur Philip Taiwo ?

Cette voix rauque est celle d'un homme à la peau sombre qui doit avoir la trentaine mais paraît plus vieux, avec sa chemise et sa cravate froissées. Malgré les auréoles de sueur sous ses aisselles, on voit qu'il a fait un effort pour présenter bien, et même avoir l'air professionnel. Il tient une feuille de papier sur laquelle est écrit mon nom, sous une photo qui doit avoir été tirée du site de l'École de police. C'est sûrement le chaperon qu'Emeka m'a promis.

— Oui, c'est moi. Vous êtes Chika ?

Il sourit, révélant des dents très blanches et parfaitement alignées.

— Oui, monsieur. Chika Makuochi.

Il range sa pancarte rudimentaire et nous réussissons à nous serrer la main malgré le flot des gens qui se pressent autour de nous en nous bousculant.

— Allons-y, s'il vous plaît.

Je le suis jusqu'à une tente en toile marquée *Arrivées*, et me retrouve face à une cohue encore plus impressionnante.

Des valises, des sacs en toile Ghana-Must-Go[1], des cartons couvrent le sol. Un va-et-vient permanent

---

1. Gros sac en Nylon, à carreaux rouges ou bleus, qui doit son surnom aux immigrés illégaux ghanéens expulsés par le gouvernement nigérian en 1983.

d'hommes en combinaison de travail ne cesse d'en apporter, les laissant tomber à côté des autres bagages. Je comprends ce que voulait dire Salomé.

— Laquelle est la vôtre ?

Je regarde Chika, un peu sonné.

— Votre valise, monsieur. Montrez-la-moi, que je la récupère.

Pendant un instant, je ne me souviens plus de la couleur du bagage que j'ai enregistré. Et si je désigne la mauvaise valise ? Et si celle que je prends est remplie de produits de contrebande et que je me fais arrêter ?

— Ne vous inquiétez pas, on vérifiera que c'est bien la vôtre avant de partir, me rassure Chika.

Il faut vraiment que j'apprenne à dissimuler un peu mieux mes pensées.

Je désigne la Samsonite qui ressemble le plus à celle dans laquelle j'ai rangé mes affaires il y a dix heures. Chika s'en empare, et nous constatons avec dépit que l'étiquette portant mon nom n'a pas survécu à son rude transbordement.

— Je crois que ç'est la mienne.

Je me penche pour composer la combinaison de la serrure. *23/02*. Ma date d'anniversaire. C'est la bonne valise.

Sur le trajet jusqu'au parking, Chika adresse quelques mots d'explication en pidgin[1] aux vigiles que nous croisons. Il s'agit visiblement d'une formalité puisqu'il

---

1. Le pidgin nigérian est un créole à base lexicale anglaise, parlé principalement dans le sud du pays. Il est utilisé comme langue véhiculaire, c'est-à-dire comme moyen de communication entre des populations de langues maternelles différentes.

rappelle à l'un d'eux qu'il a déjà « tout réglé ». Un autre le reconnaît et, après un nouvel échange et des rires, ils nous laissent sortir.

Le temps d'atteindre le Land Cruiser qui nous attend dehors, je suis épuisé et en nage. Chika m'ouvre la portière arrière, mais je secoue la tête. Je préfère m'asseoir devant. Avant de m'installer, je regarde autour de moi pour m'assurer que je n'ai pas rêvé les quinze minutes qui viennent de s'écouler.

— Ça peut être assez éprouvant, concède Chika. L'aéroport est dans cet état depuis plus de dix ans. Même si le gouvernement alloue des millions, chaque année, pour terminer les travaux. Allons-y, monsieur.

Il allume le moteur et une bouffée d'air conditionné me percute.

— Bienvenue à PH, s'amuse Chika en réalisant un habile demi-tour avant de se diriger vers la sortie.

À LA NUIT TOMBANTE

— On est loin d'Okriki ?

— Environ une heure, monsieur. On est dimanche, ça roule bien, me répond Chika en s'engageant sur une voie au revêtement pour le moins capricieux.

Je regarde autour de moi. L'entretien totalement défaillant – même selon les standards de Lagos – d'un axe aussi important ne doit pas faciliter la circulation. Je soupçonne que nombre de personnes ont raté leur vol en se retrouvant coincées dans un embouteillage un jour où « ça roulait bien ».

— Là, on se dirige vers Okriki. PH est par là-bas, explique Chika.

— On n'est pas à Port Harcourt ?

— Pas à proprement parler. L'aéroport, en fait, se trouve à Omagwa, dans la banlieue de PH. Cette route, dit-il en désignant la voie derrière nous, mène à Port Harcourt, mais passe quand même par d'autres villes comme Rukpokwu, Elele, Isiokpo.

Je n'écoute qu'à moitié en découvrant pour la première fois les alentours de Port Harcourt, la capitale de l'État de Rivers ; une ville autrefois considérée comme si belle qu'elle fut qualifiée de « cité-jardin ». Aujourd'hui, tout est brûlant, poussiéreux, et je ne me sens pas assez charitable pour qualifier quoi que ce soit de « jardin ».

— Okriki est dans la direction opposée à PH, indique Chika. Mais peut-être que je vous y emmènerai bientôt, pour que vous puissiez voir la ville.

Soudain, il ralentit. Devant nous, une file de voitures s'allonge devant ce qui ressemble à un barrage.

— La police ?

— La police militaire, précise Chika.

Je songe à utiliser le laissez-passer qu'Abubakar m'a remis avant que je ne quitte Lagos. Il s'agit d'un authentique insigne de police qui – il a insisté – m'épargnera nombre des tracas que pourraient me causer mes recherches. Mais même moi, je sais que face à la police militaire – pour faire simple, des militaires ayant la douteuse mission de terroriser les civils en temps de paix –, présenter un badge de la police régulière peut s'avérer contre-productif.

— Le truc, c'est de ne pas discuter, monsieur, me prévient Chika en slalomant d'une file à l'autre. De leur donner quelque chose aussi vite que possible et de continuer son chemin.

Nous approchons lentement d'un groupe d'hommes bien armés. Une opération de routine est en cours : l'officier qui se tient côté conducteur se penche légèrement pour tendre le bras dans l'habitacle des voitures ; il y récolte des espèces sonnantes et trébuchantes, qu'il glisse adroitement dans la poche de poitrine de son gilet pare-balles avant de hocher la tête vers l'officier posté plus loin sur la route, qui lève la barrière.

Quand vient notre tour, je regarde fixement devant moi. Chika s'acquitte de la somme due, et on nous laisse passer. Je me retourne vers le soldat qui nous fait signe d'avancer, impassible. Violer la loi qu'il a juré de faire respecter ne semble pas le perturber.

— Ils sont là toute la journée ?

— Et la nuit aussi. Leurs barrages sont tout aussi responsables des embouteillages que l'état des routes.

— C'est pareil à Lagos, mais c'est la police.

— Les insurrections et les kidnappings commis par les gangs ont plongé cette partie du pays dans un état d'urgence officieux.

— La situation est aussi moche que ce qu'on entend dire ?

Chika hausse les épaules.

— Ça s'est un peu amélioré, mais ça reste tendu. Bizarrement, la présence de la police militaire fait vraiment une grosse différence. La violence est plus sporadique, à présent, et se concentre autour des puits de pétrole.

Le pétrole brut… C'est l'accès inéquitable à ce bien si précieux qui alimente l'engrenage de la violence. Face à elle, plus personne ne remet en question la pratique de l'armée, qui exige des pots-de-vin à la vue de tous en contrepartie de sa protection. J'aimerais oublier l'abattement général que suscite cet état de fait, mais la situation m'emplit de la même rage désespérée que celle que j'éprouve, aux États-Unis, quand un vigile de supermarché me suit dans tout le magasin à cause de la couleur de ma peau. Mais je peux quitter les

États-Unis ; ici, ma colère est d'autant plus grande que c'est chez moi.

La nuit tombe, la seule source de lumière provient désormais des phares des autres voitures. Je me résous à ne pas interroger Chika, qui a besoin de toute sa concentration.

Je ferme les yeux seulement quelques instants – me semble-t-il.

— On est arrivés à Okriki.

Je me réveille en sursaut. La nuit, d'un noir d'encre, est parsemée de clignotements lumineux çà et là. Le vrombissement des générateurs rythme notre progression à travers la ville. À Lagos, il constitue le fond sonore habituel du tohu-bohu de la mégalopole. À Okriki, bien loin d'évoquer le bourdonnement d'une agglomération, il rappelle le grommellement permanent de puissants engins de chantier.

— Au niveau électricité, c'est mieux ici qu'à PH, dit Chika pendant que je balaie notre environnement du regard. En général. Je suis sûr que le courant ne va pas tarder à revenir.

Les Nigérians sont d'incurables optimistes pour tout ce qui concerne l'électricité. Mais depuis mon retour, je me suis fait à l'idée que bénéficier d'un éclairage permanent est aussi utopique que restaurer la grandeur de la police nigériane en laquelle croit Abubakar.

— J'ai réservé, le gérant nous attend.

J'aperçois des gens assis devant leurs maisons, des groupes d'hommes qui boivent et font des jeux, le visage illuminé par les lampes à kérosène. Les enfants courent et rient dans le noir. Des chants résonnent au loin. Des battements de mains, aussi. Une église. Plusieurs églises, peut-être, puisque les chants semblent provenir de différentes directions.

— Il y a beaucoup d'églises, par ici ? je demande en grognant intérieurement.

À Lagos, nous vivons dans un quartier habité par le personnel de l'université, ce qui nous isole de la kyrielle d'églises et de mosquées qui se dressent à tous les coins de rue, avec leurs mégaphones et leurs chants.

Chika s'arrête devant un portail sur lequel est fixée une pancarte : *Hôtel Royal*.

— Chaque église, quelle qu'elle soit, organise un service par jour, répond Chika en donnant un coup de klaxon. Le service du dimanche, lui, dure toute la journée.

Un garde qui bâille à s'en décrocher la mâchoire nous ouvre le portail. Il nous fait signe de rouler vers ce qui ressemble davantage à des chambres d'hôtes qu'à un hôtel.

Chika entre dans la résidence, agrémentée de pelouses bien entretenues et illuminées par des ampoules fixées aux différents angles d'un bâtiment rectangulaire à étage. Son générateur, une bête blanche nichée derrière l'immeuble, est le modèle le moins bruyant, celui qu'utilisent les hôtels haut de gamme. Je remercie le ciel, espérant que l'établissement a stocké assez de carburant pour la durée de mon séjour.

Une ambiance fin de règne nous accueille dès notre arrivée à la réception. Deux immenses télés sont allumées dans un salon pourvu de tout un assortiment de chaises, de sofas et de tables. Les deux écrans diffusent le même match de rugby à fort volume, faisant manifestement le vide autour d'eux.

Au comptoir, nous sommes reçus par des ronflements puissants émanant d'une tignasse de tresses en bataille. Chika tapote le bureau et un visage endormi se redresse, lui donne les clés de la chambre sans un bonjour, et retourne à son sommeil. Mon guide me lance un sourire d'excuse avant d'emporter mes bagages en haut d'une courte volée de marches, devant la porte de la chambre n° 7.

— Je loge là-bas, dans la 11, précise-t-il en désignant les autres portes du couloir. J'ai inspecté toutes les chambres et j'ai choisi celle-là pour vous. C'est la meilleure de l'hôtel.

Les draps du lit double sont propres et repassés. La pièce, assez spacieuse, dispose d'une table, d'une chaise, et d'un petit coin salon avec un canapé en cuir assez usé face à une télé à écran plat. La climatisation tourne à plein régime, mais je ne vais pas tarder à la couper car son vacarme étouffe le silence relatif du générateur.

— Merci, Chika, dis-je en regardant autour de moi.

— Je vous en prie, monsieur. La liste des endroits où vous vous irez demain se trouve dans ce dossier.

Je me dirige vers le bureau et ouvre la chemise. Je me tourne vers Chika.

— C'est vous qui l'avez rédigée ?

Il hoche la tête. Je parcours avec étonnement les notes, les lieux et les noms soigneusement répertoriés.

— Vous savez donc pourquoi je suis là ?

— Oui, monsieur.

— Qui vous a mis au courant ?

— Le grand chef. Le directeur Nwamadi.

— Vous travaillez à la banque ?

— Je suis le chauffeur et l'assistant personnel du directeur de la succursale de PH.

— Pardonnez-moi de dire ça, Chika, mais vous n'avez pas l'air d'un chauffeur...

Chika a un sourire contrit.

— J'ai étudié l'informatique à l'université, ici. J'ai eu mon diplôme il y a six ans.

— Et vous travaillez comme chauffeur ?

Il hausse les épaules.

— Et assistant personnel, monsieur, souligne-t-il en se dirigeant vers la porte. Je serai disponible à partir de 7 h 30. Votre premier rendez-vous est à 9 heures.

Je le félicite encore une fois pour son travail, puis il s'éclipse.

Je me déshabille et découvre sur mon téléphone des notifications de messages vocaux et des textos envoyés par Folake et les enfants. Pressé de partir, je n'ai eu que le temps d'embrasser ma fille de 13 ans, encore endormie, et de saluer brièvement les jumeaux, qui m'ont grogné leur au revoir depuis leurs draps.

J'appréhende la lecture des messages de ma femme. La franchise de Folake risque de la pousser à confesser sa liaison et, si je suis à peu près certain qu'elle n'est pas du genre à le faire par texto, ses messages risquent d'être autant d'invitations à « discuter ». Mais dans la mesure où j'ai éprouvé, sans fondement, des craintes similaires à propos de mon père, c'est sûrement un peu de lâcheté de ma part.

La maison me manque déjà. J'appelle Tai, mon aîné, qui sera sûrement occupé à jouer sur son téléphone pendant que son jumeau s'endort sur du Kendrick Lamar, les écouteurs vissés aux oreilles.

— Salut, papa ! lance Tai aussitôt qu'il décroche.

— Tu es bien énergique pour quelqu'un qui devrait être déjà couché.

— Je suis couché.

— Tu sais ce que je veux dire.

— Oui, papa, mais je suis resté réveillé uniquement pour t'entendre.

— Tu m'en diras tant.

On éclate de rire tous les deux, et bientôt je lui raconte la longue attente à l'aéroport et mes premières impressions de Port Harcourt et d'Okriki. Tai me met sur haut-parleur après avoir ordonné à son frère de retirer ses écouteurs pour participer à la conversation.

Tandis qu'ils me racontent leur journée et leurs performances sur le terrain de basket, je ne peux m'empêcher de m'estimer chanceux. Ces beaux enfants, et un mariage qui a été relativement heureux pendant près de dix-sept ans. Est-il possible que je perde tout ?

— Papa, tu devrais appeler maman, dit Kay.

— Elle va bien ?

— Pas sûr, répond Tai.

— Elle était assez tendue, aujourd'hui.

— Et elle n'arrêtait pas de regarder son téléphone, ajoute Kay. Peut-être qu'elle se fait du souci pour toi.

— Je l'appellerai dès que vous m'aurez promis que vous allez vous coucher.

Ils me mentent tous les deux, mais je laisse passer et raccroche.

Les textos de Folake sont une simple série de :

Tu as atterri ?

Elle l'a envoyé plusieurs fois au cours des six dernières heures. Comme j'ai promis aux enfants de lui écrire, je finis par lui répondre.

Bien arrivé. Tout va bien.

J'ai également reçu un message de mon père.

Il paraît que tu es parti. Merci. Sois prudent.

Je décide de ne pas répondre à celui-ci.

Je me glisse dans la douche et reste sous l'eau froide pendant un long moment. Lorsque je vais enfin me coucher, je constate que Folake ne m'a pas répondu, même si je sens qu'elle est réveillée. Au moment où je m'apprête à éteindre le téléphone, il vibre dans ma main. J'ouvre le message.

Bien installé, l'Américain ?

C'est Salomé Briggs.
Je souris en me remémorant notre rencontre.

Grande chambre, grand lit.
Le générateur tourne à fond, la clim' ronronne.

Ah ! Accueil cinq étoiles. Profitez-en bien.

Je résiste à la tentation de bavarder tardivement avec une jolie femme alors que mon mariage bat de l'aile.

Je repose le téléphone et, malgré la fatigue, le sommeil ne vient qu'une fois que j'ai réussi à remplacer l'image de ma femme dans les bras d'un autre par le souvenir de son baiser sur mon front à la fin d'une longue journée, assorti de son murmure : « Dors bien, mon chéri. »

RAPPEL DU PASSÉ

Au monastère de l'ordre anargyre de Saint-Côme et Saint-Damien, le dimanche est le jour le plus animé de la semaine, c'est pourquoi l'on me demande de venir donner un coup de main au dispensaire. C'est le jour où les moines, dont la vocation est de fournir des soins médicaux et spirituels à ceux qui ne peuvent pas se permettre de les payer, travaillent le plus.

Aujourd'hui ne diffère pas, et lorsque le dernier patient s'en va, je suis tellement éreinté que je songe à passer la nuit dans mon ancienne chambre plutôt qu'à retourner sur le campus.

Le père Ambrose entre alors que je range les médicaments et note les fournitures qui devront être renouvelées.

— L'abbé veut te voir, dit-il.

J'abandonne ma tâche et me dirige vers le bureau. Sitôt entré dans cette pièce austère remplie de livres, dont plusieurs versions de la Bible, je commence à me sentir oppressé. Cet endroit est ce que je déteste le plus dans tout le monastère, après le vieux moine qui m'a convoqué ici.

— *John Paul*, me salue-t-il.

Il emploie le nom qu'ils m'ont donné lors de mon arrivée au monastère. Celui que je me suis approprié quand il a fallu baptiser ma maladie.

— *Tu fais du bon travail au dispensaire.*

— *Merci, mon père*, je réponds avec respect.

J'ai perfectionné au fil des ans l'art de cacher le dégoût qu'il m'inspire.

Il lève la tête vers moi, ses yeux chassieux peinant à accommoder par-dessus son pince-nez.

— *Tes notes aussi sont bonnes.*

Plus que bonnes, même, mais je ne dis rien, de crainte que cette précision ne soit interprétée comme de la vanité.

Le vieux moine pousse vers moi une chemise pleine d'enveloppes retenues par un élastique.

— *Nous avons estimé que tu étais prêt à les recevoir.*

Je m'empare de la chemise et commence à trembler.

— *Elles viennent de ta mère. Elle t'a souvent écrit, au cours de ces onze dernières années.*

Toutes les lettres me sont adressées et aucune ne semble avoir été ouverte.

— *Nous pensions tous qu'il valait mieux ne pas te les donner tout de suite.*

Valait mieux pour qui ? J'ai tellement envie de hurler que je préfère ne même pas ouvrir la bouche. La colère qui enfle en moi menace de faire jaillir John Paul. Je remets les enveloppes dans la chemise, la referme et me force à regarder le père Olayiwola.

— *Ses lettres n'auraient pu que te rappeler ton péché, pour lequel tu fais encore pénitence.*

— *Je comprends, mon père. Mais pourquoi me les donner à présent ?*

Le vieillard s'adosse à sa chaise en bois.

— *Tu es un homme, maintenant. Nous avons fait notre part. Ta vie entière est devant toi, et le passé ne devrait pas dicter la manière dont tu abordes ton avenir.*

Son ton vertueux me remplit de rage. Comment ose-t-il ? Comment osent-ils tous penser qu'ils peuvent choisir à ma place ?

— *Merci, mon père*, dis-je seulement.

— *Ce n'est pas tout.*

J'attends. Rien ne peut être pire que les sept premières années que j'ai passées dans ce monastère. Ces lettres le prouvent assez.

— *Ces courriers nous arrivaient régulièrement, avant*, poursuit l'abbé. *Parfois tous les trois mois. Puis elles ont cessé. Puisque je savais que le jour viendrait où nous devrions te les remettre, j'ai demandé à la paroisse de Port Harcourt de retrouver ta mère.*

Je garde le silence malgré les tambourinements de mon cœur. J'ai très envie d'étrangler cet homme. Je résiste parce que céder signifierait amener John Paul à la lumière. Mais pas maintenant. Pas encore.

— *Je crains qu'elle ne soit très malade, et ce depuis un certain temps. C'est pour cela que les lettres ont cessé d'arriver.*

Malgré tout, je reste muet et je constate que cela déconcerte le père Olayiwola.

— *Nous pensons que tu devrais aller la voir.*

Je sens un martèlement à l'arrière de mon crâne, signe avant-coureur que John Paul va émerger de *l'ombre. Je retrouve ma voix et tente d'endiguer la rage qui menace de m'engloutir.*

— Pourquoi ?

— Parce qu'elle est ta mère.

— Elle m'a abandonné.

— Elle t'a sauvé.

J'ai peur des paroles que je risque de prononcer. Lorsque le père Olayiwola tend sa main ridée au-dessus du bureau et touche la mienne, je m'efforce de ne pas tressaillir.

— Nous pensons que ta pénitence sera levée si tu lui rends visite à l'hôpital. Dieu vous a pardonné à tous les deux. Mais il est temps que vous vous pardonniez à vous-mêmes, et que vous vous pardonniez l'un à l'autre.

Je fais rapidement un signe de croix, m'incline et m'oblige à ne pas m'enfuir à toutes jambes. M'enfuir loin d'ici, de lui, de tout ce qui a tenu ces lettres éloignées de moi, durant toutes ces années.

« Ta pénitence sera levée. »

Les mots de l'abbé résonnent encore dans ma tête durant le trajet en taxi qui me ramène au campus. Alors à quoi ont servi toutes ces années ? Combien a-t-il fallu de coups, d'autoflagellation forcée, au point de ne plus cicatriser ? Qui décide de ce qui peut mettre fin à une pénitence ?

« Pas eux. Certainement pas eux », *me dit John Paul depuis les ombres, et je sais qu'il est tout aussi impatient que moi d'accomplir le Plan Final. D'effacer le passé, avec tout ce que ça englobe. De repartir de zéro, sans péché ni besoin de pénitence.*

Bientôt, mais pas maintenant.

Je sens le poids des lettres tandis que je marche de l'arrêt de taxi au vestibule de la résidence. Pourtant, au plus profond de moi, j'ai hâte de les lire toutes, même si ça doit me prendre la nuit.

Je ralentis le pas en passant devant les autres chambres pour regagner la mienne. Ma porte est entrouverte. Je pressens qu'Amaso Dabara m'attend de l'autre côté.

Je prends une profonde inspiration et laisse John Paul gagner la lumière avant d'entrer.

PAUVRES ÂMES MALHEUREUSES

Ma première nuit à Okriki, je rêve que je suis piégé dans un Land Cruiser en flammes. Mes poings martèlent les vitres et je m'acharne sur les poignées des portières verrouillées tandis que Folake m'abandonne à mes hurlements muets.

Je me réveille en nage et me souviens que j'ai coupé le climatiseur, trop bruyant. Quand je le rallume, il devient vite évident que le vacarme va m'empêcher de me rendormir. Il est 3 h 14. Autant abattre un peu de travail.

Je constate que dans le dossier de Chika, la liste des interlocuteurs potentiels et des lieux se rapproche sensiblement de celle que j'ai établie à Lagos, mais en bien plus détaillée. Alors que je me suis contenté de désigner chaque témoin selon sa place ou son rôle lors des meurtres, les notes de Chika sont accompagnées de noms, d'adresses et de brèves informations sur chacun d'eux. Je barre quelques noms sur les deux listes et ajoute des points d'interrogation à plusieurs autres.

Dont celui de Stella Aligbe, la mère de Bonaventure, l'une des victimes. Elle vit dans l'est du pays et n'a pas participé à la session d'entretiens qu'Emeka a organisée pour moi dans la salle de conférences de son bureau, avec les parents de la troisième victime.

J'ouvre mon ordinateur portable et clique sur le dossier qui contient les biographies détaillées mais concises des victimes.

Winston Babajide Coker

Étudiant en troisième année de sociologie à l'université d'État. Fils cadet, il est mort trois mois avant ses 22 ans. Sa mère, une femme menue et bien conservée approchant la soixantaine, élégamment vêtue mais sans bijoux ni maquillage, s'est montrée stoïque durant l'entretien, et a déclaré que la colère de Dieu allait faire s'abattre une grêle de pierres sur la ville d'Okriki. Elle parlait comme quelqu'un qui n'a plus de larmes à verser, et m'a annoncé d'une voix froide et détachée que son fils était peut-être bien des choses, mais pas un voleur.

— Qu'est-ce que vous voulez dire ? lui ai-je demandé prudemment, conscient qu'un parent ne parle généralement pas en ces termes de son enfant mort.

— Il mentait. C'était une brute, et il défiait constamment toute forme d'autorité, a répondu Mme Coker sur le ton de l'évidence.

— Il était jeune, c'est tout, est intervenu son père.

Grand et fin, cet homme avait très manifestement décidé de laisser les rênes de son mariage à sa femme.

— Il avait besoin de Jésus, a insisté Mme Coker, et ses yeux ont défié son mari de la contredire, ce dont il s'est abstenu.

— On raconte que ces garçons appartenaient à une sorte de gang, ai-je tenté.

— Une secte secrète, a sifflé Mme Coker. Ce démon qui s'est emparé de toutes les universités.

— Oui, ai-je admis en empêchant mes pensées de revenir à mon père. Vous pensez que c'est vrai ?

— Comment voulez-vous qu'on le sache, puisque c'est censé être une organisation secrète ? Tout ce que je peux vous dire, c'est que Winston était loin de nous, dans cette fac. Nous étions ici, à Lagos, et nous n'avions aucune idée de ce qu'il faisait.

— Et vous estimez impossible qu'il ait essayé de dévaliser quelqu'un, même s'il faisait peut-être partie d'un gang ou d'une secte ?

— Absolument ! a asséné M. Coker avec violence. Pourquoi est-ce qu'il aurait volé ? On s'est bien occupés de lui, on lui a donné tout ce que la vie pouvait offrir de mieux. Pourquoi voler ?

— Même s'il volait, a ajouté Mme Coker, personne ne mérite d'être assassiné comme ça. Pourquoi on ne les a pas livrés aux autorités ? Pourquoi tuer notre enfant aussi sauvagement ?

Elle a commencé à se balancer sur sa chaise et à prier dans une langue inconnue. Elle devait être pentecôtiste. Je me suis demandé si sa conversion avait eu lieu avant ou après le meurtre de son fils. Je me suis tourné vers le mari.

— Vous pensez donc que les gens mentent à propos de votre fils ?

— Pour être honnête, je me fiche de savoir pourquoi, a répondu M. Coker sans conviction. Seul Dieu peut nous juger.

L'entretien n'a rien révélé d'autre. Les Coker ont répété qu'ils s'étaient démenés afin que les gens d'Okriki soient jugés pour le meurtre de leur fils. Celui-ci était mort et ils ne pouvaient rien faire pour le ramener.

— La vengeance appartient au Seigneur seul. Moi, je leur ai pardonné, a conclu Mme Coker avec ferveur.

Elle était encore moins convaincante que son mari.

Je clique sur le fichier de la deuxième victime.

Bonaventure « Bona » Cosmos Aligbe

Dernier-né d'une mère célibataire ayant déjà cinq enfants. Une réputation de trublion. D'après les photos que j'ai trouvées sur Internet, je comprends pourquoi on le considérait comme un séducteur. À 24 ans, il était le plus âgé des Trois d'Okriki ; son portrait le plus flatteur est celui dépeint par les filles du campus, tandis que les garçons racontent des histoires de fêtes débridées, d'alcool et de cours séchés. Dans un témoignage écrit, sa mère le décrit comme « un bon garçon, qui oublie parfois de qui il est le fils ». Encore un parent endeuillé usant de la religion comme d'un baume apaisant.

Enfin, dernière biographie et non des moindres.

Kevin Chinedu Nwamadi

Je suis encore sous le choc de la première fois que j'ai vu ce jeune homme, sur la vidéo montrée par son père.

— Je suis désolé de vous avoir infligé ça, a dit celui-ci juste après.

— Mais c'était nécessai*l*e, est intervenu Abubakar.

J'ai prudemment mis en avant une information plusieurs fois retrouvée dans les essais de mes étudiants :

— Je me souviens d'avoir lu qu'ils comptaient voler quelqu'un.

Emeka a balayé l'idée d'un geste de la main, avec une irritation évidente.

— Regardez-moi, Philip. Je suis le directeur d'une banque d'affaires importante. Vous pensez vraiment que mon fils unique aurait été démuni au point de quitter le campus pour se rendre dans une ville quelconque afin d'y voler des téléphones et des ordinateurs portables ?

— Y a-t-il eu des arrestations ? ai-je demandé.

— Il y a dix-huit mois ! a répliqué Emeka avec hargne. Sept personnes seulement, qui attendent leur procès. Sept ! Vous avez vu la foule, sur la vidéo ? Il n'y avait que sept meurtriers, selon vous ? Mais cela ne me perturbe pas autant que les mensonges et l'apathie flagrante de la police lors de son enquête sur les allégations faites contre mon fils.

— Quelles allégations ?

— Exactement les mêmes que celles des médias. Que mon fils faisait partie d'une secte. Que lui et ses amis étaient en train de voler un autre étudiant. Personne n'a pris la peine d'enquêter quand l'étudiant en question a clairement avoué qu'il ne connaissait pas Kevin. Personne n'a voulu nous entendre quand ma femme et moi leur avons dit que Kevin n'était pas l'ami des deux autres, et que nous pouvions le prouver.

— C'est là que vous inte*l*venez, Philip, m'a alors lancé Abubakar, plus pour calmer Emeka qu'autre chose.

— Les conclusions qui ont été tirées de cette vidéo sont que mon fils était un criminel et qu'il méritait de mourir ainsi. Je m'y refuse.

70

Les yeux d'Emeka brûlaient de colère tandis qu'il se penchait vers moi, avec une intensité qui ne souffrait aucun argument.

— Il s'est forcément passé quelque chose : dans le meilleur des cas une erreur sur la personne, dans le pire une attaque planifiée. Le fait est qu'on ne sait pas, et c'est encore pire que d'avoir dû enterrer mon fils dans un cercueil fermé parce qu'il aurait été trop cruel de laisser sa mère voir ce qu'il restait de son corps.

— Mais ça s'est passé dans l'Est. Pour que je puisse travailler sur ce crime, il faudrait que je me rende sur place, que je parle à des gens, que j'effectue quelques analyses de la scène...

— Et pour cela, je suis prêt à vous rétribuer généreusement, m'a interrompu Emeka – avant de changer de ton en me voyant tressaillir à l'idée qu'il cherchait à m'acheter. Je vous en prie, docteur Taiwo. Philip. Tout ce que je veux, c'est votre compte rendu. J'ai besoin de votre expertise, afin de trouver un sens au meurtre insensé de mon fils. Je vous en prie, ne serait-ce que parce que vous êtes père vous aussi.

Il y a eu un instant de silence. Puis Emeka a encore sorti son iPhone et me l'a tendu.

— Ne vous inquiétez pas, ce n'est pas la vidéo.

J'ai regardé l'écran et la photo que j'y ai vue a failli me briser le cœur. Kevin était beau. L'honnêteté et la bonté du grand sourire qu'il adressait à l'objectif m'ont fait ressentir la même colère que son père.

— C'est mon garçon, a repris celui-ci avec un sourire triste. Kevin Chinedu Nwamadi. Étudiant en troisième année de droit. Il avait 20 ans, c'était le bébé de la famille. Ses sœurs et sa mère étaient folles de lui. C'était un bon garçon. Le meilleur de sa classe. Le meilleur fils dont un père puisse rêver.

C'est alors que le barrage a cédé. Dans cette salle de classe de l'École de police de Lagos, Emeka Nwamadi, directeur de la troisième banque du Nigeria, a frémi, hoqueté et, enfin, s'est effondré en pleurant.

LA POLICE EST VOTRE AMIE

— Tu as appelé Tai et Kay ! me reproche ma fille sitôt que je décroche.

Il est 7 h 18 ; je sais que les garçons sont déjà en route vers le lycée et qu'avant de partir ils ont dû se vanter de notre conversation tardive de la veille.

— Tu dormais, ma chérie.

Elle baisse la voix, mélodramatique.

— Non. J'attendais ton coup de fil.

— Ta mère est là ?

— Ne change pas de sujet, papa.

— D'accord, d'accord, je suis désolé. Je pensais vraiment que tu étais endormie. Je ne le ferai plus.

— J'ai cherché l'aéroport sur Google, papa. Tu sais qu'il a été élu pire aéroport du monde à trois reprises ? Du monde entier !

— Ce n'était pas non plus affreux à ce point.

Je passe un moment à euphémiser mon expérience de l'aéroport en question, mais lorsque Lara me demande si j'ai des photos, je réalise à quel point j'étais déboussolé, la veille ; habituellement, je prends des clichés durant tous mes voyages et je les lui envoie pour son scrapbook.

— Maman est prête. Je dois y aller. Tu veux lui parler ?

— Je la rappellerai, ne la fais pas attendre.

— D'accord. On se parle plus tard ?

— Bien sûr, ma chérie.

Je raccroche, consulte l'heure, et me précipite sous la douche avant de m'habiller en un temps record. Lorsque Chika frappe à ma porte, je suis prêt.

Nous décidons de sauter le petit déjeuner de l'hôtel – des œufs qui nagent dans l'huile et des tranches de pain massacrées censées être des toasts. Le café est tiède et a un goût épouvantable. Nous repoussons tous deux notre tasse et décidons qu'il vaut encore mieux commencer la journée le ventre vide.

Sur la route qui mène au poste de police, j'ai l'occasion de voir la ville en plein jour. Plusieurs rangées de bungalows bordent une chaussée irrégulière et non goudronnée. Je comprends maintenant pourquoi Emeka a fourni un 4 × 4 à Chika. Ça secoue bien.

Des toits de tôle mouchetés de rouille apparaissent et disparaissent à mesure que nous traversons la ville. Des vélos, des motos et des voitures se faufilent autour de nous. Je suis déconcerté de voir les gens relever les yeux de leur occupation pour nous dévisager. Est-ce la simple curiosité d'une petite ville envers les étrangers de passage, ou y a-t-il autre chose ? Je mets rapidement à l'épreuve cette théorie en saluant de la main trois enfants qui devraient être à l'école mais préfèrent taper dans un ballon de foot sale sur le bord de la route. Ils me rendent mon salut. Je me détends. C'est un village, c'est tout.

Bientôt, nous nous trouvons face à un bungalow de bois brut. La rouille a coulé le long de ses murs pour former des bandes brunes qui semblent presque avoir été peintes là. Une pancarte rédigée à la main a beau indiquer où nous sommes, je lance un regard à Chika. C'est sûrement une erreur...

— On est arrivés, dit-il en garant la voiture.

Le poste de police. Nous sommes passés devant des cabanes plus grandes et mieux entretenues.

— Je vous attends là, monsieur, me dit Chika.

— Pas la peine. Vous pouvez venir avec moi.

— Mais, monsieur, je suis sûr que...

— Venez, j'insiste.

Il a un sourire espiègle.

— Monsieur, c'est le poste de police. Ça n'a rien à voir avec l'aéroport d'hier, je vous le promets.

L'allusion à l'aéroport me rappelle à quel point je ne suis pas à ma place, et je note mentalement de téléphoner plus tard à Emeka. L'efficacité avec laquelle Chika m'a sorti de là, sans parler de sa compilation propre et méticuleuse des notes de l'affaire, me convainc qu'il est bien plus qu'un simple chauffeur.

— Chika, dis-je d'une voix qui je l'espère coupera court à tout argument, soit vous venez avec moi, soit j'appelle Emeka pour lui expliquer pourquoi vous allez me ramener tout de suite à l'aéroport.

C'est une plaisanterie, bien sûr, mais Chika semble me prendre au mot. L'espace ouvert de la réception, en fait le salon du bungalow, est meublé de bureaux qui tiennent debout par l'opération du Saint-Esprit

– et grâce à des morceaux d'autres meubles. Il est tôt, mais plusieurs personnes patientent déjà. Un homme parle avec agitation à un officier, qui prend des notes avec une mine maussade. Deux types assis sur un banc regardent droit devant eux ; en sueur, ils respirent lourdement. En les détaillant davantage, je remarque qu'ils se tiennent mutuellement par la ceinture de leur pantalon, apparemment à la suite d'une dispute qu'ils comptent sur la loi pour régler.

Un autre officier, assis derrière un bureau en équilibre précaire, nous fait signe de nous approcher. À son uniforme neuf et encore propre, je devine qu'il s'agit d'un bleu. Derrière lui, un poster illustré d'un jeune mannequin en uniforme de policier annonce : *La police est votre amie. Aidez-la.*

Le bleu essaie de se montrer impérieux :

— Qu'est-ce que vous voulez ?

— Nous venons voir l'inspecteur Omereji, répond Chika.

— À quel sujet ?

Je lui tends l'enveloppe frappée du sceau du commandant de l'École de police de Lagos. La recrue l'examine avec une curiosité mal dissimulée.

— Attendez ici, ordonne-t-il avant de sortir de la pièce.

Les deux hommes assis sur le banc ont recommencé à se disputer, serrant le poing de leur main libre.

L'officier qui prenait une déposition d'un air las lève la voix :

— Eh là ! C'est pas un tripot, ici ! Fermez-la ou je vous boucle tous les deux !

Les deux hommes se taisent presque aussitôt, sans toutefois se lâcher. Pour ma part, je chuchote à Chika :

— Les gens ne parlent pas igbo, ici ?

— Non. Ils parlent ikwerre.

— Je croyais que tous les gens de l'Est parlaient igbo.

— Ne dites surtout pas ça à haute voix, monsieur.

J'ai envie de lui demander pourquoi mais le bleu, de retour, nous fait signe de le suivre.

Nous descendons un couloir jonché de piles aléatoires de dossiers et de formulaires, et dépassons rapidement ce qui ressemble à une cellule. Une demi-douzaine d'hommes y fument en jouant aux cartes, et j'aperçois quelques cannettes de bière par terre. Visiblement, les détenus savent obtenir ce qu'ils veulent.

Nous entrons dans un bureau assez grand pour avoir été la chambre principale du bungalow reconverti, et l'officier que je pense être l'inspecteur Michael Omereji se lève pour nous accueillir. Grand, la peau claire, il porte une moustache si bien entretenue qu'elle trahit un soupçon de vanité. Il est beau et il le sait.

— Merci de nous recevoir, inspecteur, lui dis-je en serrant la main qu'il me tend.

— Mike, je vous en prie, répond-il poliment en nous désignant les chaises disposées devant son bureau. Asseyez-vous.

— Merci.

Je m'installe en face de lui mais remarque que Chika ne s'assied pas. Quand je lui fais signe de prendre la chaise à côté de la mienne, il secoue presque imperceptiblement la tête.

Je me tourne vers l'inspecteur.

— Le commandant vous transmet ses salutations.

— Hélas, je ne l'ai jamais rencontré. Mais c'est une légende au sein de la police.

Nous bavardons quelques instants à propos du fait que l'École prospère sous sa direction, puis la conversation s'épuise et laisse place à un silence gêné. Je présente rapidement Chika comme mon assistant de recherche, sans prêter attention à son haussement de sourcils à la mention de cette promotion soudaine. L'inspecteur adresse un vague signe de tête à mon « assistant » mais ne lui serre pas la main. C'est alors que je me lance :

— Concernant l'affaire sur laquelle je dois rédiger un rapport...

— Oui, oui, me coupe l'inspecteur. J'ai lu la lettre du commandant, mais je ne peux pas vous aider.

— Je n'ai besoin que du dossier de l'enquête.

— L'enquête est terminée, et tous les dossiers ont été transmis au bureau du procureur général.

— Vous devez sûrement en avoir une copie ?

— Regardez autour de vous, docteur Taiwo. Vous pensez qu'on a la place de garder de vieux dossiers, surtout quand ils concernent une affaire bouclée ?

— Bouclée ?

— Je suis sûr que vous suivez les actualités. Ce triste incident a fait l'objet d'une enquête. À ce jour, vingt-trois personnes ont été arrêtées et je crois que sept d'entre elles attendent leur procès. L'affaire est entre les mains du tribunal. La justice va suivre son cours, et notre tâche à nous est terminée. Donc oui, l'affaire est bouclée.

Il s'interrompt pour considérer de nouveau la lettre d'Abubakar, avant de la repousser vers moi en haussant

78

les épaules. Sans faire mine de la récupérer, je soutiens son regard.

S'il est déstabilisé, il n'en montre rien.

— À l'heure actuelle, reprend-il, sept personnes sont inculpées du meurtre des trois garçons, et elles vont être jugées par la Haute Cour d'État à PH. C'est là-bas que se trouve le dossier. Je suis désolé, mais il n'y a rien pour vous ici.

— C'est logique, dis-je.

L'inspecteur, encouragé par mon assentiment feint, se lève.

— Si le commandant m'avait envoyé un e-mail avant, il vous aurait épargné le trajet.

Je reste assis.

— Puis-je parler aux officiers qui ont mené l'enquête ?

— Pourquoi ?

— Comme l'indique la lettre, je fais une compilation, à l'échelle nationale, de précédents dans le domaine de la recherche de preuves. Nous sommes à l'affût d'affaires intéressantes pour renforcer le programme d'enseignement de l'École de police. Les Trois d'Okriki en est une. Je suis sûr que les inspecteurs pourront me fournir des informations qui enrichiront nos cours même si l'enquête est… bouclée.

L'inspecteur Omereji me regarde, consulte sa montre, puis me dévisage de nouveau.

— Il est un peu tôt pour déranger des officiers dans leur travail et les convoquer à des entretiens auxquels ils ne sont pas préparés.

— Nous pouvons revenir plus tard. Dites-moi seulement quand.

— Ce serait mieux, répond-il avant d'élever la voix. Agent Doubra ?

Le bleu apparaît aussitôt.

— Veuillez prendre les coordonnées du Dr Taiwo. Rappelez-moi de demander à l'équipe qui a travaillé sur les Trois d'Okriki de trouver le temps de parler au Dr Taiwo et à son… collègue.

— Oui, monsieur, dit la recrue en saluant avant de se tourner vers moi. Par ici, monsieur.

Je me lève, serre la main de l'inspecteur Omereji et sors avec Doubra, juste derrière Chika qui, là encore, n'a pas eu droit à une poignée de main.

— Il ment, monsieur, lâche ce dernier sitôt que nous sommes dans la voiture.

— Je sais, mais on ne peut rien y faire. Si l'affaire a déjà été transmise au procureur général…

— Oui, mais pourquoi prétendre que ses policiers étaient occupés ? On est à Okriki, pas dans les bas-fonds des marchés d'Aba. Ils sont si débordés que ça ?

— Peut-être qu'il cherche à gagner du temps.

— Pour leur dire quoi répondre à vos questions ?

J'apprécie la méfiance de Chika à sa juste valeur. Clairement, son niveau de compétences est au-dessus de ce qu'on lui demande. Je suppose que la survie nécessite un peu de clairvoyance.

— On retourne à l'hôtel, monsieur ? demande-t-il en démarrant.

— Non. Allons voir la scène de crime.

ROUTE FANTÔME

Si j'étais aux États-Unis, explorer la scène d'une affaire classée pourrait encore me fournir des informations surprenantes, même des années après la tragédie. Des inspecteurs vérifieraient si certaines caméras de sécurité de la rue ont été négligées. Ils feraient le tour des bâtiments dont les fenêtres donnent sur le lieu du crime. Puis ils iraient parler aux témoins potentiels, y compris à ceux ayant déjà fait leur déposition lors de l'enquête initiale.

Mais nous sommes à Okriki. La scène de crime est une petite clairière près d'une route sommaire, à moins de douze minutes bringuebalantes du poste de police. Il n'y a pas de maisons alentour. Ni de réverbères. Encore moins de caméras. Il n'y a rien.

Je regarde autour de moi et réfléchis aux photos que je vais prendre selon des angles que j'espère faire correspondre aux vidéos du lynchage. Je vérifie rapidement les réglages de mon vieux compagnon de travail, un Nikon 500. Il est en mode automatique, mais l'intensité du soleil m'incite à passer en manuel pour contrôler la netteté des images.

— Où mène cette route, Chika ?

— À Ochuko. On passe à côté du campus avant d'arriver en ville.

— C'est donc un axe majeur ?

— En quelque sorte. Pour se rendre au campus, on peut aussi emprunter la route qui part de notre hôtel et contourne la ville. Elle est en meilleur état, mais c'est plus long. Celle-ci vous amène directement au campus, ajoute-t-il en désignant le nord, alors que celle de l'hôtel traverse plusieurs villages avant d'atteindre l'université.

Je fronce les sourcils :

— On peut donc partir du principe que c'est logiquement la route la plus fréquentée par ceux qui veulent se rendre directement au campus ?

Il y a quelque chose d'étrange là-dedans. Cette route est déserte et négligée, alors qu'elle est le chemin le plus court et le plus direct pour rejoindre le pôle d'attraction qu'est censée être l'université.

— J'imagine, répond Chika.

Il essaie visiblement de comprendre où mènent mes questions.

— Son état peut laisser penser le contraire, mais la plupart des routes de la région sont comme ça, précise-t-il.

Une Volvo cabossée passe doucement à côté de nous. Ses occupants nous observent avec curiosité. Une Toyota chargée de monceaux de bananes plantains pas encore mûres lui succède peu après.

— Si c'est vraiment la route la plus rapide pour le campus, il n'est pas logique qu'elle soit aussi déserte. Venez.

Nous retournons au 4 × 4. Chika démarre pour allumer la climatisation, et nous refermons les portières afin d'échapper à la chaleur et à la poussière. Je sors mon iPhone et lance l'une des vidéos du lynchage que j'ai sauvegardées. Lorsqu'elle commence, Chika prend une profonde inspiration.

— Vous n'êtes pas obligé de…

— Ça va, monsieur, je l'ai déjà vue.

— On ne s'y fait pas…

— Et on ne doit pas s'y faire, réagit-il en se penchant pour fixer le petit écran. Qu'est-ce que vous cherchez au juste, monsieur ?

Je mets sur pause.

— Si vous arrivez à détacher le regard des victimes, essayez de vous concentrer sur la route.

Je mets en avance rapide avant de reprendre :

— On sait qu'ils ont été emmenés ici depuis cette direction, là-bas.

Téléphone en main, je me retourne vers la route que nous venons de prendre.

— Vous voyez ? Cet arbre, le grand. C'est bien celui qu'on aperçoit au loin, non ?

Je désigne un palmier d'une taille inhabituelle, en retrait, qui correspond à celui qu'on voit en arrière-plan au moment où les Trois d'Okriki sont traînés sur la route, tel le Christ sur son chemin de croix.

— Je vois, acquiesce Chika en plissant attentivement les yeux tandis que je zoome sur l'image.

— S'ils sont venus par cette route, ils sont forcément passés devant le poste de police.

— Alors la police a forcément vu ce qui se passait, lâche-t-il avec colère.

— Exactement. C'est peut-être pour ça que l'inspecteur Omereji doit briefer ses policiers avant nos questions. Regardez…

Je reviens en arrière et relance la vidéo ; notre trajet depuis le poste est le même que celui des trois victimes. Sauf que, à l'heure actuelle, pas de boutiques de fortune, d'étals ni de kiosques, comme on en voit sur leur calvaire… Je distingue à l'écran le bord d'une table proposant du gin maison ; une autre semble accueillir des bidons cabossés d'huile de moteur. Si cet endroit est un tant soit peu à l'image de Lagos, il devrait y avoir, au bord d'une route aussi importante, des jerrycans de kérosène et d'essence, des vendeurs de pain prêts à vous faire un toast à la margarine sur le pouce, de l'eau conditionnée dans des sacs en plastique et une myriade d'étals de nourriture.

J'arrête la vidéo au moment où les Trois d'Okriki tombent. Et voilà : des piles de vieux pneus et un vulcanisateur, à côté de ce qui ressemble au long tuyau crasseux d'une pompe. Le mystère de la provenance des pneus passés au cou des victimes est résolu. Mais seulement en partie.

— Retournons au poste de police.

Chika exécute un demi-tour.

— Lentement, fais-je alors que nous commençons à rebrousser chemin, mon regard passant sans cesse de l'écran de l'iPhone à la route.

Chika roule au pas. De temps à autre, je mets sur pause. J'essaie de me concentrer sur les lieux plutôt que sur l'agonie des garçons, et je photographie ce qui correspond à ce que je vois sur la vidéo.

Une fois – de nouveau – devant le poste de police, je demande à Chika de faire demi-tour.

— Pour retourner à la scène de crime ?

— Oui. Encore plus lentement, cette fois.

Nous devons offrir un drôle de spectacle aux passants. Mais je sais que je tiens une piste, même si tout ça est loin d'être génial.

Lorsque nous atteignons la clairière où les Trois d'Okriki ont connu une fin tragique, j'interromps la vidéo.

— La route a été dégagée.

— Dégagée, monsieur ?

Chika me lance un bref regard avant de se tourner vers la piste.

— Il y avait des échoppes, ici… Arrêtez-vous là. Vous voyez ?

Je désigne la vidéo, puis l'extérieur.

— Vous notez les similitudes dans la végétation ? Regardez cette ligne électrique. Et le transformateur, dans le buisson, là. Vous voyez ? On est exactement au même endroit ; sur la vidéo, il y avait des étals et des boutiques, et maintenant, plus rien. Ce n'est pas que cette route est déserte, c'est qu'on l'a vidée.

— Peut-être que les gens sont traumatisés et n'ont pas voulu rester ?

Je secoue la tête.

— C'est possible, mais peu plausible. Ils ne peuvent pas avoir été tous affectés au point de retirer leurs stands de la route de l'université, qui est potentiellement la plus rentable.

— Vous pensez qu'on a débarrassé la route de tous les témoins ?

— Des participants au lynchage, même.

— Mais il y a des preuves de leur présence sur la vidéo.

— Oui, mais regardez.

Je relance la lecture et oriente légèrement le téléphone vers Chika.

— Omereji dit que vingt-trois personnes ont été arrêtées, mais même si l'on ne voit pas leurs visages, il semble y en avoir beaucoup plus…

Je mets la vidéo sur pause, regarde autour de moi, puis conclus à l'adresse de Chika :

— Il faut que j'aille là où tout a commencé.

MADAME LA PROPRIÉTAIRE

La résidence où vivait l'étudiant nommé Godwin Emefele ressemble à la plupart des maisons de la rue. Elle en est séparée par des arbres et un potager où poussent des légumes, du maïs et des ignames. Au milieu du grand jardin se dresse un immeuble à étage manifestement repeint en jaune vif il y a peu, avec des touches marron foncé autour du cadre des fenêtres.

Garés au coin de la rue, Chika et moi estimons la distance qui sépare le marché voisin – d'où, nous a-t-on dit, est parti l'essentiel de la foule – du poste de police, dans la direction opposée.

— C'est calme, pour une résidence aussi grande, dis-je.

J'essaie de me représenter un attroupement envahissant ce jardin, s'emparant des prétendus voleurs et les traînant sur le reste du chemin – en passant devant le poste de police –, jusqu'à l'endroit où ils ont finalement été tués.

— Il n'y a pas de locataires ? Où sont les enfants des familles qui vivent ici ?

87

— L'immeuble a été construit pour les étudiants, répond Chika en tendant le doigt. Vous voyez ? Les grandes fenêtres sont celles des chambres, et les petites sont celles des toilettes et des salles de bains.

J'opine et compte ces fenêtres, tout en prenant discrètement des photos avec mon téléphone. Au rez-de-chaussée, six grandes ouvertures percent la façade devant laquelle nous nous trouvons ; j'imagine qu'il y en a autant de l'autre côté. Un peu moins à l'étage, en raison de la présence d'un grand balcon sur le devant. Donc huit ou dix chambres en tout pour l'étage.

— Les gens d'ici prétendent que personne ne savait que ces garçons étaient étudiants, alors que le bâtiment est majoritairement occupé par des élèves de première année…

— J'ai lu que les habitants ont peur des étudiants, ils pensent que ce sont des voleurs, me coupe Chika en plissant les yeux en raison du soleil. Donc le fait que ces garçons aient été étudiants peut avoir aggravé les choses, en fait.

— Il n'y avait pas d'autres élèves pour réfuter les accusations de ce Godwin ?

— Vous pensez qu'il a pu mentir, monsieur ?

— On le saura bien assez tôt.

Godwin est assurément en tête de ma liste des gens à interroger.

Je me retourne vers la résidence, qui semble désolée et vide au milieu de ce vaste jardin. Des chèvres et des poules errent alentour, s'interrompant parfois pour grappiller à manger sur le sol de terre. Plusieurs autres bâtiments d'une taille similaire bordent la route qui mène au marché et à l'arrêt de bus. Je m'interroge à haute voix, perplexe :

— Si une bonne partie de ces résidences ont été bâties pour accueillir les étudiants, où sont-ils tous passés ?

— Après les meurtres, la plupart sont rapidement retournés sur le campus. L'université les a prévenus qu'elle ne pourrait pas protéger les élèves qui vivaient en dehors, en particulier durant les jours qui ont suivi. La plupart ne sont jamais revenus.

— L'université leur a trouvé des chambres ?

Chika renifle.

— S'il y avait assez de place pour tout le monde, tout le monde vivrait sur le campus. Non, la plupart sont hébergés par des amis ou des camarades compatissants. Le nombre de squatteurs a grimpé dans toutes les cités universitaires. Certains élèves ont même abandonné leurs études en raison des conditions de vie.

J'imagine le scénario que décrit Chika. Une tragédie telle que ce qui est arrivé aux Trois d'Okriki aura provoqué une hystérie collective chez les étudiants et mis une pression énorme sur les ressources de l'université. Et pour la ville, les conséquences ont dû s'apparenter à celles d'une catastrophe naturelle ; pour avoir fait du bénévolat dans divers refuges durant les incendies californiens, je comprends mieux pourquoi cette partie d'Okriki semble si vide.

J'aimerais penser que la localité mérite ces répercussions pour sa justice expéditive, mais le silence qui règne autour de moi est accablant de tristesse. Je suis sur le point de me confier à mon « assistant » lorsqu'une petite fille, âgée tout au plus de 12 ans, émerge de derrière la maison. Chika me regarde, attendant ma permission. J'opine du chef et il l'appelle.

La gamine s'arrête mais ne s'approche pas, alors nous nous éloignons rapidement de la voiture pour nous diriger vers elle.

— *You wan rent[1]?* nous demande-t-elle en pidgin lorsque nous la rejoignons.

— Oui, répond Chika sans hésiter.

La fillette se détend et nous désigne la maison.

— *Madam Landlady dey for backyard[2].*

— *You fit take us to meet am[3]?*

La gamine hoche la tête et nous la suivons. Le bâtiment a été rénové récemment, mais en lorgnant à travers les fenêtres, je constate qu'il est presque entièrement vide. Nous longeons la façade avec ses six grandes fenêtres, dont une donne sur une sorte de cuisine commune. Il y a donc dix chambres au rez-de-chaussée et huit à l'étage, en tenant compte du balcon.

À l'arrière de la maison, une femme massive et large d'épaules est penchée sur une jonchée de manioc en train de sécher. En nous entendant arriver, elle se redresse de toute sa considérable hauteur et croise les bras sur son ample poitrine, pareille au vigile d'un night-club.

— *Mama Landlady, dem wan rent house[4]*, dit la fillette en nous désignant avec enthousiasme.

---

1. Vous voulez louer ?
2. La propriétaire est dans la cour de derrière.
3. Tu peux nous amener la voir ?
4. Madame la propriétaire, ils veulent louer une chambre.

— *You be agent? Go where I send you now or na your head I go rent out!*[1]

La fille part en courant et la propriétaire se tourne vers nous. Elle conserve sa pose suspicieuse, même quand elle abandonne le pidgin.

— Qui veut louer ?

Chika lui adresse un sourire charmeur.

— Mon ami, ici présent. Vous êtes la propriétaire ?

— Cette maison m'appartient.

J'essaie de me montrer aussi enjôleur que Chika et lui tends la main. Elle la toise comme on toise un moustique un peu trop bruyant qui courtise une mort brutale. Je baisse le bras mais continue de sourire.

— Docteur Taiwo. Philip Taiwo.

— Vous êtes docteur ? Et vous voulez louer ici ?

Chika avance d'un pas respectueux vers elle tandis que je me recule. Je ne suis pas sûr de réussir à feindre de vouloir vivre sous le toit de cette femme.

— Oui, répond-il de nouveau, sans l'ombre d'une hésitation. Le docteur vient d'obtenir un poste à l'université, mais on ne lui a pas encore trouvé de logement de fonction. Il paraît que vous venez de rénover. Je dois dire que c'est très réussi.

La femme sourit, révélant une dent manquante. L'ogresse disparaît, remplacée sans transition par une personne tout à fait affable.

— La caution est de six mois d'avance.

Je ne cille pas. Il n'est pas rare que les propriétaires fassent payer des mois, voire des années d'avance.

---

1. Tu te prends pour un agent immobilier ? File ou c'est ta tête que je vais louer !

91

— Ce n'est pas un problème, madame, dis-je. Vous pouvez nous faire visiter ?

Madame la propriétaire nous entraîne dans la maison, disparaît brièvement pour récupérer un trousseau de clés, et commence à nous faire visiter une chambre après l'autre.

— Avant, je louais ce bâtiment mais je n'y vivais pas, nous dit-elle en ouvrant la porte d'un appartement doté d'un salon avec salle de bains attenante et d'une cuisine pas trop misérable. C'est l'une de mes plus grandes chambres. J'en ai une pareille à l'étage. Vous avez une famille ?

— Euh, oui. Mon congé sabbatique ne dure qu'un an. Ils me rendront visite, mais ils ne vivront pas ici.

Je suis impressionné par la facilité avec laquelle le mensonge sort de ma bouche.

— Alors ça sera très bien pour vous, déclare la propriétaire, comme si le choix ne m'appartenait pas. Il y a aussi un appartement à deux chambres au fond, mais en général je le garde pour les étudiants parce qu'ils peuvent partager.

— Vous avez beaucoup de pensionnaires étudiants ?

— Pas autant qu'avant. Maintenant, j'ai surtout des employés temporaires de l'université, comme vous.

Des gens qui ne connaissent pas la triste histoire de la résidence, j'imagine.

— J'aime bien, dis-je en opinant – et la propriétaire rayonne. Puis-je vous demander où sont les autres locataires ?

— Pourquoi ? réplique-t-elle vivement.

Attaque et défense en une seule question, le sourire disparaît.

— J'aimerais juste savoir si c'est bruyant le week-end, quand les autres pensionnaires sont là.

— Il n'y a pas de locataires en ce moment.

— À cause des rénovations ? suggère Chika.

— Oui ! acquiesce-t-elle avec un sourire soulagé.

J'imagine qu'elle ressortira cette nouvelle excuse à tous ses locataires à venir.

— Mais beaucoup vont revenir. J'ai un agent qui fait de la publicité à l'université.

Je fronce les sourcils, comme si je réfléchissais à quelque chose, me dirige vers la fenêtre et regarde le jardin.

— N'est-ce pas la maison... que ces garçons ont essayé de cambrioler, avant que des passants ne viennent à la rescousse ?

Le sourire de Madame la propriétaire disparaît encore ; elle me répond prudemment, quoique sans hostilité :

— C'était il y a longtemps.

— Mais c'était bien ici ?

— Oui.

— Ah ! J'aime les quartiers où les voisins veillent les uns sur les autres.

Madame la propriétaire applaudit de joie et de soulagement.

— C'est parfait alors. C'est tellement agréable de rencontrer enfin des gens sensés. Certains ont été très agressifs avec nous.

— Ça a dû être difficile pour toute la ville, avance Chika avec compassion.

— Vous ne pouvez pas imaginer. J'étais institutrice à l'école élémentaire. Mon mari, que Dieu lui accorde le repos, était le directeur. Nous avons dépensé toutes nos économies pour construire cette maison, afin de fournir un logement aux élèves de l'université. On les traitait comme nos propres enfants. Et quand c'est arrivé, tout le monde s'est mis à raconter des histoires, à dire qu'on était détestables ! Certains ont même prétendu qu'on s'était servis des garçons pour faire du *juju*[1] !

— C'est idiot. Une ville entière se serait attaquée à des jeunes garçons et les aurait utilisés simplement pour le *juju* ?

— Allez savoir, mon frère, soupire Madame la propriétaire.

— Vous étiez là ? demande Chika avec juste ce qu'il faut de curiosité.

— Non. Comme je vous ai dit, je vivais de l'autre côté de la ville à l'époque. Mais quand tous les locataires sont partis, je ne pouvais plus me permettre de garder deux maisons, alors j'ai dû emménager ici.

— On a tendance à oublier toutes les bonnes actions qu'ont pu accomplir les gens quand quelque chose comme ça se produit, note Chika avec compassion.

Madame la propriétaire se repaît de notre compréhension.

— De simples criminels, voilà ce qu'étaient ces gamins !

Je regarde autour de moi comme si je m'imaginais déjà vivre ici.

---

1. Ce terme est employé pour désigner les objets et sorts de la magie d'Afrique de l'Ouest.

— Où logeait l'autre garçon ?

— Quel autre garçon ?

— Celui qu'ils ont essayé de dévaliser, dis-je en me tournant vers elle. Dans cet appartement ?

— Ah, vous devez parler de Godwin ! Il était plus loin dans le couloir. Le pauvre. Je ne sais pas ce que j'aurais fait si quelqu'un était venu chez moi avec une arme. Venez, je vais vous montrer.

Nous suivons la propriétaire, qui selon moi serait plus qu'à même de neutraliser n'importe quel cambrioleur, armé ou non. Elle désigne le couloir, à l'avant du bâtiment.

— Là, vous voyez ? précise-t-elle. L'appartement face à la route.

— C'est pour ça que les gens l'ont entendu quand il a appelé à l'aide, dit Chika comme s'il venait de résoudre un mystère qui l'empêchait de dormir.

— Et les autres étudiants ? Pourquoi ne sont-ils pas venus à sa rescousse ?

Je fronce les sourcils en estimant la distance entre l'ancienne chambre de Godwin et la rue.

— Pas mal d'entre eux étaient à la fac, et les autres pensionnaires à leur travail. Ceux qui étaient là ont dit qu'après avoir entendu les coups de feu, ils avaient eu trop peur pour sortir et avaient préféré attendre que la foule arrive.

— Alors ce Godwin était pour ainsi dire seul quand les voleurs lui ont sauté dessus, grogne Chika d'une voix plus forte, comme s'il était outré par ce détail.

— Mais oui ! Et quand on voit comment on parle de nous… En quoi est-ce si mal de venir en aide à un autre être humain ?

— Et d'après ce que j'ai lu, vous avez été rapides, dis-je.

— Les coups de feu ont attiré l'attention de tout le monde.

— Vous voulez dire qu'il y en a eu plusieurs ?

Chika se rapproche de Madame la propriétaire comme si ses paroles risquaient de changer le cours de l'Histoire.

— Oh oui ! En fait, toute la ville a cru qu'une armée nous attaquait !

Dans la mesure où tous les rapports s'accordent à dire que trois, voire quatre coups de feu maximum ont été tirés, je peux ajouter un vrai don pour l'hyperbole à la liste des talents de cette femme.

— Les autres sont arrivés depuis les échoppes sur les bords de la route ?

— De partout, renchérit-elle. Ces étudiants avaient déjà commis des vols en ville, par le passé, mais on ne pouvait rien y faire parce qu'ils nourrissaient nos commerces. Les armes, ç'a été la goutte d'eau qui a fait déborder le vase.

Nous sommes désormais au bout du couloir qui conduit dehors ; un coup de feu tiré à l'intérieur serait en effet aisément entendu, si les fenêtres étaient ouvertes. J'en ai assez vu.

— Merci, madame. Je vais réfléchir sérieusement. Pouvez-vous me donner votre numéro ?

Ma conscience m'empêche de m'engager davantage. J'enregistre néanmoins ses coordonnées dans mon téléphone. Qui sait quand je risque de devoir lui reparler, avec ou sans contrat de location ?

Madame la propriétaire nous dit joyeusement au revoir, satisfaite que sa maison, grâce à une nouvelle couche de peinture, surmonte enfin sa mauvaise réputation.

Sa joie m'attriste.

À PETITE VILLE,
NOUVELLES RAPIDES

De retour dans le Land Cruiser, je félicite Chika pour son sang-froid. Il est moins tendu que quand je l'ai officieusement promu assistant de recherche.

Nos autocongratulations sur nos talents d'acteur s'émoussent quand nous remarquons les regards que nous lancent certains passants. Cette fois, ce n'est pas seulement la curiosité habituelle des habitants d'une petite ville.

J'imagine le bleu du poste de police appeler sa dulcinée, qui téléphone ensuite à sa meilleure amie, laquelle contacte sa mère dans la foulée. Je me rappelle les paroles d'avertissement de Salomé.

Dès que nous arrivons à l'Hôtel Royal, un homme rondelet et dégarni s'empresse de venir à notre rencontre.

— Bonjour, bonjour, lance-t-il avec un sourire hypocrite. Je n'étais pas là pour vous accueillir hier soir. J'en suis navré. Je suis Oroma Atoka, le directeur.

Quand je lui tends la main, je décèle chez lui une légère hésitation. Il regarde rapidement autour de lui. Personne en vue, aussi accepte-t-il de me serrer la main.

— Docteur Taiwo ?

— Oui. Et voici Chika, mon assistant.

Atoka le salue de la tête.

— Nous nous sommes rencontrés quand il est venu réserver vos chambres. Il a payé d'avance pour deux semaines, mais nous avons un problème.

— Un problème ? fais-je avec une inquiétude soigneusement composée.

— Oui.

Sa tête oscille sous le poids d'une culpabilité feinte, puis il se tourne vers Chika.

— Voyez-vous, quand nous nous sommes vus, monsieur Chika, je ne savais pas que ma réceptionniste avait déjà accepté des réservations pour un mariage. Les invités viennent de Lagos, et même d'Abuja pour certains. Le mariage a lieu la semaine prochaine, et j'ai bien peur de ne pas pouvoir vous loger plus d'une semaine.

— Mais nous avons payé d'avance, proteste Chika, agacé.

— Je vais vous rembourser, répond un peu trop rapidement le directeur, et j'essaierai même de vous trouver une chambre d'hôtes. Il y en a de bien plus jolies à Aluu, et même à Obio/Akpor. Je vous assure que notre ville n'a pas grand-chose à offrir par rapport à ces agglomérations.

— Vous plaisantez ? s'agace Chika. Quand je suis venu, je vous ai expliqué que nous risquions de prolonger notre séjour, et vous m'avez assuré qu'il n'y aurait aucun problème.

Sentant que Chika pourrait en venir aux mains, j'interviens rapidement.

— Tout va bien. Écoutez, monsieur Atoka, reparlons-en dans une semaine. Je suis sûr que nous trouverons un arrangement d'ici-là.

Le directeur semble décontenancé par ma docilité. Il répond en bafouillant légèrement :

— Ça risque d'être dans moins d'une semaine. Nous devons préparer les chambres pour les invités…

— Reparlons-en dans une semaine, d'accord ?

Ma voix indique clairement que le sujet est clos. Je le contourne pour continuer mon chemin, Chika sur mes talons.

Quand nous arrivons dans ma chambre, ce dernier est une pelote de nerfs.

— Quelqu'un est venu lui parler !

— Pas de conclusions hâtives.

— Monsieur, vous avez vu la manière dont les gens nous regardaient, en chemin ?

J'opine, rechignant à énoncer des hypothèses en l'absence de faits.

— Je vous assure que quelqu'un lui a demandé de se débarrasser de nous, monsieur !

— Et nous n'y pouvons rien, dis-je pour qu'il cesse de faire les cent pas comme un taureau enragé. Nous ne pouvons que contourner le problème. Y a-t-il d'autres hôtels ou chambres d'hôtes en ville ?

— Plusieurs, mais pas aussi confortables qu'ici.

Je balaie la chambre du regard. À l'échelle de la ville, elle est correcte. Mais je repense à la douleur aux omoplates que m'a laissée le matelas cabossé, à l'horrible petit déjeuner, et je frémis en imaginant ce que peuvent proposer les autres établissements alentour.

— Sans compter que, poursuit Chika, si quelqu'un a demandé au directeur de se débarrasser de nous, je suis sûr que les autres auront reçu les mêmes instructions. Si on part d'ici, on ne trouvera pas de logement ailleurs.

— On peut toujours s'installer dans une autre ville, même si être sur place représente beaucoup d'avantages.

— La plupart sont beaucoup trop loin. Les plus proches de l'université sont tout aussi misérables et ne valent pas le prix qu'elles demandent.

Il secoue la tête, et je découvre à quel point il peut se montrer têtu.

— Non. On doit rester ici.

Je consulte ma montre. Le temps file.

— On a encore une semaine pour y réfléchir. Pour l'instant, venez m'aider.

Je branche mon téléphone à mon ordinateur portable.

— J'aimerais que vous compariez les photos qu'on a prises ce matin à la vidéo du lynchage. Notez tout ce qui attire votre attention. Mais concentrez-vous sur le décor, hein ? Pas sur le reste.

J'espère que la tâche va l'occuper pendant que je réfléchis aux étapes suivantes. À en juger par le dossier qu'il m'a préparé, je pense qu'il va se montrer à la hauteur.

J'ouvre la vidéo dans une autre fenêtre tout en copiant les photos sur mon disque dur. Chika soupire dès que les premières images commencent à défiler.

— Je suis désolé, je sais que ce n'est pas agréable. Mais nous avons besoin de captures d'écran des lieux qui correspondent à notre trajet de ce matin.

Une fois le transfert effectué, je débranche mon téléphone du MacBook pendant que Chika s'assied au bureau.

Je compose alors le numéro d'Abubakar Tukur.

UN ENFANT DU PAYS

— Docteur Taiwo ! s'écrie l'inspecteur Omereji sitôt que Chika et moi entrons dans son bureau. Nous avons appelé PH et, coup de bol, ils ont fait des copies des dossiers que nous avons expédiés au bureau du procureur général. J'ai aussitôt envoyé quelqu'un les récupérer.

Il agite la main vers les boîtes en carton posées sur son bureau, tel un magicien révélant l'assistante qu'il vient de scier, vivante et entière. À en juger par la circulation que nous avons affrontée la veille en quittant l'aéroport, seul un hélicoptère aurait pu acheminer ces dossiers de Port Harcourt aussi vite.

— Est-ce que je peux parler aux officiers responsables de l'enquête ? fais-je en gardant un ton conciliant et jovial.

— On doit encore mettre ça au point. Mes hommes sont très occupés, docteur.

— Je peux aussi en discuter avec vous.

— Ah, vous ne savez pas ? s'étonne-t-il en haussant les sourcils. J'ai été nommé ici environ six mois après le malheureux incident.

Je prends note de son choix de mots. Comme s'il ne voulait pas courir le risque de dire quelque chose qu'il ne faut pas. Parfois, j'oublie qu'Abubakar n'est pas seulement le commandant de l'École de police ; il appartient aussi à l'oligarchie haoussa, et il dispose de solides soutiens politiques. Il aura suffi qu'Abubakar tire quelques ficelles pour que cet inspecteur, jusque-là si arrogant, se retrouve sur la sellette. Je ne serais pas surpris qu'il soit d'ailleurs en train d'enregistrer notre conversation.

— Où travailliez-vous avant, si ce n'est pas indiscret ?

Mon ton est aussi formel que le sien, seulement empreint d'une légère curiosité.

— Ce n'est en rien indiscret, tout le monde le sait. J'ai été transféré de Kano.

— Se retrouver à Okriki, c'est un sacré changement après une grande ville comme Kano, dis-je en essayant de voir au-delà de son sourire neutre.

— Mais ici, c'est chez moi. Je suis même allé à l'université du coin.

— Moi aussi, intervient Chika. En quelle année ?

— J'ai eu mon diplôme en 2011. En sociologie. Et vous ?

Qu'ils aient fréquenté la même université ne paraît pas susciter chez lui une bienveillance particulière à l'égard de Chika.

— 2012, répond Chika. Sciences informatiques.

Omereji fronce les sourcils en le regardant, sans poursuivre. S'ensuit un silence gêné qui supplie qu'on y mette fin.

— Alors vous êtes un enfant du pays, dis-je avec un entrain artificiel.

Omereji ignore la perche mais son sourire vide revient, et le regard qu'il pose sur Chika ne vacille pas. Ce dernier finit par s'avancer vers le bureau de l'inspecteur pour prendre deux des boîtes en carton, brisant ainsi la tension.

— Je reviens prendre la troisième, dit-il en sortant.

Je commence à protester :

— Je peux me charger de…

— Je reviens, monsieur, répète Chika en sortant.

Je me retrouve seul avec l'inspecteur Omereji, dont le visage menace de se décomposer sous l'effort qu'il doit fournir pour paraître sympathique. J'essaie de le soulager.

— Vous connaissez bien ces policiers ?

— Pardon ?

— Ceux qui ont enquêté sur l'affaire. Je présume qu'ils travaillent encore ici ?

— Deux d'entre eux seulement. Le troisième a été muté ailleurs, mais j'ai entendu dire qu'il avait quitté la police depuis.

Je me mords la langue. Tout ça est bien pratique. Je scrute la dernière boîte posée sur le bureau.

— Ça fait beaucoup de paperasse, pour seulement trois policiers.

— Regardez autour de vous, docteur Taiwo. Un poste de police de cette taille, et dans ce coin, n'attire pas exactement les meilleurs éléments.

— Et pourtant, vous êtes là.

Je n'ai pas réussi à m'en empêcher.

— Dans la mesure où je n'ai pas eu le choix, je prendrai ça comme un compliment, dit l'inspecteur avec un sourire pincé.

Je lui renvoie le même rictus.

— Vu l'ampleur de l'affaire et l'intérêt que les médias lui ont porté, je pensais que la police aurait déployé plus de moyens.

— Personne ne voulait s'en mêler. Est-ce qu'on peut le leur reprocher ?

— Mais vous, vous êtes venu.

— Oui, pour nettoyer le bazar et limiter les dégâts, autant pour la police que pour la ville. Trop de sales rumeurs se sont mises à courir sur Okriki.

Le changement a été rapide ; je fais maintenant face à un homme en colère que ma présence dérange. J'adopte un ton plus compatissant pour glisser :

— Vous n'étiez pas obligé de venir.

— Les gens d'ici avaient besoin de moi.

— C'était si moche que ça ?

— Vous ne pouvez pas imaginer. Mais c'est fini, à présent, grâce à Dieu. Les médias sont repartis. Les étudiants reviennent peu à peu. La paix est rétablie entre l'université et la ville. Le commerce reprend. Le procès se déroule loin d'ici, à PH. Peu à peu, tout redevient normal.

— Vous allez retourner à Kano ?

— J'irai n'importe où, tant que je peux poursuivre ma carrière à une allure plus… dynamique.

Je mémorise cet échange avec un hochement de tête tandis que Chika revient, prend la dernière boîte et repart.

Je tends la main à l'inspecteur.

— Je suis sûr que les habitants d'Okriki apprécient votre sacrifice. Peu de gens auraient pris la peine de revenir pour aider à reconstruire une ville marquée par le genre d'horreur qui s'y est déroulé.

— C'est mon devoir, répond Omereji en me serrant la main.

— Il n'empêche que je vous tire mon chapeau. Quand les officiers chargés de l'enquête auront le temps, vous leur demanderez de me passer un coup de fil, d'accord ?

Encore ce sourire faux.

— Naturellement. J'ai votre numéro.

— Bien. Et merci pour les dossiers.

Je suis en train de faire demi-tour pour prendre congé quand il me rappelle.

— Docteur Taiwo ?

Je m'arrête, fais volte-face.

— Ne rouvrez pas les vieilles blessures.

— S'il reste des blessures après tout ce temps, peut-être faut-il les soigner et les panser pour qu'elles guérissent convenablement.

J'ai l'air de prendre à la légère sa demande, qui se veut très sérieuse – d'autant plus s'il est du coin –, mais c'est parce que c'est la seule façon dont je parviens à affronter l'intensité de son regard.

— Cette ville est à cran depuis presque deux ans…

Je riposte d'un ton sec que je regrette aussitôt :

— Et trois jeunes hommes ont été assassinés au vu et au su de tous.

— Je croyais que vous travailliez sur une étude de cas. Pas que vous enquêtiez sur ce qui s'est passé.

— Est-ce que ça fait vraiment une différence ?

Omereji retourne à son bureau et commence à remuer divers papiers. J'en déduis que je suis congédié.

Je contemple sa tête baissée. Peut-être est-ce vraiment un type bien, qui a dû museler ses ambitions pour protéger sa ville.

Mais de quoi ?

DES BOÎTES PLEINES DE RIEN

— C'est ridicule ! tonne Chika, qui se retient à grand-peine de faire voler tous les dossiers.

Le contenu des boîtes s'est révélé dépourvu du moindre intérêt. Elles renferment essentiellement des photocopies des dépositions des témoins, mal rédigées et mal orthographiées. Sur plusieurs d'entre elles, le nom du témoin est pratiquement illisible. Des mots ont disparu à cause d'une encre de mauvaise qualité ou d'un mauvais placement du document original dans la photocopieuse, et la grammaire employée est si lamentable que certaines phrases n'ont aucun sens. Les rapports de police sont encore plus pitoyables. Même ma fille de 13 ans construit des phrases plus claires.

— Ils n'ont rien fait du tout ! gronde Chika en agitant une feuille avec colère.

— Ou ils ne voulaient rien faire, dis-je en m'étirant péniblement après presque une heure passée assis en tailleur.

— Monsieur, ils auraient au moins pu faire semblant. Écoutez ça : « *Mon nom est M. Peter A. Ofunsi. J'étais*

là quand ils ont attrapé voleurs, mais pas vu brûler.
Signé en ce jour du Seigneur octobre deux huit. »

Il jette la feuille sur le sol, qui est déjà jonché des photocopies ayant subi le même sort.

— C'est une déposition, ça ?

J'étudie une grande feuille de papier que j'ai dû déplier en plusieurs fois. On dirait le plan d'un immeuble.

— Voilà qui pourrait nous être utile, dis-je en le punaisant sur le mur, en face de mon lit.

— C'est… ?

— Le plan de la résidence de Madame la propriétaire.

— Il n'y a rien à en tirer, lâche-t-il après avoir étudié le document.

— Regardez mieux. Chacune des chambres porte le nom de la personne qui l'occupait.

— De simples initiales dans la plupart des cas, monsieur. Il va nous falloir un temps fou pour déterminer qui est qui. Et même si ce plan indique l'identité des locataires officiels, il ne nous donnera pas celle des squatteurs qui partageaient leur logement.

Je hausse les épaules. Je préfère ne pas lui dire que c'est exactement le genre de travail minutieux que j'apprécie. Si tout était évident, il n'y aurait pas d'enquête. De plus, ce plan m'apprend que la police savait apparemment quoi chercher sur une scène de crime. Ce qui rend la médiocrité des rapports encore plus incongrue.

— J'insiste, ça reste un bon point de départ. Nous avons des procès-verbaux nominatifs que nous pouvons faire correspondre avec les initiales du plan, et si nous tombons sur un obstacle, nous pourrons toujours demander à la propriétaire de…

Je suis sur le point d'ajouter – pour plaisanter – que signer un bail nous aiderait lorsque je m'aperçois que Chika secoue la tête.

— Les rumeurs sur votre présence à Okriki doivent avoir circulé jusqu'à elle. Je pense que maintenant elle refuserait de vous louer une chambre, même pour tout l'or du monde.

J'opine, sans me laisser démonter. Ce plan recèle des informations dont nous pouvons nous servir. Comment, je ne le sais pas encore. Mais je suis presque sûr qu'il sera utile, à un moment ou un autre.

Chika retourne aux papiers, qu'il range dans leurs cartons. Il le fait avec plus de soin que le respect qu'ils lui inspirent, même si son irritation demeure évidente.

Je comprends sa frustration, bien sûr. Mais je suis venu préparé.

Le lendemain du jour où j'ai accepté la mission, Abubakar m'a convoqué dans son bureau pour m'avertir de ne pas trop compter sur la coopération de la police locale.

— Ils veulent oublier tout ça, m'a-t-il prévenu en tirant sur sa cigarette – il était le seul officier qui osait encore fumer dans son bureau.

— Ils ne comprennent pas qu'Emeka n'abandonnera pas ? ai-je dit en priant pour mes poumons.

— Si, mais cela fait plus d'une année qu'il ne s'est *r*ien passé. Les gens oublient, les témoignages deviennent flous, et l'accusation ne peut pas monter une affai*r*e en *r*aison de l'absence de p*r*euves c*r*édibles.

— Alors je pars à l'aveuglette ?

110

— Pas v*l*aiment non plus.

Abubakar a ouvert son tiroir et en a sorti une clé USB, qu'il a posée sur son bureau.

— Qu'est-ce que c'est ?

— Les *l*appo*l* de l'enquête indépendante qu'Emeka a menée du*l*ant ces dix-huit de*l*niers mois.

— Pourquoi ne me les a-t-il pas donnés lui-même ?

— Pa*l*ce que je lui ai demandé de ne pas le fai*l*e.

Cette réponse sans détour m'a fait froncer les sourcils.

— Pourquoi ?

— Pou*l* commencer, a dit Abubakar en exhalant sa fumée, pa*l*ce que je voulais épa*l*gner à Emeka la douleu*l* de tout vous expliquer. Et aussi pa*l*ce que nomb*l*e de ces info*l*mations vont dans le sens des théo*l*ies d'Emeka, et que je voulais que nous sépa*l*ions le bon g*l*ain de l'iv*l*aie.

Après deux heures passées à m'étouffer avec ses cigarettes et à écouter ses explications sur la nature de certains des documents, j'ai compris que j'aurais grand besoin des lumières qu'il m'apportait. Des articles de journaux, des images des victimes – avant et après leur mort –, des audiences en cours, des téléchargements et des vidéos des meurtres dans divers formats. J'ai été impressionné par la minutie et la quantité d'informations qu'un particulier peut parvenir à rassembler.

— Emeka est un homme t*l*ès obstiné, a répondu Abubakar.

— Certains pourraient dire obsédé, mais je ne peux pas le lui reprocher. Si l'un de mes fils…

Un frisson involontaire m'a interrompu. Je ne pouvais pas parler à Abubakar de la conversation que j'avais eue avec mon père, mais j'étais véritablement intrigué par l'affaire. La tristesse dans les yeux d'Emeka, et l'inimaginable idée de perdre l'un de mes enfants d'une manière aussi affreuse auraient suffi à me faire accepter la mission, si je n'avais pas eu à composer avec ma vie conjugale.

— Vous devez comp*l*end*l*e que la police d'Ok*l*iki est majo*l*itai*l*ement composée d'autochtones. Ils ont des p*l*éjugés depuis le début, et comme l'un d'eux a été vu pa*l*mi la foule, ça n'a pas aidé.

— Vous pensez que les autres ont essayé de le protéger ?

— Peut-êt*l*e au début, mais t*l*ès vite c'est la ville entiè*l*e qu'il a fallu p*l*otéger.

Il m'a tendu la clé USB.

— Étudiez tout ça. Vous ne ti*l*e*l*ez pas g*l*and-chose des *l*appo*l* de police.

— Je dois quand même les consulter.

— Le contenu de cette clé est bien plus complet.

— Je dois tout de même m'intéresser aux pistes que la police n'a pas pu, ou pas voulu suivre.

C'était Abubakar qui fronçait les sourcils, à présent.

— Mais pou*l*quoi ?

— Parce que si une piste a été dédaignée, c'est peut-être précisément celle-là que je devrais étudier de près.

— Je savais que vous étiez l'homme qu'il faut pou*l* cette affai*l*e, m'a dit Abubakar tandis que je me relevais, lui serrais la main et m'en allais le plus vite possible.

L'inconfort du tabagisme passif est plus puissant que les louanges.

— Ces papiers ne sont pas aussi inutiles que vous le pensez, dis-je à Chika.

Les monceaux de rapports de police qui nous cernent confirment la perspicacité d'Abubakar.

— Mais, monsieur, il n'y a rien là-dedans qui ne soit pas déjà du domaine public, proteste Chika.

Je lui fais signe de s'approcher alors que j'ouvre le dossier d'Emeka sur mon ordinateur.

— Je vais vous lire quelque chose, et vous cherche-rez parmi les rapports de police une pièce à conviction qui le corrobore ou le contredit, d'accord ?

— D'accord, monsieur.

Nous travaillons jusqu'à tard dans la nuit, essayant de trouver des correspondances entre les témoignages et ce que nous savons qu'il s'est réellement passé. L'essentiel y est : l'heure où Winston, Bona et Kevin ont quitté le campus, celle à laquelle les gens d'ici prétendent les avoir vus arriver, et le nombre de coups de feu entendus dans la résidence de Godwin.

Nous progressons aussi dans l'association entre les noms sur les procès verbaux et les initiales notées sur le plan. Malheureusement, tous les locataires ont déclaré être à la fac durant le drame.

Nous isolons aussi les informations qui vont à l'en-contre du rapport officieux d'Emeka. Par exemple, nombre des témoins interrogés par la police soutiennent avoir vu les trois garçons arriver en ville ensemble, alors que d'autres assurent que Winston était bien avec Bona mais que Kevin ne les a rejoints que plus tard.

Le témoignage de la petite amie de Kevin, Mercy, est particulièrement important puisqu'elle affirme que Kevin est venu lui rendre visite chez ses parents – et qu'il n'a donc pas pu arriver avec Winston et Bona. Pourtant, il n'y a pas trace de la déposition de Mercy dans les dossiers de la police... Encore plus étrange : Godwin, dans son témoignage écrit, dit ne pas savoir comment Kevin s'est retrouvé parmi les Trois d'Okriki.

— Avec toutes ces contradictions, ils auraient dû creuser un peu plus, non ? dis-je en tournant la tête d'un côté et de l'autre pour détendre mon cou.

— Peut-être qu'ils se sont dit que ça ne servait à rien puisque les garçons étaient de toute façon déjà morts ? suggère Chika sans conviction.

— Peut-être bien. Mais ce n'est pas une excuse.

J'ouvre la liste des gens à interroger.

— Nous devons suivre les divergences entre les rapports pour identifier les personnes à interroger. Ce sont elles qui nous mèneront aux pièces manquantes.

Chika fronce les sourcils.

— On va chercher les réponses dans ce qui ne se trouve *pas* dans les dossiers de police ?

— Exactement.

LE POUVOIR D'UNE SEULE PERSONNE

Ma chambre est un vrai capharnaüm. La paperasse a tout envahi et des Post-it sont collés sur le plus petit centimètre carré de mur – chaque centimètre qui n'est pas recouvert par les rideaux, ou des reproductions de tableaux médiocres dans des cadres encore plus médiocres. Il est tard, je suis épuisé, et Chika est allé se coucher.

Je me verse un grand verre de la bouteille de bière que j'ai achetée au bar du rez-de-chaussée. Elle est chaude, à présent, mais ça me convient : plus elle est chaude, plus elle m'assommera vite, accordant un répit momentané à mes pensées galopantes.

Je prends une profonde inspiration, agacé par la manière dont mes doigts planent au-dessus de l'écran de mon téléphone, prêts à composer le numéro de Folake. Alors que je suis sur le point d'appuyer, je reçois un texto.

Il paraît que vous avez causé de l'émoi en ville aujourd'hui, l'Américain.

Comment Salomé peut-elle être au courant ? Les nouvelles circulent vite à Okriki, mais jusqu'à Port Harcourt… ? Elle a mentionné que sa mère était du coin ; on dirait qu'elle a davantage de contacts ici qu'elle n'a bien voulu me le dire. Ce texto est-il une manière amicale de prendre de mes nouvelles – personnelles et professionnelles –, ou de la teneur de l'avertissement qu'elle m'a lancé dans l'avion ? *Détends-toi, Philip.*

> Vos sources exagèrent. On pourrait se rencontrer, peut-être, afin que je vous expose les faits ?

Aussitôt le message envoyé, je regrette : il peut être interprété, à tort, comme une proposition de rendez-vous. Ma panique me pousse à appeler ma femme.

— Eh bien, il t'en a fallu du temps.

On peut toujours compter sur Folake pour aller droit au but.

— Ça a été mouvementé, dis-je, sur la défensive.

— Je n'en doute pas, répond-elle sans chercher à masquer son irritation.

S'ensuit un silence gêné.

— Je suis désolé, dis-je d'un ton qui ne me convainc même pas moi-même.

Elle souffle à l'autre bout du fil.

— Ça va. Tu manques aux enfants.

Et à toi ?

— J'ai parlé aux garçons et à Lara. Je les ai appelés avant l'école…

Nous continuons d'exécuter la manœuvre à laquelle se livre tout couple en difficulté pour apaiser la tension : faire diversion. Nous parlons des enfants, partageons des informations connues comme si elles étaient nouvelles : les jumeaux passent des examens blancs qui les préparent à leur dernière année de lycée, Lara va incarner Juliette dans la pièce du collège. Je m'en étonne :

— Ils ne sont pas un peu jeunes pour cette pièce ?

— Elle a 13 ans, trésor.

J'entends le rire dans sa voix et la manière dont elle prononce « trésor » me détend assez pour que je lui raconte certains détails de mon arrivée à Okriki.

Je lui parle de Chika, des gens d'ici et de l'impression que m'ont faite l'inspecteur Omereji et les policiers locaux. Nous raccrochons autour de minuit, et je ressens dans mon ventre une chaleur qui n'a rien à voir avec la bière. Pour la énième fois en douze jours, j'aimerais trouver la meilleure manière de lui dire ce que j'ai vu par la fenêtre de son bureau. Mais je ne peux pas me permettre de penser à ça en ce moment.

Je finis ma bière et examine les Post-it, classés par couleur, que Chika et moi avons collés sur le mur, autour du plan de la maison de Madame la propriétaire.

Les bleus regroupent les faits : le nombre de victimes, leur genre, leur âge, etc.

Les rouges signalent des informations qui entraînent plus de questions que de réponses : le manque d'ardeur de la police à coopérer tombe dans cette catégorie, tout comme l'envie subite du patron de l'hôtel de nous mettre dehors.

Les jaunes donnent les noms des suspects initialement arrêtés. Nous avons souligné ceux qui ont été relâchés.

Les verts : les témoins et l'endroit où ils se trouvaient le jour du crime.

Les orange pour tout ce que nous ignorons encore.

Le mur de ma chambre ressemble à une salle de classe Montessori.

Prof disait toujours que plus on comprend les vivants, plus il est facile de comprendre la mort. Je m'interroge sur les limites de cette théorie : je dispose d'une bonne centaine de suspects, qui ont tous pu avoir une myriade de motifs pour attaquer les Trois d'Okriki.

Le wi-fi de l'hôtel est médiocre, mais peut-être en raison de l'heure tardive, Internet répond relativement vite quand je cherche « Vols à Okriki ».

Je trouve surtout des extraits du journal local, l'*Okriki Express*. Après avoir parcouru les innombrables articles concernant les Trois d'Okriki, je conclus qu'il y avait bien des tensions récurrentes entre étudiants et autochtones. Des bagarres ont éclaté sur les marchés, dans des bars et lors de concerts. Des propriétaires de logements ont déclaré avoir subi de nombreux dégâts résultant des violents affrontements entre étudiants appartenant supposément à des sectes rivales. Les vendeuses du marché accusent de jeunes gens, qu'elles assurent faire partie de l'université, de s'emparer de leurs marchandises et de refuser de payer. Une longue liste d'incidents confirme que la ville entretient une relation très difficile avec les élèves de l'université.

Je résume tout cela dans mon carnet, sur la page où j'ai noté : *Trouver données sur le nombre de vols commis dans le secteur avant ou durant le mois des meurtres.*

Je scrute encore le mur. J'ai tracé des lignes entre les Post-it pour relier une possibilité à l'autre, et l'ensemble évoque à présent une toile d'araignée plutôt décousue.

Je feuillette mon carnet jusqu'à la page où j'ai griffonné : *Mobile d'un seul individu masqué par une action ou un mobile collectif ?*

Je dois simplifier, envisager tous ces détails comme une entité unique.

Mes études sur les lynchages dans le sud des États-Unis m'ont révélé que la plupart, sinon tous, avaient été provoqués par des événements insignifiants – Emmet Till, par exemple, avait prétendument sifflé une femme blanche. Les lyncheurs étaient toujours déterminés à rendre l'exécution aussi publique que possible, apparemment en guise d'avertissement aux autres Noirs qui auraient pu nourrir l'idée de sortir du rang. Cependant, la nature publique des lynchages servait un but autre que la perpétuation de l'idée de la supériorité des Blancs et de la soumission des Noirs : avec tant de complices, juger le crime devenait pratiquement impossible. Chaque « fruit étrange » pendu à un arbre était à la fois un symbole de terrorisme racial et de collusion. Une force unie par un ralliement à un crime conçu par une seule personne – mais couvert par tous.

Je me tourne encore vers le mur. De nombreuses mains ont frappé les Trois d'Okriki. Mais s'il y a eu quelqu'un, au sein de la foule, qui a agi pour un motif différent des autres, je dois le découvrir.

Le plus logique reste de commencer par le jeune homme qui, en donnant l'alerte, a mis en branle la chaîne d'événements qui s'est soldée par un lynchage.

LE DÉROULEMENT

Je suis réveillé par la sonnerie de mon téléphone. C'est mon père.

— Tu n'as pas répondu à mes SMS, alors je me suis dit que j'allais prendre directement de tes nouvelles, commence-t-il d'un ton chargé de reproche.

— Pardon, père. Il était tard et tout est devenu confus très rapidement.

— Mais tu vas bien ?

— Oui. Emeka sait que je suis arrivé sans embûche. Le chaperon qu'il m'a fourni est excellent.

— Content que tu ne sois pas tout seul.

Mon père ne mord pas à l'appât. S'il est en contact régulier avec Emeka, il n'en dit rien.

— Je n'arrive pas à me défaire de l'idée que je t'ai poussé à accepter une mission qui risque de te mettre en danger.

À présent, je m'en veux de l'avoir évité depuis notre conversation dans son bureau, il y a presque une semaine.

— Il ne s'est rien passé qui laisse présumer que je suis en danger, papa. Ne t'inquiète pas.

— D'accord. Je voulais aussi savoir si tu avais dit à Folake ce que je t'ai confié…

Il ne termine pas sa phrase.

— Je ne lui ai rien dit.

— Merci.

Son soulagement est palpable, même au téléphone.

— Je préférerais lui expliquer en personne, si ça devient nécessaire.

Si sa belle-fille doit apprendre ces éléments peu reluisants de son passé, ce sera selon ses propres termes. Je ne peux pas le lui reprocher, vu notre situation conjugale actuelle.

— Bref, fais attention à toi. Et fais-moi savoir si tu as besoin de quoi que ce soit.

— D'accord.

— Bien. Ta mère t'embrasse.

— Embrasse-la aussi de ma part.

Il ne raccroche pas, et j'en fais autant tandis que le silence s'étire. Nous sommes tous deux en territoire inconnu.

— Kenny Boy, reprend-il enfin. Je veux seulement que tu saches à quel point j'apprécie que tu fasses ça. Pour Emeka et, tu sais, pour nous tous.

— Je dois y aller, père, dis-je.

Et j'attends qu'il raccroche.

Je suis sorti de la douche et j'ai presque fini de m'habiller quand la réceptionniste, moins maussade à présent, m'apporte le petit déjeuner, précédée par Chika. Elle pose le plateau de service sur le seul coin dégagé du bureau, accepte l'argent de Chika et repart.

— J'ai pris les choses en main, précise-t-il en désignant le plateau d'un geste ample.

— C'est vous qui avez préparé ça ?

Une omelette parfaitement cuite, avec trois jolies tranches d'igname bouillie. Une bouteille d'eau fraîche et un grand verre de jus de fruits accompagnent le tout. Je ne mange pas si tôt, en général, mais la vue de cette nourriture fait gronder mon estomac.

— C'est tout comme, répond-il en sortant les couverts de la serviette en papier pour me les tendre. J'ai donné à la cuisinière des instructions précises, et je l'ai récompensée avec deux cents nairas.

— Les deux cents nairas les mieux dépensés du monde. J'attaque les œufs et l'igname. Délicieux.

— Où est le vôtre ? fais-je entre deux bouchées.

— Dans ma chambre.

— Allez le chercher. Mangeons ensemble, on doit discuter de pas mal de choses.

Je sens son hésitation. Jouer à être mon assistant est une chose, manger dans le cadre informel de ma chambre d'hôtel en est une autre.

Mon téléphone bipe au moment où il sort. C'est un message de Salomé.

Mes sources sont fiables, mais pas question de rater un verre à l'œil. Dites-moi quand vous serez libre.

Je suis soulagé qu'elle n'ait pas mal interprété mon texto de la veille, mais c'est à Emeka que j'envoie un message rapide.

Bonjour, très impressionné par Chika. Il n'est pas que bon chauffeur. Je peux lui poser une question ?

La réponse arrive presque aussitôt.

Je vous en prie.

Lorsque Chika revient avec son plateau, nous débarrassons le bureau des papiers, de l'ordinateur portable, des Post-it, et nous nous installons pour manger en essayant d'établir une chaîne d'événements cohérente.

Godwin Emefele, étudiant à l'université mais vivant à Okriki, hors du campus, a reçu la visite de trois condisciples : Winston, Bona et Kevin. S'est ensuivie une bagarre parce que, selon Godwin, les autres étudiants ont essayé de lui extorquer de l'argent.

Quand l'un de ses trois agresseurs présumés l'a menacé d'une arme, Godwin a donné l'alerte. Les coups de feu ont convaincu les voisins qu'un vol était en cours. Une foule s'en est alors prise aux trois jeunes gens, ce qui a mis en branle une succession d'événements ayant conduit aux meurtres par *necklace*.

Vingt-trois personnes ont été accusées, dont un policier, identifié sur la scène du crime d'après les vidéos postées sur les réseaux sociaux. James Johnson – nom ethniquement avare en informations, autant que sa déposition écrite –, sergent de police, a été relâché parce qu'il a prétendu s'être rendu sur place pour essayer d'arrêter la foule. Puisque personne n'a contredit son témoignage, il a été libéré et aussitôt transféré dans un autre État. Seuls sept des accusés sont encore en détention, les charges pesant sur les autres ayant été annulées ou abandonnées. Le tribunal doit trancher sur leur sort.

— Rien de nouveau, dit Chika en grattant les dernières traces d'omelette de son assiette.

— Mais ce n'est pas tout à fait vrai.

Je réfléchis à haute voix, soudain frappé par une révélation. Je repousse mon assiette et attrape mon carnet.

— Tous les rapports indiquent qu'il y a eu des coups de feu, mais aucune arme ne figure sur la liste des preuves.

Je parcours rapidement mes notes et regarde Chika.

— Si ce n'est pas la police qui l'a, alors qui la détient actuellement ?

— Peut-être que quelqu'un l'a volée ?

— Peu probable, mais pas impossible.

— On n'a rien retrouvé sur les victimes, me contre Chika. Pas de portables, pas de portefeuilles, de montres, de ceintures, de chaussures, de vêtements.

— Vous pensez donc que quelqu'un, parmi la foule, a pris l'arme ?

— Ça se pourrait, dit-il en haussant les épaules.

— Ce qui signifierait que le pistolet, s'il y en a bien eu un, est encore quelque part à Okriki ?

Chika laisse échapper un ricanement.

— Qu'est-ce qu'il y a de drôle ? Je ne comprends pas...

— C'est vous, monsieur... Enfin, pardon. Je ne dis pas que vous êtes drôle, mais si ça ne vous dérange pas que je vous pose la question, quand êtes-vous revenu au Nigeria ?

— Ça fait à peu près huit mois. Pourquoi ?

— À cause de vos questions. Pardonnez-moi, mais parfois on dirait que vous ne savez pas ce qui se passe dans le coin.

Je suis un peu vexé, mais s'il pense que quelque chose m'échappe, autant qu'il me le dise.

— Je vous écoute.

— Cette région est très agitée. Il y a toujours des conflits. Avec le gouvernement, les compagnies pétrolières, entre les communautés. Avec tout ce militantisme, les gens d'ici se battent toujours pour une chose ou une autre.

— Les We-Dey Boys[1], c'est ça ? J'ai lu quelque chose là-dessus avant de venir.

— Ils pensent être des libérateurs, des politiciens et des émancipateurs économiques. Et même tout ça à la fois, poursuit Chika sur un ton qui me laisse comprendre qu'il ne les porte pas dans son cœur. Certains les voient comme des espèces de héros, des Robins des Bois.

— Ah ! Donc s'il y avait une arme, elle a sûrement fini chez les rebelles, c'est ça ?

— J'en ai bien peur. Il y a de gros risques que cette arme, à l'heure où nous parlons, soit pointée sur un otage, quelque part dans la région.

J'essaie de ne pas laisser voir à Chika à quel point cette information me perturbe. Je n'ai jamais été confronté à un danger mortel dans le cadre de mon travail, puisqu'il se déroule essentiellement dans la sécurité de mon bureau. En termes de travail sur le

---

1. Ici, terme générique englobant divers gangs de jeunes et mouvements insurrectionnels, dont « *We dey !* » (Nous sommes là !) est l'un des cris de ralliement.

terrain, je me suis jusque-là contenté d'interroger des suspects, des témoins et des inspecteurs.

— On devrait quand même s'intéresser à cette arme, dis-je en m'obligeant à parler d'une voix calme.

— Pourquoi est-elle si importante, monsieur ?

— Ce sont les coups de feu qui ont attiré la foule, et pourtant l'arme ne figure pas parmi les preuves, et personne n'a essayé de la retrouver. Je comprends que vous partiez du principe qu'elle a probablement été volée, et peut-être que c'est le cas, mais il y a quelque chose qui cloche.

Je me rends au mur des Post-it et scrute le chaos en fronçant les sourcils.

— Tout le monde s'accorde à dire qu'il y a eu des coups de feu, mais une seule personne a vraiment vu l'arme ou l'individu qui l'a utilisée.

Je prends un marqueur, trace un cercle autour du nom de Godwin Emefele, et ajoute à côté : *arme ?*

CHÈRE MAMAN

La visite d'Amaso Dabara n'a rien de surprenant. Je savais qu'il viendrait quand il découvrirait que je suis à deux semaines de la remise des diplômes. J'ai refusé sa demande – à savoir rater mes examens pour pouvoir rester un an de plus à l'université –, ce qui l'a rendu plus exigeant. Faire irruption dans ma chambre à des heures indues avec ses gros bras représente la dernière en date d'une série de manœuvres d'intimidation de plus en plus prononcées.

Pour penser à autre chose, je me replonge dans les lettres de ma mère. Et si John Paul me les laisse toutes lire, j'entends malgré tout son rire moqueur dans l'ombre.

Le temps que je finisse, je comprends que je ne peux pas vivre sans savoir, sans revoir ma mère. Je n'ai aucune idée de la manière dont cela va affecter le Plan Final, mais je dois voir maman.

Cependant, je dois d'abord faire ma tournée des cybercafés du village étudiant, afin de vérifier les progrès virtuels du Plan Final de John Paul.

Tout suit son cours.

Je me connecte aux sermons en ligne du pasteur Oriakpu et m'en inspire pour ma prochaine série de posts. Les réactions sont aussi immédiates qu'attendues. Bientôt, la colère va déborder.

Je me déconnecte des différents comptes et quitte le village étudiant aussi vite que possible.

Je ne pense pas que j'arriverai à surmonter la peur qui me saisit chaque fois que je dois gérer le Plan Final en tant que moi-même. Je sais à quel point nous avons été prudents. Pourtant, au cybercafé, je me retourne constamment pour m'assurer qu'un camarade curieux n'est pas en train de lire par-dessus mon épaule les posts que je rédige.

Parfois, j'en suis sorti en étant absolument certain que tout le campus était au courant. Durant ces moments affreux, je dévisageais tout le monde en me demandant qui avait pu me dénoncer, moi, aux autorités pendant que John Paul restait caché dans l'ombre.

La peur et le rire moqueur de ce dernier me poussent à marcher plus vite, tête rentrée dans les épaules. J'évite tout contact visuel, je compte les pas qui m'amèneront au parc des taxis, puis compte à rebours chaque fois que j'atteins le chiffre cent. J'essaie de ne pas articuler, afin que personne ne croie que je parle tout seul. Entendre ma voix dans ma tête m'aide, aussi ; ça me permet de faire semblant de ne pas entendre celle de John Paul.

C'est le milieu de la journée, l'heure creuse : la circulation n'est pas si mauvaise. En moins de soixante minutes, je me retrouve à la réception de l'hôpital universitaire de Port Harcourt, en train de scruter un énorme panneau. Je découvre que le pavillon que m'a indiqué le père Olayiwola se trouve à l'étage d'oncologie et mon cœur se serre.

Une petite foule attend l'ascenseur, alors j'emprunte l'escalier.

Lorsque j'atteins le service d'oncologie, l'infirmière du bureau d'accueil m'indique la chambre de ma mère.

Il y a cinq autres femmes dans la pièce, toutes endormies, toutes reliées à de nombreuses poches de perfusion et à des machines qui bipent. Je n'aurais pas retrouvé ma mère sans la tablette à son nom accrochée au lit.

Elle a vieilli. Le sommeil lisse les rides de son visage, mais il ne fait aucun doute que ces onze dernières années n'ont pas été tendres avec elle.

Tandis que je me dirige vers elle, j'ai l'impression d'être en transe : les souvenirs, les espoirs et, oui, la peur me freinent dans mon élan.

Comme si elle sentait ma présence, ma mère ouvre les yeux, me fixe et sourit.

Mes genoux commencent à trembler quand je rejoins son chevet et pose la tête sur sa poitrine.

— Tu es là.

J'éclate en sanglots en entendant sa voix. Elle est plus faible, mais elle n'a pas changé.

— Pleure pas, dit-elle doucement. T'es un homme, maintenant. Pleure pas.

Malgré ses clavicules saillantes, ses cheveux gris coupés ras et sa peau fragilisée par les médicaments, elle est encore belle.

— Maman, fais-je plusieurs fois.

Comme une prière.

— Je ne rêve pas ?

Je secoue la tête, riant malgré un sanglot.

— Non, tu ne rêves pas.

— Parfois, je vois des choses qui n'existent pas.

— Je suis là, maman.

— Je demande souvent de tes nouvelles. Ils te l'ont dit ?

— Oui, maman. Ils me l'ont dit.

La colère monte en moi. Le destin qui attend les moines ne viendra pas assez vite. J'applaudirai John Paul depuis l'ombre pendant qu'ils brûleront.

— Tu es très beau. Comme ton père, dit-elle en tendant la main pour me toucher le visage.

Sa main tremble contre ma joue. Je la repose doucement sur le lit en veillant à ne pas débrancher la perfusion. Retrouver une veine serait ardu.

Je lis la liste de médicaments indiquée sur la poche de l'intraveineuse : cisplatine et paclitaxel. Une combinaison habituelle utilisée en chimiothérapie, avec de l'hydromorphone pour la douleur. Je le sais grâce à ces années passées à travailler au dispensaire du monastère. Le dosage n'annonce rien de bon.

— Tu as bonne mine, maman.

— Tu mens, mais je te pardonne.

Elle rit faiblement et j'en fais autant.

Nous sommes de nouveau ensemble. Comme dans mes rêves, quand je suis dans la lumière.

À VOS RISQUES ET PÉRILS

Dans un monde idéal, Godwin Emefele aurait eu son diplôme. Lorsque la tragédie des Trois d'Okriki est survenue, il était déjà en troisième année de sciences politiques. Mais depuis, le personnel de l'université s'est mis trois fois en grève, chaque fois pour au moins trois mois.

Entre-temps ont éclaté des émeutes étudiantes contre la hausse du prix du carburant, suivies de manifestations contre l'augmentation des frais d'inscription et, plus récemment, de marches pour se plaindre de la pénurie d'eau sur le campus. Presque toutes ont fini dans la violence, ce qui a nécessité la fermeture de l'université. Il n'est donc pas surprenant que Godwin soit tout juste en dernière année.

Le retrouver s'est avéré étonnamment facile. Emeka a passé un coup de fil au secrétaire général de l'université, qui a pris rendez-vous avec nous et nous a promis de faire en sorte que Godwin soit disponible pour un entretien.

— Le degré de coopération de l'université me surprend, dis-je à Chika tandis que nous roulons vers le campus.

— La direction a fait preuve de beaucoup de compassion envers les parents des Trois.

— Probablement pour éviter un procès.

Chika rit.

— Un procès ? Pourquoi ? Le drame s'est produit hors du campus. L'université n'est pas contractuellement obligée de protéger ses étudiants contre les foules en colère.

— Mais elle a l'obligation de veiller sur ses élèves. Elle doit prendre ses responsabilités.

L'idée qu'il puisse avoir raison m'agace légèrement.

Chika se gare dans une rangée de places de parking couvertes par des toits de tôle ondulée.

— Regardez ce panneau, monsieur, m'indique Chika en tendant le doigt. Vous voyez ce qu'il y a écrit dessus ?

Je ne prends pas la peine de lire à haute voix : *Garez-vous ici à vos risques et périls.*

— Et alors ?

J'ai du mal à dissimuler mon impatience.

— Quand vous envoyez vos enfants à l'université, c'est pareil. Quand je suis arrivé ici, il y avait plus de six mille nouveaux étudiants répartis sur plus de cinquante départements. Moins de deux mille logeaient sur le campus. Ceux qui avaient réussi à trouver un appartement à squatter l'ont fait, et beaucoup d'autres vivaient dans des conditions pires que celles d'un bidonville. Beaucoup ont déménagé hors du campus, en particulier ceux qui en avaient les moyens.

— Les étudiants préfèrent vivre hors du campus ?

— En règle générale, oui. Mais souvent, c'est parce qu'ils n'ont pas le choix. L'université ne peut pas tous les loger. Les héberger, eux et les problèmes qu'ils peuvent causer, c'est du ressort des villes voisines comme Okriki.

— Il n'empêche qu'ils restent des étudiants. Leur établissement est responsable d'eux, qu'ils logent sur le campus ou non.

— Dans un monde parfait, peut-être. Mais ici, les étudiants viennent à leurs risques et périls. C'est comme pour les voitures.

La manière qu'il a de trouver tout cela normal m'irrite, à présent. Pour moi, ça ne l'est en aucun cas. Dans un environnement plus sain, la tragédie des Trois d'Okriki n'aurait pas pu se produire sans qu'une série de procès soient intentés à la ville, à la police et à l'université.

Chika coupe le moteur et nous descendons. Il sait visiblement où se rendre. De grands arbres bordent les rues, et les immeubles de l'université émergent de la verdure tels des intrus dans la jungle. Les routes sont goudronnées et toutes munies de feux de circulation en état de marche. Étudiants, personnel et visiteurs vaquent à leurs occupations dans le calme. Tout est paisible. Je suis tenté d'apprécier la première impression que me fait l'université d'État.

Nous nous dirigeons vers un bâtiment imposant frappé du blason de l'université et signalé au pochoir comme étant le sénat universitaire.

Chika ralentit et se tourne vers moi.

— Sans vouloir être indiscret, monsieur, pourquoi êtes-vous revenu au Nigeria ?

La question est tellement inattendue que je ne sais quoi répondre. De plus, ce « monsieur » m'incite à la prudence. Je sais qu'ici il n'est pas nécessairement un signe de respect ou de formalisme. Je le considère plus comme une salutation employée pour maintenir une distance. Le mot signifie : « Je n'irai pas plus loin à moins que vous ne m'autorisiez à m'approcher. » Les raisons de mon retour étant très personnelles, je ne veux pas les partager avec Chika. Du moins, pas encore.

— C'était le bon moment, dis-je sans développer.

Une réponse aussi cryptique que vraie.

Nous parcourons en silence le reste du chemin jusqu'au bureau du secrétaire général.

Ce dernier, Tom Ikime, est un bel homme d'une petite cinquantaine d'années. Élégant, il porte une cravate et un blazer que son poste ne devrait pas lui permettre de s'offrir – mais montrez-moi un fonctionnaire nigérian qui ne vit pas au-dessus de ses moyens et je vous l'échangerai contre une licorne.

Une fois les présentations faites, Ikime nous fait entrer dans son bureau.

— J'ai envoyé quelqu'un chercher Godwin.

Nous nous installons dans de confortables sièges en cuir qui ne comptent sûrement pas parmi le mobilier standard de l'université. Je ne prends pas la peine de tourner autour du pot et vais droit au but :

— Vous connaissez bien Godwin ?

— Oui. J'ai été étroitement lié à l'enquête après cette malheureuse affaire, et j'ai dirigé la commission que l'université a mise sur pied pour rédiger un rapport.

— J'ignorais qu'il existait un rapport de l'université ! dis-je en me félicitant de cette bonne nouvelle. Puis-je le consulter ?

— Bien sûr. Mais je doute que vous y trouviez quoi que ce soit de nouveau. Tout confirme ce que nous savions déjà. Les garçons se sont rendus à Okriki pour brutaliser et racketter un autre étudiant. Celui-ci a appelé à l'aide et la ville s'est retournée contre les malfaiteurs. C'est triste, mais les faits sont irréfutables.

— M. Nwamadi et les autres parents contestent ces faits.

— Le chagrin d'un parent ne se discute pas… Tout le monde aimerait garder une bonne impression de feu son enfant, répond posément Ikime.

Je déteste les officiels qui se repaissent de banalités. Une aversion qui ne m'a pas quitté depuis toutes ces conférences de presse à San Francisco lors desquelles j'ai dû rester impassible au milieu d'une brochette de fonctionnaires qui maquillaient des tragédies survenues dans les quartiers les plus pauvres de la ville. Des tragédies qui auraient pu être évitées grâce à de meilleures infrastructures.

— J'aimerais néanmoins voir ce rapport.

— Bien entendu. De toute façon, il sera bientôt dans le domaine public, disponible sur le site de l'université. Dès que le vice-chancelier l'aura approuvé.

— Un tel rapport peut s'avérer très utile, dis-je en soutenant son regard. Je suis sûr qu'il contient des conclusions et des analyses concernant ce que l'université aurait pu mieux faire…

— L'université n'aurait pas pu faire autrement.

— Oh, je suis sûr que si. Et c'est bien le problème, vous ne croyez pas ?

Le sourire d'Ikime disparaît et son visage se ferme. Un silence gêné s'ensuit, mais le secrétaire, visiblement très professionnel, y met fin d'une voix calme comme si cette brève tension n'avait jamais eu lieu.

— Vous savez, quand j'ai vu à quel point cette tragédie avait profondément affecté Godwin et que j'ai compris le rôle critique qu'il allait jouer dans le procès, nous n'avons pas ménagé notre peine pour le soutenir. Nous l'avons installé dans une résidence spéciale où il est en sécurité, et nous avons constamment rappelé aux autres étudiants qu'il a fait tout son possible pour empêcher ce qui s'est produit à Okriki.

Tom Ikime me sert le discours qu'il a manifestement répété sur les diverses plateformes où il a dû défendre l'université. Ce n'est pas si différent de ce qui aurait pu se produire aux États-Unis, en fait.

Son assistante frappe doucement pour nous prévenir de l'arrivée de Godwin.

— Est-ce que la salle du conseil d'administration est libre ? s'enquiert Ikime.

— Oui, monsieur.

Nous suivons la jeune femme dans le vestibule, où un jeune homme squelettique fait les cent pas. Il s'interrompt, se tourne vers nous et s'essuie le nez sur la manche de son chandail en nous fixant avec hostilité. Son visage émacié, ses yeux injectés de sang et ses cheveux en bataille racontent une histoire que j'ai entendue bien des fois au fil des ans.

Pour moi, il ne fait aucun doute que Godwin Emefele se drogue.

LE GARÇON LE PLUS HAÏ
DU CAMPUS

— Mon père m'a dit de ne parler à personne en l'absence de mon avocat, déclare Godwin sitôt que le secrétaire général nous laisse seuls dans la grande salle.

— Nous ne sommes pas policiers. Nous voulons seulement vous poser quelques questions.

Je prends soin de me montrer rassurant, vu l'état de conscience potentiellement altéré de Godwin.

— Vous ne savez pas à quel point c'est dur ! lâche-t-il subitement.

Je sursaute. Il secoue vigoureusement la tête, comme pour chasser des pensées indésirables.

— Chaque fois que j'essaie d'oublier, quelqu'un vient me rabâcher les mêmes questions.

— Qui donc ? dis-je d'une voix douce, apaisante.

— Tout le monde ! Quand ce n'est pas la police ou des avocats, ce sont les autres étudiants. Tout le monde me déteste.

Godwin s'agite un peu plus, ses mains tremblent, et son débit donne l'impression qu'il s'adresse non pas à Chika et moi mais à toute une foule.

— Pourquoi vous déteste-t-on ? Vous n'avez rien fait de mal.

Je mets l'accent sur la dernière phrase pour éprouver son propre ressenti sur le rôle qu'il a joué dans les meurtres.

Il s'arrête et me regarde comme s'il venait de retrouver un vieil ami.

— Mais non ! Comment je pouvais savoir que ça allait finir comme ça ?

— Bien sûr que vous ne pouviez pas, dis-je d'un ton compatissant.

— Non ! répète-t-il avec encore plus de force. Vous comprenez, vous ! Même quand tout le monde est arrivé, j'ai essayé de dire que c'était un malentendu, mais personne n'a écouté !

— Vous devez vous sentir très mal.

Il hoche vigoureusement la tête.

— Horriblement mal. Je ne dors plus. Je ne mange plus. J'aimerais m'enfuir d'ici, mais je dois rester pour aider la police, les avocats et la fac. Je déteste cet endroit. J'essaie de faire ce qu'il faut, mais personne ne me croit.

Est-ce que cette exagération est symptomatique de la paranoïa que peuvent engendrer certaines drogues, ou est-elle due au fait qu'il vit en permanence dans un milieu hostile ? Je dois arrêter d'essayer d'établir un diagnostic et me concentrer sur le but de cette rencontre.

— Ce n'est pas parce qu'ils ne vous croient pas qu'ils vous détestent...

— Oh, si, aboie-t-il dans un rire sec qui oscille vers le sanglot. S'ils pouvaient me tuer, ils le feraient.

Ai-je face à moi un drogué qui dramatise, ou est-ce la réalité ? Être l'étudiant qui a provoqué le lynchage de trois condisciples doit être un fardeau écrasant, où qu'il aille sur le campus.

Je lui tapote brièvement l'épaule et lui tends mon mouchoir.

— Nous pouvons peut-être vous aider. Vous savez, persuader les gens de comprendre votre point de vue sur les événements, fais-je d'une voix douce mais pressante.

Godwin me regarde, puis dévisage Chika, comme s'il se demandait s'il pouvait se fier à ce dernier. Je lance à Chika un bref hochement de tête.

— L'eau a coulé sous les ponts, Godwin, commence Chika en lui donnant à son tour une tape amicale sur l'épaule. Peut-être que, maintenant que les gens ont eu le temps de se calmer, ils comprendront qu'ils n'auraient pas agi différemment à votre place.

— Non ! Tout le monde les aimait, les autres. C'étaient les vedettes du campus. Personne ne savait ce qu'ils me faisaient, en douce.

— Qu'est-ce qu'ils vous faisaient ?

Je me redresse un peu, incapable de m'empêcher de demander d'autres éclaircissements, malgré le risque de l'interrompre.

Godwin prend une profonde inspiration et ferme les yeux comme pour se calmer.

— Ça a commencé pendant ma première année. Dès que je suis arrivé sur le campus, ils s'en sont pris à moi. Au début, pour des broutilles. Ils voulaient que je leur paie de la nourriture. Parfois de la bière et des cigarettes. Parce que mon affaire tournait bien.

— Vous aviez un commerce ? demande Chika sur le même ton apaisant que moi – il apprend vite.

— Oui. Je voyageais et j'achetais des vêtements que je revendais ici. Tout le monde aimait mes collections. On disait que j'avais du goût.

Il s'interrompt et me regarde de nouveau comme s'il cherchait un peu de compréhension.

— C'est peut-être pour ça qu'on me déteste. Ils étaient jaloux, vous savez. Mon affaire marchait bien. Des tas de gens me devaient de l'argent pour des vêtements que je leur avais vendus à crédit. Beaucoup se sont servis de ce qui s'est passé comme d'une excuse pour ne jamais me payer.

— Vous voyagiez beaucoup ? Où alliez-vous ? s'enquiert Chika avec un ton empreint d'admiration.

— À Londres. Je travaillais pendant les vacances d'été et, avec mon salaire, j'achetais des trucs à revendre ici pour la rentrée. Surtout des vêtements, des chaussures, des sacs à main. J'achetais en solde et revendais pour un bon prix.

Godwin doit être né en Europe et disposer d'un passeport qui lui permet de travailler au Royaume-Uni sans avoir besoin d'un visa.

— Chaque fois, c'était la même chose, poursuit-il. Dès que je rentrais, ils étaient sur mon dos et me demandaient des choses. Quand je refusais, ils me battaient et les prenaient quand même.

— Ce sont ceux-là qui ont essayé de vous dévaliser à Okriki ?

Je dois être sûr que nous sommes sur la même longueur d'onde.

140

— Oui. Ils étaient partout. Eux et leurs amis. J'avais peur d'eux. C'est à cause d'eux que j'ai déménagé hors du campus, mais ils m'ont suivi.

— Vous ne les avez jamais dénoncés ?

Même dans son état d'agitation apparent, Godwin me lance le même regard que Chika quand il est trop manifeste que je viens de rentrer au pays.

— Dénoncer les membres d'une secte ?

— Vous êtes sûr qu'ils faisaient partie d'une secte ?

Je lui pose la question avec ménagement pour ne pas remettre ouvertement en cause ses propos.

— On ne se conduit pas comme ça à l'université quand on n'a pas de sérieux appuis. Et comme ils choisissaient leurs victimes soigneusement et se faisaient passer pour des gens bien auprès des autres, personne ne disait rien ! Ils rackettaient les étudiants comme moi et se servaient de ce qu'ils prenaient pour acheter des cadeaux aux filles et faire passer un bon moment à leurs copains.

— Le harcèlement a donc commencé dès votre première année ? intervient Chika sur un ton qui semble un peu calmer Godwin.

— Oui. Au bout d'un moment, j'ai fini par l'accepter. Ils obtenaient toujours tout de moi…

— Obtenaient ?

— Prenaient, précise Godwin. Vous savez, ils prenaient sans demander.

Ah. Du racket. Je hoche la tête.

— Ils prenaient tout. De l'argent. De la nourriture. Des téléphones portables. Et même mes vêtements s'ils leur plaisaient.

— Même une fois que vous n'étiez plus un *jambite* ? l'aiguillonne Chika tout en me lançant un bref coup d'œil interrogateur.

Je le rassure d'un regard. Oui, je sais qu'un *jambite* est un bizut.

— Ils n'ont jamais arrêté, répond Godwin d'une voix qu'envahit peu à peu la colère. Chaque année, après les grandes vacances, quelle que soit la quantité de choses que je leur donnais, ils en voulaient toujours plus. C'est pour ça que j'ai déménagé.

— Mais ils sont quand même venus vous chercher.

Je suis impressionné par la manière dont Chika arrive à mettre de la compassion dans l'énonciation de ce simple fait.

— Oui. Ils ont envoyé différents types pour me harceler, mais je les connaissais tous. Ce jour-là, c'était Bona et Winston. Ils m'ont réclamé de l'argent mais je leur ai répondu que je n'en avais pas. Alors ils ont voulu prendre mon ordinateur, ma télé et mon portable. J'ai refusé. Ils ont insisté, ont fini par entrer dans ma chambre et ont commencé à se servir. C'est là que j'ai crié « Au voleur ! » parce que je pensais que ça les arrêterait, qu'on pourrait discuter et arriver à un arrangement.

— Mais d'autres vous ont entendu.

— Non. Ce ne sont pas les cris qui ont attiré les voisins. C'est quand Winston a tiré avec le pistolet.

— Winston était armé ? dis-je avec un étonnement feint.

— Oui. Il a dégainé son flingue et m'a dit de me taire. Ce n'était pas la première fois qu'ils me menaçaient avec une arme. Mais là, Winston a vraiment tiré !

Il m'a ordonné de me taire et a tiré de nouveau. Comme je n'arrêtais pas de crier, Bona m'a dit de la fermer et Winston a encore tiré en l'air. De la poussière tombait des trous dans le plafond et il y avait de la fumée partout. Je suis sorti en courant et j'ai continué à appeler à l'aide.

— C'est à ce moment que d'autres personnes sont intervenues ? le relance Chika.

— Ils sont venus de partout, opine Godwin. J'ai reconnu certains voisins de la résidence et des habitants des maisons proches, mais je crois que la plupart venaient du marché, un peu plus loin sur la route. Ils m'ont demandé ce qui se passait et je leur ai dit qu'on me dévalisait. Et c'était vrai ! crie-t-il comme s'il s'attendait à ce qu'on le contredise. C'était un vol en plein jour ! Un vol à main armée !

Je lui adresse un hochement de tête rassurant.

— Si ça s'est passé comme ça, vous avez bien fait d'appeler à l'aide.

L'air de gratitude qu'adopte Godwin m'attriste pour lui. Une fin aussi tragique, quand on essayait simplement de se défendre, ce doit être très difficile. J'ai envie de l'interroger sur ses parents mais je crains que la conversation ne dévie. Une autre fois, peut-être.

— Donc les gens du voisinage sont venus vous aider ?

Godwin soupire.

— Ils ont appelé des renforts. Ils criaient que les voleurs étaient revenus. Alors Winston est sorti et ils se sont littéralement jetés sur lui. Bona a essayé de s'enfuir par l'arrière de la maison, mais ils l'ont rattrapé.

Avant que je comprenne ce qui se passait, ils les avaient déshabillés et les tabassaient.

— Dans la résidence ? demande Chika.

— Oui. C'est quand ils les ont entraînés sur la route que j'ai compris que ça allait mal finir.

Il baisse la tête, haletant.

— Vous ne les avez pas suivis ?

— Non.

Il lève la tête mais ses yeux filent en tous sens. Il préférerait être n'importe où plutôt que dans cette pièce.

— Je suis retourné en courant à ma chambre et j'ai appelé la police, mais le numéro d'urgence ne marchait pas. Alors j'ai appelé la sécurité de l'université, mais on ne m'a pas pris au sérieux. Quand j'ai fini par téléphoner à mon père, il m'a dit d'aller au poste de police pour les prévenir de ce qui se passait.

— Vous avez une voiture ? intervient Chika.

— Oui, mais plus maintenant, lâche-t-il en secouant tristement la tête. Elle a été vandalisée quand je suis retourné au campus. Après tout ça. Ils ont tout arraché. La radio. Les roues. Les pneus. Les sièges. Tout. Ils ont juste laissé un vieux pneu avec une boîte d'allumettes et une bouteille d'essence à l'intérieur.

Il lâche un gros soupir.

— Le message était clair.

Chose étrange que les groupes de jeunes gens. C'est à qui sera le plus populaire sur le campus mais, dans l'ensemble, ils font front commun contre le reste du monde. J'imagine que nombre d'entre eux, à l'université, considèrent que Godwin a réagi de façon excessive à ce qu'ils estiment avoir été une simple bagarre entre étudiants. Qu'il accuse des camarades de vol doit en avoir hérissé plus d'un. Plusieurs études sur les répercussions d'actes de cette nature ont confirmé qu'une histoire comme celle des Trois d'Okriki réveille la peur primale d'être au mauvais endroit au mauvais moment, et de se retrouver soi-même victime d'une justice expéditive.

— Donc vous êtes allé au poste de police ? poursuit Chika.

— Oui. J'y suis allé aussi vite que possible et je leur ai dit ce qui se passait. Ils m'ont répondu qu'un policier était allé voir, et que s'il revenait en disant qu'il y avait un problème, ils s'en occuperaient.

— Vous leur avez dit que vous aviez appelé à l'aide uniquement pour empêcher Winston et Bona de vous voler ?

— Oui. Et le flic m'a demandé si l'un d'eux avait utilisé une arme. Quand j'ai répondu oui, il m'a rétorqué que les voleurs méritaient une bonne correction pour s'être pointés en ville avec un pistolet.

L'information n'a rien de nouveau, mais une fois de plus, je suis écœuré par le rôle de la police d'Okriki dans la tragédie.

— Je les ai suppliés, ajoute Godwin. Je leur ai dit que tout ça n'était qu'un malentendu. Mais ils ne m'ont pas écouté.

— Qu'est-ce que vous avez fait, après ça ?

— J'ai foncé à l'université. J'ai demandé aux gens de la sécurité, à l'entrée, de venir avec moi. Mais le temps qu'on retourne à Okriki, c'était trop tard.

Sur ce, Godwin commence à hoqueter. Chika est sur le point de lui poser la main sur l'épaule, mais je lui fais signe de s'abstenir. Mieux vaut rester pragmatiques et nous concentrer sur le problème.

— Vous avez fait ce que vous pouviez, Godwin, lui dis-je doucement. Si quelqu'un a mal agi, c'est la police qui n'a pas fait son travail.

— Je crois que les flics ne pensaient pas que les garçons seraient tués.

Ce n'est pas le moment d'insister sur le fait que la police aurait dû assumer sa responsabilité dans les meurtres. Je présume que la mutation de l'inspecteur Omereji à Okriki a été calculée pour balayer l'implication de ses collègues. Je comprends également pourquoi l'enquête est pleine d'incohérences. Les policiers ont peut-être effectivement cru que les garçons allaient juste prendre une bonne raclée pour avoir perturbé la tranquillité de la ville avec une arme, mais leur absence de discernement a coûté des vies et en a gâché d'autres. À tout le moins, il leur revenait de maîtriser la foule pour l'empêcher de passer à tabac les garçons, et d'avertir ceux-ci de ne jamais revenir là avec une arme.

Je soupire en me rappelant ce que m'a dit Folake le jour de mon départ : « Rien n'est logique dans ce pays. »

Puisque Godwin n'a rien révélé qui ne figure dans sa déposition écrite, je n'ai plus qu'une question :

— Godwin, vous nous avez dit que ce sont Winston et Bona qui sont venus dans votre appartement à la résidence. Et le troisième garçon ? Kevin ?

— Je ne le connais même pas.

Je glisse juste ce qu'il faut d'incrédulité dans ma voix :

— Comment est-ce possible ?

— Je ne le connaissais pas. Je le jure. Ce Kevin n'est pas venu chez moi avec Winston et Bona. Quand je suis allé voir les vigiles de la fac, je leur ai dit que deux étudiants étaient en train de se faire passer à tabac, mais quand nous sommes revenus en ville ensemble, c'est trois garçons qui brûlaient.

— Selon vous, comment Kevin s'est-il retrouvé impliqué là-dedans ?

— Je ne sais pas. Certains ont dit qu'il montait la garde pour les autres. Qu'il était censé prévenir Winston et Bona si ça tournait mal.

— Dans ce cas, pourquoi ne l'a-t-il pas fait ?

Godwin hausse les épaules.

— Peut-être qu'il a abandonné son poste un moment et que, quand il est revenu, la foule tabassait déjà Winston et Bona. Peut-être qu'un des deux l'a appelé à l'aide, et que les autres ont compris qu'il y avait un troisième homme. Peut-être. Je ne sais pas. Je ne le connaissais pas.

Je secoue la tête comme si j'étais aussi peu convaincu que perplexe.

— Vous êtes absolument sûr qu'il n'était pas dans les parages ? Peut-être étiez-vous trop bouleversé pour le remarquer ? suggère Chika comme s'il le suppliait de dissiper ma confusion.

— Il n'était pas avec Winston et Bona, insiste Godwin.

Je passe à l'attaque brutalement pour le déstabiliser :

— Aviez-vous pris de la drogue ce jour-là, Winston ?

— Non !

Sur la défensive, il promène son regard écarquillé par l'indignation entre Chika et moi, comme si nous venions de trahir sa confiance.

— Vous en êtes sûr ? fais-je doucement en essayant de ne pas paraître accusateur.

— Je ne me défonce pas, réplique-t-il avec bravade. Je ne prends pas de drogue, je n'en ai jamais pris.

Je ne parviens pas à cacher un soupir déçu. Il n'y a pas de pire témoin qu'un drogué en plein déni.

— D'accord, dis-je enfin. Je vous crois.

UN PLUS UN ÉGALE TROIS

— Vous pensez qu'il ment ? s'enquiert Chika sitôt de retour dans la voiture.

— La majeure partie de ce qu'il nous a dit colle avec la déposition des autres témoins, et avec la sienne. Mais on ne sait pas encore jusqu'à quel point il est fiable.

— J'ai vu la tête que vous faisiez quand il a prétendu ne pas se droguer.

— Je dois encore travailler mon bluff, alors, dis-je avec un sourire contrit.

Nous sommes sur la route principale qui mène à Okriki, mais je ne suis pas d'humeur à y retourner. Je consulte ma montre : 14 h 15.

— On devrait manger quelque chose.

— Il y a un endroit un peu plus loin, mais ça risque de ne pas vous plaire.

— Pourquoi ?

— C'est un *buka*. Une sorte de cantine, vous savez...

Je le coupe un peu trop sèchement :

— Je sais ce qu'est un *buka*.

— Leur spécialité, c'est la viande de chèvre et l'igname pilée.

149

S'il a remarqué mon agacement, il n'en montre rien.

— Vous pensez que je n'aime pas le ragoût de chèvre ?

— Pas celui qu'on sert dans ce genre d'endroits. Il y a beaucoup de monde, et l'hygiène n'est pas l'une de leurs priorités.

— Vous y avez déjà mangé, vous ?

— Oui.

— Alors ce sera assez bien pour moi.

Il hoche la tête comme pour dire : je vous aurai prévenu.

Quand nous arrivons au *buka*, dont l'enseigne sponsorisée par Coca-Cola annonce qu'il s'agit du Mama Patience Canteen, c'est bondé. La file d'attente converge vers une femme très ronde que j'imagine être Mama Patience. Elle est assise au centre d'une batterie de grandes marmites qui contiennent de gros quartiers de viande surnageant dans différents ragoûts.

Mon estomac se met à gronder. Mon frère jumeau et moi fréquentions assidûment les différents *bukas* qui cernaient notre lycée. Depuis que je suis revenu des États-Unis, je ne suis pas encore retourné aux endroits que je hantais, adolescent. Trois mois après mon retour, une sorte de nostalgie m'a donné envie de faire découvrir à mes propres jumeaux Ghana High, un *buka* populaire du quartier où j'ai grandi. J'ai fait l'erreur d'en parler à Folake, et elle a menacé de faire un procès à l'établissement si les enfants ou moi en revenions avec une intoxication alimentaire. Je n'ai pas encore rassemblé le courage de la contrarier.

Faire la queue dans ce *buka* situé à mi-chemin entre l'université d'État et Okriki, à attendre que Mama

Patience me serve une portion de sauce à la pistache avec mon igname pilée, me procure une impression de retour au pays que je n'ai pas eue depuis mon arrivée de Lagos. La chaleur et la cantine surpeuplée, bruyante, se combinent pour chasser momentanément les horreurs que j'ai lues et analysées au cours de la semaine passée.

— Ça vous plaît, monsieur ? demande Chika derrière moi.

— Oh que oui !

Il est sans doute soulagé de constater que je ne suis pas aussi coincé qu'il l'avait imaginé, et il rit lorsque je désigne à Mama Patience le morceau de viande précis que je convoite – une cuisse de chèvre si tendre que la chair se détache de l'os. Je commande une bière Star et me prépare à dévorer mon festin.

Nous avons la chance de trouver des sièges dans un coin, où nous pouvons parler tranquilles. Personne ne nous entendrait, de toute façon : tout le monde bavarde dans un brouhaha de voix mêlées, et deux films de Nollywood passent sur deux écrans distincts.

Entre mes bouchées d'igname pilée, j'essuie mon front en sueur et nous revenons sur notre entretien avec Godwin.

— Je ne comprends toujours pas pourquoi il n'arrive pas à expliquer la présence de Kevin, s'interroge Chika.

J'avale une gorgée de bière.

— Je suppose que ce serait logique si Kevin faisait bel et bien le guet pour les autres. Mais ces types des sectes, d'après ce que j'ai entendu, sont des gangsters. Ils ne pouvaient pas savoir ce qui les attendait, alors qu'avaient-ils à craindre ? Pourquoi Winston et Bona auraient-ils eu besoin de quelqu'un pour monter la garde alors qu'ils n'avaient pas d'autre intention que de secouer un peu Godwin, une fois de plus ?

Chika opine.

— S'ils avaient pris un pistolet, c'est qu'ils avaient l'intention de beaucoup le secouer, au cas où il n'aurait pas coopéré.

— Mais pourquoi apporter une arme, en plus de quelqu'un pour faire le guet ? Il y a quelque chose d'incohérent là-dedans.

— Si ça se trouve, Godwin leur devait quelque chose. Il y a l'histoire de drogue. Peut-être leur devait-il de l'argent pour sa consommation ?

Je redoute de me pencher sur la relation qu'entretient Godwin avec les stupéfiants. C'est une base peu fiable sur laquelle extrapoler, mais je concède une chose :

— Si Godwin était drogué au moment du drame, il serait intéressant de savoir comment il se ravitaille. Sur le campus ? À l'extérieur ?

— Et s'il était à la fois revendeur et usager ?

Je marque un temps d'arrêt face à cette hypothèse un peu hâtive.

— Où ça nous mène ?

— Il dit qu'il voyage, achète et revend des vêtements, mais je n'y crois pas vraiment. Je ne dis pas qu'il ne le fait pas, mais beaucoup d'étudiants pratiquent déjà ce genre de commerce. Alors pourquoi Godwin aurait-il été particulièrement visé par les types de la secte ? Je pense qu'il y avait quelque chose d'autre entre eux.

— Et vous croyez qu'il s'agit de drogue ?

— Qu'est-ce que ça pourrait être d'autre ?

Un garçon qui nie se droguer ne va certainement pas admettre être un dealer. Un camé peut avouer toute la vérité sur les autres aspects de sa vie, mais il ne donnera jamais d'informations risquant de mettre en péril son addiction. Pourtant, même si j'aimerais que le témoin clé soit pur comme un agneau, Godwin est tout ce que j'ai.

— Et si les autres lui avaient acheté de la drogue mais refusaient de payer, ou l'inverse ? hasarde Chika.

Je ne suis pas convaincu.

— Ça n'explique toujours pas comment Kevin a pu se retrouver impliqué. À moins que ça n'ait été qu'une erreur, dès le début. Mais on sait que les gens d'Okriki n'admettront jamais une chose pareille. Ils préfèrent mettre toutes les victimes dans le même panier et prétendre que c'étaient des voleurs armés plutôt que de reconnaître avoir tué un passant potentiellement innocent.

— On pourrait croire que malgré l'hystérie de la foule, quelqu'un se serait rappelé comment et pourquoi Kevin a été battu avec les autres, soupire Chika, qui fait de son mieux pour couper son morceau de queue de bœuf sans nous asperger d'huile rouge.

Je secoue la tête et résiste à l'envie de me lécher les doigts.

— Les foules ne fonctionnent pas de cette manière. Surtout les foules violentes. Beaucoup de gens sortent d'une expérience pareille horrifiés par le rôle qu'ils y ont joué. Ils répriment les souvenirs ou les embellissent, soit pour s'exonérer de toute culpabilité, soit pour justifier leurs actes. En bref, on ne peut pas se fier aux dires de quelqu'un qui a participé à un lynchage.

— Vous pourriez poser la question aux accusés qui attendent le procès, quand vous leur parlerez ? Après tout, ils n'ont rien à perdre. Ils seraient susceptibles de nous donner un indice sur la manière dont Kevin s'est retrouvé mêlé à l'affaire.

— Indice qu'ils garderont pour eux s'ils pensent que ça risque d'aggraver leur cas. Soumettre des voleurs armés à une forme de justice expéditive est une chose, et ça peut même se défendre devant un tribunal. Mais tuer un passant innocent, c'est différent. L'homicide involontaire peut se transformer en meurtre en un clin d'œil.

— C'est vrai, admet Chika. Godwin aurait juste pu dire que Kevin était avec Winston et Bona. Mais il insiste sur le fait que non. On dirait bien qu'il nous manque encore quelqu'un dans l'histoire…

— Exactement. Et si nous retrouvons cette personne, nous découvrirons peut-être comment Kevin a été impliqué.

— Assez impliqué pour qu'on le prenne pour un voleur ?

Un sentiment désagréable m'envahit.

— Assez impliqué pour qu'on l'exécute.

TEMPÊTE EN VUE

Nous nous sommes presque habitués aux regards peu amicaux, aux murmures et aux doigts tendus vers nous chaque fois que nous traversons Okriki. C'est pourquoi l'absence de ce triste accueil nous paraît incongrue. Tous les adultes que nous croisons semblent se diriger vers une même destination, ne nous prêtent aucune attention et discutent avec animation.

— Il se passe quelque chose, dit Chika.

— Quoi, d'après vous ?

Les gens convergent vers un bungalow blanc isolé, au bord de la route.

— C'est la salle communale, explique Chika. On les suit ?

Il n'a pas à me le proposer deux fois. Pas question de manquer une occasion de voir les habitants d'Okriki ensemble et d'étudier leur dynamique de groupe.

Chika se gare en face de la salle, de l'autre côté de la route. Nous nous approchons du bâtiment par le côté, afin d'éviter les gens qui entrent par la porte principale. Notre instinct de survie nous dicte ce choix, puisque nous savons tous deux que notre présence, si elle est remarquée, risque de provoquer une réaction hostile. Nous marchons discrètement vers la grande fenêtre donnant sur ce qui paraît être une réunion déjà en cours.

La plupart des participants sont des hommes. À cette heure de la journée, la majeure partie des femmes est probablement au marché ou occupée aux travaux de la ferme. Les rares qui sont présentes sont âgées, la cinquantaine et plus, rassemblées au fond de la salle, et chuchotent tandis que les hommes, principalement debout, se massent à l'avant de la pièce.

L'atmosphère est agitée. Quelque chose perturbe l'assemblée.

Un homme approchant les 80 ans, vêtu d'un caftan entièrement blanc et malaxant le pommeau ouvragé de sa canne, est assis sur une estrade. Il me rappelle vaguement quelqu'un, à la manière dont il écoute en hochant la tête et à la façon autoritaire qu'il a de frapper sa canne par terre quand le bruit devient trop important.

— C'est le chef de la communauté, explique Chika.

Dans la foule, un homme lance :

— Il est temps de dire « assez ! ». Nous sommes dans un pays libre, et nous en avons marre. Marre de ces insultes, de ces abus. Et de l'irrespect dont notre foi fait l'objet !

L'orateur passionné est habillé d'un long *thobe* immaculé, dont le haut est taillé comme une chemise et dont le bas flotte librement. Il porte un petit couvre-chef assorti et son visage est encadré par une barbe sombre.

D'autres hommes aux vêtements similaires hochent la tête ou grognent pour appuyer ses propos, tandis qu'il reprend :

— Ils nous forcent la main et, un jour, *monkey go travel go market e no go come back*[1] !

Sur ces dernières paroles, un tumulte éclate dans la salle, ce qui pousse le chef à marteler le plancher devant son trône de fortune.

— Silence ! rugit-il.

Un calme presque absolu s'abat sur les participants. Le chef est assis à égale distance de quatre autres hommes qui, bien qu'aussi âgés, n'ont pas le même statut. Ils opinent à l'unisson pour montrer leur approbation.

— Usman, je ne savais pas que tu nous avais réunis ici pour lancer des menaces, enchaîne-t-il calmement.

— Non, Votre Excellence. Veuillez me pardonner si mes protestations vigoureuses donnent l'impression d'être des menaces, mais…

Le dénommé Usman poursuit dans une autre langue. Je me tourne vers Chika pour qu'il traduise.

— Je ne saisis qu'un mot ici ou là, s'excuse-t-il.

Il se penche, comme si cela pouvait l'aider à comprendre ce flot d'ikwerre, le langage régional – qui d'après ce que j'ai lu est parsemé d'igbo, d'ibibio et d'efik.

— On dirait qu'il y a un conflit, chuchote-t-il. Des religieux ont fait ou dit quelque chose, et les musulmans sont en colère.

— C'est presque ça, lance une voix connue derrière nous.

---

1. « Un jour, le singe ira au marché et ne reviendra pas. » Proverbe nigérian signifiant que toute tromperie a ses limites, avec des conséquences fatales pour le menteur.

Nous nous retournons pour découvrir l'inspecteur Mike Omereji, qui nous toise avec une animosité ouverte.

— Ce rassemblement ne concerne que les gens d'ici, et je ne suis pas sûr qu'ils apprécieraient que des étrangers écoutent ce qui, comme vous le voyez, est une discussion privée.

Je comprends alors ce qui me paraissait familier chez « Son Excellence ». Lui et l'inspecteur Omereji jouissent d'une ressemblance frappante, jusqu'au timbre de leur voix.

— Bonjour, inspecteur, fais-je avec un faux entrain. Chika me faisait faire le tour de la ville.

Un silence plane, durant lequel l'inspecteur et moi nous fixons. La tension me fait ressentir plus durement le soleil brûlant d'Okriki ; la sueur dégouline dans mon dos et le bruit des hommes en colère dans le bâtiment décuple l'hostilité dans l'air.

— On allait partir, de toute façon, intervient Chika.

Il me pousse du coude et Omereji, qui ne bouge pas, nous oblige à le contourner. Nous n'avons fait que trois pas lorsque sa voix nous arrête.

— Des chrétiens ont posté des messages en ligne pour demander la destruction de la mosquée.

Il parle comme un commentateur sportif détaillant le contexte d'un match durant la mi-temps.

— Ils prétendent que c'est une ville chrétienne. Que la présence d'une mosquée est sacrilège.

Il hausse les épaules.

— Ces choses arrivent, de temps en temps, dans les petites villes comme ça.

— Et ça ne dégénère jamais en violence ?

Mon ton, je l'espère, n'est pas ironique.

— Contrairement à ce que vous pouvez penser, docteur Taiwo, les gens d'Okriki savent résoudre leurs différends par le dialogue.

Je lance un regard insistant vers le bâtiment, qui résonne de voix colériques – ce qui pousse une fois de plus le chef à frapper le sol de sa canne.

Omereji balaie le vacarme d'une main nonchalante.

— Par le passé, les tensions entre chrétiens et musulmans étaient apaisées ici même par le chef de la communauté. Tout le monde discutait et on arrivait à un accord. Mais de nos jours, n'importe quel crétin muni d'un smartphone peut poster des saletés sur les réseaux sociaux, et ça rend le dialogue plus difficile. C'est la raison de cette réunion. Des âneries, sur Internet, qui ont mis les musulmans en colère.

Il s'interrompt et nous regarde comme s'il attendait des questions. J'en ai beaucoup, mais elles n'ont rien à voir avec cette réunion et tout à voir avec la raison pour laquelle les gens de cette ville ont battu, torturé et brûlé trois jeunes gens. Quid du dialogue, ce jour-là ?

Tandis que Chika et moi retournons à la voiture, je n'arrive pas à me départir de l'impression que le regard froid de l'inspecteur Omereji nous poursuit.

COUP DE FIL DE MINUIT

Seul dans ma chambre, je me mets en boxer et me jette sur le lit. Ma dernière pensée, avant de sombrer, est que je ferais bien d'arrêter de me plaindre de la climatisation, certes bruyante mais fonctionnelle.

Je me réveille peu après 21 heures. Pour noyer le grondement du générateur et de l'air conditionné, je tends la main vers mes écouteurs et lance une playlist composée de Nina, Ella et Billie.

Je m'adosse à la tête du lit, d'où je peux voir les Post-it qui recouvrent le mur. Sur mon ordinateur, j'ouvre le dossier contenant le profil des trois victimes.

À mesure qu'une enquête progresse, il faut continuellement revoir l'image composite formée par ses différents acteurs. Après moins de quarante-huit heures, je pense avoir matière à réviser mon idée initiale concernant Winston, Bona et Kevin.

Je tape rapidement, sans me soucier des fautes de frappe ni de la grammaire, pour ne pas perdre l'élan qui parfois inspire une analyse plus approfondie des personnes ou des situations.

Winston. Jusque-là, mon point de vue est étayé par l'entretien que nous avons mené aujourd'hui. Hormis ses parents, je n'ai parlé à aucun de ses proches qui aurait pu émettre une opinion différente. Mais sa réputation de fauteur de troubles et de fêtard paraît bien méritée.

Je clique sur un lien que j'ai sauvegardé à la hâte, la veille de mon départ de Lagos. C'est le profil Facebook de Winston. Après avoir parcouru plusieurs messages du type « On ne t'oubliera jamais » et « R. I. P. » postés sur son mur, je constate que Winston n'utilisait guère Facebook. La majorité de ses posts se résume à des photos de lui-même et d'autres personnes, prises à l'occasion de fêtes. La plupart sont dépourvues de commentaires mais renvoient à sa page Instagram, sur laquelle il était manifestement plus actif.

La page confirme bien des choses que Godwin nous a dites. Sur de très nombreuses photos, Winston est bien habillé et a toujours plusieurs filles pendues à son bras. On ne peut pas dire qu'il craint l'objectif. Si ces clichés recèlent des indices signalant qu'il appartenait à une secte, je ne les trouve pas.

Bona. Il semble s'être plus intéressé à la politique que Winston et avoir eu beaucoup d'admiration pour Obama, car nombre de ses posts sont des citations de l'ancien président. D'autres portent sur divers artistes de hip-hop locaux ou internationaux, sur les concerts du campus ou la sortie de nouveaux singles.

Kevin. Je dois admettre qu'il reste une énigme pour moi. Sa page Facebook me confirme qu'il était un fils et un étudiant aimé de tous. Son mur déborde de témoignages de chagrin. Je parcours d'innombrables élégies, de plus en plus verbeuses et passionnées à l'occasion de l'anniversaire du meurtre des Trois d'Okriki.

Si Bona s'intéressait à la politique, Kevin, lui, paraît avoir été un authentique activiste. Il avait une opinion sur tout, qu'il élaborait en s'appuyant sur des faits et une bonne quantité de jargon juridique. Là où Winston exhibait sa garde-robe sur les réseaux sociaux, Kevin dévoilait son intellect. D'une certaine façon, j'ai du mal à les imaginer liés d'une manière ou d'une autre.

Plusieurs hashtags accompagnent les posts de Kevin. Peut-être à cause de mon âge et de ma découverte tardive des réseaux sociaux, j'ai une aversion pour les publications accompagnées de plus de deux ou trois hashtags. Kevin en abusait, ce qui a tendance à m'irriter. Cependant, à mesure que je fais défiler sa page, l'un d'eux revient de plus en plus souvent et m'accroche l'œil : #justicepourmomoh.

Au gré des liens, je découvre que c'est Kevin qui l'a généré en l'honneur d'un ami mort en détention. Mmm. Intéressant. Je clique sur un autre lien et soudain tout est plongé dans l'obscurité autour de moi, hormis l'écran de mon ordinateur.

J'ôte mes écouteurs, interrompant Nina Simone au milieu de « I Put a Spell on You ».

Un silence irréel règne ; la clim' a cessé de fonctionner aussi. J'actionne l'interrupteur de la lampe de chevet, en vain. Je soupire et reste couché dans le noir, guettant le retour du vacarme de l'air conditionné. Celui-ci met plus de temps que d'ordinaire à redémarrer, alors je tâtonne sur la table de nuit pour trouver mon téléphone.

Les enfants m'ont envoyé des textos, et je me retiens de les appeler vu l'heure tardive. J'écris seulement que je les aime et promets de les rappeler le lendemain matin.

Rien de Folake, mais je ne m'appesantis pas là-dessus. J'ai du travail.

Ces deux derniers jours ont été très révélateurs. Mes rencontres avec l'inspecteur Omereji, la propriétaire de la résidence et le secrétaire général de l'université m'ont fourni un contexte, tandis que l'entrevue avec Godwin a soulevé toutes les bonnes questions. Le souvenir de son récit me pousse néanmoins à vouloir clarifier certaines choses auprès d'Emeka.

Je consulte l'heure. 23 h 17. Il est tard, mais il m'a invité à l'appeler à tout moment.

— Vous allez bien ? demande-t-il après avoir décroché à la première sonnerie.

Abubakar m'avait prévenu : Emeka est « un homme très déterminé ». Lui arrive-t-il de dormir ?

— Tout va bien. J'ai parlé au dénommé Godwin.

— Parfait. Le secrétaire a fait ce qu'il fallait.

Serait-ce une façon de me dire qu'il suit d'aussi près que possible mes progrès depuis Lagos ?

— Oui, en effet, et je vous en remercie.

Je m'interromps pour réfléchir à la manière d'obtenir des réponses sans paraître insensible.

— Ce Godwin… Il ne démord pas du fait qu'il a été attaqué par les membres d'une secte et…

— Balivernes, coupe-t-il avec une irritation évidente malgré la distance. C'est ce qu'ils prétendent tous pour justifier leur crime. Si je ne peux pas parler pour les autres garçons, je peux vous dire avec une certitude absolue que mon fils n'appartenait pas à une secte.

— Si c'était le cas, l'auriez-vous su ?

Je suis peut-être en train de pousser à bout un père, mais je me dois de poser des questions difficiles.

— Ces sectes sont des sociétés secrètes. Qu'est-ce qui vous fait penser que vous l'auriez su, si Kevin avait fait partie de l'une d'elles ?

— Ce n'est pas une question de sincérité de sa part ou non. Kevin n'aurait jamais rejoint une secte. Il n'était pas ce genre d'enfant. Point final.

— Godwin insiste sur le fait que c'était en revanche le cas de Bona et Winston. Savez-vous comment Kevin aurait pu s'acoquiner avec eux ?

— N'est-ce pas justement ce qui me laisse perplexe ?

La voix d'Emeka est proche de se briser, et je suis tenté de mettre fin à la conversation. Mais il poursuit, puisant de la force dans sa colère :

— Quand nous avons signalé à la police que la déposition de Godwin indiquait clairement qu'il ne savait pas comment Kevin avait pu être impliqué, vous savez ce qu'on nous a répondu ? Que l'enquête concernait ce qui s'était passé *après* que la foule est arrivée sur la scène de crime, et pas avant. Vous imaginez ça ?

Même au téléphone, la rage d'Emeka est palpable, et je la laisse suivre son cours.

— J'ai insisté. J'ai utilisé tous mes contacts pour au moins m'assurer que cette piste, cette faille dans l'enquête, serait étudiée, et je n'ai rien obtenu. Ils n'ont rien fait parce qu'il était plus facile de croire que mon fils faisait partie d'une secte.

La frustration d'Emeka, due au fait qu'en dépit de sa fortune il n'a pas pu sauver son fils et n'arrive pas à déclencher une enquête sérieuse sur sa mort, imprègne tous mes échanges avec lui. Maintenant encore, comme lors des entretiens précédents, il se lamente parce que des inspecteurs débutants ont été assignés à l'affaire. Sa voix se brise pour de bon quand il me raconte que sa femme a sollicité une audience avec la première dame pour réclamer une enquête fédérale.

— Vous savez ce qu'elle lui a répondu ? demande-t-il d'une voix chevrotante. D'une femme à l'autre, la soi-disant mère de la nation a déclaré à mon épouse éplorée qu'il ne serait pas juste, politiquement, d'interférer avec les affaires d'un État.

Abubakar et moi avions discuté de cette partie du rapport indépendant d'Emeka. Étant un crime capital, le meurtre aurait facilement pu devenir une affaire fédérale. Mais exposer, voire condamner au niveau national les agissements des sectes et les insurrections armées dans le delta du Niger – sans oublier la querelle politique continue entre le gouverneur de l'État et le président, lui-même natif de la région –, aurait aggravé une situation déjà tendue. Devant ce beau fatras, pas étonnant qu'Abubakar ait perdu toute foi dans la procédure et m'ait demandé de m'occuper de l'affaire.

Enfin, Emeka semble se calmer et je le ramène avec ménagement vers ma question initiale.

— Vous dites que vous connaissez tous les amis de votre fils ?

— Oui, répond-il avec emphase. Écoutez, Philip, j'en connais la plupart, sinon tous. Il les invitait souvent à Lagos pour le week-end, ou leur proposait de travailler comme stagiaires à la banque pendant les vacances. Ceux que je n'ai pas rencontrés, il m'en a parlé. Or, il n'a jamais évoqué ni Winston ni Bona.

— Alors comment se sont-ils retrouvés ensemble ?

— C'est pour le découvrir que je vous paie.

Je n'aime pas qu'on me parle sur ce ton ; je laisse le silence s'étirer.

— Bon, Philip, reprend-il d'un ton moins agressif, vous avez parlé avec les parents de Winston. Ils pensent qu'il était capable d'avoir rejoint une secte, d'avoir volé et racketté. Si vous interrogez la mère de Bona, je suis sûr qu'elle vous dira la même chose sur feu son fils.

— Mais vous ne pensez pas ça de Kevin ?

— Non, pas du tout.

— Alors que faisait Kevin à Okriki, pour commencer ?

— Je vous ai dit qu'il rendait visite à sa petite amie. Son père et sa mère enseignent à l'école privée locale, donc elle vit hors du campus, à Okriki.

Pendant qu'Emeka parle, je le mets sur haut-parleur et allume la lampe torche de mon téléphone. Je scrute le mur de Post-it, où j'ai ajouté un point d'interrogation à côté du nom « Mercy ».

— Je ne comprends pas pourquoi son témoignage ne figure pas dans les dépositions.

Il y a un silence à l'autre bout du fil.

— Emeka ?

— J'espérais que vous pourriez démêler tout ça sans avoir besoin de l'interroger.

— Pourquoi ?

Il pousse un profond soupir qui m'inquiète.

— Emeka, vous êtes encore là ?

— Oui.

— Qu'est-ce qui se passe ?

— Mercy est à l'hôpital psychiatrique de Port Harcourt.

Sur ce, le générateur reprend vie en grondant et la lampe de chevet se rallume.

— Qu'est-ce qui se passe ?

— Merci cela t'aspirai des maladies d'ailleurs.

— Sur ce, le gentilhomme reprend vie en grondant et la troupe de chaval se ralluma.

ACTE II

Les ondes de lumière reflétées par une surface parabolique convergent vers un point focal.

UN SPECTACLE PERTURBANT

Le lendemain matin, je me dirige vers la chambre de Chika ; sa porte est entrouverte et il parle au téléphone d'une voix forte.

— Je t'ai dit que je ne faisais plus ces conneries !

Je ne le connais que depuis trois jours et ne peux pas prétendre savoir grand-chose sur lui, mais je suis surpris de l'entendre laisser libre cours à ses émotions. D'une voix beaucoup moins forte, il ajoute :

— Je sais, je sais… Chérie, s'il te plaît. Ce sera bientôt fini, et je rentrerai à la maison.

Ah. Une copine, ou une épouse ? Me sentant fautif d'avoir surpris des bribes de la conversation, je frappe légèrement à la porte, ce qui l'ouvre un peu plus.

— Quoi ? aboie Chika.

Je pousse la porte avec plus de fermeté.

C'est la première fois que j'entre dans sa chambre et je ne l'ai jamais vu sans chemise. Je me retrouve face au corps le mieux bâti et le plus athlétique que j'aie jamais vu, seulement gâché par des cicatrices sur la poitrine et les côtes. Je détourne les yeux pour ne pas mourir de jalousie.

Chika se retourne vivement pour prendre une chemise posée sur le dossier d'une chaise, près du lit, et j'entraperçois d'autres cicatrices sur son dos : des amas chéloïdiens de chair enflée qui évoquent une carte en trois dimensions. L'idée de ce qui a pu provoquer des blessures aussi profondes et calleuses m'horrifie encore plus.

Je pousse un hoquet instinctif, qui doit s'entendre puisque Chika passe avec empressement sa chemise bleue en coton léger.

— Bonjour, monsieur ! Vous vouliez quelque chose ?

— Euh… Il y a un changement de plan pour aujourd'hui…

Tandis qu'il boutonne rapidement sa chemise impeccable, je lui révèle ce qu'Emeka m'a dit sur la petite amie de Kevin.

— Vous voulez lui parler ?

— Je pense qu'il le faudrait. Emeka tente de joindre ses parents pour qu'ils nous accordent la permission de lui rendre visite, mais il dit qu'on peut d'ores et déjà se mettre en route pour Port Harcourt.

— D'après lui, ses parents seront d'accord ?

— En toute honnêteté, il pense que non, mais il va faire de son mieux.

— Sans leur permission, ça ne sert à rien d'y aller, si ?

— Même si on ne peut pas lui parler, j'aimerais voir de quoi elle a l'air, avoir un aperçu de qui elle est.

Chika consulte sa montre tout en boutonnant ses manchettes.

— On pourrait y être dans moins d'une heure.

— Retrouvons-nous au restaurant, même si j'imagine que le petit déjeuner sera moins délicieux qu'hier.

Chika a un éclat de rire qui n'atteint pas ses yeux.

— Ne vous inquiétez pas, monsieur, la cuisinière est au courant de nos exigences, à présent. Je vous rejoins dans cinq minutes.

— Une dernière chose. J'ai parcouru les profils des garçons sur les réseaux sociaux. Un hashtag particulier revient souvent sur le profil Facebook de Kevin. Il est question de justice pour un dénommé Momoh. Un étudiant qui serait mort en garde à vue.

— À Okriki ? Ou ailleurs ?

— Je ne sais pas.

— Vous pensez que ça peut être important ?

— En tout cas, ça vaut la peine de s'y intéresser. Si ce garçon est mort en garde à vue et que Kevin menait une campagne pour qu'on enquête sur les policiers impliqués, ça pourrait expliquer pourquoi la police a regardé ailleurs quand les gens s'en sont pris à lui.

Chika hoche la tête, sourcils froncés.

— Logique, monsieur. Vous pensez que ça pourrait même être la police qui l'a désigné à la foule ?

— C'est un peu tôt pour l'affirmer, mais j'aimerais savoir ce qui est arrivé à ce Momoh et quel rôle a joué Kevin dans tout ça. Vous dites que vous avez étudié l'informatique ?

— Oui, monsieur.

— Vous devez avoir des contacts capables d'accéder au compte Facebook de Kevin.

— Vous voulez dire des hackers ?

Aux États-Unis, j'aurais fait appel à l'unité des cybercrimes du SFPD sans avoir besoin de me justifier, mais à la manière dont Chika prononce le terme « hacker », j'ai l'impression que ce n'est pas le cas pour lui.

— Eh bien, oui. Mais si c'est problématique, je ne veux pas vous pousser à faire quelque chose d'illégal. Je peux aussi demander le feu vert à Emeka, au cas où.

— Je m'en charge, monsieur. Je connais quelqu'un. Pas de problème, considérez que c'est fait.

Au ton de sa voix, je comprends que la conversation est terminée. Je me prépare à sortir mais je me fige.

— Chika ?

Il me renvoie un regard que j'ai du mal à interpréter.

— Oui, monsieur ?

— Je n'ai pas pu m'empêcher de remarquer vos… cicatrices.

— Oh, ça ? s'esclaffe-t-il en haussant les épaules. C'était il y a longtemps. Un sale accident de voiture. J'ai de la chance de m'en être sorti vivant.

— Un accident ?

Difficile d'imaginer que les vieilles blessures que j'ai aperçues soient dues à un accident de voiture, mais il ne développe pas. Tandis que je descends l'escalier, j'entends claquer la porte de sa chambre.

La réceptionniste – et serveuse – de la veille vient à ma rencontre dès mon arrivée dans la salle de réception-restaurant-visionnage. CNN passe, en sourdine, sur les deux écrans. Elle m'annonce assez fièrement que le petit déjeuner est prêt. Je la remercie, m'assieds et réfléchis à ce que j'ai vu dans la chambre de Chika.

Ses cicatrices me perturbent et son physique athlétique m'intrigue. Mais c'est le mensonge qui m'inquiète. Impossible qu'un accident de voiture laisse de telles traces, à moins que des morceaux de carrosserie ne lui aient taillardé profondément le dos. J'aurais aimé que, si bref que soit le temps écoulé depuis notre rencontre, Chika me fasse suffisamment confiance pour se montrer honnête. Et je dois bien admettre que je suis un peu déçu.

Mon petit déjeuner arrive en même temps que Chika et je me jette dessus, affamé d'avoir passé la majeure partie de la nuit éveillé.

— Il aurait fallu me prévenir hier qu'on allait à PH, lâche-t-il en tirant la chaise en face de moi au moment où la serveuse lui apporte une assiette d'igname bouillie et d'œufs au plat. Si on était partis plus tôt, on aurait évité les embouteillages.

— Ça ira. Ce n'est pas un rendez-vous.

— Oui. Mais c'est préférable de s'organiser. Je n'aimerais pas qu'on fasse le trajet uniquement pour découvrir que le père de la fille refuse qu'on lui parle.

Tout en évitant mon regard, il continue de parler – non, de se plaindre – en se dispensant de ses « monsieur » habituels. Qu'est-ce qui l'irrite ? Ce que j'ai pu entendre ou ce que je n'aurais pas dû voir ? Je soupèse les possibilités et tente le coup.

— Bon, je n'ai pas pu m'empêcher de vous entendre parler au téléphone. Je vous demande pardon, mais votre porte était ouverte.

Il se détend visiblement. *Bien vu, Philip.*

— Ça va. C'est juste des problèmes de couple. Ma femme est enceinte, et je suppose qu'elle vit mal mon absence.

Je me sens aussitôt penaud de ne pas en savoir plus sur l'homme qui me seconde si bien.

— Ah ! De combien de mois ?

— Sept.

— Plus que deux, alors. Ce n'est pas facile.

— Oui, mais elle sait que j'ai besoin de ce job.
On en a parlé et elle m'a donné sa bénédiction.

Je lui souris comme un grand frère ayant déjà plusieurs expériences en matière de grossesse.

— Elle est enceinte et vous n'êtes pas auprès d'elle.
Elle doit se sentir seule. C'est votre premier enfant ?

Il hoche la tête.

— Oui, monsieur. Vous avez peut-être raison. C'est
juste que tout s'est bien passé quand je l'ai eue au
téléphone, hier. On a même parlé du nom qu'on allait
lui donner. Et ce matin, *boum*, elle crie, me fait des
reproches et m'accuse de ne penser qu'à moi en la laissant seule. Sur le coup, ça m'a agacé. J'imagine que
j'aurais pu être plus conciliant.

La lassitude de sa voix et sa posture abattue m'aident
à oublier le malaise qu'a provoqué le mensonge à
propos de ses cicatrices. Je me souviens de mon état
d'esprit quand Folake attendait les jumeaux et je me dis
qu'à l'heure actuelle Chika est obnubilé par sa récente
conversation avec sa femme.

— D'après ce que j'ai entendu, vous auriez en effet
pu être plus conciliant.

Pendant un bref instant, Chika donne l'impression de
vouloir argumenter pour défendre sa position. Puis il
semble se raviser et, à la place, il se penche vers moi
avec un sourire contrit.

— Selon vous, qu'est-ce que je devrais faire ?

Tel l'expert en la matière que je suis, je lui suggère :

— Lui laisser un peu de temps, et la rappeler plus
tard pour vous excuser.

— M'excuser de quoi ? grince-t-il d'une voix rendue aiguë par l'irritation.

Dieu ait pitié des amateurs. Je soupire et lui explique patiemment que, dans un mariage, il est impératif que l'homme maîtrise l'art de s'excuser pour des crimes qu'il ignore avoir commis. Chika semble m'écouter, et je lui prodigue quelques conseils supplémentaires pendant que nous finissons notre petit déjeuner.

CE QU'ELLE A VU

Le texto arrive au moment où nous atteignons l'hôpital psychiatrique. Je le lis à haute voix pendant que Chika se gare.

— Le père de Mercy estime que, à l'heure actuelle, ce n'est pas une bonne idée.

— Pas étonnant, répond Chika en se tournant vers moi. Mais nous sommes là, maintenant.

Je réfléchis un court instant. Je ne sais pas ce que rencontrer Mercy peut nous révéler, mais la manière dont Kevin a fini parmi les Trois d'Okriki continue de me tarabuster. Depuis que j'ai lu le rapport d'Emeka et que j'ai parlé à Godwin, j'en suis réduit aux spéculations, aux suppositions et, franchement, à la confusion. Je déteste ça.

— Vous disiez que simplement la voir pourrait vous apprendre quelque chose, ajoute Chika, qui me tire de mes pensées.

Je balaie du regard les jardins de l'hôpital. C'est une grande parcelle bien entretenue qui m'évoque plusieurs cliniques psychiatriques où j'ai travaillé. Peut-être qu'observer Mercy, même de loin, pourrait me donner du grain à moudre.

— Nous sommes là, oui, donc profitons-en, dis-je en me tournant vers Chika.

Il hoche la tête et descend de la voiture. Je l'imite en essayant d'oublier mes remords.

À l'intérieur, le bureau d'accueil est l'image même de la paix et de la sérénité. Du personnel infirmier, principalement masculin, nous contourne d'un pas vif pour rejoindre les différents pavillons. Un grand réceptionniste à peau sombre se tient derrière un vaste bureau, son corps massif encadré par des rayonnages d'archives.

— Laissez-moi m'en occuper, monsieur, me chuchote Chika.

Je hoche la tête et franchis une porte frappée d'un panonceau *Visiteurs*. De l'autre côté il n'y a personne, hormis une infirmière grisonnante qui feuillette un journal. J'aperçois la pancarte indiquant les horaires de visite. Comme je m'y attendais, nous sommes hors des clous. Je m'apprête à retourner à l'accueil lorsque Chika me rejoint.

— Nous pouvons parler avec elle, murmure-t-il, mais ils veulent être présents.

Je préfère ne pas savoir ce que Chika a pu promettre ou offrir pour obtenir cette permission, mais voir Mercy ou nous entretenir avec elle sous la supervision de soignants vigilants sera probablement sans conséquences notables. De toute façon, je ne ferai que poser quelques questions. Rien de trop pénible.

— C'est encore mieux s'ils sont là.

— Attendez-moi ici, monsieur.

Tandis qu'il retourne à l'accueil, je m'assieds sur l'une des chaises en plastique et sors mon iPhone. Lara m'a envoyé des photos de son cours de cuisine, avec un « J'aimerais que tu sois là » accompagné de tas de GIF de cœurs très compréhensibles, alors que la ribambelle d'émojis des jumeaux ne m'inspire que de la perplexité.

Rien de Folake.

Je relis le message de Salomé auquel je n'ai pas répondu, et tape rapidement :

Désolé. Tout est chaotique. Un verre est définitivement à l'ordre du jour. Je vous tiens au courant.

Un émoji représentant un soleil souriant me répond aussitôt. Je songe à l'appeler pour lui faire savoir que nous sommes à PH et qu'on pourrait en profiter pour se voir.

— On doit faire vite, me hèle soudain Chika en me faisant signe de venir. Ils l'emmènent dans le jardin, derrière.

Je le suis et le réceptionniste nous fait passer derrière son bureau pour gagner le jardin à l'arrière du bâtiment.

L'homme semble pressé de nous satisfaire, ce qui confirme mes soupçons sur la méthode de persuasion employée par Chika. Il nous indique un banc.

— C'est elle, fait-il à voix basse en tendant le doigt. Faites vite, s'il vous plaît.

En faisant abstraction de la tenue d'hôpital, de l'absence totale de maquillage ou autre ornement, il est évident que Kevin Nwamadi avait très bon goût. Mercy Opara semble fragile, délicate comme l'enfant qu'elle est, et je ne peux m'empêcher de penser à ma propre fille. Une partie de moi regrette ce qui va suivre, mais j'en ai assez de tâtonner dans le noir. Je dois élaborer un schéma plus clair de ce qui est arrivé à Kevin Nwamadi, et Mercy détient peut-être la clé qui me le permettra.

L'infirmière qui l'accompagne la sollicite avec bienveillance :

— C'est une belle journée, n'est-ce pas, Mercy ?

Mercy lui renvoie un sourire et opine. Je cherche des signes de médication psychotrope : tremblements des extrémités, pupilles dilatées, membres enflés ou lèvres sèches. Rien.

— Je suis le Dr Philip Taiwo, dis-je en lui tendant la main.

— Docteur ?

Elle me serre timidement la main mais son sourire ne vacille pas.

— Oh, excellent. C'est mon père qui vous envoie ?

Chika et moi échangeons un regard rapide.

Chika se présente avec un sourire rassurant, lui tend sa main à son tour, et Mercy la serre aussi gracieusement que la mienne.

— Le Dr Taiwo fait des recherches pour un article, et nous pensons que vous pouvez l'aider.

Si le réceptionniste et l'infirmière se sont repliés à bonne distance, nous savons qu'ils nous surveillent. Mercy nous emmène vers un banc et tandis que nous nous asseyons, je suis frappé par le fait qu'elle se comporte comme si c'était une visite de courtoisie. Elle est si polie que je m'attends presque à ce qu'elle nous propose des rafraîchissements.

— Un article ? Et vous pensez que je peux vous aider ? s'enquiert-elle avant d'enchaîner sans attendre

181

notre réponse. Je n'ai pas beaucoup de visites. À part ma mère, mon père et mes sœurs, bien sûr.

— Comment ça se fait ?

— Ce n'est pas exactement un hôtel, monsieur.

Sa lucidité me pousse à m'interroger sur la raison de sa présence ici. Elle semble très consciente de son environnement et de sa condition. Peut-être que le jeu en vaut la chandelle, et je n'hésite plus :

— Nous avons parlé au père de Kevin…

Ses yeux s'illuminent.

— M. Nwamadi ? Oh, c'est bien. Il m'appelle, de temps en temps.

— Il m'a dit que Kevin était venu vous voir, le jour… vous savez, le jour où…

— Le jour où il est mort ?

Cette fois, son sourire est triste.

— Vous pouvez le dire. Je sais qu'il est parti. C'est le souvenir de la manière dont il est mort qui me bouleverse, parfois. C'est mon quatrième séjour ici, et chaque fois je reste un peu moins longtemps. Je crois que je vais mieux.

Même si j'avais eu la bénédiction de ses parents pour lui parler, j'aurais abordé le sujet avec la plus grande prudence. Mais Mercy semble calme et, si elle ne paraît pas impatiente de s'ouvrir, elle ne rechigne pas à parler. Je sors discrètement mon iPhone et commence à l'enregistrer.

— Est-ce que cela vous ennuierait de nous parler de la visite de Kevin, ce jour-là ?

— J'ai toujours voulu qu'il rencontre papa. Nous sortions ensemble depuis deux ans, depuis que nous étions *jambites*. Je me souviens qu'il était nerveux à

182

l'idée de rencontrer mon père. Papa ne facilitait pas les choses, mais je sais qu'il était plutôt content que je n'aille pas voir à droite et à gauche.

Son sourire devient mélancolique.

— Ma mère avait déjà rencontré Kevin. Je l'avais fait venir à la maison, une fois où papa était en voyage. En plus, la mère de Kevin avait été dans la classe au-dessus de la sienne, au lycée d'Umouhia.

— C'est ce qui vous a encouragée à faire venir Kevin pour rencontrer votre père ?

— Oui. En fait, c'est ma mère qui l'a invité. Elle disait qu'il maigrissait à vue d'œil, à cause de la nourriture du campus.

Le souvenir la fait rire. Chika et moi sourions, et j'insiste doucement :

— Votre mère l'a donc invité ce jour-là ?

— Oui. J'étais à la maison et nous cuisinions pendant que papa jouait l'indifférent. Celui-là, alors !

L'affection qu'elle porte à son père est évidente, à la manière dont son visage s'illumine.

— Kevin est venu par ses propres moyens ? fais-je avec ménagement.

— Oui. Il est arrivé dans la matinée et il est resté toute la journée. Papa et lui ont parlé de toutes sortes de choses. Nous avons même téléphoné à la mère de Kevin. Tout s'est tellement bien passé.

— Quand est-il reparti ?

Elle fronce les sourcils.

— Vers 16 heures, je crois. Nous avions fini de manger, fait la vaisselle, tout ça. Mon père voulait le ramener au campus, mais Kevin a dit qu'il devait se rendre ailleurs.

— À Okriki ?

— Oui.

— Vous ne l'avez pas accompagné ?

— Non ! s'écrie-t-elle, scandalisée. Cela aurait fait un peu trop pour mon pauvre père. Je lui fais rencontrer mon petit ami pour la première fois, puis je repars avec lui ?

Elle rit encore, mais cette fois d'un rire un peu fragile. Méfiant. Chika et moi rions aussi pour la mettre à l'aise.

— Il est donc reparti sans vous.

— Oui.

— Quand… quand avez-vous appris ce qui s'était passé ?

— Chaque fois qu'on se rendait visite sur le campus, on s'appelait après, pour s'assurer que l'un ou l'autre était bien rentré. J'ai attendu à peu près une heure avant de téléphoner, juste pour être sûre qu'il était bien rentré de chez Tamuno et était en route vers le campus.

— Tamuno ?

— L'étudiant qu'il était allé voir. Il n'a pas répondu, alors j'ai rappelé plusieurs fois.

Elle secoue tristement la tête.

— Mais il n'a jamais répondu.

— Vous avez donc commencé à vous faire du souci ?

— Oui. Je n'ai pas arrêté d'appeler, et quand j'ai commencé à tomber directement sur sa boîte vocale, j'ai compris qu'il y avait un problème.

— Qu'est-ce que vous avez fait, à ce moment-là ? demande Chika.

Le sourire de Mercy se ternit, ses paupières sont parcourues de spasmes et une veine palpite sur sa tempe.

— Mes parents étaient à l'église pour le service du soir. Alors j'ai dit à mes sœurs où j'allais et j'ai appelé un vélo-taxi pour qu'il m'amène chez Tamuno.

— Vous connaissiez cet ami que Kevin était allé voir, ce Tamuno ?

— Pas vraiment. Il était en cours avec lui.

Je voudrais poser d'autres questions mais Mercy détourne les yeux, perdue dans un souvenir horrible que je regrette déjà d'avoir ravivé. Je dois trouver un moyen de conclure rapidement l'entretien.

— Quand je les ai vus… Les gens… J'ai dit au conducteur du vélo de prendre un autre chemin, mais il a refusé.

Une pellicule de sueur apparaît sur son front. Elle cligne rapidement des yeux et son débit ralentit, adopte une allure apathique.

— Ils chantaient. Ils chantaient qu'ils avaient attrapé les voleurs. Qu'ils allaient faire un exemple. Ça ne m'a pas plus troublée que ça. On a l'habitude des émeutes, des cris et de ce genre de choses, par ici.

— Qu'est-ce que vous avez fait ? poursuit Chika avant que je n'aie pu l'arrêter.

La fille est à bout. Un mot de travers et elle va s'effondrer, alors mieux vaut la laisser mener la conversation.

— Rien, lâche-t-elle en fronçant les sourcils. Le conducteur a roulé droit vers la foule. Et alors c'est là que… que je les ai vus.

Mercy se balance d'avant en arrière comme une enfant, à présent.

— Qui ? continue Chika en ignorant mon avertissement muet.

185

— Les trois, dit-elle d'une voix lointaine. Je ne connaissais pas les deux autres, mais j'ai vu Kevin. J'ai couru vers la foule et je me suis mise à hurler. Je ne sais même plus ce que je disais. Je sais seulement que je criais et que personne ne m'entendait. Puis je m'en suis prise aux gens, quelqu'un m'a poussée et je suis tombée… Quand j'ai réussi à me relever, la foule les entraînait. J'ai téléphoné à ma mère et à mon père, mais ils étaient encore à l'église. Alors j'ai appelé le père de Kevin à Lagos et je lui ai dit ce qui se passait. Il m'a demandé de courir après eux et de les convaincre que Kevin était un parent à moi ou quelque chose comme ça, qu'il était ikwerre et qu'il ne pouvait pas être un voleur. Lui, de son côté, allait appeler la police depuis Lagos. Alors j'ai couru derrière les gens en les suppliant d'arrêter. Puis quelqu'un m'a frappée. Quelqu'un d'autre a dit que j'étais sûrement une de ces jeunes débauchées qui incitent les criminels à venir à Okriki.

Mercy porte son pouce à ses lèvres et commence à le sucer. Ses yeux filent en tous sens, comme ceux d'une fillette exténuée après une longue journée au parc. Je ne peux m'empêcher de penser à ma propre fille. Ça n'a que trop duré. Je fais signe à l'infirmière au moment où Chika tend la main vers Mercy.

— Arrêtez !

Mon ordre fuse sèchement, mais c'est trop tard. Mercy repousse Chika comme elle repousserait un agresseur, et se met à pleurer et se débattre. Le réceptionniste et l'infirmière nous rejoignent au moment où une voix impérieuse rugit dans le jardin.

— Qu'est-ce qui se passe ici ?

Nous nous retournons tous, sauf Mercy qui sanglote dans les bras de l'infirmière, le pouce toujours dans la bouche. Un homme plus âgé se tient devant nous, irradiant une colère aussi puissante que sa voix.

— Papa…, sanglote Mercy, le visage sillonné de larmes.

Instinctivement, Chika et moi nous écartons de la jeune fille, pendant que le réceptionniste s'esquive et que l'infirmière tente de donner l'impression qu'elle maîtrise la situation.

L'homme se précipite vers sa fille, qui s'effondre dans ses bras comme une poupée de chiffon.

— Je suis navré, monsieur, dis-je piteusement, même à l'aune de mes propres oreilles.

— Allez-vous-en ! beugle le père de Mercy par-dessus les pleurs de sa fille.

Notre propre honte et la rage dans son regard nous poussent à nous enfuir sans demander notre reste.

WETIN YOU CARRY[1]?

— C'était une erreur, je l'admets.

Nous venons de négocier le barrage de la police militaire à l'aide d'un billet de deux cents nairas discrètement passé par Chika. Je m'en veux encore de ce que j'ai laissé se produire à l'hôpital ; c'est la première fois que je parle depuis que nous nous sommes enfuis.

— Je ne dirais pas ça, monsieur, répond doucement Chika, les yeux fixés sur la route.

— Si si, j'insiste. Et l'état mental de Mercy rend son récit des événements sujet à caution.

— Pourquoi ça, monsieur ?

— Les témoignages des gens traumatisés sont souvent considérés comme moins fiables.

— Même si leur version des événements correspond à ce que nous savons déjà ?

— Eh oui.

— C'est pour ça que la police n'en a pas tenu compte ?

Je secoue la tête.

---

1. Qu'est-ce que vous transportez ?

— Non, non. Seul un tribunal peut décider si le témoignage de Mercy est recevable ou non. En fait, la police n'a aucune excuse pour ne pas avoir suivi cette piste.

— Peut-être que tous ces séjours à l'hôpital n'ont pas aidé.

Je sais que Chika joue l'avocat du diable, vu ce que nous savons de la manière dont la police a traité l'affaire, mais je ne peux pas m'empêcher de lever les yeux au ciel avec un bruit de bouche. Moi aussi, parfois, il m'arrive de tchiper…

— Ces séjours les arrangent bien. Sa version des événements ne correspond pas à la leur, ils préfèrent donc l'ignorer.

— Vous ne pensez donc pas qu'elle puisse mentir ? Ou ne pas se souvenir exactement des choses telles qu'elles ont pu se passer ?

Je le regarde, surpris.

— Non, pas du tout. Pour moi, cette fille sait exactement ce qui s'est passé. En fait, je soupçonne même que l'acuité de ses souvenirs est pour beaucoup dans son état actuel.

Chika hausse les épaules.

— C'était juste pour être sûr, monsieur, parce qu'on aurait dit que vous doutiez, il y a un instant.

— Je doute de la sagesse de ce que nous avons fait là-bas.

— Il en est ressorti quelque chose d'utile ?

Je concède à contrecœur :

— Eh bien, ce Tamuno dont elle a parlé…

Je m'apprête à développer sur ce que nous pourrions faire de cette information quand je remarque que Chika fronce les sourcils. Je suis son regard et aperçois trois policiers armés qui nous font signe de nous arrêter.

— Qu'est-ce qu'ils veulent, selon vous ?

C'est effectivement inhabituel, surtout si près d'Okriki. Durant nos trajets en ville, je ne me souviens pas d'avoir croisé un seul barrage de police.

— On va vite le savoir, rétorque Chika en se garant sur le bas-côté. Vous avez du liquide ?

Je pense à mon billet de cent dollars américains, pour les cas d'urgence, et hoche la tête – encore que ce ne soit pas le genre d'urgence à laquelle je pensais quand je l'ai glissé dans mon portefeuille avant de partir de chez moi.

L'un des policiers s'avance paresseusement vers nous. Un autre téléphone, pendant que le troisième fait signe aux autres voitures de poursuivre leur chemin.

— Bonjour, monsieur, dit Chika avec le plus grand respect.

— Vos papiers, demande le policier d'une voix qui ne souffre aucune discussion.

J'essaie de deviner si tout cela fait partie du petit rituel qui va précéder une demande de « bonus pour les gars », mais Chika fouille déjà la boîte à gants pour trouver les papiers de la voiture.

Le policier récolte l'assortiment de photocopies et de scans retenus par des agrafes, puis passe un temps anormalement long à les étudier l'un après l'autre, qu'il ponctue de regards lancés à Chika.

— Descendez et ouvrez le coffre, ordonne-t-il.

Il inspecte alors l'habitacle et fouille même sous les sièges. Tout ça est très méticuleux.

— Monsieur l'officier, vous cherchez quelque chose de particulier ?

Je m'impatiente et Chika me lance un regard m'enjoignant de me taire.

— C'est rien, officier, tente-t-il. Mon ami est simplement un peu pressé.

Le policier me gratifie d'un regard peu amène et s'intéresse aux documents pour la centième fois.

— C'est votre voiture ? s'enquiert-il d'une voix glaciale.

Je me promets mentalement de ne pas sacrifier mes cent dollars pour cet être déplaisant.

— Ce n'est pas ma voiture, monsieur, répond Chika avec une politesse exagérée. Je ne suis que le chauffeur. Mon *oga*[1] est à Lagos.

— Lui, c'est le propriétaire ? coupe le policier en me désignant du doigt.

— Non, monsieur.

— Comment je peux savoir que la voiture n'a pas été volée ?

Sérieusement ? Je manque de lâcher un grondement d'agacement, mais le bref regard de Chika m'en dissuade.

— *Haba, officer!* fait Chika en passant au pidgin. *I resemble thief?*[2]

Le policier ne rit pas et réplique dans une langue rapide que j'ai du mal à suivre. Il évoque des voleurs armés dont la vocation n'est pas tatouée sur leur front. Il consulte encore les papiers, puis jette un coup d'œil à l'autre officier qui téléphone toujours non loin.

---

1. En igbo, « patron », « chef ».
2. Eh bien, officier, j'ai l'air d'un voleur ?

— Je peux appeler le propriétaire de la voiture pour que vous lui parliez au téléphone, propose Chika.

— Et comment je saurais si c'est bien lui le vrai propriétaire ?

Soit je sors mon insigne de police, soit j'appelle Abubakar pour mettre fin à cette mascarade. Tandis que je réfléchis à l'option la plus efficace, l'agent qui téléphonait raccroche, rejoint Chika et son collègue obtus, récupère les papiers agrafés et les rend à mon assistant.

— Vous pouvez partir, conclut-il.

Rien de plus.

Chika saisit les papiers, marmonne un remerciement et remonte dans la voiture.

— Quelle sottise !

J'en bafouille de colère.

— S'il vous plaît, monsieur, vous pouvez attendre qu'on soit repartis avant d'en remettre une couche ?

Chika fait une marche arrière, passe la première et regagne la route. J'explose une fois que les policiers sont loin derrière nous.

— S'il voulait un pot-de-vin, il suffisait de demander ! Pourquoi nous faire perdre tout ce temps ?

— Justement, précise Chika. Ils ne nous ont rien demandé. Ils nous ont juste arrêtés…

— Nous et aucune autre voiture…

Je marque un temps d'arrêt en comprenant.

— Ils voulaient nous ralentir. Mais pourquoi ?

— J'imagine qu'on le saura bien assez tôt, lance sèchement Chika.

Je suis conscient que le fait d'avoir vécu en Amérique en tant que Noir décuple l'irritation que me procure cette fouille arbitraire. J'ai été contrôlé trop de fois pour accepter le même comportement dans mon propre pays. N'empêche…

— Je suis désolé, Chika. J'aurais dû comprendre qu'il se passait quelque chose et me fier à vous pour gérer la situation.

Il me jette un bref regard.

— Oui, monsieur, répond-il, impassible. Vous auriez dû.

J'éclate de rire, et lui aussi.

— Laissez tomber le « monsieur », c'est ridicule.

Chika réfléchit un court instant, s'interrogeant peut-être sur ce que ce changement va impliquer pour l'avenir. J'essaie de dédramatiser en prenant mon accent américain.

— Mec, admettez que c'est bizarre quand vous m'insultez et ajoutez un « monsieur » à la fin.

— Moi ? s'étonne-t-il avec un air outré. Vous insulter ? Jamais !

Mais cette fois il ne s'est pas fendu d'un « monsieur », alors je lui lance un regard en coin incrédule et tchipe de manière désinvolte au moment où il bifurque sur la route qui nous ramène à l'Hôtel Royal. L'atmosphère légère se tend quand nous apercevons une Mercedes Benz CLS bordeaux garée juste devant l'entrée de l'hôtel.

Nous descendons du 4 × 4 et Aroka, le directeur, nous retrouve à la réception, un sourire nerveux sur le visage. Il marmonne quelque chose à propos d'une visite mais je l'écoute à peine. Mon regard est braqué sur la scène méticuleusement préparée qui nous attend : assis sur l'une des chaises disposées devant l'écran, le chef aperçu à la salle communale la veille. Il ne se retourne pas, bien qu'il ait forcément entendu le directeur annoncer notre présence. Son port de tête est royal, sa posture rigide, et il serre dans sa main le pommeau de sa canne.

Je compte cinq hommes d'âges divers postés en silence autour du chef. Comme des gardes du corps. L'un d'eux est l'inspecteur Mike Omereji, en civil, qui se tient plus près de lui que les autres. À cette distance, leur ressemblance est encore plus frappante, et je soupçonne que sa présence pourrait bien être la raison de notre « retard », qui lui aura laissé le temps d'amener le chef ici pour nous cueillir.

L'inspecteur se penche vers le vieillard. Celui-ci se retourne lentement pour m'observer.

— Vous êtes l'Américain, déclare-t-il.

— Non, monsieur, fais-je poliment. Je suis tout ce qu'il y a de plus nigérian.

Le chef sourit et tapote le sol de sa canne. Comme s'il s'agissait d'un ordre, Omereji fait un pas en arrière, et deux autres hommes s'avancent pour aider le vieil homme à se relever – encore que je ne sois pas sûr qu'il en ait vraiment besoin. Je me dirige vers eux et m'incline légèrement, sans avoir la présomption de lui tendre la main.

— Un nom yoruba, dit-il après que je me suis présenté. Des gens de qualité, ajoute-t-il à l'intention de ses hommes. Hormis cet Awolowo, la plupart d'entre eux ont été bons avec nous durant la guerre.

Ses hommes hochent la tête mais, d'après leur âge, aucun d'entre eux n'est né avant la fin de la guerre du Biafra, à laquelle j'estime que le chef fait référence. En revanche, j'ignore ce qu'il veut dire quand il mentionne le fameux ministre des Finances en poste durant cette guerre, Obafemi Awolowo.

— De quelle partie du Yoruba êtes-vous ? m'interroge-t-il.

Ah, les Nigérians et leur amour des précisions ethniques. Un trait encore plus marqué chez les personnes âgées. J'essaie de cacher mon agacement.

— Je suis de Lagos, monsieur.

— Ha ! dit-il en agitant nonchalamment la main. Tout le monde prétend que Lagos lui appartient.

Je souris car c'est vrai.

— Mon arrière-arrière-grand-père est venu du Dahomey et s'est installé à Lagos longtemps avant que la ville ne fasse partie du Nigeria.

Le vieil homme hoche sagement la tête.

— Parfois, quand une ville devient aussi grande que Lagos, il est bon de se souvenir que des gens étaient là avant tous ces gros immeubles et tous ces étrangers.

— Pardon, monsieur, mais je n'ai pas saisi votre nom…

Par respect, je laisse ma phrase en suspens. Il pousse un éclat de rire tonitruant.

— Vous devez me trouver bien impoli. Je suis Kinikanwo Omereji, chef des gens d'Okriki. Bienvenue dans notre ville.

Je jette malgré moi un regard vers le visage impassible de Mike Omereji. Son père, son grand-père ou son oncle ?

— Vous avez déjà fait la connaissance de mon fils…

Il désigne l'inspecteur d'un signe de tête. Il a dû l'avoir sur le tard. Le chef semble avoir plus de 70 ans, et l'inspecteur Omereji, malgré sa mine sérieuse, tout juste la trentaine.

— Nous nous sommes rencontrés, en effet, monsieur. Votre fils est un bon officier de police.

Je fais abstraction du haussement de sourcils de l'inspecteur et me tourne pour présenter Chika au vieil homme, mais ce dernier me coupe.

— Venez faire un tour avec moi, docteur Taiwo.

— Un tour ?

Le vieux chef se dirige déjà vers la sortie. Il passe devant Chika sans lui prêter attention, et devant le directeur de l'hôtel, auquel il adresse un bref et autoritaire signe de la main. Son entourage le suit, adaptant soigneusement son allure pour ne pas le précéder. Je me retrouve donc avec Omereji.

Je lance un regard perplexe à Chika, qui se tourne vers l'inspecteur.

— Il ne risque rien, lui indique brusquement ce dernier avant de me faire signe de le suivre.

L'HOMME DE SON PEUPLE

Le chef monte à l'arrière de la Mercedes et l'un de ses hommes m'ouvre l'autre portière. Je m'assieds à côté de lui, Omereji se glisse à l'avant sur le siège du passager et, une fois les portières refermées, le chauffeur quitte l'hôtel en marche arrière. Je vois les autres hommes embarquer dans une modeste Mazda et nous suivre.

Le vieillard se tourne vers moi.

— Notre ville vous plaît ?

Il sait évidemment que je ne suis pas là pour faire du tourisme, mais je joue le jeu.

— C'est charmant. Très calme.

— Après Lagos, elle doit vous faire l'effet d'un paradis, dit-il avant de lancer au chauffeur, sans marquer de temps d'arrêt : Prenez la route qui passe devant le marché.

Puis il revient à moi :

— On me dit que vous êtes ici pour découvrir ce qui est arrivé aux voyous qui terrorisaient notre communauté.

J'essaie de cacher la surprise que provoque en moi sa franchise.

— Je n'irais pas jusqu'à les qualifier de voyous, monsieur. Ils étaient étudiants et…

— Je sais ce qu'ils étaient. Même un voleur reste le fils de quelqu'un. Cette communauté a beaucoup souffert à cause des étudiants de cette école.

— C'est ce que j'ai entendu dire, monsieur.

Ma meilleure défense pourrait bien consister à rester passif-agressif.

— Mais vous ne le croyez pas ?

— Personne ne m'a vraiment parlé depuis mon arrivée.

— Et personne ne vous parlera si les gens savent ce que vous faites ici.

Je lui fais face.

— Si je puis me permettre, monsieur, qu'est-ce que je fais ici, selon vous ?

— Vous cherchez à provoquer des ennuis ? Vous nous divisez avec vos doutes et poussez le monde à haïr un peu plus mon peuple ?

— J'écris un rapport, monsieur, je ne juge pas.

— Tout ce qui est couché sur papier constitue une forme de jugement.

Je réfléchis un instant à cette logique tordue et me dis que le vieillard marque peut-être un point. Je change d'approche.

— Mais, chef, dis-je avec le plus grand sérieux, je ne suis pas là pour créer des ennuis. Ce que je fais pourrait même servir la communauté.

Il hausse tellement les sourcils qu'ils touchent presque ses cheveux.

— Monsieur, vous aimeriez sûrement savoir pourquoi vos gens se sont montrés aussi cruels.

— La justice n'est pas cruelle ; c'est son absence qui engendre la cruauté, énonce-t-il.

Ma curiosité me pousse à être honnête.

— Est-ce que la ville pense vraiment que cette justice de brousse était le meilleur moyen de traiter ces garçons, même s'ils étaient, comme vous le dites, des voyous ?

Le chef hausse les épaules.

— La justice de brousse vaut mieux que pas de justice du tout.

— Ils auraient pu être remis à la police si…

— Arrêtez-vous.

Je m'interromps instinctivement avant de me rendre compte qu'il parle au chauffeur, qui ralentit puis s'arrête.

— Venez.

Cette fois, je comprends qu'il s'adresse à moi. Le chauffeur vient l'aider à descendre. Je jette un regard méfiant à l'inspecteur Omereji dans le rétroviseur. Celui-ci hausse les épaules comme pour dire que je vais devoir me débrouiller seul. Je sors à mon tour et rejoins le chef.

— Est-ce que vous voyez ?

Il désigne un vieux canon, massif et rouillé, qui trône à la place d'honneur sur un rond-point. Chika et moi sommes déjà passés devant, mais je ne lui avais accordé qu'un vague coup d'œil curieux.

— Pendant longtemps, tout ça, explique-t-il en embrassant les environs d'un mouvement de sa canne, n'était que broussailles et animaux sauvages. Mes gens sont venus ici il y a bien des années. Mon arrière-grand-père me faisait le récit des difficultés qu'ils avaient endurées, de la culture de la terre, de sa conquête, sans jamais douter de leur légitimité à l'occuper. Puis l'homme blanc est venu et a tout pris, sauf la terre. Il nous a donné de nouvelles lois ; nous leur avons obéi, du moment que nous avions encore la terre. Il nous a même donné de nouveaux noms, une nouvelle religion, il s'est mêlé de nos langues, mais il n'a jamais pris la terre.

Je me retourne pour regarder l'inspecteur, qui nous a suivis hors de la voiture et nous observe de loin, le visage neutre. Le vieil homme parle sans précipitation et ne fixe personne en particulier, mais je suis manifestement son seul interlocuteur.

— Même quand les Anglais ont regroupé plusieurs tribus, ont posé des drapeaux autour des fleuves Niger et Benue et ont appelé ce drôle de cercle « Nigeria », mon peuple ne s'est pas inquiété. Un nom, qu'est-ce que ça pouvait faire ? Qu'est-ce qui allait vraiment changer, après tout ? Nos gens vivaient en paix avec ceux de l'Ouest, du Nord, et même avec ceux de l'Est, bien avant que les Blancs ne viennent et ne nous appellent tous par le même nom.

Le chef commence à faire le tour du canon. Je le suis respectueusement. J'essaie d'ignorer les regards des passants, les gardes du corps derrière nous et les voitures aux occupants visiblement curieux.

Le vieillard passe la main sur le canon, pousse un profond soupir et déclare :

— Asseyons-nous un moment.

Il lui faut un certain temps pour se poser sur le socle de béton qui soutient la pièce d'artillerie. Il lève les yeux vers moi.

— Est-ce que je vous ennuie, docteur Taiwo ?

— Pas du tout, monsieur.

— Bieeen, dit-il en étirant le mot puis en marquant une pause avant de reprendre. Mon père me racontait que la plupart d'entre eux venaient d'Enugu – par là-bas.

Il pointe sa canne vers un point invisible, au loin.

— D'abord ils sont venus un par un, puis par paires, puis par familles entières.

— Les Anglais ?

Le vieillard me dévisage comme s'il était surpris que je lui prête suffisamment attention pour l'interroger, puis tapote le béton battu par le soleil, à côté de lui, pour m'inviter à m'asseoir.

— Non, les Igbos, continue-t-il. Avant ça, on était tous frères et sœurs. Personne n'avait de prétention sur quoi que ce soit. On partageait la même nourriture, les mêmes noms, et pas mal d'éléments de nos langages respectifs. Mais les autres sont venus avec des papiers affirmant que la terre leur appartenait parce qu'un gouvernement qu'on n'avait pas choisi le leur avait dit. Mais mon peuple a décidé de ne pas résister. On s'est enfoncés un peu plus dans la brousse, on a conquis d'autres contrées, et on a tout recommencé à zéro.

Il se tait. Il baisse la tête et frémit comme si le souvenir était un fardeau écrasant.

L'inspecteur rejoint alors le vieil homme et lui pose la main sur l'épaule.

— Papa ?

Quand il relève la tête, sa voix tremble légèrement.

— Ça va.

— Tu n'es pas obligé de faire ça, dit doucement Omereji.

— Il cherche des réponses.

201

— Tu ne les as pas.

— Mais j'ai notre vérité.

Omereji pousse un soupir résigné et recule tandis que son père me lance un sourire las.

— Je me souviens de la date précise où la guerre a commencé. L'homme blanc était parti, mais les peuples qu'il avait forcés à ne faire qu'un ne voulaient plus vivre ensemble. D'Omagwa à Aluu, les Igbos allaient de village en village, demandant aux hommes de se joindre à la lutte pour l'indépendance et pour la création du Biafra. L'une de leurs promesses était qu'au Biafra aucun gouvernement central anonyme ne prendrait nos terres pour les distribuer à droite et à gauche. Ceux d'entre nous qui les ont crus ont rejoint le combat au côté des Igbos, pour le Biafra. Les autres sont restés. Mais la guerre a quand même eu lieu. Elle a obligé ceux qui étaient restés à devenir soldats pour protéger les femmes, les enfants et, bien sûr, la terre.

— Vous êtes resté, monsieur ?

— Oui. Mais pas mon père. Il est allé combattre parce qu'il disait que personne ne savait quel camp gagnerait. Il disait qu'il valait mieux y aller et participer aux négociations quand les combats cesseraient. Je suis resté parce que, pour protéger mon peuple et notre terre, quelqu'un devait s'occuper de ce monstre.

Il lève sa canne pour frapper le vieux canon.

— Pendant six ans, on a entendu des bombes et des explosions, parfois aussi proches que Warri. Des soldats mourants ont débarqué. Des femmes et des enfants affamés ont marché des kilomètres jusqu'ici. Nous n'avons refusé personne. Et pendant toutes ces années, c'est ici que moi, mes deux frères et trois autres hommes on a dormi. On est restés ici, prêts à faire feu avec cette bête pour protéger nos gens.

J'ai lu d'horribles comptes rendus sur la guerre du Biafra – peut-être l'une des plus épouvantables guerres civiles en Afrique –, mais je dois confesser que je ne connais personne qui l'ait vécue, que ce soit en tant que victime ou soldat. Je lève les yeux vers le canon. Il n'est pas difficile d'imaginer de jeunes gens bivouaquer autour de l'arme, prêts à l'utiliser pour défendre leur vie et leurs biens.

— Quand on nous a dit que la guerre était terminée, poursuit le vieillard, nous avons attendu d'être sûrs que c'était vrai pour partir. Je suis resté ici jusqu'à ce que je voie mon père revenir, une main et une jambe en moins. Alors on est retournés dans la brousse et on a fait sortir nos femmes et nos enfants. Et on a repris nos terres. Quand certains Igbos sont revenus, on leur a montré le décret de redistribution des terres que le gouvernement central nous avait accordé en échange de notre renoncement au Biafra. Les Igbos n'étaient pas contents du tout, mais on a protesté, et il y a eu des accrochages. On était épuisés. Après toutes ces tueries, plus personne n'avait l'énergie de se battre encore. Pour les Igbos, la vie était plus importante que la terre. Pour nous, dans la mesure où on nous avait déjà pris la terre, il n'y avait pas de vie sans elle.

Cette fois, son silence s'éternise et je me sens obligé de dire :

— Je comprends.

— Non, vous ne comprenez pas, docteur Taiwo, réplique-t-il avec plus de véhémence que je ne m'y attendais. Vous êtes venu ici pour trouver le moyen de punir des gens qui n'ont fait que défendre ce qui leur appartenait.

— Non, monsieur. Les parents de ces garçons veulent savoir et…

— Les garçons sont morts, qu'y a-t-il d'autre à savoir ?

— La manière dont ils sont morts… les hante.

— Ces garçons nous volaient, depuis des années, et personne ne venait nous aider. Et finalement, quand on dit « assez ! », le monde entier vient sur le pas de notre porte crier à l'injustice et au meurtre !

— Si c'est vrai, monsieur, je ne devrais pas avoir de problème pour trouver les réponses que je suis venu chercher.

— Vous êtes venu chercher des réponses qui serviront les buts des gens qui vous ont envoyé, dit-il d'un ton sans appel.

Puis, comme j'en ai maintenant l'habitude, il change de sujet sans prévenir.

— Je vais poursuivre mon histoire.

Il marque une pause comme pour me mettre au défi de l'interrompre.

— La guerre était terminée. On avait notre terre et au moment où on retrouvait nos vies, quelqu'un a découvert du pétrole à Bonny et dans plusieurs autres villes. On espérait qu'ils en trouveraient ici aussi, mais non. Quand on a vu ce que le pétrole faisait aux autres communautés, on a remercié les dieux qu'il n'y en ait pas à Okriki. Mais la terre ne suffisait plus. Le sol ne donnait plus assez pour nourrir tout le monde et alimenter les marchés. Alors, quand le gouvernement est venu nous demander gentiment un peu de terre pour construire l'université, on a accepté. Et pendant un temps, ça nous a semblé être la bonne décision. Des gens sont venus dans notre village et en ont fait une ville, ont mangé notre nourriture, ont loué notre terre et nous ont apporté beaucoup d'argent, mais ils gardaient la connaissance derrière les murs de cette université construite chez nous.

— Je ne comprends pas, monsieur.

— Regardez ma ville, docteur Taiwo, me défie-t-il en traçant un arc dans l'air avec sa canne. Combien de jeunes d'ici vont à l'université ? Combien de gens de cette ville ont accès à l'hôpital universitaire sans devoir payer de grosses sommes d'argent ? La liste est longue. Qu'est-ce que cette université nous a apporté, sinon des ennuis ?

— Vous disiez qu'elle vous avait rapporté de l'argent.

Le chef prend une profonde inspiration.

— L'argent n'engendre que le désir d'en avoir encore plus. Rien d'autre.

— Je ne vois pas trop le rapport avec la raison de ma venue…

— Quand on a donné nos terres à cette université, les gens d'ici n'ont plus eu qu'une chose à protéger : l'argent que ça leur avait rapporté. Ce même argent que ces étudiants sont venus voler.

— C'est ça, l'excuse de votre ville ? dis-je un peu trop vivement.

— C'est notre vérité ; alors je vous le répète, personne ne vous aidera à trouver la version que vous êtes venu chercher.

— C'est une menace, monsieur ?

— C'est une promesse.

Je me tourne vers l'inspecteur, puis revient au vieillard dont les yeux délavés me transpercent. J'ose répondre :

— Et vous comptez vous servir de votre propre fils pour faire obstacle à la justice, monsieur ?

L'inspecteur Omereji fait un pas menaçant dans ma direction, mais s'immobilise lorsque le chef lève sa canne.

— Docteur Taiwo, allez dire à ceux qui vous ont envoyé que vous avez rencontré le chef Kinikanwo Omereji d'Okriki. Dites-leur que je veillerai à ce que mes gens ne soient pas punis pour s'être simplement défendus contre ceux qui sont venus prendre ce qui ne leur appartenait pas. Vous comprenez ?

Malgré tous mes efforts, je ne peux rien faire d'autre qu'opiner.

À REBOURS

Nous ne soufflons mot durant le trajet qui nous ramène à l'hôtel. Le chauffeur m'ouvre la portière et je salue le chef. Il se contente de hocher la tête et ferme les yeux comme si je l'ennuyais. Je ne prends pas la peine de faire de même avec l'inspecteur, immobile sur le siège avant.

Chika m'attend. J'ai besoin de rester seul un moment, ce qu'il comprend fort bien.

Une fois dans ma chambre, j'ôte mes chaussures et me couche sur le lit.

Cette journée a été une succession de désastres, d'abord avec Mercy et les limites éthiques que j'ai franchies dans l'espoir d'obtenir des informations utiles pour mon enquête. Être confronté ensuite à l'impénitente arrogance du chef Omereji a été la dernière goutte d'eau.

Je suis pris de remords en me rappelant la mine du père de Mercy tandis qu'il essayait de la réconforter. Qu'est-ce qui me différencie d'un type comme le chef, qui justifie des meurtres au nom de la protection de son peuple ? Est-ce que je deviens machiavélique, dénué d'empathie et totalement obnubilé par mon but ?

Pour la millionième fois depuis que j'ai suivi ma femme au Nigeria, je maudis les circonstances qui ont pris cette décision à ma place. Malgré l'air impassible que j'ai adopté lorsque Folake m'a exposé les arguments en faveur de notre retour, je lui en veux encore terriblement d'avoir insisté.

« Chéri, les garçons auront 15 ans cette année. J'aimerais qu'on parte avant qu'ils pensent n'être qu'une couleur de peau. »

Elle marquait un point. Les réseaux sociaux avaient démocratisé l'information et les rapports concernant des actes de violence contre des personnes de couleur s'étalaient partout. Lorsque nous avons été invités à participer à une réunion parents-professeurs où toute une série d'instructions aux garçons noirs a été délivrée sur la manière de se comporter s'ils étaient arrêtés par la police, Folake en a conçu un mélange de rage et d'inquiétude. Après le désastre de Seattle, elle s'est fermement décidée à quitter les États-Unis, avec ou sans moi. Alors, oui, je suis un rapatrié à contrecœur. Et cela a jeté une ombre sur ma réintégration. Je me suis servi de mon altérité pour scruter ma patrie tel un étranger – et tant que j'arrive à surnager au milieu du chaos et à conserver mes distances, je me dis que tout ira bien.

Mon comportement d'aujourd'hui me laisse penser que j'ai peut-être perdu la bataille. Aurais-je cédé à cette mentalité pressée, à cette tendance à prendre des raccourcis et à contourner les procédures ? Je me suis trop impliqué dans cette affaire en mettant de côté ma prudence professionnelle, ce que je reproche à mon père.

En effet, même si je ne veux pas tout lui mettre sur le dos, sa relation avec Emeka pèse lourd. Quand il a confessé avoir appartenu à une secte – à une fraternité – durant ses études, la révélation m'a ébranlé parce qu'elle dévoilait une facette de lui dont j'ignorais l'existence. Depuis cette conversation dans son bureau, j'ai essayé de réconcilier l'image de ce père strict mais aimant avec la violence et le désordre associés aux gangs des campus nigérians. Je ne sais même pas ce que j'espère découvrir ; que les Trois d'Okriki étaient membres d'une secte et que leur fin brutale, entre les mains des gens d'ici, est justifiée ? Ou que leur mort n'a rien à voir avec les sectes et tout à voir avec une communauté mal canalisée, poussée au point de rupture par un environnement dangereux ?

Quelqu'un frappe à ma porte. C'est Chika, avec une bouteille de whisky Jameson et deux verres dépareillés.

— En général, c'est quand les gens ont envie de rester seuls qu'il vaut mieux qu'ils ne le soient pas, annonce-t-il d'un ton sardonique.

Cette familiarité nouvelle est exactement ce dont j'ai besoin. Chika entre, pose les verres sur la table et ouvre la bouteille.

— J'ai bien peur de n'avoir pas été la meilleure version de moi-même, aujourd'hui, dis-je en refermant la porte.

— Moi non plus.

Il verse le liquide doré dans les deux verres et m'en tend un.

— Mais ce qui est fait est fait. Est-ce qu'on peut en tirer quelque chose qui le justifierait ?

Il a raison, naturellement. Peut-être que la meilleure façon de mettre à profit mon erreur consiste à réfléchir aux informations qu'a révélées l'entretien avec Mercy. Le whisky me brûle la gorge mais je me lance :

— Eh bien, pour commencer, si Kevin est allé rendre visite à Mercy tôt dans la journée, nous pouvons confirmer qu'il n'a pas quitté le campus avec Bona et Winston.

— Mais ils ont pu se retrouver après, réplique Chika en vidant son verre avant de s'en octroyer un deuxième.

— Oui, mais si c'était une tentative de vol, et qu'elle était suffisamment bien planifiée pour que Kevin ait été choisi pour faire le guet…

— Comme vous l'avez dit, si Winston et Bona appartenaient à une secte, ils n'auraient pas eu besoin que quelqu'un fasse le guet pour eux…

— D'accord, mais essayez de me suivre.

Je m'interromps le temps que Chika me resserve. Chez moi la bière passe bien, mais pas les alcools forts. Il serait peu poli de le lui signaler, alors je prends le verre avec l'intention de le faire durer le plus longtemps possible. Hors de question que je roule sous la table.

— Si tout était organisé et que Kevin était dans le coup dès le début, est-ce qu'il aurait compliqué les choses en allant voir sa petite amie, le jour même où il avait prévu de participer à un vol ?

— Pas un vol, juste une séance d'intimidation.

— Peu importe. L'un d'eux a quand même ressenti le besoin de venir armé. C'est un indicateur fort à prendre en compte : ce n'était pas une visite de courtoisie.

— Donc d'après vous, Kevin ne serait jamais allé voir Mercy le jour où il comptait secouer Godwin avec ses potes ?

— Je pense simplement que personne ne ferait une chose pareille.

Je me rends au mur des Post-it. J'y ai collé les coupures de presse portant sur les Trois d'Okriki dont les faits sont corroborés par les rapports de police, mais pas dans la section bleue concernant les faits établis. Près des notes, des photos de Winston, Bona et Kevin. Jeunes, beaux et souriants. Sous le portrait de Kevin, beaucoup d'informations, et un gros point d'interrogation à côté du mot « Secte ».

Je fixe le cliché un instant. Tout le monde l'a décrit comme brillant, bon et intelligent. Pour être honnête, jusqu'à ce que je rencontre Mercy, j'avais tendance à prendre ces qualificatifs avec méfiance. Les parents, en particulier, peuvent se montrer très peu objectifs quand ils parlent de leurs enfants et ils ont tendance à surestimer leurs qualités et leurs compétences. Ajoutez à cela une inclination culturelle à ne pas vouloir dire du mal des morts, et vous comprendrez que j'évite de baser l'image que j'ai des victimes sur leur réputation. Mais d'une certaine manière, le portrait qu'a dressé Mercy de Kevin résonne en moi. Il paraît vraiment avoir mérité ces louanges.

Je considère le profil d'Emeka Nwamadi. Bien éduqué. Un gentleman à tous les égards, et quelqu'un qui a réussi. Un homme consciencieux qui s'est fait tout seul et est devenu l'un des banquiers les plus respectés du pays. Il est facile de l'imaginer élever un fils qui serait devenu un atout pour la société.

Les raisons pour lesquelles mon père veut réfuter l'hypothèse que Kevin appartenait à une secte me reviennent à l'esprit. Peut-être que je me trompe depuis le début en me concentrant sur l'appartenance supposée des garçons à un gang. Jusque-là, la meilleure explication du fait que Kevin ait été attaqué en même temps que Winston et Bona reste cette supposée appartenance commune, mais pas la moindre bribe de preuve n'appuie cette théorie. Rien d'autre que les dires d'intervenants aux motivations suspectes. J'avais espéré laisser la théorie de la secte derrière moi, mais trouver une autre ligne d'enquête se révèle ardu.

— Le chef n'en démord pas : pour lui, les gens ont tué ces garçons pour se défendre.

Chika renifle.

— Quel homme ignoble ! Vous savez qu'il a notoirement demandé à ses gens de chasser et de tuer tout voleur ? Comment ose-t-il, surtout quand on sait que les voleurs issus de leur propre communauté sont punis par une simple humiliation publique à la salle communale ? Seuls les étrangers sont brûlés vifs !

Il pousse un long sifflement.

— Quel sale xénophobe !

Je tente de calmer la verve de Chika :

— Le chef n'est pas notre sujet principal...

— Il devrait quand même être arrêté. Il a joué un rôle important là-dedans.

— Chika, concentrez-vous.

Il me lance un sourire contrit et lève les bras pour signaler qu'il capitule, puis me laisse poursuivre.

— Si on parvient à comprendre la relation entre les trois victimes, on réussira à déterminer comment elles se sont retrouvées ensemble à Okriki ce jour-là.

— M. Nwamadi semble sûr que son fils n'était pas ami avec Bona et Winston.

— Oui. Mais qui est ce Tamuno que, selon Mercy, Kevin allait voir ? Un autre étudiant ? Qu'est-ce qu'il pourrait nous dire à ce propos ?

J'arrête d'arpenter la pièce et regarde Chika, qui m'observe depuis le sofa.

— Vous vous souvenez, quand on est allés voir le lieu du crime et la résidence ?

Il opine.

— Je pense qu'on devrait remonter un peu plus loin.

— Jusqu'où ? demande-t-il en fronçant les sourcils.

— Jusqu'au moment où les garçons ont quitté le campus... Si on veut établir une chronologie réaliste de ce qui s'est passé, on doit commencer par le commencement. Avant qu'ils n'arrivent à Okriki.

— Qu'est-ce que ça peut nous apprendre ? fait Chika avec perplexité.

— Eh bien, déjà, ça nous indiquera s'il y a préméditation ou non. Si l'agression était planifiée, quelqu'un doit savoir qu'ils comptaient se rendre à Okriki. Qui les a vus quitter le campus ? À quelle heure ? Est-ce qu'un camarade les a emmenés, ou ont-ils pris un taxi ?

— Je ne vois pas ce que ça peut nous apporter, dit Chika en secouant la tête. Ils étaient ici. Comment ils sont arrivés ou qui les a vus ne fera pas une grosse différence.

— Mais nous pouvons établir quelle était leur intention initiale, et ce qui a rendu cette tentative d'intimidation différente des autres que Godwin affirme avoir subies. Est-ce qu'ils étaient toujours armés ? Est-ce que quelqu'un les a déjà vus avec une arme ? Est-ce qu'ils s'en sont déjà servis par le passé ?

— Et s'ils l'ont apportée spécialement pour ce coup-là ?

— Alors cela indiquerait que cette agression était bel et bien différente des autres !

— Ah. Vous voulez vous baser sur la déposition de Godwin. Pourtant vous avez dit qu'il n'était pas fiable.

— Oui, en effet… Mais son témoignage, selon lequel Kevin n'était pas impliqué, est corroboré par celui de Mercy.

— Un autre témoin peu fiable, signale Chika d'un air contrarié.

— Deux témoins a priori peu fiables et qui ne se connaissent pas, mais donnent la même version des événements. Cela rend quand même l'histoire plus crédible…

Je retourne au mur. Mes yeux sont attirés par la disposition des chambres chez Madame la propriétaire.

— On doit retrouver ce Tamuno.

Chika vient me rejoindre.

— C'est un nom relativement commun, dans le coin. Même là-dedans…

Il désigne la longue liste des gens interrogés par la police, trois pages recelant des dizaines de patronymes.

— … il y a au moins six Tamuno.

— Il y en a qui vivent dans la résidence ?

Je scrute le plan de la maison, à la recherche de l'initiale *T* dans les carrés représentant les chambres des étudiants. J'en compte 10.

Chika fronce les sourcils en consultant la liste.

— Il y a là deux étudiants appelés Tamuno, mais rappelez-vous que cette liste a été compilée par la police. Peut-on s'y fier ?

— Deux, ça reste gérable.

Je prends les blocs de Post-it rouges et orange.

— Alors ? Incohérence ou incertitude ?

Chika réfléchit rapidement.

— Je dirais incohérence, mais vu que l'information vient de Mercy et de la police…

J'opine.

— Oui. Restons prudents.

J'écris « Tamuno ? » sur un Post-it orange, l'arrache du bloc et le tends à Chika pour qu'il le colle sur le mur. Il nous sert encore un whisky et nous continuons à discuter.

Il est bien plus de minuit quand il regagne sa chambre. La bouteille de Jameson est à moitié vide, et je soupçonne Chika de n'être guère plus sobre que moi puisqu'il semble avoir oublié de la récupérer. Je m'écroule sur le lit, la tête légère, relativement content de moi vu la manière désastreuse dont a commencé la journée.

Je tends la main vers mon téléphone pour me préparer à envoyer un texto de bonne nuit aux enfants, même si l'heure du coucher est depuis longtemps passée. Une notification m'attend. Je clique et mon estomac se noue.

Qu'est-ce que j'ai fait de mal pour que tu oublies quel jour on est ?

UN GARÇON À HAVANA

Désormais, je m'appelle officiellement John Paul Afini-Clark.

Ça m'aura demandé des milliers de nairas, la complicité d'un fonctionnaire d'Owerri, de la patience et beaucoup d'insistance pour que mon nom usuel soit assorti de la mention « décédé » et que de nouveaux papiers soient établis au nom de John Paul Afini-Clark. J'ai un certificat de naissance, des déclarations sur l'honneur que mes parents sont morts et que mes autres papiers ont été perdus lors de la crue qui les a tués, eux et mes deux frères, il y a quinze ans.

Mais je ne pensais pas être convoqué par Amaso le jour où le fonctionnaire appellerait pour dire que les papiers m'attendent. Alors je prends une moto-taxi de Owerri à PH, et patiente dans le centre-ville en attendant mon rendez-vous nocturne.

Havana est l'image même d'un quartier de la classe moyenne jadis prospère, désormais livré aux chiens. Dites à un chauffeur de taxi que vous allez à Havana et il vous regardera avec des yeux écarquillés avant de vous demander le double du prix de la course. Appelez

une moto et le conducteur exigera une fortune avant
de vous laisser grimper sur le siège de son véhicule.
Et quand vous arriverez à destination, préparez-vous à
descendre à la vitesse de la lumière ou vous tomberez
de l'engin tandis que son pilote déguerpit sans attendre
son reste.

John Paul descend de la moto et se dirige vers la
maison d'Amaso Dabara, peu impressionné par les
dangers du quartier. Avoir été, cinq ans durant, le dis-
tributeur le plus efficace de ce caïd de la drogue a des
avantages.

— J'espère que tu te pointes avec un plan, Aboi, dit
Amaso lorsque John Paul se présente devant lui.

Il est entouré de groupies et de gros bras, tous défon-
cés par les drogues que leur fournit Amaso afin de les
garder à sa botte.

Le visage de John Paul ne trahit pas la haine qu'il
voue au surnom dont le gangster l'affuble. Dès le début
de leur relation, Amaso n'a eu de cesse de l'appeler
Aboi – pour « a boy », mon petit.

— J'en ai un, si vous voulez bien.

L'odeur âcre du tabac et de la marijuana emplit l'air.
Amaso est habillé d'un ample pantalon de lin et d'un
gros collier en or. Rien d'autre. Ses côtes saillantes
ressemblent à des doigts noueux agrippant l'étoile de
David qui pend de son cou sur sa poitrine creuse.

— Dis voir, ordonne-t-il.

John Paul trace les grandes lignes du plan.

— Tu leur fais confiance ? s'enquiert Amaso une
fois que John Paul a terminé.

— Ils se fournissent auprès de moi depuis des années et, pour autant que je sache, aucun d'eux n'est consommateur. Alors oui, ils sont fiables.

— Pas comme ce Godwin ?

John Paul essaie de prendre une voix contrite. Nous savions tous les deux que Godwin reviendrait sur le tapis.

— Godwin était une erreur, mais il ne vend plus pour moi. Je vous l'ai déjà dit.

Amaso secoue la tête, balayant le nuage de fumée d'herbe qui l'entoure.

— Tu aurais dû me laisser me charger de lui, quand il nous a dénoncés.

John Paul ne répond pas. Le sujet revient souvent et il a appris à ne pas mordre à l'hameçon.

— Ces acheteurs, reprend enfin Amaso après un long silence. Ils veulent passer au niveau supérieur ? Devenir fournisseurs directs ?

— J'ai soulevé l'idée, mais ils ont peur de vous.

— Ils ont intérêt…, se rengorge Amaso.

— C'est pourquoi vous devriez les rencontrer, l'interrompt John Paul. Parlez-leur. Promettez-leur que vous prendrez soin d'eux tant que la chaîne de distribution ne sera pas coupée.

— Comment tu veux que je te fasse confiance ? Tu avais promis d'attendre encore un an avant d'être diplômé.

— C'est ce que vous m'aviez demandé, mais je n'avais rien promis. En plus, à quoi ça ressemblerait, un élève modèle qui rate subitement ses examens ?

— Arrête de te vanter.

— J'énonce simplement un fait, réplique John Paul sans la moindre duplicité.

— Je veux une garantie avant de te laisser partir.

Nous avions prévu le coup.

— Quoi donc ?

— Quelque chose sur ces types, pour les tenir.

John Paul se retourne pour ôter son sac à dos. Il se penche pour l'ouvrir, conscient que les hommes de main sont en état d'alerte. Lentement, il sort le disque dur et le tend à Amaso.

— C'est quoi ?

— Des informations. Leur nom. Toutes leurs transactions passées. Leur historique complet et combien chacun d'eux vend, mois par mois.

Amaso tourne et retourne le disque dur entre ses mains.

— Ça suffira ?

— Je vous laisse en juger.

— Fais-les venir.

— Ils ont trop peur. Allez les voir. Rencontrez-les dans ma chambre. Ça les rassurera.

Amaso n'a pas encore donné son accord, mais John Paul doit se garder de trop insister. Amaso est imprévisible et déteste qu'on lui dise ce qu'il doit faire.

Nous attendons.

— Quand ? demande-t-il enfin au milieu d'un nuage de fumée d'herbe.

LA SECTE DES GENTLEMEN DISTINGUÉS

Pour la première fois en dix-sept ans, j'ai oublié notre anniversaire de mariage, et le psychologue en moi ne peut s'empêcher de chercher une logique freudienne derrière cet acte manqué.

Je pourrais avancer comme excuse le fait que la veille a été le jour le plus animé depuis le début de mon enquête. Mais, pour être honnête, c'est plutôt l'absence d'harmonie conjugale entre nous qui a fait de moi un otage volontaire de la toile d'intrigues des Trois d'Okriki.

Pour étouffer ma culpabilité croissante, je laisse libre cours à l'agacement. Elle aurait pu appeler, elle. Ou envoyer un texto. « Joyeux anniversaire ! », par exemple. Non, au lieu de ça, elle a attendu la fin de la journée, une fois que je n'avais plus aucune chance de me rattraper, pour m'expédier un message au vitriol.

« Qu'est-ce que j'ai fait de mal ? »… Je ricane. Elle est donc consciente d'avoir fait quelque chose de mal ? Ou alors c'est une ruse d'avocat, une question orientée ? Aucun doute que Folake sait que quelque chose ne va pas, vu mon comportement de ces deux dernières semaines – mais jusqu'à ce texto, je n'étais pas sûr qu'elle prenne ses responsabilités dans notre brouille.

Y a-t-il une part de moi qui voulait qu'elle sache que je sais ?

Mes pensées deviennent ruminations à mesure que je passe de légèrement éméché à ivre. Quand je recouvre mes esprits, je suis enfermé dans le Land Cruiser, j'essaie d'en sortir mais toutes les portières sont bloquées. Mes phalanges me font mal à force de frapper contre le verre épais des glaces. Folake et Mercy tendent un doigt accusateur vers moi. Je n'entends pas ce qu'elles disent, mais elles sont en colère contre moi.

Le père de Mercy apparaît avec un bidon d'essence, dont il commence à asperger la voiture. Je frappe encore plus fort contre les vitres. Folake et Mercy crient d'autres mots que je ne distingue pas et ignorent mes appels au secours. Le chef, l'inspecteur Omereji et plusieurs autres personnes, dont Madame la propriétaire, entourent aussi la voiture. Tous tendent le poing et scandent des paroles qui semblent encourager le père de Mercy à gratter une allumette, qu'il jette sur la voiture, un sourire diabolique aux lèvres. Je hurle et…

Me réveille.

Je prends ma tête dans mes mains pour atténuer le martèlement qui m'accable, titube jusqu'à ma valise et en sors un tube d'aspirine. J'avale trois comprimés avec de copieuses quantités d'eau, puis consulte l'heure. Je suis censé retrouver Chika à la réception dans moins de deux heures.

Je prends une longue douche et, tandis que ma migraine reflue, je décide d'effectuer quelques recherches pour préparer la journée à venir. J'ai commencé par taper

« sectes » dans mon moteur de recherche puis, me rappelant que mon père désapprouve l'utilisation de ce terme, j'opte pour « fraternités dans les universités nigérianes ». Quatre-vingt-dix minutes après, me voilà aussi informé qu'horrifié.

Le choc causé par la découverte de l'implication de mon père dans une fraternité, lorsqu'il était étudiant, était uniquement basé sur des légendes urbaines. Des histoires échangées à voix basse entre lycéens nigérians avant d'entrer à la fac. À l'instar des croque-mitaines, un folklore dont on abreuvait les jeunes hommes pour les dissuader, une fois étudiants, de rejoindre ces organisations qui avaient fini par devenir des « sectes ». De fait, je n'en savais pas grand-chose, et pour être honnête, d'après ce que je suis en train de lire sur Internet, je ne m'en portais pas plus mal.

D'après Wikipédia, la première fraternité connue a été formée dans l'université qu'a fréquentée mon père, l'University College d'Ibadan. La Confraternity of Pyrates se présentait initialement comme une association d'étudiants prometteurs en lutte contre le statu quo, et fut ultérieurement officialisée sous le nom d'« Association nationale des loups de mer ». Ses membres suivaient un code de conduite et employaient un langage inspiré du jargon des pirates européens, logo représentant un crâne et des tibias croisés à l'appui.

Quelques clics plus tard, j'ai du mal à comprendre comment ces fraternités d'étudiants, formées par l'élite dans les années 1950, se sont métamorphosées en un réseau national de chaos, et qu'on les qualifie aujourd'hui de « sectes ». Chaque campus du Nigeria semble avoir connu une forme ou une autre de violence liée aux sectes, au fil des ans. Du nord au sud, les fraternités se sont à ce point enfoncées dans la brutalité que la plupart des universités en sont venues à appliquer la tolérance zéro. Elles ont donc choisi de faire profil bas, et leur aspect « société secrète » est devenu la norme.

Lorsque je tombe sur l'histoire d'une tête tranchée plantée sur une pique à l'entrée du campus de l'université de Port Harcourt, je décide que j'en ai assez lu. Je consulte ma montre. J'ai encore un peu de temps devant moi avant de retrouver Chika, alors j'appelle mon père.

Il est déjà au travail mais accepte mon coup de fil. Après quelques questions empreintes de gêne sur mon bien-être et les progrès de l'enquête, je me jette à l'eau.

— Papa, concernant les sectes… Pardon, les fraternités… Est-ce que tu… est-ce que tu as pris part à des actes violents ?

J'entends un long soupir à l'autre bout du fil.

— Kenny, je te l'ai déjà dit : de mon temps, ce n'étaient pas des sectes.

— Qu'est-ce que c'était, alors ?

— Nous nous faisions une fierté de réunir des gentlemen distingués, dotés de valeurs morales impeccables et de notes exemplaires.

— Qu'est-ce qui a mal tourné, alors ? Comment les fraternités sont-elles devenues ce qu'elles sont aujourd'hui ?

Un autre long silence. Je l'imagine triturer le nœud parfait de sa cravate tout en se rencognant dans le fauteuil en cuir ergonomique que ma sœur, Kenny Girl, lui a offert pour ses 70 ans.

— Quand je suis entré à l'université, le pays était une nation récente et le système souffrait d'inégalités endémiques. La plupart d'entre nous étaient les premiers enfants de leur famille à aller à l'université. Nous avions l'obligation de changer les choses. Certains étaient actifs parmi les syndicats, d'autres rédigeaient des articles et d'autres encore… Disons que nous, nous sommes devenus activistes politiques et nous avons constitué, dans les faits, une opposition à un gouvernement autoritaire.

— Ça ressemble beaucoup à ce que font la plupart des étudiants dans n'importe quelle société ; ce sont souvent des idéalistes.

— C'était notre cas. Mais nous, nous agissions. Nous avons réveillé les consciences à propos de beaucoup de choses qui se passaient à ce moment-là. Le problème, je crois, est que nous avons trop bien réussi.

— Je ne comprends pas.

— Au moment où j'ai quitté l'école de médecine, le naira était à égalité avec la livre sterling et valait plus que le dollar américain. Le pays se roulait dans l'argent du pétrole et la communauté internationale nous envoyait de l'aide pour reconstruire le pays à la suite de la guerre. Je crois que nous estimions tous que notre mission était accomplie, si bien que nous n'avons pas mis en place les structures nécessaires avant de céder les rênes des fraternités aux plus jeunes d'entre nous. Nous pensions peut-être qu'ils s'organiseraient d'eux-mêmes, comme nous l'avions fait. Ou alors nous n'avons tout simplement pas réfléchi. Le fait est que ceux qui sont venus après nous n'avaient aucun combat à livrer, aucun tort à redresser et ne ressentaient pas la responsabilité d'améliorer une société en plein essor.

— Des rebelles sans cause, en somme ?

— Exactement. Du moins, c'est ainsi que je le vois. Nombre d'entre nous sont partis à l'étranger pour poursuivre leurs études, et les autres étaient trop occupés par leur nouvelle vie au sein d'une nation prospère. Le temps de réaliser que ce que nous avions fondé au sein des universités était devenu cette hydre monstrueuse, il était déjà trop tard.

— Mais le pays n'est pas resté prospère, papa. Le naira s'est effondré et il y a eu plusieurs coups d'État militaires.

— Et c'est pour cela que les étudiants qui nous ont succédé ont perdu foi en notre génération. Nous avons échoué, Kenny. Lorsque les fraternités sont devenues des sectes, je pense que c'était une façon pour les jeunes générations de nous adresser un doigt d'honneur.

— Et si Kevin faisait bel et bien partie d'une secte ? Et s'il était vraiment coupable de ce dont on l'a accusé ?

— Fils, c'est pour ça, précisément, que je t'ai persuadé d'accepter cette mission. Je voulais que tu découvres pourquoi ce garçon a été massacré parce que ce drame ronge Emeka, le tue littéralement sous nos yeux.

— La mission consiste donc surtout à sauver Emeka ?

— On pourrait dire ça. C'est ce que nous avons toujours fait depuis la mort de son père.

J'ai beau trouver cette idée de veiller les uns sur les autres tout à fait admirable, je n'arrive pas à me débarrasser de l'impression que mon père ne me dit pas tout. Je le connais trop bien ; quand il devient philosophe, c'est en général pour changer de sujet. Mais le temps passe, et Chika m'attend.

Nous sautons le petit déjeuner – encore que je m'octroie une grande tasse de mauvais café pour faire disparaître mon reste de migraine – et, à 8 h 15, nous sommes en route pour le campus.

Je sors mon carnet et Chika grogne. Je le regarde en haussant un sourcil.

— Quand vous sortez ce truc, ça signifie que vous n'avez pas dormi.

— Eh bien, c'est le cas... Enfin, pas assez, en tout cas.

Je parcours mes notes.

— Est-ce qu'on connaît le nombre de fraternités qu'abrite la TSU ?

— Des fraternités ? C'est comme ça que vous les appelez, maintenant ?

Je ne peux pas lui parler de mon père et de l'hostilité que le terme « secte » provoque chez lui, contrairement à « fraternité ». Je me corrige sans lever les yeux :

— Des sectes, alors. Bref, est-ce qu'on peut savoir combien il y en a ?

— Il y aura celles qui sont présentes sur tous les campus du pays...

— Comme les Pyrates ?

— Oui, et les Vikings, les Black Axe, la Mafia...

— Plus celles qui sont spécifiques à la TSU, je suppose ?

Je m'interromps pour plonger de nouveau dans mes notes.

— Possible, opine Chika. La plupart des sectes sont créées pour s'opposer à une rivale. Il est très possible que des dissidents d'un groupe existant aient décidé de créer leur propre fraternité, et qu'elle n'ait pas encore essaimé dans les autres universités.

— Et toutes ces sectes sont uniquement composées de garçons ?

— Les étudiantes ont leurs propres sectes, mais elles ne sont pas aussi violentes que celles des garçons. En général, les petites amies des membres d'une secte rejoignent son pendant féminin.

Chika prend un virage et file vers l'entrée de l'université.

— Si les Trois d'Okriki faisaient partie d'une secte, est-ce qu'on a une chance de découvrir laquelle ?

— Vous entendrez des rumeurs, lâche Chika en haussant les épaules au moment où il franchit l'immense portail. Les étudiants chuchoteront quelques noms.

— Mais on ne pourra pas le confirmer ?

Il me gratifie encore de son haussement d'épaules caractéristique.

— Ce sont des sociétés secrètes, après tout.

UNE TRIBU À PART

Le Harcourt Whyte Hall de l'université d'État doit son nom à un auteur de chansons qui, lépreux, fut ostracisé par sa communauté durant plus de trois décennies. Durant cette période, Harcourt fonda une chorale avec d'autres lépreux et écrivit plus de six cents cantiques. Ironie du sort, ce n'est pas la lèpre qui le tua mais un accident de voiture, en 1977.

C'est dans cette résidence que Winston, Bona et Kevin vivaient au moment de leur mort. Grâce à ma liste de gens à interroger, aux noms sélectionnés dans le dossier de la police et aux informations que Tom Ikime m'a fournies via son assistante, sans oublier le rapport de l'université sur les Trois d'Okriki, j'ai pu déduire que Winston vivait avec deux colocataires officiels et trois squatteurs au moment de sa mort. Deux d'entre eux sont en dernière année et habitent encore dans la résidence. Aucun des colocataires de Bona n'est actuellement étudiant, mais nous avons le nom de l'un de ses camarades de cours, qui occupait la chambre voisine de la sienne. Puisque Kevin résidait dans une chambre individuelle et n'hébergeait aucun squatteur, il n'y a personne à interroger de son côté.

Nous nous garons devant l'entrée et j'observe les alentours pendant que Chika va demander au vigile des indications et toute autre information susceptible de rendre nos entretiens plus efficaces.

Il me rejoint au bout de quelques minutes dans le parking, souriant, avec une feuille de papier froissée dans les mains. Il la coupe en deux et m'en tend la moitié.

— Le vigile connaît les étudiants auxquels on veut parler et, pour la plupart, leur numéro de chambre.

La moitié de ma feuille contient trois noms, dont deux sont accompagnés d'un numéro.

— Je suppose que vous n'avez pas trouvé de piste sur Tamuno ?

Chika soupire.

— Je vous avais dit que c'était un nom très répandu.

Je regarde les bâtiments de la résidence : six immeubles de trois étages chacun.

— Où est le E287 ?

Chika m'indique la direction et nous nous mettons d'accord pour nous retrouver au Land Cruiser dans une heure. Si nos entretiens durent plus longtemps, nous nous préviendrons mutuellement par téléphone.

L'escalier qui mène au deuxième niveau de l'immeuble n'est pas aussi raide que ma gueule de bois ne le redoutait. La porte du E287 est entrouverte, manifestement pour aérer la pièce vu la chaleur intense qui règne. Deux jeunes hommes se trouvent à l'intérieur : l'un couché sur un lit défait, occupé à feuilleter un livre de cours en mangeant un gros morceau de pain, tandis que l'autre soulève un matelas usé posé par terre pour le faire glisser sous un autre lit. Un squatteur, donc.

— Bonjour ?

Tous deux se tournent vers moi.

— Je cherche…, fais-je en lisant la feuille de papier… Sobi Kurubo ?

— Qui le demande ? me répond le squatteur.

— Vous êtes Sobi ?

— Et si je le suis ?

Je ne me laisse pas démonter, même si je dois avoir l'air aussi à ma place qu'une strip-teaseuse au Vatican.

— Je suis le Dr Philip Taiwo.

J'entre dans la pièce et lui tends la main. L'autre étudiant lève la tête en entendant mon accent américain.

— J'aimerais simplement vous poser une ou deux questions, concernant des recherches que je mène. Vous êtes Sobi Kurubo ?

Une pause prudente, puis Sobi me serre la main.

— En quoi puis-je vous aider, monsieur ?

Son colocataire se lève et m'invite à m'asseoir sur le lit. Je le remercie d'un hochement de tête. Tout en continuant de manger, il glisse plusieurs livres dans son sac et le jette sur son épaule en un mouvement fluide. Il me laisse avec Sobi, assis face à moi sur l'autre lit.

— J'aimerais vous parler de Winston Babajide Coker.

Il y a un bref instant de silence.

— Vous êtes de la police ou quelque chose comme ça ?

— Non. J'écris un article sur le drame.

— Mais vous n'êtes pas d'ici…

— Je suis affilié à une université des États-Unis.

Puisque ce n'est pas entièrement vrai, j'ajoute rapidement :

— Je fais des recherches sur le comportement des foules et leur contrôle.

— Quelle université ?

— L'USC.

— Caroline du Sud ou Californie du Sud ?

Ses connaissances me décontenancent un peu, mais je me reprends rapidement.

— Californie.

— Cool. Dès que j'en aurai fini ici, je demanderai à rejoindre leur programme d'été de production en cinéma.

— C'est un excellent programme. Vous voulez mes coordonnées ? Je pourrais vous donner une lettre de recommandation, quand vous serez prêt...

Trois quarts d'heure plus tard, après avoir répondu à toutes mes questions, il me fait visiter Harcourt Whyte Hall, dont la chambre où vivait Winston – fermée, mais la photo de ce dernier est punaisée à la porte, barrée des mots « On ne t'oubliera jamais ». Sobi m'informe alors que l'autre étudiant de ma liste est un « fantôme ».

— Il a eu son diplôme l'année dernière, m'explique le jeune homme. Mais avec un pot-de-vin, il a obtenu une chambre qu'il sous-loue.

Je ne prends pas la peine d'exprimer ma surprise face à ces pratiques.

— Sobi, vous m'avez déjà beaucoup aidé. Est-ce que par hasard vous connaîtriez un certain Tamuno, qui était ami avec Kevin Nwamadi...

Sobi fronce les sourcils.

231

— Je n'en suis pas sûr, mais si ma mémoire est bonne, le seul Tamuno que je peux associer à Kevin est celui qui se trouvait dans son département.

— Il était censé retrouver un certain « Tamuno », le jour où il est mort.

— Hors du campus ? Ce serait bizarre, puisque Tamuno vit ici.

Je ne suis pas convaincu que nous parlions de la même personne, mais on ne sait jamais.

— Peut-être qu'il résidait hors du campus à ce moment-là ?

Sobi secoue la tête.

— T-man – c'est comme ça qu'on le surnomme – a toujours habité le campus.

Je regarde l'heure ; j'envoie rapidement un texto à Chika pour qu'il m'accorde une demi-heure de plus, puis je demande à Sobi :

— Vous pensez qu'il pourrait être dans le coin ?

Le jeune homme me fait signe de le suivre.

— Ça ne coûte rien d'aller voir.

Quand nous nous arrêtons devant la chambre 481, il frappe. Pas de réponse.

— Tout le monde est occupé à cette heure-ci. Il y a des simulations de procès à la fac de droit. Spécialement pour les étudiants de dernière année.

Je jette un coup d'œil autour de moi. Il y a moins de portes à cet étage, ce dont je m'étonne à voix haute.

— Ce sont des chambres individuelles, explique Sobi. Plus chères. On peut en obtenir, quand on a beaucoup de temps à perdre et de quoi graisser quelques pattes. T-Man a toujours vécu ici.

Il me paraît absurde que Kevin ait fait le chemin jusqu'à Okriki pour voir un étudiant qui habite le même immeuble que lui. Je doute que ce Tamuno soit celui auquel Mercy faisait référence.

Je remercie Sobi pour son temps tandis qu'il me raccompagne au parking. Chika patiente pendant que le jeune homme enregistre mon numéro et me serre la main avec beaucoup de « monsieur ». Il repart vers son immeuble, non sans avoir tenté d'adresser un signe de la main et un vague froncement de sourcils à Chika.

— Vous savez qu'il va certainement vous appeler, non ? me dit Chika dès que le garçon n'est plus à portée d'oreille.

— Ça ne me dérange pas du tout. Il m'a l'air d'être un jeune homme brillant. Qu'est-ce que ça a donné de votre côté ?

— Eh bien, je n'ai pas d'accent américain sur lequel jouer, mais Tochukwu Nwandu se trouve être originaire d'Enugu, et nous avons découvert que nous venons du même quartier.

— Vous êtes d'Enugu ?

— D'Owerri. Mais Tochukwu ne le sait pas.

Je ricane, un peu gêné que Chika puisse me percer à jour assez facilement pour deviner comment j'ai persuadé Sobi de répondre à mes questions.

Nous montons dans la voiture et Chika exécute une marche arrière pour quitter le parking. Nous avons sollicité un rendez-vous avec Ikime, mais son assistante ne l'a pas encore confirmé. Idem avec le doyen de la fac de droit, un certain professeur Esohe, qui demande l'aval du secrétaire avant d'accepter de nous recevoir.

— Posons-nous quelque part et comparons nos notes en attendant.

Chika acquiesce et après un feu rouge, il tourne à droite, dans la direction qu'un panneau annonce être celle du village des étudiants.

L'endroit grouille de cantines, d'étals de fortune proposant des livres d'occasion, et de cybercafés. Les étudiants flânent. Certains lisent, d'autres boivent de la bière – il est seulement midi. Il y a dans l'air une insouciance juvénile qui me détend.

Nous dénichons une cantine assez calme avec un espace extérieur où nous installer. Trois étudiants sont assis à la table la plus proche : deux garçons et une fille avec des lunettes, qui se serrent autour d'un ordinateur portable. Ils sont bruyants, mais uniquement par intermittence. Nous commandons des sodas et la spécialité de la cantine : de simples œufs cuits dans du pain grillé. Un plat chaud, doré et réellement délicieux.

Je raconte à Chika ce que Sobi m'a dit de Tamuno.

— Je vous avais prévenu. Ça pourrait être n'importe qui.

— Ce Tamuno est la clé pour découvrir ce que faisait Kevin dans cette résidence ce jour-là. Mais si celui qui vit sur le campus et suivait les mêmes cours que lui n'est pas le Tamuno que nous recherchons…

Je secoue la tête en réfléchissant déjà à nos autres options.

— Comparons d'abord nos notes, suggère Chika, interrompant mes réflexions en sortant son téléphone pour lire ce qu'il y a écrit.

234

— Tochukwu était le colocataire de Bona et il se rappelle avoir été présent quand Winston est parti, ce jour-là.

Je consulte mes propres notes manuscrites.

— Il se souvient à quelle heure ?

— Dans l'après-midi, selon lui. Juste avant 16 heures.

Je fronce les sourcils.

— Comment peut-il en être si sûr ?

— Parce qu'il est l'un de ceux qui ont témoigné devant la police et la commission d'enquête de l'université – à ce qu'il prétend.

Je parcours ce que j'ai griffonné.

— Sobi dit aussi qu'il se trouvait dans la pièce à ce moment-là, et que c'est Bona qui est venu chercher Winston.

— Oui. Apparemment, Bona avait dit à Tochukwu qu'il se rendait en ville avec Winston. Selon Tochukwu, ils allaient à une fête, parce que Bona s'était mis sur son trente et un.

— Même son de cloche chez Sobi. Selon lui, Winston semblait impatient, et il est sûr qu'il était question de filles, parce que quand Bona est venu le chercher, les deux garçons ont échangé des rires et des sifflements, avant de partir aux alentours de 16 heures.

Chika hoche la tête.

— Ça correspond au témoignage de Tochukwu.

— Il leur aura fallu au moins trente minutes pour se rendre à Okriki, s'ils ont pris un transport en commun.

— Exact. Les rapports de police indiquent que les garçons ont été « capturés » vers 17 h 30.

Un frisson involontaire me parcourt tandis que je passe en revue mentalement l'épreuve des victimes.

Les rapports indiquent que leur mort a eu lieu vers 19 h 15, ce que confirment certaines vidéos horodatées postées en ligne. Cela impliquerait que les garçons ont été battus et torturés pendant près de deux heures avant d'être finalement exécutés.

— Sobi dit que Kevin n'était pas de la partie. Que Bona seul est venu chercher Winston.

— Plus encore, précise Chika, Tochukwu assure qu'il l'aurait su, si Kevin avait accompagné Bona à Okriki.

— Pourquoi ?

— Parce qu'il était ami avec Kevin. D'ailleurs, Kevin lui demandait souvent comment il pouvait supporter d'être le colocataire d'un type comme Bona.

— Pourquoi ?

— À cause des rumeurs selon lesquelles Bona appartenait à une secte. Apparemment, Bona et Kevin avaient été plus ou moins amis avant de se disputer, quand Kevin avait découvert que Bona était dans un gang.

— Alors Tochukwu peut nous confirmer que Bona était membre d'une secte ?

Mon empressement ne provoque chez Chika qu'un haussement d'épaules.

— Personne ne peut en être sûr. Certes, Bona était populaire et connaissait du monde, mais il n'était pas du genre violent. Toujours bien habillé, toujours soucieux de son image auprès des filles, et définitivement un fêtard.

— Sobi dit la même chose de Winston. Il pense que Winston appréciait les rumeurs disant qu'il appartenait à une secte, et qu'il s'est vanté plus d'une fois qu'il allait…

Je relis mes notes avant de poursuivre :

— … « défoncer la gueule de ceux qui lui cherchent des embrouilles » puisqu'il avait le rang de « *don* ».

Chika chasse les miettes qui collent à son menton.

— Selon Tochukwu, Bona aussi était réputé pour avoir la menace facile et pour se vanter fréquemment de ses contacts, même si personne ne peut lui imputer directement un acte de violence. Mais j'imagine que s'ils opéraient à un niveau élevé de la hiérarchie de la secte, ils ordonnaient les mauvais coups sans se salir les mains.

— Alors pourquoi n'ont-ils pas envoyé des sous-fifres à Okriki ? fais-je.

— Peut-être que les enjeux étaient élevés ?

Je ne peux m'empêcher de ricaner :

— Un ordinateur portable et un mobile ? Le genre d'objets qu'ils avaient déjà extorqués à Godwin par le passé, et d'après lui, sans trop le secouer ?

— Vous marquez un point, concède Chika.

Je termine mon sandwich à l'œuf au moment où mon téléphone se met à sonner. Je ne reconnais pas le numéro de l'appelant, mais décroche quand même.

— Allô ?

— Docteur Taiwo ?

Je ne reconnais pas la voix non plus.

— Lui-même.

— J'ai croisé Sobi en allant en cours. Il dit que vous me cherchez.

J'essaie de contenir mon excitation.

— Et vous êtes ?

— Tamuno.

PERCÉE

Le jeune homme qui entre dans la cantine est, je pense, Tamuno – si j'en crois la manière dont il s'arrête à l'entrée, balaie les lieux du regard, survole un groupe d'étudiants plongé dans une discussion animée et s'arrête sur la table que Chika et moi occupons.

Il est grand et maigre, voire efflanqué, avec une peau brun pâle pour l'instant couverte d'une pellicule de sueur, peut-être provoquée par sa marche depuis Harcourt Whyte Hall. Il porte une chemise blanche légèrement froissée sur un pantalon cargo bleu sombre bien repassé.

Il nous rejoint puis nous scrute l'un et l'autre.

— Docteur Taiwo ?

Je confirme et lui tends la main.

— Je suis le Dr Taiwo. Vous êtes Tamuno ?

— Oui, monsieur. Tamunotonye Princewill. Tout le monde m'appelle Tamuno.

Chika tire une chaise pour l'inviter à s'asseoir.

— Je m'appelle Chika Makuochi.

— Enchanté, monsieur.

— Merci d'être venu, dis-je pour le mettre à l'aise. Nous étions à deux doigts d'abandonner tout espoir de vous identifier. Il y a beaucoup de Tamuno dans la région, et nous n'avions pas de nom de famille à lui accoler.

Le garçon a un rire modeste.

— C'est à la fois une bénédiction et une malédiction, monsieur.

— Est-ce que Sobi vous a dit pourquoi nous vous cherchions ? fais-je pour jauger ce qu'il sait.

— Oui, monsieur. C'est pour ça que je devais absolument vous rencontrer.

Si son sérieux me prend au dépourvu, l'enquêteur en moi devient aussitôt soupçonneux. Les témoins trop volontaires sont en général douteux. Je décide d'être direct :

— En vérité, nous rédigeons un rapport sur les Trois d'Okriki, et ce n'est pas une vaste enquête sur le comportement des foules, contrairement à ce que j'ai dit à Sobi.

La contenance de Tamuno s'effrite.

— Je comprends, monsieur. En fait, je me doutais que c'était le cas, puisque Sobi m'a dit que toutes vos questions tournaient autour de ça.

Je lance un hochement de tête à Chika afin de l'encourager à prendre la parole. Je vois qu'il bouillonne d'impatience de le faire et de mon côté je veux un peu de temps pour étudier le jeune homme.

— On nous a dit que Kevin s'était rendu dans une résidence d'Okriki, ce jour-là, pour vous voir.

Tamuno regarde Chika en fronçant les sourcils.

— Pas vraiment. Nous devions seulement nous retrouver là.

J'essaie de brider ma curiosité. C'est donc le bon Tamuno.

— Pourquoi ? Vous viviez tous les deux sur le campus, non ?

— À cause de notre projet, monsieur, répond Tamuno. Ou plutôt du mien, en fait. J'écrivais un article sur les répercussions des lois anti-gays qui sont passées quelques mois avant la tragédie.

Chika me lance un regard interrogateur, comme pour me demander si je suis au courant.

J'acquiesce. Folake et moi, comme beaucoup d'autres Nigérians résidant en Amérique, avions signé une pétition à destination du consulat à Washington, afin de protester contre ces lois homophobes qui avaient horrifié la majeure partie de la communauté internationale et tous les activistes des droits de l'homme.

— Mon article explorait les ramifications procédurales inhérentes aux poursuites lancées contre des gens accusés d'activités homosexuelles.

— Kevin vous aidait sur ce projet ? s'enquiert Chika.

— Pas vraiment, mais il s'y intéressait. Son ami Momoh avait été arrêté pour suspicion d'activités homosexuelles, et il est mort en garde à vue.

Je fronce à mon tour les sourcils.

— Momoh ?

— Momoh Kadiri, oui.

— Ce Momoh a été arrêté par la police d'Okriki ? continue Chika, en comprenant que nous devons donner l'impression d'entendre ce nom pour la première fois.

240

— Oui, il est mort au poste. Il a eu une crise d'asthme et personne, sur place, n'a pu le soigner.

Je prends le relais de Chika :

— Kevin était au courant ?

— Kevin ne savait rien, mais il voulait que la police rende des comptes. Momoh était son ami. Il a lancé un mouvement, sur le campus, pour exiger que l'université fasse un procès à la police. Bien sûr, il ne s'est rien passé. Mais je crois que la police d'Okriki était au courant, et c'est pour ça qu'ils n'ont rien fait pour protéger Kevin et les deux autres, quand la foule s'est jetée sur eux.

— Vous pensez que la police pourrait même avoir provoqué l'attaque ?

— S'il n'y avait eu que Kevin, c'est ce que j'aurais cru, oui, mais avec l'implication des deux autres, j'ai des doutes.

— Ce Momoh, qu'a dit la justice à propos de sa mort ?

— Que c'était un accident, lâche Tamuno avec mépris. L'enquête a démontré que la police ne lui avait pas confisqué son inhalateur de Ventoline, mais qu'il était vide durant sa garde à vue, contrairement à ce qui avait été initialement rapporté. Que les policiers ont simplement fait leur travail.

Comme c'est pratique. Ma prochaine discussion avec l'inspecteur Omereji promet de ne pas manquer d'intérêt.

— Vous deviez retrouver Kevin pour quoi, exactement ? intervient Chika.

— Nous allions confronter Godwin.

— Godwin ?

Chika et moi avons prononcé son nom presque à l'unisson, incapables de masquer notre surprise.

Tamuno jette soudain un coup d'œil autour de nous, comme pour s'assurer que personne n'écoute notre conversation. Il baisse la voix et adopte un ton de comploteur.

— Kevin savait de source sûre que c'était Godwin qui avait dénoncé Momoh à la police, en l'accusant d'avoir du porno gay sur son téléphone.

— C'est Kevin qui vous l'avait dit ?

— Oui. Il m'avait montré des textos qu'il avait échangés avec Godwin. Il l'avait accusé, et bien sûr Godwin avait nié.

Chaque fois que Tamuno mentionne le nom de ce dernier, le mépris qu'il lui voue est évident.

— Alors vous avez décidé d'aller le voir en personne ? l'encourage Chika.

— Quand Kevin a appris sur quoi portait mon article, il m'a proposé son aide. Nous voulions simplement poser à Godwin des questions qui confirmeraient ou démentiraient nos soupçons.

— Pourquoi Godwin aurait fait une chose pareille à ce Momoh ? fais-je avec une sincère perplexité.

Encore une fois, Tamuno s'assure que personne ne nous écoute.

— Parce que Momoh avait découvert que Godwin dealait, et comptait le dénoncer.

— Godwin dealait ? reprend Chika, s'efforçant de ne pas trahir que cela confirme l'une de ses propres théories.

— Oh oui. Quand Momoh l'a découvert, Godwin lui a dit qu'il avait intérêt à la fermer. Momoh a rétorqué qu'il en avait marre des gens insupportables, bruyants et même violents qui passaient dans la résidence à toute heure de la nuit. Il a alors lancé un ultimatum à Godwin : il devait déménager, sans quoi Momoh le dénoncerait à la police et aux autorités de l'université.

Je baisse aussi la voix pour renchérir :

— Vous dites donc que Godwin avait un différend avec ce Momoh ?

— Oui, monsieur. Kevin m'a dit que Momoh lui avait demandé conseil sur la meilleure façon de gérer la situation ; il a donc compris que c'était sûrement Godwin qui avait parlé à la police des images dans le téléphone de Momoh. Les policiers ont dit avoir reçu un tuyau anonyme, et comme son inhalateur était vide le jour de son arrestation, ça laisse penser que quelqu'un a tout manigancé.

— Mais Kevin ne pouvait pas être sûr que c'était Godwin ?

— Selon lui, personne d'autre n'avait de raison de faire une chose pareille. Restait à découvrir si Godwin savait que Momoh allait mourir en garde à vue. Kevin pensait que confronter Godwin pourrait aider à rétablir la vérité.

— Et il avait besoin de vous pour l'accompagner ?

— Non, monsieur, admet-il. C'est moi qui lui ai proposé. Puisque mon article portait sur le poids des preuves dans ce genre de poursuites, déterminer si les hypothèses de Kevin étaient vraies m'intéressait.

— Est-ce que Kevin savait que Godwin se droguait ? continue Chika.

— C'est difficile de ne pas le savoir. En fait, Kevin et moi, on misait sur le fait que Godwin serait tellement défoncé qu'il avouerait son rôle dans la mort de Momoh. On avait même prévu d'enregistrer la conversation.

— Godwin prétend ne pas savoir comment Kevin a pu se retrouver mêlé aux Trois d'Okriki, dis-je en soutenant le regard de Tamuno.

— Il ment ! s'exclame-t-il, son mépris à présent teinté d'indignation. Il ne savait peut-être pas qu'on venait le voir, mais je pense que Bona et Winston étaient là pour lui acheter de la came ; il a dû y avoir une bagarre, et c'est sûrement à ce moment-là que Kevin est arrivé.

Je secoue la tête.

— Si les autres venaient acheter de la drogue, pourquoi ont-ils pris une arme ? Ce sont des clients, après tout.

Tamuno hausse les épaules.

— Comment savoir, avec ce type ? Certains racontent qu'il devait de l'argent à Winston et que les autres voulaient se faire rembourser en drogue, mais que Godwin a refusé. Et si Kevin est arrivé à ce moment-là pour l'interroger sur son rôle dans la mort de Momoh, j'imagine que Godwin s'est senti menacé. Ça a dû faire trop pour son cerveau de drogué. Il a appelé à l'aide et les gens se sont précipités vers la résidence. Le reste est…

Tamuno, accablé, paraît au bord des larmes. Je lui accorde une brève pause pour reprendre ses esprits.

— Vous étiez censé retrouver Kevin. Pourquoi n'étiez-vous pas sur place ? Où étiez-vous, finalement ?

Tamuno prend une profonde inspiration et souffle.

— Peut-être que tout ça est ma faute, monsieur.

— Pourquoi ça ?

— Ce jour-là, mes cours ont duré plus longtemps que prévu. J'ai appelé Kevin pour remettre notre rendez-vous à une autre fois, mais il était déjà en route. Je l'ai supplié d'attendre, mais il a refusé.

Vu le caractère de son père, ça ne m'étonne pas.

— Alors vous n'avez pas vu ce qui s'est passé ? demande Chika avant que je n'aie pu dire à notre interlocuteur de ne pas se reprocher un événement sur lequel il n'aurait eu aucun contrôle.

Tamuno expire profondément.

— Vous n'avez jamais donné vos informations à la police ? enchaîne Chika.

— Si, monsieur ! insiste-t-il comme si nous étions en train de le contredire. Je jure que je suis allé au poste en personne dès le lendemain, et que j'ai demandé à parler à l'officier chargé de l'enquête. Je lui ai dit ce que je savais, mais il a répondu que ce n'étaient que des conjectures puisque je n'y étais pas. Je suis allé jusqu'à l'accuser de refuser de prendre ma déposition parce qu'elle prouvait que Godwin pouvait avoir utilisé la police pour se débarrasser de Momoh. Il m'a renvoyé et m'a dit de revenir quand je serais prêt à dire la vérité.

Même si l'inspecteur Omereji n'était pas encore en poste à ce moment-là, ça ne diminue en rien la colère que j'éprouve chaque fois que je réfléchis au rôle – ou aux manquements – de la police dans tout ça. Un témoignage aussi crucial, de la part de quelqu'un comme Tamuno, aurait pu contribuer à faire la lumière.

— Merci beaucoup, Tamuno, dis-je. Vous nous avez été d'une grande aide.

Tamuno acquiesce, les yeux brillants de larmes retenues.

— Je suis juste heureux que quelqu'un veuille bien m'écouter. Je sais que ça ne ramènera pas Kevin ni les autres, mais c'est le moins que je puisse faire.

Je garde le silence. Je suis obnubilé par une seule pensée : parler de nouveau avec Godwin.

UN SOUPÇON DE SOUPÇON

J'appelle le bureau de Tom Ikime aussitôt que nous avons déposé Tamuno devant Harcourt Whyte Hall. Son assistante me signifie qu'il n'est pas disponible. Quant à la lettre à destination du doyen de la faculté de droit, elle me répond qu'elle n'est pas encore prête. Je dissimule mon exaspération et lui demande de relayer mon intention d'interroger encore une fois Godwin.

— Je le lui transmettrai, monsieur.

Elle raccroche sans un au revoir.

Je range mon téléphone, agacé.

— Nous pouvons aller jusqu'à sa résidence, propose Chika.

— Vous la connaissez ?

Je suis surpris, même si je sais que je ne devrais pas l'être.

— Si nous posons la question autour de nous, quelqu'un nous dira bien où il loge.

Je suis sûr que Chika a raison, mais le secrétaire ne sera peut-être pas aussi compréhensif si nous allons discuter avec Godwin sans son consentement et sans l'avoir prévenu.

— Non, ce n'est pas une bonne idée. Rentrons à l'hôtel. Avant de revoir Godwin, je veux être sûr de ce que nous allons lui demander de clarifier.

— Comme quoi ?

— Le souvenir qu'a Tamuno des événements cadre avec celui de Mercy. Mais il se pourrait aussi que Godwin ne se rappelle pas cette journée telle qu'elle s'est déroulée parce qu'il était sous l'emprise de la drogue, non ?

— Possible, mais il a eu un an et demi pour rectifier sa déposition, et il ne l'a pas fait. Il continue d'asséner qu'il ne sait pas comment Kevin s'est retrouvé dans la résidence. Son témoignage confirme la chronologie des événements et lui correspond, jusqu'à l'affaire de Momoh. Ça explique aussi pourquoi la police n'est pas intervenue quand elle a réalisé que Kevin était impliqué.

Je suis d'accord. Mais tout cela est trop facile. Que trois vies aient été détruites à cause des mensonges de Godwin me semble trop pratique. De plus, je refuse d'avoir l'arrogance de penser avoir démêlé l'affaire en moins de quatre jours, alors que l'enquête indépendante d'Emeka, longue de plusieurs mois, n'est pas parvenue à mettre en lumière ce qui a conduit aux événements.

En chemin vers le portail de sortie, nous dépassons l'arrêt de bus du campus et une pensée me frappe. Je scrute les rangées de voitures et de motos :

— C'est toujours comme ça ?

— Comment ça ?

— Aussi peu animé.

— C'est animé, répond Chika en ralentissant. Les transports publics n'ont pas le droit d'entrer sur le campus. Ça, ce sont les chauffeurs accrédités. C'est aussi animé que de coutume.

— Et les motos ? Elles aussi sortent du campus ?

— Si vous payez suffisamment, oui. Mais en général elles servent surtout à se déplacer au sein du campus. Il n'y a aucune raison de prendre une moto-taxi pour un trajet hors de ses limites, à moins d'être très pressé.

J'observe la manière ordonnée dont avance la file de taxis, à mesure que chaque véhicule se remplit et repart. Chika dit vrai.

— Alors pourquoi Bona et Winston ont-ils pris une moto ?

— C'est vrai, admet Chika. En plus, c'était un week-end, donc il y avait probablement encore moins de monde qu'aujourd'hui ; ils ont sûrement trouvé un taxi sitôt sortis de leur résidence.

Je lance le chronomètre de mon téléphone au moment où nous émergeons du campus.

— Je suppose qu'il ne faudrait pas plus de quinze à vingt minutes pour se rendre à pied à l'arrêt de bus depuis Whyte Hall. Ajoutons cela à l'heure où ils sont partis ; ils ont dû grimper dans un taxi vers 16 h 20, plus ou moins ?

— Ça me semble correct, opine Chika.

Je mesure encore combien de temps ont mis Bona et Winston pour atteindre Okriki tandis que nous entrons dans la ville. Lorsque nous passons devant le poste de police, en route vers l'ancienne résidence de Godwin, j'arrête le chronomètre.

— Dix-sept minutes depuis la file de taxis. Ils déposent les passagers où ceux-ci le demandent ? Ou c'est seulement à l'arrêt de bus ?

— Ça dépend. Tout le monde peut rester jusqu'au dernier arrêt, mais si votre destination est sur le chemin, vous pouvez être déposé avant.

Je me retourne vers le poste de police et, encore une fois, je suis frappé par l'impression que tout cela est trop facile. Essayer de vérifier la chronologie de l'arrivée des garçons à Okriki semble inutile si, en fait, Godwin nous a menti sur toute la ligne.

— Allons rendre une petite visite à nos amis de la police.

Chika fait demi-tour sans discuter. Peut-être est-ce à cause de l'heure, mais le poste paraît relativement vide. Le bleu malpoli est absent, et nous n'avons encore jamais rencontré l'officier à la mine ennuyée qui, à la réception, nous dispense d'attendre après avoir confirmé que l'inspecteur peut nous recevoir brièvement.

— Vous êtes sûr de vous ? me chuchote Chika tandis que nous longeons les cellules de détention pour atteindre le bureau d'Omereji.

— Non.

Je ralentis mais ajoute avec précipitation :

— Il n'était pas là quand l'événement s'est produit, mais j'aimerais avoir une idée de ce qu'il sait, de ce qu'il a étouffé et de ce qu'il a volontairement refusé de fouiller.

— Ça risque de faire beaucoup.

— Disons que depuis qu'on a parlé avec Tamuno, je me sens en veine.

Quelques minutes plus tard, c'est le rire moqueur de Mike Omereji qui répond à mes questions.

— C'est ce que vous avez trouvé de mieux ?

— Vous ne niez pas, fais-je en soutenant son regard.

— Parce qu'il n'y a rien à nier, rétorque-t-il sèchement.

— Vous devez bien admettre que la police n'en sort pas grandie…, raille Chika depuis la porte du bureau, où il s'est arrêté.

— Ce n'est pas à vous que je m'adresse, coupe vivement Omereji.

— Ne me parlez pas sur ce ton, répond doucement Chika.

Même si je sais que ça ne m'est pas destiné, un frisson me parcourt l'échine.

— Vous êtes dans mon bureau, lui lance Omereji sur le même ton.

— Et vous êtes un fonctionnaire qui n'a aucune raison de me parler comme ça, riposte Chika.

— Messieurs ! dis-je en élevant la voix pour dissiper la tension qui règne entre eux.

Ils me font l'effet de chiens affamés prêts à s'entre-déchirer.

L'inspecteur Omereji siffle :

— Cet entretien est terminé. Et, pour votre information, c'était le dernier. Vous pouvez partir.

— Inspecteur, je cherche seulement des réponses.

— Vous me jetez des accusations à la figure.

— Nous vous expliquons seulement ce que nous avons découvert !

Malgré mes efforts pour rester calme, je n'ai pu m'empêcher de hausser la voix. Je continue dans mon élan :

— Momoh Kadiri a été arrêté par la police ici même. Il a été placé en garde à vue, a fait une crise d'asthme et en est mort.

— Et la police est responsable de son asthme ?

J'ignore le sarcasme.

— Il n'a pas eu accès à son médicament…

— Quel est le rapport avec les Trois d'Okriki ? me coupe encore Omereji.

— Nous savons que Kevin avait lancé un mouvement, sur les réseaux sociaux, pour obliger la police à assumer la responsabilité de ce qui était arrivé à Momoh, argumente Chika. La campagne #justicepourmomoh gagnait en puissance…

— Où ? se gausse Omereji. Sur le campus ? Parmi ses copains fouteurs de merde des sectes ?

Cette fois, la coupe est pleine et je sors de mes gonds :

— Peu importe de qui elle attirait l'attention ! Elle a fait du bruit et ça n'a pas plu à la police.

— Alors, selon vous, on l'aurait piégé ? La police a réussi à lui faire porter le chapeau d'un vol à main armée, a retourné la ville entière contre lui afin qu'il soit battu et brûlé avec ses amis ?

Je prends une profonde inspiration avant de tenter une autre approche :

— Vous n'étiez même pas là quand ça s'est produit. Tout ce que nous vous demandons, c'est d'enquêter…

— Docteur Taiwo, vous accusez la police de meurtre et de complot. Je suis le plus haut gradé de ce poste ; pardonnez-moi si je m'en offusque au nom du service.

— Laissez-moi finir, dis-je en levant une main apaisante. Nous ne disons pas que la police a piégé les garçons. Nous émettons juste l'hypothèse selon laquelle les officiers n'ont guère eu envie d'intervenir quand ils ont vu que Kevin faisait partie des victimes.

— Docteur Taiwo, on parle d'une foule. D'une foule en colère. Est-ce que vous pensez vraiment que quiconque aurait eu la présence d'esprit de faire ce genre de calcul ?

— Vous ne niez pas, donc.

— D'accord, les amateurs, concède-t-il, condescendant, en se rencognant dans son fauteuil. Permettez-moi de vous poser deux questions, et si vous parvenez à répondre, je continuerai de vous aider. Prêts ?

Chika et moi ne soufflons mot. Il poursuit.

— Première question : ce Momoh a été arrêté à la suite d'un renseignement. J'ai lu le rapport. Est-ce que quelqu'un s'est demandé qui l'avait dénoncé ?

— La police a dit qu'il s'agissait d'un tuyau anonyme.

Devant ma réponse, l'inspecteur pouffe.

— Un tuyau anonyme signifie simplement que quelqu'un a quelque chose à gagner en divulguant une information. De plus, la police a essayé de découvrir qui a transmis cette information, et nous n'avons trouvé qu'un numéro prépayé aléatoire même pas enregistré sur le réseau du fournisseur.

— C'est pratique, ironise Chika malgré le regard d'avertissement que je lui lance.

L'inspecteur Omereji l'ignore.

— Deuxièmement, dans la mesure où le tribunal a conclu que la mort de Momoh était accidentelle, vous pensez vraiment que la police s'est inquiétée des actions de Kevin sur Internet ?

— Il vient d'une famille puissante. Il aurait pu attirer plus d'attention sur l'affaire que quelqu'un issu d'un milieu moins influent.

— Balivernes, me contre Omereji. Le pedigree de Kevin Nwamadi n'était pas mis en avant sur sa page Facebook. Il n'était qu'un étudiant qui faisait du bruit autour de la mort d'un autre étudiant. C'est tout. Vous pensez vraiment que la police s'en inquiétait assez pour le faire tuer ?

— Écoutez, Mike…

Je marque un temps d'arrêt.

— Je peux vous appeler Mike ? fais-je sans attendre sa réponse. Tout ce que nous vous demandons, c'est de considérer les diverses options. Nombre de questions restent sans réponse dans cette affaire, et j'espère que votre sens du devoir passe avant tout. Envisagez simplement la possibilité d'un complot au sein de votre poste. Laissez-moi parler aux enquêteurs, donnez-moi les coordonnées du policier qui a été transféré. Laissez-moi…

— Non, assène-t-il sur un ton plat mais sans appel.

— Et vous vous demandez pourquoi nous soupçonnons la police ?

— Quand vous êtes arrivé ici, je vous ai conseillé de ne pas rouvrir de vieilles blessures. À présent, vous réclamez mon aide pour le faire. Je vous ai dit de vous abstenir.

Soudain, l'entêtement d'Omereji m'exaspère. Je suis venu sur une intuition, sans stratégie claire, et la futilité de cette conversation m'apparaît désormais évidente. Je me lève.

— Je vous demande simplement d'y réfléchir. Nous sommes dans le même camp.

— Vraiment ? lâche-t-il en me toisant, hostile.

— Partons, Chika.

— Vous ne lui avez encore rien dit, Chika ? lance Omereji alors que nous atteignons la porte. Vous n'avez pas encore révélé au bon docteur qui vous êtes ?

— Qui je suis ? réplique Chika d'une voix pleine de défi.

L'inspecteur a un sourire mauvais et s'adosse à son fauteuil en nous fixant.

— Un étudiant raté qui joue au détective.

J'attrape Chika par le bras et dévisage Omereji en secouant la tête.

— C'est vraiment gratuit de votre p...

Chika essaie de se dégager mais je le serre de plus belle.

— Allez, Chika, insiste l'inspecteur depuis son bureau. Comme on dit dans les films : faites-moi plaisir. Mes cellules sont pleines de types très amicaux et impatients de faire votre connaissance.

— Chika !

Je le serre plus fort et il cède. Il se dégage d'une secousse et sort. J'en profite pour approfondir :

— Qu'est-ce que vous vouliez dire ?

— C'est vous, l'enquêteur, alors enquêtez. Je vous conseille simplement de commencer sur le pas de votre porte.

NA ME KILL THEM?

La journée a été bien chargée et je brûle de curiosité, mais je dois rester concentré sur ma véritable tâche à Okriki. C'est pourquoi je ne questionne pas Chika sur les insinuations d'Omereji. Je me contente de monter dans le Land Cruiser et lui indique la direction de la résidence.

— Allons-y.

Sans un mot, Chika nous y conduit et se gare en face du bâtiment, qui semble aussi désolé que lors de notre première visite.

— Ils n'ont pas dû mettre plus de quarante minutes pour venir de Whyte Hall jusqu'ici. Cela cadre avec le rapport de Godwin, selon lequel ils sont arrivés autour de 17 heures.

— Il s'est souvenu de l'heure exacte de la venue de Winston et Bona malgré le stress de la situation, glisse Chika.

— Ce n'est pas irréaliste, en fait, dis-je en lorgnant un soleil si brûlant que même mes lunettes noires ne m'en protègent pas. D'une part, on lui a posé la question si souvent qu'on peut déduire qu'il devait être sûr du fait pour appuyer ses dires. De plus, je pense qu'il est normal de se souvenir du moment exact où quelqu'un vous menace avec une arme.

— Mais pas de l'arrivée d'une personne de plus à la fête ?

— Il a dit qu'il ne savait pas, pas qu'il ne se rappelait pas.

Chika renifle.

— J'adorerais le mettre dans la même pièce que Tamuno.

Je suis sur le point d'admettre que ça ne serait pas une mauvaise idée lorsque j'aperçois Madame la propriétaire qui émerge de derrière la maison, une grande écharpe nouée autour de la poitrine. Elle tient une machette. Elle se dirige droit vers nous et son attitude agressive indique clairement qu'elle sait désormais ce que nous sommes vraiment venus faire à Okriki.

— Encore vous ! crie-t-elle en avançant. Fauteurs de troubles !

— Madame…, fais-je d'un ton qui se veut apaisant.

— « Madame », c'est ça, oui ! Sortez de ma résidence tout de suite ! TOUT DE SUITE !

— En réalité, nous sommes hors de votre résidence, la contre Chika d'un ton calme.

Sa colère atteint son point d'ébullition.

— Vous allez me donner des cours de droit sur ma propre propriété ?

Elle tourne la tête et se met à hurler :

— *Dem don come again oh! People come help me oh! Dem don come again!*[1]

---

1. Ils sont revenus ! À l'aide ! Ils sont revenus !

Chika et moi battons rapidement en retraite vers le Land Cruiser et embarquons.

— *You dey run*[1]*?* Revenez tout de suite ! Fauteurs de troubles ! *People come help me oh!*

Elle crie à pleins poumons, et tout son corps tremble de rage tandis qu'elle agite sa machette vers notre voiture. Trois, puis quatre personnes sortent de l'immeuble, plus curieuses que menaçantes, mais personne n'intime à la propriétaire de se calmer. Chika exécute une marche arrière maladroite tandis que Madame la propriétaire continue d'aboyer aux curieux :

— Fauteurs de troubles ! Laissez-moi tranquille ! *Na me kill them*[2]*?* J'ai pas assez payé ? Laissez-moi tranquille ! *Wetin you want from me again*[3]*?*

Elle vocifère avec tant de force que j'ai peur que son boubou ne tombe.

Même une fois que Chika a franchi un virage en direction de l'Hôtel Royal et que la propriétaire a disparu, sa voix aiguë et son visage froissé par la colère ne me quittent pas. Cette journée confirme que sa bravade, lors de notre première rencontre, n'était qu'une façade. Si quelqu'un a pris de plein fouet l'impact de la tragédie des Trois d'Okriki, ce sont bien ces gens comme la propriétaire, qui ont perdu des revenus, leur réputation et leur tranquillité.

Pourtant, même si j'essaie de dénicher en moi quelque compassion à son égard, je ne peux pas m'empêcher d'être irrité par sa brutalité. La fureur irraisonnée qui

1. Voilà qu'ils s'enfuient ?
2. Vous croyez que c'est moi qui les ai tués ?
3. Qu'est-ce que vous voulez, encore ?

déformait ses traits lorsqu'elle a marché droit sur nous ne doit pas être très différente de celle de ses voisins le jour du drame.

Cette réaction impulsive, souvent violente, est un comportement auquel je n'arrive pas à m'habituer au Nigeria. Il y a tant d'agressivité et de colère dans l'air. On discerne la même chose dans certains endroits des États-Unis. Mes visites à New York m'ont toujours mis dans un état d'anxiété permanente et mon frère jumeau, qui vit à Chicago, n'a pas réussi à me faire passer plus d'une nuit chez lui. Soit, je comprends bien comment le crime engendre le malaise dans la plupart des grandes villes. Je sais aussi que des délits récurrents peuvent influer sur l'état émotionnel d'une communauté. Toutefois, Okriki n'est pas une grande agglomération. Il n'empêche qu'il règne ici une rage qui semble dirigée vers tout et tout le monde.

Je fais part de mon étonnement à Chika :

— Pourquoi sont-ils tellement en colère ?

— Parce qu'ils n'ont aucune raison d'être joyeux ? propose Chika d'un ton amer. Regardez autour de vous. Il n'y a pas d'électricité, pas d'eau courante, les écoles sont délabrées, aucune sécurité…

— Est-ce une raison pour se retourner les uns contre les autres ?

L'image par trop réaliste que dépeint Chika me peine.

— Soyons clairs, ils se retournent contre les étrangers, ou quiconque n'est pas considéré comme membre de leur communauté. Peut-être parce que les étrangers incarnent les compagnies pétrolières, avec leurs bureaux en Europe et en Amérique. Ou même le gouvernement et les politiciens, loin d'ici, à Abuja. Quand ils seront à court d'étrangers sur lesquels passer leurs nerfs, alors peut-être qu'ils se retourneront les uns contre les autres, conclut-il.

Je ne peux pas le contredire, ce qui m'attriste.

— Ces garçons n'avaient pas une chance.

— Pourquoi dites-vous ça ?

— Vous avez vu cette femme ? Vous avez vu avec quelle rapidité les autres sont arrivés quand elle s'est mise à crier ? Comment empêcher qu'un tel drame se reproduise si les gens n'apprennent pas de leurs erreurs ?

— Pour ça, il faudrait d'abord qu'ils admettent avoir fait une erreur.

Je me plonge dans le silence en me remémorant la manière dont le chef a justifié les actes de sa communauté, et le mépris avec lequel les gens d'ici ont accueilli la condamnation de leurs actes à l'échelle nationale. Toute l'affaire me rappelle une étude à laquelle j'ai participé, des années plus tôt, au cours de laquelle nous nous sommes penchés sur la notion de réparation au sein de différentes cultures et au fil de l'Histoire. Les nations qui balaient leurs injustices sous le tapis sans rien de plus qu'un « plus jamais ça » ont tendance à répéter les mêmes erreurs. Celles qui prennent des mesures collectives visant à admettre leurs torts, à en comprendre l'origine et les raisons, et qui agissent de manière concrète pour empêcher que les événements ne se reproduisent ont tendance à réussir. La conclusion de l'étude n'annonçait rien de bon pour l'avenir des États-Unis, à propos de l'esclavage et de son impact sur les relations raciales aujourd'hui, ni pour l'Afrique du Sud post-apartheid. À l'inverse, le pronostic portant sur les efforts de l'Allemagne post-nazie était exceptionnellement optimiste, et prouvait que même si cela demande plusieurs décennies, ces torts collectifs peuvent être redressés.

Arrivé à l'Hôtel Royal et sitôt entré dans la réception, Chika sur mes talons, je me sens mal à l'aise. Le directeur nous salue avec hostilité tandis que la serveuse détourne les yeux, dénuée de la sympathie à laquelle elle nous a habitués depuis que Chika rétribue généreusement ses services. Les deux écrans télé diffusent un match de foot. Plusieurs jeunes du coin le suivent mais, malgré le volume, ils semblent plutôt s'intéresser à Chika et à moi tandis que nous montons à l'étage.

L'appréhension me rend nerveux.

— Faites semblant d'être calme, me souffle Chika alors que nous grimpons vers nos chambres. Ne les laissez pas penser que ça vous affecte.

— C'est pourtant le cas.

À ma porte, je glisse la clé dans la serrure cependant que Chika poursuit vers sa propre chambre. Je la fais tourner vers la gauche pour ouvrir, en vain. Puis je la tourne vers la droite, et le pêne cède.

— Chika ?

Il s'arrête et se retourne.

— Ma chambre est ouverte.

Il revient vers moi et nous échangeons un regard.

— Peut-être que la femme de ménage a oublié de la refermer quand…

J'ouvre la porte et le spectacle que nous découvrons le laisse sans voix.

Une tornade aurait pu traverser la pièce qu'elle n'aurait pas fait plus de dégâts. Le matelas gît sur le sol, lacéré, ses entrailles brutalement exposées. Les chaises et le bureau sont retournés. Mes vêtements ont volé en tous sens, comme mes affaires de toilette. L'odeur boisée de mon eau de parfum Armani m'indique que le flacon est brisé, quelque part sous ce capharnaüm. Le mur qui accueillait les Post-it a été balayé et mes notes jonchent le sol, réduites à l'état de confettis.

À la place des Post-it, une coupure maladroitement collée d'un article sur les Trois d'Okriki. Des portraits en noir et blanc de Winston, Bona et Kevin, sous un titre en gras : *Un gang de voleurs brûlés.*

À côté du papier, un avertissement rédigé à la peinture rouge :

PARTEZ OU BRÛLEZ !

COMBATTRE OU FUIR

Je soulève le matelas et retrouve mon ordinateur portable sous le bureau renversé. Les touches du clavier sont répandues sur le sol comme des jetons de Scrabble, et l'écran brisé est séparé de sa base telle une tête tranchée. Ma valise donne l'impression d'avoir été attaquée à coups de hache.

Imbéciles. Je ramasse les morceaux épars de la coûteuse machine en essayant de me rappeler quand j'ai effectué la dernière sauvegarde.

— Je pense qu'on peut récupérer le disque dur, tente Chika tout en balayant la pièce du regard.

— Et votre chambre ?

— Pas aussi grave que la vôtre. Juste le même message, dit-il en désignant le mur.

Atoka se montre à la porte, plus arrogant que désolé.

— Messieurs, annonce-t-il sur un ton pompeux, vous devez quitter mon établissement. Vous représentez visiblement un risque pour moi, ma propriété et mes employés.

— Fumier, grogne Chika en lui fonçant dessus.

Je réussis à l'intercepter au passage.

— Et injurieux, en plus, l'aiguillonne Atoka.

— Vous savez qui a fait ça, hein ? aboie Chika en tremblant de rage.

— Pourquoi est-ce que je laisserais quelqu'un faire une chose pareille dans mon hôtel ?

D'une secousse violente, Chika se libère, attrape Atoka par le cou et le plaque brutalement contre le mur.

— Chika !

Mon cri ne l'arrête pas : son regard brûlant est braqué sur le directeur, qui semble avoir perdu de sa superbe tandis que ses pieds tâtonnent à la recherche du sol.

— Qui… a… fait… ça ?

— Je ne sais pas !

Les mains de Chika se serrent autour de son cou. Je me précipite pour tirer Chika par les épaules, mais autant essayer de déplacer un rocher.

— Chika, je vous en prie, ça n'en vaut pas…

— C'était le chef ? fulmine Chika sans quitter des yeux un Atoka qui hoquette péniblement. C'est lui qui a ordonné ça ?

— Je… je ne sssais…, bafouille le directeur en suffoquant.

Ses yeux paraissent prêts à sortir de leurs orbites et je redoute d'avoir à pratiquer le bouche-à-bouche sur cet être abject si Chika ne le lâche pas tout de suite.

— Chika, lâchez-le !

C'est peut-être à cause de la panique qui a envahi ma voix, mais il libère subitement le directeur. Ce dernier se relève presque aussitôt et court se réfugier dans le couloir.

— Partez ! croasse-t-il d'un ton de défi en frottant son cou meurtri. Et vous pouvez dire adieu à votre caution !

Atoka décampe. L'épreuve m'a laissé sur le carreau. Chika, lui, respire aussi facilement que s'il venait de faire une petite balade. Seuls ses yeux trahissent à quel point il a été près d'étrangler le directeur à mains nues. Je lâche une évidence :

— Nous devons partir d'ici.

— La banque possède une maison à Port Harcourt, mais c'est trop loin d'ici.

— On risque de ne pas avoir le choix.

— On peut aussi essayer la résidence des invités de l'université. Elle est pleine, en général, mais avec un peu de chance…

— Pourquoi pas ? C'est toujours un plan. En fait, je suis sûr que si nous appelons le secrétaire, il devrait pouvoir nous aider.

Je saisis mon téléphone pour voir si ce dernier a répondu à l'un ou à l'autre de mes messages. Ce n'est pas le cas, mais j'ai un texto de Salomé Briggs. Je vois qu'il a été envoyé dix-sept minutes plus tôt :

Venez à PH. Vous n'êtes pas en sécurité là-bas. Faites-moi confiance.

Je montre le message à Chika. Il fronce les sourcils et me dévisage.

— Qui est-ce ?

— Une amie, à Port Harcourt. Enfin, en quelque sorte. Nous nous sommes rencontrés durant le vol. Sa mère est d'ici.

— Elle semble en savoir long pour quelqu'un qui vit aussi loin.

— En effet, dis-je en balayant à mon tour la pièce du regard. Quelqu'un doit lui avoir raconté.

— Vous lui faites confiance ?

— Je n'ai aucune raison de ne pas lui faire confiance.

Chika hoche la tête et me rend le téléphone.

— Alors dépêchons-nous. Plus on s'attarde ici, plus je risque de faire quelque chose que je vais regretter.

Il entreprend de ramasser les morceaux de papier déchirés pendant que j'appelle Salomé. Elle répond dès la première sonnerie :

— Grâce à Dieu, vous êtes sain et sauf.

— Comment saviez-vous ?

— On n'a pas le temps pour ça. Venez, c'est tout. Dès que vous arrivez à PH, appelez-moi. Je vous ai déjà réservé un hôtel pour tous les deux.

— Vous serez là ?

— Si vous le voulez…

Je prends une décision avant que la pause ne se transforme en un silence gêné.

— Si ça ne vous dérange pas, oui, j'aimerais vous voir.

Malgré mon ton un peu vif, je note que Chika s'interrompt au milieu de sa tâche.

— Pas de problème, répond-elle d'un ton poli. Dépêchez-vous, c'est tout.

Elle raccroche.

Chika a ramassé une quantité significative de lambeaux de papier ; je me joins à lui pour les trier.

— Votre copine vous a dit qui était sa source ? s'enquiert-il d'un ton amer.

Je réagis plus sèchement que nécessaire :

— Ce n'est pas ma copine. Et je suis sûr qu'elle me dira tout quand elle me verra, plus tard. Elle nous a réservé un hôtel.

— Mmm… Elle nous a trouvé un hôtel avant de savoir pour nos chambres ?

Quand Chika le formule ainsi, cela me paraît en effet stupide de filer à Port Harcourt sur la seule bonne foi de Salomé. En vérité, qu'est-ce que je sais vraiment de cette femme ?

— On n'y va pas, alors ?

— L'option est toujours plus intéressante que la maison de la banque. Je pense que nous, enfin, que *vous* devriez suivre cette piste. Ce serait intéressant de découvrir ce qu'elle sait. De plus, vous dites que vous lui faites confiance.

Je ne peux pas lui révéler mes doutes subits, alors je garde le silence tandis que nous réunissons ce qui peut être sauvé dans un drap que Chika a transformé en baluchon de fortune. Je remets mon ordinateur détruit dans sa housse, et nous regardons une dernière fois autour de nous pour nous assurer que nous n'avons rien oublié de sauvable.

Le match n'est pas fini quand nous arrivons au rez-de-chaussée, mais les jeunes gens sont tous debout, dos aux postes de télé, insensibles aux interventions passionnées du commentateur. Le directeur se tient à la porte d'entrée, bras croisés sur la poitrine, l'air belliqueux.

Tandis que je passe devant l'attroupement, l'odeur me frappe. Je m'arrête et me tourne vers eux.

— Les gars, je sens l'odeur du cadeau de Noël de ma femme sur certains d'entre vous, voire sur vous tous. Je peux donc partir du principe que certains d'entre vous, voire tous, ont vandalisé ma chambre.

Ils ne répondent pas, mais leur langage corporel me dit qu'ils sont avides d'en découdre. Je suis soudain submergé par une vague de colère. Ces voyous ont dévasté mes affaires personnelles et restent plantés là, à me regarder quitter l'Hôtel Royal, vaincu. L'idée m'échauffe le sang, mais il ne faut pas aggraver encore cette situation explosive. Je lance juste au petit groupe :

— Dites à ceux qui vous ont envoyés qu'ils ont commis une erreur grossière, parce que nous n'arrêterons pas tant que nous n'aurons pas découvert ce que vous essayez de cacher.

La scène pourrait sortir d'un western : j'affronte du regard les jeunes brutes tandis que Chika fait barrage entre le directeur et moi.

Puis je leur tourne le dos et poursuis mon chemin. Ce qui suit se déroule en un clin d'œil. Chika balance son poing tandis que je fais volte-face, juste à temps pour voir son uppercut frapper au menton l'un des gamins qui, je le comprends, s'apprêtait à me tacler par-derrière. Celui-ci s'effondre avec un glapissement de douleur, une main sur sa bouche ensanglantée. Les autres s'avancent d'un air menaçant vers Chika, qui lâche le baluchon.

Je m'adresse au directeur d'une voix calme :

— Dites-leur de reculer ou je vous promets que votre hôtel va tellement en pâtir que personne ne pourra payer les dégâts.

Atoka tarde assez à répondre pour que Chika terrasse un autre jeune d'un coup de pied.

— Assez ! crie Atoka.

Il me foudroie du regard, aussi apeuré que furieux.

— Partez, maintenant !

— Chika, allons-y.

Chika ne baisse pas sa garde et promène un regard de défi du directeur aux jeunes.

— Chika !

Mon ton l'incite à ramasser à contrecœur sa valise et le baluchon qui contient mes affaires. Je le suis avec ma Samsonite cabossée et la housse de mon portable, et grimpe dans le Land Cruiser juste au moment où il démarre.

J'ai à peine fermé la portière qu'il exécute un demi-tour si brutal que je sens l'odeur de la gomme brûlée.

UNE FEMME D'INFLUENCE

Il est 21 heures passées lorsque nous nous arrêtons au barrage de la police militaire, sur la route vers PH. Chika tend deux cents nairas par la fenêtre au moment où mon téléphone sonne. C'est Salomé, qui m'indique où elle se trouve. Je clique sur le lien et Google Maps m'informe que nous sommes à seize minutes de sa position.

J'active la voix électronique du navigateur afin qu'il nous guide à travers la ville, jusqu'au Tropicana. L'avenue qui conduit à l'énorme portail de l'hôtel est bordée par d'immenses palmiers et des pelouses bien entretenues. Des gardes lourdement armés surveillent l'entrée et, à l'aide de leurs lampes torches, ils inspectent rapidement l'habitacle du Land Cruiser en nous demandant si nous sommes clients ici ou de simples visiteurs.

— Clients, répond Chika d'un ton brusque.

L'un d'eux se sert de sa lampe pour parcourir une liste.

— Philip Taiwo ?

— C'est moi, fais-je.

— Votre pièce d'identité, s'il vous plaît.

Je plonge la main dans ma poche pour en sortir mon passeport américain et me penche par-dessus Chika afin de le tendre au garde. Il braque une nouvelle fois sa lampe dans la voiture, vérifie qu'elle ne contient rien de suspect, referme le passeport et le remet à Chika, qui me le rend.

— Veuillez avancer.

— Votre amie doit avoir des relations, commente Chika en franchissant le portail. Le Tropicana est un des meilleurs hôtels de la ville. C'est là où logent les expatriés.

— Ça explique le service de sécurité.

— L'assurance-vie des pensionnaires est plus élevée que le PIB de certains pays.

L'établissement se révèle gigantesque et, s'il a un point commun avec l'Hôtel Royal, c'est le vrombissement des générateurs. La résidence entière est aussi illuminée qu'un sapin de Noël ; il est difficile d'imaginer qu'un recoin sombre échapperait à la vigilance des gardes armés qui patrouillent sur le terrain.

Un concierge en uniforme se précipite vers nous tandis que nous descendons du Land Cruiser.

— Bienvenue au Tropicana.

Il porte la main à son chapeau, qui serait plus à sa place sur un Monsieur Loyal, et s'incline. Il est vêtu d'une veste croisée ; le blason de l'hôtel est brodé sur sa poche de poitrine gauche.

— Je m'appelle George. Avez-vous besoin d'aide avec vos bagages ?

Il paraît étonnamment alerte malgré l'heure tardive. Je ne comprends même pas comment il arrive à ne pas transpirer dans son épais costume. Chika ouvre le coffre et George ne cille même pas en voyant son contenu. Le baluchon de l'Hôtel Royal est emporté avec le même respect qu'un sac Vuitton.

Un autre concierge rejoint George avec un chariot et nous les suivons dans le grand vestibule de l'hôtel, où nous attend une Salomé tout aussi élégante que la dernière fois que je l'ai vue, il y a presque cinq jours.

Elle marche vers nous comme si l'endroit lui appartenait.

— Grâce à Dieu, vous êtes là.

Dois-je lui serrer la main ou l'étreindre ? Elle décide à ma place en me gratifiant d'une étreinte si chaleureuse qu'elle a raison de toutes mes inhibitions, et je la présente à Chika comme si elle était une vieille amie.

— Merci pour votre aide, madame, dit Chika sur le ton guindé qu'il employait encore récemment avec moi.

Si Salomé remarque sa réserve, elle n'en trahit rien, et rit de cette manière décontractée qui lui a attiré des regards dans l'avion.

— Pour commencer, laissez tomber le « madame ». Ensuite, allez vous rafraîchir dans votre chambre. J'ai demandé aux cuisines de vous préparer quelque chose de léger. Descendez dès que vous serez prêts.

L'un des concierges s'approche avec deux cartes. Salomé les récupère et nous les tend.

— Vous êtes au même étage. George va vous conduire à vos chambres.

— Merci, dis-je.

— Vous me remercierez une fois que vous aurez repris voix et apparence humaine. Je serai là.

Elle désigne un point du vestibule où j'aperçois une poignée de clients assis dans ce qui ressemble à un bar.

— Allez. Je ne pourrai pas garder la cuisine ouverte plus longtemps. Elle ferme à 22 heures précises.

Ma gratitude et mon soulagement, face à tant de bonté, me poussent à l'étreindre à mon tour.

— Ouste ! me chasse-t-elle en riant. Américain sentimental !

Je ris aussi, un peu gêné, et suis Chika vers l'ascenseur que George et son collègue nous tiennent ouvert.

Ma chambre – d'un luxe absolu comparée à celle que j'occupais à l'Hôtel Royal – reste bien supérieure à la moyenne. Un vaste lit domine l'espace central et tout le confort d'un hôtel cinq étoiles s'offre à moi. George se déleste d'abord de mon sac puis dépose délicatement le baluchon sur l'épaisse moquette qui couvre le sol. Comme tout bon concierge, il me fait le détail des installations de la pièce. Le minibar est bien garni, la télé compte plus de chaînes câblées que quiconque en aurait besoin, et la salle de bains pourrait contenir ma chambre de l'Hôtel Royal tout entière.

— Merci, George.

Je cherche mon portefeuille dans mes poches mais me rends compte que je n'ai pas de liquide, hormis mon billet d'urgence de cent dollars.

— Ne vous inquiétez pas, monsieur, dit-il, miss Salomé s'est occupée de tout.

Salomé a donné un pourboire au concierge avant mon arrivée ? Je souris pour dissimuler mon embarras soudain.

— Il n'empêche que je ne vous oublierai pas d'ici à mon départ.

— Aucun problème, monsieur. Dois-je dire à miss Salomé que vous serez descendus dans dix minutes ?

— Je vous en prie. Dans quelle chambre est mon ami ?

Il me donne son numéro et m'explique comment le joindre par téléphone.

Sitôt que George s'est éclipsé après une courbette, je m'avachis sur le lit et ferme les yeux un bref instant. Je ne peux m'empêcher d'avoir l'impression d'être un indigent qui se retrouve dans les souliers d'un prince. Un instant, je suis à Okriki au milieu d'une bagarre, celui d'après je suis dans un cinq étoiles à Port Harcourt. Ce genre de choses n'arrive qu'au Nigeria.

Le téléphone sonne et je me lève d'un bond pour trouver le combiné sur la table de nuit.

— *Oga*…

— Nous sommes passés de « monsieur » à « *oga* » ? fais-je à Chika avec ironie.

— Quiconque connaît quelqu'un qui peut nous trouver une chambre au Tropicana est un *oga*. En fait, cette personne est même le Grand Oga.

Je ris de bon cœur, amusé mais aussi soulagé qu'on s'en soit tous les deux si bien sortis.

— J'en conclus que vous appréciez votre chambre.

— Je l'aime tellement que je n'en sortirai pas ce soir. J'ai demandé qu'on me monte mon repas. Veuillez m'excuser auprès de votre amie.

— Chika, je pense qu'elle nous attend tous les deux…

Je ne veux pas qu'il s'inquiète d'être de trop. Et j'ai du mal à admettre que l'idée de me retrouver seul avec Salomé me rend nerveux.

— J'en suis sûr. Et croyez-moi, il y a beaucoup de questions que j'aimerais lui poser, mais ce soir je pense que je vais rester dans ma chambre et prier pour que ça ne soit pas un rêve. Ne veillez pas trop tard, vous avez encore une enquête à finir.

— Comment l'oublier ? dis-je dans un soupir.

— Et Philip, je ne sais pas si j'ai le droit de vous dire ça, mais soyez prudent.

Je reste silencieux un instant. Je peux feindre de ne pas savoir de quoi il parle, mais Chika et moi sommes au-delà de ça, à présent.

— Oui. Merci.

Je raccroche et gagne la salle de bains.

L'avertissement de Chika résonne encore à mes oreilles tandis que j'examine mon visage dans le miroir au-dessus du lavabo. Suis-je si transparent ? Certes, Salomé est attirante, mais j'espère que ce n'est pas ce que voulait dire Chika quand il m'a conseillé d'être prudent. Je préférerais qu'il ait fait référence à l'enquête.

Le visage de Folake se dessine devant moi dans le miroir.

« Sois prudent », raille-t-elle.

J'ai envie de rétorquer « Je t'ai vue ! » à l'apparition, mais je n'en fais rien. Pourquoi remettre en question le simple désir de boire un verre avec une amie serviable qui n'a rien fait pour s'attirer le moindre soupçon ?

Dans le miroir, le visage de Folake se déforme et ses lèvres esquissent les mots prononcés avant mon départ : « Psychoblabla ».

Je me détourne en sifflant. *Un verre, voilà ce dont j'ai besoin*, me dis-je en quittant la pièce. Rien de plus.

Salomé m'attend. Elle se lève de son siège au bar et se dirige vers moi en souriant.

— Eh bien, vous avez meilleure mine.

Je me sens rougir.

— C'est le mieux que je puisse faire sans avoir à me métamorphoser.

— Vous métamorphoser en quoi ? rit-elle. Venez manger.

Elle m'entraîne vers l'une des tables du bar, déjà dressée. Je remarque que certains des clients, essentiellement des hommes d'âge moyen en pantalon cargo et chemise J. Crew à manches courtes ou remontées, nous observent.

— Votre ami a fait savoir qu'il va manger dans sa chambre. J'ai fait monter son repas, me précise Salomé tandis que nous nous asseyons.

— Merci.

— Je suis sûre que vous avez des tas de questions…

Le repas consiste en du poulet rôti accompagné de pommes de terre et de légumes vapeur. Le poulet est le meilleur que j'ai goûté depuis longtemps, et je suis affamé. Je parle sans honte entre deux bouchées.

— La première question est : comment avez-vous réussi à nous trouver des chambres ici ?

— C'était facile. Le propriétaire est un client, un vieil ami qui me doit quelques faveurs. De plus, notre cabinet organise de nombreuses conférences ici ; nous sommes des habitués. Il m'a suffi d'un coup de fil.

— Comment êtes-vous au courant de ce qui s'est passé à Okriki ?

— J'ai demandé à mon cousin de garder un œil sur vous. Vous savez, juste pour m'assurer que tout allait bien.

— Vous m'avez fait surveiller ?

— Pas de la manière dont vous le pensez, l'Américain. Je veux dire que je voulais être sûre que tout se passait bien pour vous.

— Eh bien, merci. Qui est ce cousin ?

— Je crois que vous l'avez rencontré. C'est l'inspecteur de police…

Le morceau de poulet que je m'apprêtais à avaler s'arrête à mi-chemin de ma bouche.

— Vous plaisantez ?

— Du tout. Mike est mon cousin germain.

— Alors le chef est…

— Mon oncle. Le frère aîné de feu ma mère.

J'en lâche ma fourchette.

— Vous savez que c'est lui qui a ordonné que ma chambre soit mise à sac, n'est-ce pas ?

Elle agite nonchalamment une main gracieuse.

— Il n'a rien fait de tout cela. Continuez de manger. Croyez-moi, si mon oncle avait voulu vous faire du mal d'une façon ou d'une autre, il n'aurait pas attendu si longtemps.

— Il m'a dit en me regardant dans les yeux que je n'étais pas le bienvenu à Okriki.

— Et c'est ce que je vous ai dit moi aussi quand vous m'avez appris que vous y alliez. Et pourtant, nous sommes ici.

— Vous dites que le chef et l'inspecteur Omereji n'étaient pas au courant de ce qui s'est passé à l'hôtel ?

— Ils le sont sans doute maintenant, mais qu'auraient-ils pu faire de toute façon ?

— Omereji aurait pu les arrêter !

— Calmez-vous. Ou je ne dis plus rien.

Je prends une profonde inspiration, la dévisage, puis regarde autour de moi. Salomé nous a déniché des chambres dans un hôtel de luxe en un temps record.

Et malgré l'heure tardive, elle m'accueille comme une hôtesse modèle.

— Oui, vous pouvez me faire confiance.

Comme plus tôt, j'ai l'impression qu'elle lit dans mes pensées. Je relâche ma respiration, fixe mon assiette, puis elle. Je recommence à manger sans quitter du regard ses yeux très maquillés.

— D'accord. Parlez.

— Oh, vous faites dans l'autoritaire maintenant ?

— Salomé…, dis-je avec un soupçon d'avertissement dans la voix.

— D'accord, d'accord… C'est simple : dès que vous m'avez dit ce que vous alliez faire à Okriki, j'ai demandé à Mike de veiller sur vous…

— De m'espionner, plutôt.

Je sais que ça paraît ingrat, mais je ne peux pas m'en empêcher.

— Peu importe. Je savais que vos chemins se croiseraient dans tous les cas, mais je voulais qu'il sache que vous étiez un ami.

— Il ne m'a pas exactement traité comme ça…

— À quoi est-ce que vous vous attendiez ? En tout cas, il a gardé l'œil sur vous. Plus que vous ne pouvez le croire.

— Transmettez-lui ma gratitude éternelle.

— Le sarcasme ne passe pas très bien avec l'accent américain…

— J'ai besoin d'un verre.

Je fais signe au barman, qui nous rejoint tandis que je repousse mon assiette encore à moitié pleine.

— Un double Jack, s'il vous plaît.

— Madame ?

— Courvoisier, avec beaucoup de glace.

Le barman s'éloigne et Salomé reprend.

— C'est lui qui a découvert ce que ces jeunes gens avaient fait à votre chambre et à celle de votre collègue.

— Et il ne les a pas arrêtés, comme l'aurait fait tout policier honnête ?

— Vous vous trompez sur son compte.

— Il cache pourtant quelque chose. Et toute la ville est complice, y compris votre oncle.

Au souvenir de l'état de ma chambre, et de la sensation d'intrusion que j'ai ressentie, ma colère revient.

Nos boissons arrivent. J'attrape mon whisky et le vide d'un trait.

— Ne me faites pas regretter de vous avoir aidé.

— Alors dites-moi pourquoi vous m'aidez.

— Parce que ce que vous faites est juste. Les parents de ces garçons méritent de savoir ce qui s'est vraiment passé.

— Et c'est tout ?

— Quelle autre raison allez-vous imaginer ?

— Peut-être la même qui a provoqué le transfert de l'inspecteur à Okriki. Pour garder un œil sur l'enquête et veiller à ce qu'aucun fait susceptible d'entacher la ville ne soit découvert ?

— D'après vous, je vous aiderais uniquement pour pouvoir influencer vos recherches ?

Elle a prononcé cette phrase sur le ton de la dérision, et quelque chose dans la courbe de ses lèvres me laisse effectivement penser qu'elle se moque de moi. Elle renchérit :

— C'est bel et bien des recherches que vous êtes venu faire, n'est-ce pas ?

— Quoi d'autre ?

Ma tête est tout à coup beaucoup trop légère. Je comprends trop tard que j'aurais mieux fait de commander une bière.

Elle vide son verre et tend la main vers son téléphone, pianote et le porte à son oreille.

— Attendez-moi devant l'entrée.

Elle raccroche et me regarde.

— Il est normal que vous vous méfiiez de moi, Philip, mais je vous conseille de bien choisir vos batailles. J'ai sauvé votre peau aujourd'hui, et celle de votre ami aussi. Pourquoi ai-je fait ça ? Posez-vous cette question avant de lancer des accusations tous azimuts.

Elle se lève et je suis forcé de me tordre le cou pour voir son beau visage.

— Le peuple de ma mère n'est pas mauvais, déclare-t-elle en me toisant. Il n'est pas particulièrement bon non plus. Ces gens sont des humains, c'est tout. Ce qu'ils ont fait serait inexcusable dans un univers qui a du sens. Mais vous êtes ici depuis assez longtemps pour savoir que pas grand-chose n'a de sens dans notre petit coin du monde. Pas ces derniers temps, en tout cas. Mais j'aime l'idée de savoir pourquoi ce qui nous a tous amenés ici s'est produit. Peut-être que si vous trouvez une explication à cette folie, je pourrai de nouveau poser les yeux sur mon peuple sans en avoir honte. Voilà pourquoi je vous aide.

Avant que je n'aie pu répondre quoi que ce soit, elle est partie.

UN ACCIDENT ATTENDU

Après plusieurs coups pressants à sa porte, Chika ouvre en se frottant les yeux.

— Qu'est-ce qui se passe ? Tout va bien ?

Pour toute réponse, je lui fais écouter sur haut-parleur le message laissé sur mon répondeur.

« Bonjour, docteur Taiwo, c'est Tom Ikime. Nous avons retrouvé Godwin mort dans sa chambre hier. Une bien triste nouvelle. Je vous rappellerai dans la matinée. »

— Merde, jure Chika, complètement réveillé désormais.

— Nous devons aller à l'université.

— Quelle heure est-il ?

Je vérifie mon téléphone.

— 8 h 17.

— Je m'habille tout de suite.

Je retourne précipitamment dans ma chambre et file sous la douche.

Godwin est mort et, à la lumière de mon entretien de la veille avec Tamuno, ce n'est pas seulement une triste nouvelle, mais un sérieux revers. De surcroît, si on compte la mise à sac de nos chambres, je me retrouve subitement effaré par toutes les pistes en suspens que présente cette affaire. Je déteste sentir que je n'ai aucun contrôle sur les événements ; ce qui se déroule autour de moi semble n'avoir que peu de liens avec ce que je suis venu faire à Okriki, mais a un impact évident sur mon enquête.

Ce sentiment d'impuissance ne me quitte pas tandis que je remets mes vêtements de la veille et me dirige vers l'ascenseur pour retrouver Chika dans le vestibule.

Sur la route pour Okriki, je lui fais part de mes doutes :

— Et si ça ne tenait pas debout ?

— Quoi donc ?

— Tout. Tout ce qu'on sait sur cette affaire… Et si les pièces ne s'imbriquaient pas parce qu'elles ne sont pas censées le faire ?

— D'où vous vient cette idée ?

— Bah, peu importe.

Je me tourne vers la vitre, ne souhaitant pas importuner Chika avec mes réflexions.

— C'est à cause de la mort de Godwin ? Nous avons vu tous les deux quelle mauvaise pente il suivait…

— Oui, je sais. Mais ça ne rend pas les choses plus faciles à accepter pour autant. C'est peut-être un signe…

— Que ça ne colle pas ?

— Un signe que cette affaire des Trois d'Okriki est juste une des nombreuses explosions de violence qui éclatent aléatoirement partout dans ce pays.

— Même après ce que Tamuno nous a dit ?

— Oui. Godwin nous a peut-être menti sur le fait qu'il connaissait Kevin, et il a sûrement appelé à l'aide quand il s'est senti menacé par Bona et Winston. Mais il n'a pas demandé aux gens d'Okriki de torturer et de tuer ces garçons. Ça, c'est entièrement de leur fait.

— C'est peut-être vrai, mais est-ce que vous n'êtes pas là pour ça, après tout ? Pour donner un sens à ce que tout le monde estime dénué de sens ?

— Bien sûr. Mais là, je vous avoue que je ne suis plus sûr d'en être capable.

— S'il vous plaît, ne laissez pas la mort de Godwin vous faire douter de vos progrès. Pensez à tout ce qu'on a découvert depuis votre arrivée. Tout ce qu'on sait, désormais…

Et dans quel but ? ai-je envie de répliquer.

Nous arrivons au poste de contrôle de la police militaire, aussi me tais-je. Chika ralentit, mais on nous fait signe de poursuivre notre chemin et l'un des soldats lourdement armés nous gratifie même d'un sourire.

— On est devenus des habitués, constate Chika en rendant leur salut aux soldats avant d'accélérer.

— C'est une bonne chose ?

— On pourrait le croire. Mais ça signifie seulement que la prochaine fois, je vais leur donner quelque chose avant même qu'ils n'aient à demander.

Peut-être que tout n'est pas si vide de sens, après tout. D'un côté, devoir payer des soldats armés pour emprunter une route publique pourrait faire crier à la corruption. De l'autre, payer et accepter cet état de fait relève de l'acceptation : c'est là l'unique modus operandi, de toute façon. Il existe visiblement un code de l'honneur chez les voleurs. Le soldat armé tient compte de nos interactions précédentes en nous laissant passer sans histoires, et Chika l'en remerciera en lui offrant de lui-même un pot-de-vin la prochaine fois que nous franchirons le point de contrôle. On peut discerner une méthode derrière toute cette démence.

Nous nous rendons directement au bureau du secrétaire de la TSU, et son assistante nous transmet un message disant qu'il se trouve à la morgue de l'hôpital universitaire. Je m'apprête à demander comment y aller quand Chika dit qu'il connaît le trajet, et nous repartons vers le campus nord.

— L'hôpital n'est pas sur le campus même ?

— Il se trouve dans une autre ville. La TSU est constituée de trois gros campus. Nous venons du campus est, celui des sciences humaines et des arts. Le campus ouest est réservé à l'ingénierie, et le nord aux sciences médicales.

— C'est loin ?

— Non, il se trouve au milieu d'une autre ville appelée Apamor. Nous devrions y être dans une demi-heure si je prends la route la plus rapide.

Mon téléphone se met à sonner. C'est Ikime.

— Nous sommes en chemin, lui dis-je.

— Le sénat de l'université a ordonné une réunion d'urgence et je dois y participer. J'ai demandé à la Dre Okaro de vous assister. Elle est notre légiste en chef et la directrice du service pathologie.

— Vous êtes sûr que vous ne pouvez pas nous attendre ?

Malgré ma question, je me sens soulagé. La place qu'occupe Ikime au sein de la machine à mentir qu'est l'université risque de m'empêcher de poser certaines questions à la légiste.

— J'en suis navré, docteur Taiwo. Mais je vous promets que j'ai demandé à la Dre Okaro de se montrer aussi coopérative que possible. Vous pourrez appeler mon bureau si vous voulez quand même me voir, je trouverai un moment à vous accorder.

Je le remercie de son attention, et surtout de m'avoir prévenu de la mort de Godwin. Mais je rumine encore à propos de ce que peut bien signifier tout cela, et je reste muet durant le reste du trajet.

L'hôpital universitaire est un immense complexe de plusieurs étages. Nous nous arrêtons à l'entrée des urgences et demandons la direction du service pathologie. Lorsque nous entrons, je suis frappé par les points communs que partagent toutes les morgues de la planète : stériles, silencieuses et tristes.

— La Dre Okaro vous attend, nous annonce une réceptionniste en uniforme après que nous nous sommes présentés.

Elle attrape le combiné d'un téléphone tout droit sorti des années 1980.

— Je vous en prie, asseyez-vous.

Nous nous postons sur un banc inconfortable devant elle. Elle nous sourit en raccrochant.

— Elle arrive tout de suite.

Des étudiants en blouse blanche entrent dans le bâtiment, souriant et bavardant d'une manière désinvolte, qui me semble déplacée au sein de l'austérité d'une morgue. Ils disparaissent en s'engouffrant dans des portes doubles, dont sort un instant plus tard une femme d'aspect impeccable. Elle ne porte pas de maquillage, ses tresses plaquées sont coiffées en arrière. Elle arbore une paire de lunettes bifocales et je distingue une robe imprimée toute simple sous sa blouse blanche immaculée.

— Docteur Taiwo ? s'enquiert-elle en nous rejoignant.

Chika et moi nous levons.

— Je suis le Dr Taiwo, et voici mon collègue, Chika Makuochi.

— Je suis la Dre Ngozi Okaro. Le secrétaire m'a informée que vous vouliez voir le corps qui nous a été apporté hier.

Elle attaque sans détour et semble attendre la même chose de nous. Au moment où je m'apprête à lui servir un discours rabâché pour expliquer en quoi le corps nous intéresse, elle nous fait signe de la suivre.

Elle continue de parler tandis que nous franchissons les doubles portes.

— Je dois dire que c'est très inhabituel. D'ordinaire, seules la famille et police se préoccupent des corps. Ikime m'a dit que vous n'étiez ni de l'une ni de l'autre.

Je le lui confirme.

— Néanmoins, je travaille pour l'université, et si le secrétaire général estime que je dois répondre à vos questions, je le ferai.

Elle s'arrête et nous dévisage.

— Est-ce que vous avez déjà vu un cadavre ?

Je suis aussi surpris par son arrêt soudain que par la brusquerie de sa question.

— Oui, répond Chika d'un ton neutre.

— Et vous ? me questionne-t-elle en me lorgnant par-dessus ses lunettes.

— Ce n'est pas un problème.

— Ça ne répond pas à ma question.

Je ne prends pas la peine de l'informer que je fais partie des nombreuses personnes qui trouvent la proximité d'un mort déconcertante. Les morts me rappellent ma propre finitude. Dans ce sens, ça ne devient pas plus facile avec le temps.

La Dre Okaro hausse les épaules, ouvre une porte et nous fait signe d'entrer. La puanteur du chloroforme nous assaille aussitôt. Dans la petite pièce, six corps gisent sur des brancards en métal, recouverts de draps blancs usés dont dépassent leurs pieds nus. Il n'y a pas d'étiquette accrochée à leurs gros orteils, seulement des nombres inscrits au feutre noir sur la plante de leurs deux pieds.

La Dre Okaro contourne les corps et s'arrête devant l'un d'eux. Sans cérémonie, elle soulève le drap pour révéler les traits rigidifiés de Godwin. Je repense à la dernière fois que je l'ai vu. Son agitation presque maniaque. L'antithèse de ce masque immobile. Il n'y a aucune marque sur son visage émacié, aucune trace de blessure.

Je me lance :

— Heure du décès ?

— D'après nos estimations, entre 20 heures et 21 heures hier soir. Il était déjà mort quand on l'a amené à l'hôpital.

Je note mentalement de demander à voir le rapport, afin de déterminer si une éventuelle tentative de réanimation a pu modifier le diagnostic des causes de la mort.

— Cause du décès ?

— Inhalation de fumée. Probablement accidentelle.

— Comment le savez-vous ?

Pour toute réponse, elle soulève un peu plus le drap, et le spectacle des terribles brûlures qui parsèment son flanc droit suffirait à provoquer un hoquet chez n'importe qui. Je jette un bref regard à Chika. Il reste impassible.

— Il était droitier, explique la docteure. D'après la gravité des brûlures, nous pensons qu'il s'est s'endormi en fumant. La cigarette a dû tomber de sa main sur le matelas. Vous voyez ses doigts ? Brûlures au troisième degré. Et le côté droit de son torse souffre des mêmes dégâts...

— Il y a eu un incendie ?

— La fumée émanant de sa chambre a alerté les étudiants. Ils ont enfoncé la porte après avoir frappé en vain.

— Pas de feu, alors ?

— Combustion lente. Je soupçonne que c'est dû au type de matelas. Toutes les brûlures se concentrent sur la main et le côté droit. Voyez...

Elle désigne la main de Godwin, si profondément brûlée qu'on distingue l'os noirci de ses doigts carbonisés.

— La douleur ne l'a pas réveillé ?

C'est la première fois que Chika s'exprime depuis notre entrée, d'une voix calme et neutre.

— Nous en déduisons qu'il a pris un somnifère dont l'effet a été encore décuplé par l'absorption d'alcool.

Je poursuis :

— Qu'en est-il des résultats toxicologiques ?

— J'ai envoyé des échantillons au labo, conformément à la procédure, mais les parents viennent bientôt

La Dre Okaro ne dit rien, son regard passe du corps de Godwin à moi. J'enchaîne.

— Vous aimeriez certainement le savoir vous aussi, ne serait-ce que par curiosité professionnelle ?

Je présume que la Dre Okaro n'est pas du genre à refuser un défi. Elle plonge la main dans la poche de sa blouse et me tend son téléphone par-dessus le cadavre de Godwin Emefele.

— Votre numéro, dit-elle. Si je découvre quelque chose de notable, je demanderai à Ikime si je peux vous le transmettre.

Aussitôt que j'ai entré mon numéro, Chika et moi la remercions et sortons sans plus tarder.

— Et maintenant ? m'interroge Chika tandis que nous sautons dans le Land Cruiser.

— Je dois examiner la chambre de Godwin.

récupérer le corps. On ne pourra pas réaliser d'autres tests sans leur consentement.

Je suis surpris, car une autopsie devrait être obligatoire dans des circonstances pareilles.

— Même si nous soupçonnons un crime ?

— Est-ce le cas, docteur Taiwo ?

La Dre Okaro me défie du regard de lui dire comment faire son travail. J'adopte un ton plus conciliant.

— Il me semble simplement que nous devons faire tout notre possible pour éliminer cette hypothèse avant de conclure à une mort accidentelle, et encore plus vu le passif de la victime.

— C'est justement son passif de drogué qui corrobore le diagnostic de mort accidentelle.

— Sans test toxicologique, ce n'est qu'une supposition.

La docteure désigne les terribles blessures sur le corps.

— La seule explication à une mort pareille est un accident.

Je ne m'avoue pas vaincu et insiste :

— La toxicologie donnera certainement un diagnostic plus définitif. À tout le moins, je pense que nous devrions déterminer si la victime est morte avant d'inhaler la fumée ou après.

À cette remarque, elle hausse un sourcil.

— Je ne peux pas l'autopsier sans l'autorisation de ses parents. C'est la loi.

— Je comprends mais, au minimum, il faudrait découvrir quel genre de substance a pu induire un sommeil aussi profond.

ACTE III

Les ondes lumineuses changent de direction quand elles passent d'un milieu à un autre.

COMPLOTS ET SIGNES

John Paul, assis face au directeur énervé de l'une des succursales de la National Bank de Port Harcourt, reste imperturbable.

— C'est très inhabituel, commente l'homme, réticent.

— C'est mon argent, répond très posément John Paul en remontant ses lunettes sur son nez.

— Oui, bien sûr, c'est votre argent, mais nous sommes une très petite agence.

— Je ne retire pas de liquide ; tout ce que je fais, c'est vous acheter des dollars américains et les transférer vers un compte domiciliataire.

— Oui, mais vous transférez ces fonds vers un autre compte, au nom de...

Il vérifie les papiers étalés sur son bureau.

— ... John Paul Afini-Clark. Cela signifie que, finalement, vous clôturez votre compte. Les lois ont beaucoup changé au niveau du FOREX. Pour acheter une telle somme en dollars, nous devons demander une...

— Épargnez-moi la procédure, je vous prie. Nous avons tous les deux un choix à faire : soit je retire tout en liquide dès maintenant, l'intégralité des vingt-huit millions de nairas, et je vais acheter des dollars au marché noir, soit vous faites ce que je demande et vous touchez au passage une bonne commission.

La possibilité de perdre un client et un bonus est inenvisageable.

— Je vais voir ce que je peux faire, monsieur.

John Paul se lève et regroupe les papiers d'identité qu'il a apportés pour appuyer sa demande de rendez-vous avec le directeur de la succursale.

— Si je puis vous poser la question, monsieur, quel motif dois-je présenter pour cette opération ?

John Paul répond sans hésiter :

— Transaction commerciale avec Amaso Dabara. Vous voulez faire des recherches sur lui ?

Le directeur bafouille et assure John Paul que ça ne sera pas nécessaire. Sa main tremble lorsqu'il serre celle de John Paul.

La visite des deux autres banques se déroule de la même manière. La seule différence est qu'il demande des euros à la première et des livres sterling à la seconde.

Ce soir-là, au lieu de se rendre dans un cyber-café pour poster des messages depuis la page Facebook d'Alfurquran et du compte Twitter @NoOtherGodButJesus, John Paul sort de la routine. Il poste depuis sa propre chambre, avec son ordinateur portable et un smartphone doté d'une carte SIM toute neuve, grâce à un hotspot sans fil.

Lorsqu'il a enregistré la carte SIM au nom d'Amaso Dabara, il a généreusement récompensé le vendeur de téléphones pour que ce dernier ignore son absence de papiers d'identité ; le fait que le nom d'Amaso ne disait rien au vendeur m'a paru être un bon présage.

Un très bon présage, même.

L'ORIGINE DU FEU

Il m'a suffi d'un coup de fil à Ikime pour pouvoir entrer dans la chambre de Godwin. Aux États-Unis, j'aurais dû remplir des formulaires en quatre exemplaires pour accéder à une scène de crime. La police, l'avocat du suspect – s'il y a le moindre indice de crime – et le procureur auraient insisté pour être présents. Les clés de la chambre auraient probablement été remisées dans un coffre, scellées dans un sachet de preuve et accompagnées d'une longue liste de toutes les personnes qui avaient eu accès à elles.

À la TSU, cependant, la police d'Okriki n'a même pas été prévenue de la mort de Godwin. La sécurité du campus travaille encore sur son rapport, qui sera finalisé quand la Dre Okaro aura déterminé les causes de la mort ; ce rapport sera ensuite envoyé à la police qui pourra, ou non, demander une enquête complémentaire. Si les parents de Godwin insistent pour considérer l'affaire comme un crime, la police adressera une demande écrite formelle à l'université, et ce sera seulement à ce moment-là qu'elle pourra pénétrer sur le campus pour entamer l'enquête.

Johnny, l'agent de sécurité universitaire de service, nous explique tout cela en sortant les clés de Godwin de sa poche aussi nonchalamment qu'il produirait celles de son propre domicile. C'est un type amical, qui a bavardé tout au long du trajet – qu'il a fait dans notre Land Cruiser parce que l'université n'avait pas de véhicule disponible.

— On s'y attendait tous, commente-t-il en ouvrant la porte.

— C'est ce que tout le monde dit, marmonne sèchement Chika.

— Ce garçon nous a causé des soucis dès le début. On savait qu'il vendait de la drogue alors qu'il était encore *jambite*, mais personne n'avait de preuves. Même avant l'histoire d'Okriki, il était déjà fichu. Défoncé tous les jours. Il séchait les cours. Il fichait le bazar pendant les fêtes. Tout le monde était content qu'il ait déménagé hors du campus, jusqu'à ce que le truc d'Okriki arrive et qu'il doive revenir ici.

Certes, Emeka et les autres parents ne qualifieraient pas de « truc » le meurtre de leurs enfants par *necklace*, mais je reste muet tandis que Johnny bataille avec la porte. J'ai toujours détesté qu'on bavasse autour de moi quand j'arrive sur une scène de crime.

— La serrure n'a pas été bien réparée, glisse Johnny. C'est le foutoir, là-dedans. Notre *oga* a dit que personne ne devait toucher à rien tant que le rapport de police ne serait pas terminé.

C'est la seule décision sensée qui a été prise jusqu'à maintenant, me dis-je une fois que Johnny parvient enfin à ouvrir.

La puanteur nous fait l'effet d'un coup de poing mais j'essaie d'en faire abstraction et, debout sur le seuil, je balaie la pièce du regard.

Scène de crime déstructurée.

Des mégots dans des cendriers de fortune, des cannettes de bière dans le coin de la petite pièce et de nombreuses bouteilles vides qui semblent être celles d'un sirop contre la toux. À base de codéine. Une bouteille de gin local, ouverte, repose par terre près du seul lit, dont le bord est calciné. Des vêtements sales par terre, et ce qui paraît être du vomi séché à côté du lit.

— Heureusement que les autres ont vu la fumée qui sortait par sa fenêtre, dit Johnny. S'ils s'étaient seulement fiés à l'odeur, ils auraient cru qu'il fumait de l'herbe ou autre chose, c'est tout.

Je continue de regarder autour de moi :

— Les étudiants ont enfoncé la porte pour entrer ?

— Oui.

— Mais vous avez dû utiliser une clé…

— Le superviseur de la résidence a réparé la serrure. Il a dit qu'il ne voulait pas que la pièce soit cambriolée.

Pourquoi des étudiants iraient cambrioler la chambre dans laquelle l'un des leurs est mort me dépasse. Chika et moi sortons et examinons la porte. Effectivement, elle semble avoir été enfoncée, et le verrou de guingois a juste été grossièrement redressé pour permettre à la clé de fonctionner.

Je scrute le couloir. Le bâtiment est relativement calme à cette heure de la journée ; la plupart des étudiants sont en cours ou en salle d'examen.

Chika est encore penché sur la serrure.

— On ne peut pas déterminer si la porte a été malmenée avant que les étudiants ne l'enfoncent.

— Je sais. Si la serrure n'avait pas été changée, on aurait pu voir, le cas échéant, les traces de deux effractions différentes.

Chika se redresse.

— La bonne nouvelle, c'est que la pièce est restée verrouillée.

— Et la mauvaise ?

— On va devoir y retourner.

Nous prenons tous deux une grande inspiration et pénétrons de nouveau dans la chambre de Godwin.

Chika tire quelques billets de son portefeuille et les tend à Johnny, qui regarde autour de lui, désœuvré.

— Ne te fais pas de souci pour nous, mon frère. Va manger un morceau, et reviens dans une heure.

Johnny empoche l'argent.

— Voilà mon numéro. Appelez-moi quand vous aurez terminé.

Chika enregistre le numéro sur son téléphone avec un large et faux sourire de gratitude.

Sitôt que Johnny a disparu, nous nous mettons au travail.

Le plafond est couvert de cendre grisâtre, signe qu'il n'y a pas eu de flammes à proprement parler, ou du moins pas assez importantes pour avoir rempli la pièce d'une fumée plus noire. Le mur qui fait face à la porte est percé d'une fenêtre, également tapissée de suie grise. Je me tourne vers la porte, puis de nouveau vers la fenêtre.

— Un courant d'air vient de la porte, dis-je à haute voix. Il a chassé la fumée par là, et celle qui ne pouvait pas s'échapper par la fenêtre s'est accumulée contre le mur. Vous voyez comme la suie est plus dense, dans cette partie de la pièce ?

Chika hoche la tête et se penche sur le lit, concentré. Je le rejoins pour examiner le vieux matelas en mousse. Son centre est troué de part en part par une brûlure, à travers laquelle je distingue ses ressorts métalliques. Si Godwin tenait une cigarette allumée, sa taille et la longueur de ses bras confirmeront que c'est le point de départ du sinistre. Je me penche plus près. Quelque chose m'accroche l'œil.

— Quoi ? demande Chika en suivant mon regard.

— Le matelas est en mousse synthétique.

— Et ?

— Regardez, là.

Je désigne le point le plus calciné.

— Vous voyez l'intensité de la combustion, ici, comparée aux bords ?

— Oui.

— Le feu a entièrement traversé le matelas ici, mais pas ailleurs.

— Et alors ?

— L'intensité d'un feu diminue à mesure qu'il s'étend… Regardez, là et là…

Je lui montre les bords de la brûlure.

— La combustion a tendance à s'étendre rapidement, sur un matériau synthétique, mais ce n'est pas le cas ici.

— Peut-être que le corps de Godwin l'a empêchée.

— D'ordinaire, ce serait envisageable, mais une cigarette incandescente n'est pas une flamme. Elle peut entraîner la combustion de fibres synthétiques telles que la mousse, mais elle ne brûle pas assez fort pour percer un trou dans un matelas sans que la combustion ait le temps de s'étendre.

— Je vois. Elle aurait dû commencer par chauffer le matériau puis se serait étalée dans toutes les directions.

— De manière régulière et symétrique, et pas aussi rapidement.

Chika se rapproche un peu plus du trou calciné qui révèle les ressorts du matelas.

— À moins que quelque chose ne l'ait accéléré…

— Une substance a été versée à cet endroit, mais pas assez forte pour alimenter une combustion régulière.

— Pas du pétrole ni du kérosène ?

— Non. L'odeur le trahirait. Quelque chose de moins inflammable.

Je me penche à mon tour, jusqu'à ce que mon nez ne soit plus qu'à quelques centimètres du matelas, et je renifle, essayant de déceler une odeur autre que la puanteur qui règne dans la pièce. C'est alors que j'aperçois une valise, à travers le trou et le réseau de ressorts. Elle est rangée sous le lit, au niveau de la tête, si bien qu'elle n'est pas visible hormis selon un angle particulier. Malheureusement elle est proche de la flaque de vomi séché, et je dois faire appel à toute ma volonté et me couvrir le nez pour la sortir de sa cachette.

Elle est verrouillée par un cadenas qui n'a pas été forcé, et la poussière qui la couvre indique qu'elle est cachée là depuis longtemps.

Chika et moi échangeons un regard.

— Vous pensez ce que je pense ? dis-je.

— Allons-y.

Je cherche du regard de quoi nous aider à forcer le cadenas, mais Chika me devance. Il se rend jusqu'au petit bureau et trouve un trombone. J'ai vu ça dans des tas de films et j'ai même demandé à mes collègues du SFPD si c'était seulement possible. Ils m'ont assuré que ce n'était qu'un cliché et que très peu de serrures pouvaient être ouvertes à l'aide d'un trombone déplié. « Sauf une serrure merdique et très bon marché », m'ont-ils précisé.

Soit c'est exactement le genre de cadenas qu'a utilisé Godwin, soit Chika s'y connaît vraiment bien. Il lui faut moins d'une minute et demie pour en venir à bout.

Des vêtements, un sachet d'herbe, des magazines pornographiques et des DVD du même acabit. N'ayant pas pris de gants, j'utilise le bout du majeur pour être aussi peu invasif que possible. Je trouve quelques papiers et les écarte pour les parcourir rapidement. Une correspondance avec les autorités de l'université portant sur des soupçons de trafic de drogue, différentes versions de réfutations manuscrites de ces allégations. Je les fais passer à Chika et continue de fouiller.

Lorsque j'obtiens confirmation que mon doigt ne va pas rencontrer quelque chose de gluant ou de liquide, je tâtonne sous les magazines, les papiers et le reste. Je m'interromps en rencontrant un objet dur.

— Qu'est-ce que c'est ? s'enquiert Chika en voyant mon expression et la manière dont je me suis figé.

Lentement, je sors ce que je reconnais aussitôt comme étant un .45 automatique.

FUMÉE

Nous avons caché le pistolet dans le Land Cruiser, et nous abstenons de faire mention de notre découverte quand Johnny revient avec un grand sourire. Une pression nouvelle sur les boutons du bas de sa chemise indique qu'il a rapidement mis à profit la générosité de Chika.

Nous le déposons au bureau de la sécurité du campus et fonçons vers Okriki.

— On ne peut pas le dire au secrétaire, pas vrai ? demande Chika en conduisant plus vite qu'il ne le devrait sur le campus.

— Lui dire qu'on a trouvé une arme dans la chambre de Godwin ? Oh que non ! Pas tant qu'on ne peut pas confirmer qu'elle lui appartenait.

— Comment est-ce qu'on pourrait faire ça ?

— Il doit y avoir une trace de vente, ou un rapport si elle a été volée…

Je ne finis pas ma phrase en voyant Chika secouer la tête d'une manière devenue un peu trop familière.

— *Oga*, je vous ai dit d'oublier tous les protocoles américains dont vous avez l'habitude. Comment tracer une arme à feu, ici ? Elle a facilement pu être amenée en contrebande depuis l'autre côté de la frontière, ou volée à la police. Les policiers eux-mêmes peuvent l'avoir récupérée sur des braqueurs et l'avoir revendue au marché noir. Dans le meilleur des cas, on part à la chasse au dahu.

Je me tourne vers lui.

— Puisqu'on parle de police, est-ce que je suis le seul à trouver étrange que Godwin meure aussitôt après que nous avons parlé à Omereji du rôle qu'il a joué dans le décès de Momoh ?

— Je ne sais pas ce que vous cherchiez au juste, mais il y avait beaucoup de détails bizarres, dans cette pièce.

— Tout était arrangé ; tout avait été soigneusement disposé pour donner l'impression d'un accident.

— Et vous pensez que la police pourrait être responsable ?

— À ce stade, je suis ouvert à toutes les hypothèses, mais ça ne colle pas. Pourquoi maintenant ?

— Parce que vous êtes sur le dos des flics ? Vous avez fait le lien entre leur désir de faire taire Kevin et leur négligence dans l'affaire Momoh.

— Tamuno a dit être allé les voir avec sa déposition, ce qui signifie qu'ils savaient dès le début que quelqu'un avait fait le lien entre la mort de Momoh et les meurtres. Ça ne tient pas debout.

Je pousse un soupir agacé.

— Vous pensez que ça pourrait être Godwin qui a tiré, et non Winston, comme il l'a prétendu ? suggère Chika sans quitter la route des yeux.

— C'est une possibilité. Mais il est tout aussi possible que Godwin ait volé l'arme après que la foule s'est jetée sur les trois garçons.

— Mais si c'est Godwin qui a tiré, pourquoi a-t-il fait ça ?

— On ne peut pas encore en être sûrs, mais si Godwin a tiré puis appelé à l'aide, ça laisse entrevoir une préméditation. Il aurait compté sur le fait que les gens de la ville allaient réagir comme ils l'ont fait.

— Vous dites qu'il a appelé au secours en sachant que la foule allait venir, s'emparer des garçons et les tuer ?

— Peut-être pas les tuer, mais au moins faire diversion, et leur faire regretter d'être venus. Comme s'il sous-traitait la violence.

Chika réfléchit à ce que je viens de dire, puis hoche la tête.

— Ça se tient. Avec la série de vols qu'a connue Okriki et l'organisation d'une force de citoyens vigilants, une tentative de vol à main armée en plein jour ne serait certainement pas passée.

— Le fait est que, pourtant, je ne vois pas Godwin avoir une idée pareille.

— Moi non plus.

Je suis content de ne pas être le seul à avoir cette impression.

— Il semblait davantage le genre de personne à réagir à l'instinct, et la drogue ne l'aurait pas aidé à mettre sur pied un plan aussi minutieux.

Nous approchons à présent du quartier où les jeunes gens ont été tués, celui du poste de police et de la résidence de Madame la propriétaire. Je fais part de mes réflexions à Chika :

— J'ai l'impression qu'on passe à côté de quelque chose, comme si quelqu'un tirait les ficelles dans l'ombre.

— Peut-être son fournisseur de drogue ?

— Peut-être. N'empêche, quel genre de fournisseur fait appel à un vendeur accro, à moins que son addiction ne fasse partie d'un plan ? Quel que soit le cas de figure, si Godwin n'est devenu un problème à éliminer que récemment, qu'est-ce qui a changé durant ces derniers jours ?

— Il nous a parlé, déclare Chika, qui commence à saisir les contours de l'image.

— Oui, et si un meurtrier a tué Godwin parce qu'il nous a parlé…

— Nous sommes en danger aussi.

— En effet. C'est pour ça qu'il vaudrait mieux que l'on ait la police de notre côté.

— En partant du principe que ce n'est pas la police elle-même, ironise Chika.

— Il n'y a qu'une façon d'en être sûr.

J'extirpe mon téléphone et compose un numéro.

— Un instant.

Salomé décroche à la première sonnerie.

— Comment allez-vous ?

— J'ai besoin de votre aide.

Je lui explique rapidement ce qui s'est passé, depuis la découverte du pistolet dans l'appartement de Godwin jusqu'à notre hypothèse selon laquelle ce pourrait être l'arme qui a déclenché le drame d'Okriki.

— Maintenant, concernant la raison de mon coup de fil… J'ai besoin de parler de tout ça avec l'inspecteur, mais vu la manière dont on s'est quittés la dernière fois…

— Vous êtes sûr que l'arme peut être liée au meurtre de ces trois garçons ? m'interroge Salomé.

— J'ai des soupçons.

— Cela signifierait que d'autres parties sont impliquées, en plus des accusés qui attendent leur procès ?

Je réfléchis rapidement. Salomé s'intéresse naturellement à tout ce qui est à même d'alléger la culpabilité de son peuple. Et par extension, l'inspecteur aussi.

— Je ne peux pas répondre à cette question si j'ignore le rôle qu'a joué l'arme dans l'affaire.

Il y a un silence à l'autre bout du fil. Si elle se montre bel et bien serviable parce qu'elle souhaite comprendre comment certains habitants d'Okriki en sont arrivés là, j'espère qu'elle va m'accorder l'aide dont j'ai besoin.

— Vous voulez que je demande à Mike de se renseigner ?

— Oui, mais il m'a dit que l'enquête était close.

— Balivernes…

J'imagine le geste évasif de sa main ornée de bijoux.

— … une enquête est close uniquement tant qu'on ne découvre rien de nouveau. Allez-y, je me charge de Mike.

— Qui était-ce ? fait Chika une fois que j'ai raccroché.

— Salomé. Je lui ai demandé de parler à Omereji avant que nous n'allions le voir.

307

Le poste de police d'Okriki apparaît au loin.

— Je ne suis pas sûr que ce soit vraiment ce que vous voulez.

— Pourquoi ? Elle peut nous faciliter les choses avec Omereji, ils sont cousins.

— Le monde est petit.

Le sarcasme est évident, mais son visage reste neutre.

— Je suis sûr qu'elle peut aider à…

— À quoi ? À ce qu'ils s'aident eux-mêmes ?

— Salomé ne m'a donné aucune raison de penser que…

— *Oga*, je crois que vous vous fiez trop à votre amie.

— Vous me l'avez déjà dit. Vous savez quelque chose que j'ignore ?

Il y a une note de défi dans ma question, et ce serait peut-être le bon moment pour que Chika m'explique ce qu'a sous-entendu l'inspecteur lors de notre dernière entrevue. Mais il ne détourne pas les yeux de la route et hausse simplement les épaules, comme pour me signifier « peu importe ».

J'aurais volontiers insisté, mais nous sommes arrivés au poste de police. Je jette un bref regard à mon compagnon et me demande si les enjeux de plus en plus élevés de cette affaire l'inquiètent plus qu'il ne veut bien le montrer. Attendre un bébé et découvrir que votre vie est potentiellement menacée, ça ne fait pas bon ménage.

— Laissez-moi parler à Omereji. Me faire une idée de ce qu'il pense de cette nouvelle information. On saura avec plus de précision à quoi on a affaire.

Mon ton rassurant ne semble pas avoir beaucoup d'effet sur Chika. Il plonge simplement la main sous son siège et me tend un sac en plastique noir.

J'inspecte rapidement le .45 pour vérifier qu'il n'est pas chargé et que le cran de sûreté est en place. Puis je le remets dans le sac, le glisse dans mon pantalon et rabats ma chemise dessus en descendant du Land Cruiser.

Quand j'entre, le poste de police n'est que bruit et agitation. Un officier supérieur martèle un bureau avec sa matraque en répétant « Silence ! », tel un juge ou un huissier. Je remarque la présence de certains des musulmans que Chika et moi avons aperçus à la salle communale.

— Si la police ne nous protège pas, on va devoir se protéger nous-mêmes !

— Et de quel danger faudrait-il vous protéger ? rétorque l'officier.

Tous les hommes présents élèvent la voix et parlent en même temps. De nouveaux coups de matraque s'abattent sur le bureau et restaurent un semblant de calme. Les principaux plaignants collent un téléphone mobile sous le nez de l'officier supérieur.

— Vous avez vu ça ? Voilà ce qu'ils disent de nous. Nous sommes en danger !

Un nouveau tumulte éclate, et je décide que j'en ai vu assez. Visiblement, la réunion de la salle communale n'a pas résolu le conflit entre chrétiens et musulmans. Et d'après l'expression de certains policiers qui observent les musulmans en colère, il ne sera pas réglé ici non plus.

Je m'extirpe de la scène inquiétante qui se déroule devant moi et me dirige vers le bureau du bleu, qui me regarde avec autant d'animosité que lors de notre première rencontre.

— J'aimerais voir l'inspecteur Omereji, dis-je sans prendre la peine de le saluer.

Ma voix a dû porter car le silence s'abat sur la pièce. Tous les yeux se tournent vers moi. Je garde une voix égale et poursuis :

— Il est ici ?

— Vous avez un rendez-vous ?

— Non.

— Alors attendez votre tour, comme tout le monde.

Il se penche sur les gribouillis dont il remplit un registre.

— Qui d'autre l'attend ?

Le bleu regarde autour de lui.

— Vous ? Vous êtes là pour le voir, aussi, non ?

Il s'adresse à un jeune homme assis par terre, une dent brisée et le nez en sang. Son œil poché est à moitié fermé, et je ne saurais dire s'il vient dénoncer une agression ou s'il a été traîné au poste afin de recevoir une punition supplémentaire pour quelque infraction commise dans un bar ou au marché.

— Moi ? Oui, je veux voir l'inspecteur, répond le jeune homme d'une voix pâteuse.

Il doit s'agir d'une altercation dans un bar.

Tandis qu'il fait mine de se relever maladroitement, d'autres annoncent vouloir rencontrer l'inspecteur aussi. Je dévisage le bleu, qui arbore à présent une expression de triomphe.

— Je vais attendre, alors, dis-je avec un sourire.

Je vais me poster dans un coin tandis que les autres fondent sur la recrue en exigeant un rendez-vous avec l'inspecteur. L'officier supérieur cogne son bureau encore plus fort et réclame de l'ordre.

Je décide d'envoyer un texto à Salomé :

Je suis sur place, mais on ne me laisse pas le voir.

Je feins d'ignorer les regards des autres, qui ne savent pas trop s'ils doivent insister pour voir l'inspecteur afin de m'agacer, ou tenter leur chance avec l'officier supérieur. Celui-ci semble plus désireux d'utiliser sa matraque sur leur tête plutôt que sur son malheureux bureau.

La réponse de Salomé apparaît aussitôt sur mon écran :

Attendez un instant. Il arrive.

J'essaie de ne pas compter les minutes, mais l'inspecteur Omereji apparaît rapidement à la porte et, sans jeter le moindre coup d'œil à personne dans la salle, me fait signe de le rejoindre. Je le suis dans le couloir, zigzaguant entre les meubles et les piles de dossiers pour parvenir à son bureau.

— C'est votre deuxième visite en vingt-quatre heures, docteur Taiwo. Soit c'est important, soit vous commencez à nous apprécier. Je penche pour la première hypothèse. Ma cousine me dit que vous avez besoin de mon aide. Comment est-ce possible ?

— J'ai des preuves qui peuvent éclairer ce qui s'est passé ce jour-là.

— Nous savons déjà ce qui s'est passé ce jour-là. J'en ai assez de jouer au chat et à la souris.

— Écoutez-moi, je vous prie. Si vous ne voulez toujours pas m'aider après, je n'insisterai pas.

Omereji, moqueur, lève les mains pour se rendre.

— D'accord. J'écoute.

— J'ai une condition.

— Vous demandez mon aide et vous imposez une condition ?

Il a parlé d'un ton ironique, mais ses yeux ne rient pas.

— Une fois que je vous aurai dit ce que je sais et que je vous aurai montré ce que j'ai… si vous ne pouvez pas m'aider, j'aimerais que cette conversation reste entre nous.

— Docteur Taiwo, vous vous rappelez que je suis officier de police, non ?

— Je sais. Et je vous promets que je n'essaie aucunement de vous compromettre. Je dis simplement que si vous ne pouvez pas m'aider, vous devrez me laisser l'occasion de trouver quelqu'un qui voudra bien le faire.

— Je ne peux rien promettre, mais je peux vous laisser le bénéfice du doute.

C'est le mieux que je puisse espérer, alors je relève ma chemise, dégage le sac en plastique noir et le pose sur le bureau, entre nous.

— Qu'est-ce que c'est ?

Je sors le .45. L'expression d'Omereji n'a pas changé.

— Je suis soulagé de n'avoir rien promis…

— Vous vous rappelez Godwin ? dis-je sans le quitter des yeux.

— Le garçon qui est mort hier ?

Est-ce qu'il est au courant parce que quelqu'un l'a prévenu ou... ?

— Nous sommes policiers, docteur Taiwo, enchaîne-t-il sèchement, et je comprends que mon visage m'a trahi. On nous transmet ces informations et même si ça se passe à l'université, nous restons prêts à apporter notre aide dès qu'elle est requise.

— Eh bien, on aurait précisément dû demander votre aide parce que les services de sécurité du campus détériorent les preuves.

— Ils disent que c'est une mort accidentelle.

— Pas d'après ce que j'ai pu voir.

Omereji se redresse un peu.

— Vous pensez qu'il a été tué ?

Son intérêt et la note de surprise dans sa voix sont authentiques. Si la mort de Godwin n'est pas une nouvelle pour lui, la possibilité qu'il ait été assassiné, si. Cela me rend encore plus sûr de mon coup de poker. Je lui réponds donc en toute honnêteté :

— Je n'en suis pas certain. Mais je suis sûr d'avoir trouvé cette arme dans sa chambre.

Il écarquille brusquement les yeux.

— On vous a laissé entrer dans sa chambre ?

Je hausse les épaules.

— Ils ne la considèrent pas comme une scène de crime puisqu'ils estiment que c'est un accident...

— Quand bien même...

Il secoue la tête.

J'enchaîne avant qu'une discussion sur la procédure – ou son absence – ne me détourne de mon objectif :

313

— Vous vous rappelez le rapport ? Des balles ont été tirées et des douilles ont été trouvées dans la résidence, preuves des coups de feu que tout le monde a entendus.

— Oui. Les gens d'ici ont toujours affirmé que c'étaient ces coups de feu qui les avaient convaincus de s'en mêler.

— Vous savez comme moi que les automatiques tels que celui-là éjectent les douilles. Je n'ai aucune preuve, mais mon instinct me dit que si vous faites une analyse balistique de cette arme, vous risquez de découvrir que c'est celle qui a tiré les balles en question.

Omereji observe le pistolet comme si c'était un cobra prêt à mordre.

— Qu'est-ce que vous êtes en train de me dire, au juste ?

— Godwin prétendait que c'était l'un des garçons – Winston pour être précis – qui avait tiré plusieurs coups de feu. Si c'est la même arme, je ne doute pas que vous aimeriez savoir comment elle s'est retrouvée en la possession de Godwin, et pourquoi il ne l'a pas signalée dans sa déposition.

Le regard d'Omereji va de l'arme à moi.

— Peut-être parce que c'est lui qui a tiré ?

— Ou quelqu'un d'autre, que Godwin a voulu protéger dans sa déposition ?

— Quelqu'un qui, ensuite, a souhaité sa mort…

Omereji et moi nous fixons. Il n'y a rien à ajouter.

— Je vais devoir l'envoyer au service balistique, à PH.

Je me lève tandis qu'il remballe l'arme.

— Où est votre acolyte ?

— Si vous voulez parler de Chika, il m'attend dans la voiture.

— Il ment, annonce l'inspecteur.

Je fronce les sourcils mais ne peux ignorer la soudaine tension dans mon ventre.

— C'est une accusation très grave.

— Il n'est jamais allé à la TSU. Son nom ne figure pas sur la liste des diplômés de 2012.

Cela me décontenance, mais je me maîtrise rapidement :

— Ce n'était peut-être qu'un pieux mensonge afin de s'attirer ma sympathie.

— Et quels autres bobards vous a-t-il fait gober ?

UNE DÉFENSE SURPRENANTE

Le retour au Tropicana constitue mon premier contact avec les légendaires embouteillages de Port Harcourt. Jusque-là, nous avions réussi à éviter les heures de pointe, mais aujourd'hui nous sommes manifestement tombés au mauvais moment. Au pire, même.

Après des heures perdues sur la route, nous sommes si fatigués, une fois à l'hôtel, que nous nous contentons d'établir le programme du lendemain, de manger et d'aller dormir.

Je me réveille bien remis, et impatient de profiter de ce que je considère comme une heureuse succession de découvertes depuis hier. Mes griefs quant à cette mission me semblent moindres, ce matin, et si j'éprouve un sentiment de regret, je me sens aussi assez optimiste à l'idée que la mort de Godwin pourra me fournir des réponses.

Je m'apprête à sauter du lit lorsque arrive un texto, accompagné de photos. *Trouble*, de Boucheron – le parfum préféré de ma femme.

J'aurais préféré que tu m'appelles, mais c'est ta meilleure excuse à ce jour !

Folake a ajouté plusieurs baisers et cœurs à son message.

Je suis toujours plongé dans la confusion lorsque le message de Tai arrive :

Tu nous dois une faveur, papa.

J'en suis à assembler les pièces du puzzle quand me parvient un autre message, de Lara cette fois :

Papa, j'ai fait la liste de ce que tu vas devoir faire pour me remercier d'avoir lâché mon argent de poche.

Je comprends enfin. Je suis aussi ému que honteux et j'appelle immédiatement Lara.

— On peut parler ? dis-je sitôt qu'elle répond.

— Attends, je fonce dans la chambre des garçons.

Je l'imagine grimper rapidement l'escalier.

— Tu es sur haut-parleur, papa...

— Je veux simplement vous dire un grand merci...

— Nan ! intervient Kay. Tu t'en sortiras pas comme ça, pap's. Les gars, on peut pas le laisser s'en tirer à si bon compte, pas vrai ?

Je riposte d'un ton appuyé :

— Kay, tu te rappelles ce stage de basket que tu veux suivre, dans le Montana ?

— Euh, tu sais, nous cotiser pour acheter un cadeau à maman, c'était le moins qu'on puisse faire...

J'imagine Tai le punir de ce retournement de veste avec un coup de poing pendant que Lara lève les yeux au ciel. Je ris et les remercie de plus belle. J'ai les meilleurs enfants du monde.

Nous discutons encore un peu puis je les libère pour les laisser partir à l'école avec leur mère. Je devrais m'inquiéter du fait que, cette fois, ils ne m'implorent pas de l'appeler, mais les enfants ont un sixième sens. Ils ressentent les choses et parfois mieux vaut leur faire confiance ; je ne leur demande donc pas de me passer Folake.

Je vais prendre une douche, m'habille de nouveau avec mes vêtements de la veille – cette fois nettoyés par des mains expertes – et rejoins Chika pour le petit déjeuner.

— Je pourrais presque m'habituer à tout ça, commente ce dernier, devant le buffet.

La tension qui régnait entre nous ces derniers jours semble s'être dissipée.

— Moi aussi !

Je commande une omelette et me sers des céréales.

Nous étions censés nous rendre en prison pour interroger certains des accusés. Les entretiens ont été planifiés, mais Chika a reçu un message de son contact disant que tous doivent être présentés au tribunal aujourd'hui. Nous nous faisons la réflexion que ce serait une bonne idée d'y aller aussi pour assister aux séances. Cela devrait me permettre de voir tous les gens impliqués rassemblés au même endroit. La manière dont ils interagissent pourrait être révélatrice.

— À quelle heure commence la séance ? fais-je.

— Huit heures.

Nos omelettes arrivent et nous mangeons à la va-vite pour éviter les embouteillages du début de la matinée, qui doivent être encore pires à Port Harcourt qu'ailleurs.

La route est un ravissement de couleurs, de klaxons et de commerces. Les marchands ambulants courent d'un véhicule à l'autre, proposant tout et n'importe quoi, depuis des accessoires pour portable jusqu'au maïs bouilli. Plusieurs affiches célèbrent les nombreuses réussites du gouverneur actuel, à côté de pubs pour Coca-Cola et d'annonces d'évangélistes au sommet du prosélytisme, le tout rédigé dans une grammaire affreuse. Tout est foisonnant, vivant, et après l'hostilité des autochtones d'Okriki, je me sens anonyme, en sécurité au sein de cette ville – un sentiment que j'apprécie.

La commission des services judiciaires de l'État de Rivers est une sorte de village du droit. Chika doit se faire indiquer la direction, et nous passons devant la cour des magistrats, les tribunaux secondaires et la Haute Cour fédérale pour enfin arriver devant la Haute Cour d'État.

Lorsque nous descendons de notre voiture, deux hommes se précipitent vers nous.

— Photocopies ? propose l'un d'eux.

— Affidavits ? ajoute le deuxième.

Chika leur demande où trouver la salle où a lieu l'audience dans l'affaire des Trois d'Okriki.

Lorsque nous y arrivons, l'officiel posté devant les portes nous informe sur un ton hautain que l'honorable juge Saronwiyo Dakolo-Jack ne tolère aucun dérangement durant la séance. Cependant, après avoir empoché l'argent que Chika lui glisse discrètement, il nous ouvre la porte et nous fait entrer.

Le tribunal est plein à craquer – il n'y a plus aucune place assise – si bien que nous sommes bloqués par les spectateurs debout au fond de la pièce. Nous nous faufilons jusqu'à un point qui nous permettra d'en voir autant que possible.

Le long du côté gauche de la salle court un banc sur lequel les accusés – deux femmes et cinq hommes – sont assis, vêtus de kaki. Hagards et l'air épuisé, ils regardent droit devant eux, dans le vide, et leur léthargie me pousse à me demander s'ils n'ont pas été drogués. J'ai lu assez d'articles sur les réformes juridiques du Nigeria pour savoir que la Thorazine est souvent employée pour calmer les détenus. Le comportement quelque peu passif des accusés pourrait être aussi le triste indicateur du temps depuis lequel cette affaire se languit dans les limbes des tribunaux.

De ma position, je ne vois que le dos des avocats. Il y en a un grand nombre, des deux côtés, et leur perruque leur donne l'air d'acteurs en costume. Je pars du principe que les avocats de la défense sont assis au plus près des accusés, tandis que ceux de l'accusation se tiennent sur la droite. Pour l'instant, je ne sais pas quel camp se livre au contre-interrogatoire, mais je reconnais la Dre Ngozi Okaro dans le box des témoins.

— … vous dites que votre autopsie n'a rien révélé de plus qui puisse éclairer les causes de la mort ? l'interroge le juge.

— Comme je l'ai expliqué à de nombreuses reprises, les corps étaient brûlés au point d'être méconnaissables. Toute conclusion autre qu'une mort causée par des brûlures au troisième degré ne serait que pure spéculation.

— Docteure Okaro, vous nous rappelez très clairement que ce n'est pas votre premier passage à la barre.
Pourrions-nous nous passer de cette précision à chacune
de vos réponses ?

La réprimande provient du président du tribunal,
un homme d'environ 60 ans qui paraît aussi las que
les accusés. Il ôte ou remet ses lunettes selon qu'il
lit les papiers empilés devant lui ou scrute le témoin
ou l'avocat. Il prend également des notes durant le
contre-interrogatoire – j'apprendrai ultérieurement
que les avocats ont une prédilection pour ce président.
Il écrit en effet plus vite que la plupart de ses confrères.
Apparemment, les juges consignent à la main le dérou-
lement des audiences. Folake ne pourrait jamais exercer
au Nigeria ; elle est trop impatiente.

— Je vous demande pardon, Votre Honneur, répond
sans conviction la Dre Okaro. Mais je suis venue ici
bien des fois, à la demande de l'État, et j'ai subi le
contre-interrogatoire de tous les avocats des deux parties. Votre Honneur, quand en aura-t-on fini ?

— Ce n'est pas si simple, docteure Okaro, répond le
juge, presque avec compassion. Nous devons établir que
les accusés sont responsables des coups et des brûlures
qui ont entraîné la mort des victimes.

— La logique m'échappe, Votre Honneur. Ils sont
là parce qu'ils ont été identifiés sur les lieux du crime,
n'est-ce pas ?

— Objection, Votre Honneur. Le témoin n'est pas
là pour donner son verdict personnel sur le degré de
culpabilité des accusés.

J'écarquille les yeux. Même sans voir son visage, je
reconnaîtrais cette voix entre toutes. Je me tourne vers

Chika, qui reste impassible mais lance un léger coup de menton vers la scène, comme pour me demander de confirmer ce qu'il a entendu.

L'avocate qui vient de formuler l'objection n'est autre que Salomé !

Je me tourne de nouveau vers Chika, mais si je n'arrive pas à déchiffrer son expression, je sais qu'il a forcément reconnu notre bienfaitrice. Il était au courant ! Depuis le début. Mais comment ?

— … le témoin doit s'abstenir d'émettre des commentaires en dehors des questions spécifiques qui lui sont adressées, tranche le président. C'est compris ?

La Dre Okaro lance un regard dédaigneux à Salomé. La tension entre les deux femmes est palpable, même depuis notre position reculée.

— Docteure Okaro, reprend le procureur après s'être légèrement incliné devant le juge, dans votre rapport, vous indiquez que l'une des victimes est décédée à la suite d'un coup porté à la tête au moyen d'un objet contondant.

— En effet, répond la docteure.

— Pourriez-vous indiquer laquelle, afin que cela soit consigné ?

— Kevin Nwamadi.

— Et quelle est la cause de la mort des deux autres ?

— Mort par brûlures.

— Docteure, selon votre opinion professionnelle, pourrait-on partir du principe qu'on leur a mis le feu avec l'intention délibérée de causer leur mort ?

— Objection. La question n'est qu'un appel à spéculation, coupent Salomé et deux de ses collègues avec divers degrés d'intensité.

— Je reformule, reprend le procureur sans se laisser démonter. Docteure Okaro, pensez-vous que les victimes auraient pu être sauvées alors qu'elles étaient en feu ?

— On leur a mis des pneus autour du cou. On leur a versé de l'essence dessus. On y a mis le feu. Je ne suis pas experte en droit, mais je sais que quiconque a fait ça avait bien l'intention de les tuer. Est-ce qu'ils auraient pu être sauvés ? Bien sûr. Peut-être avant que le feu ne se répande au corps tout entier… si quelqu'un avait pu les libérer et éteindre les flammes. Mais, à mon avis, des brûlures aussi graves conduisent immanquablement à la mort.

— Or personne n'a essayé de sauver les victimes, n'est-ce pas ?

— Je n'étais pas sur place, répond la Dre Okaro avant un autre barrage d'objections venu des avocats de la défense. Mais je sais que leurs brûlures étaient si graves que seules leurs archives dentaires et les vidéos de leur torture ont permis de les identifier. Alors oui, je peux confirmer que rien n'indique que quelqu'un a essayé d'empêcher ces jeunes gens de brûler vifs.

— Merci, docteure Okaro, je n'ai pas d'autres questions.

— La défense souhaite-t-elle interroger le témoin ?

Salomé se lève.

— Salomé Briggs, représentant l'accusé n° 4.

Le président jette un regard vers l'accusé en question. La voix puissante de l'huissier aboie :

— Accusé n° 4, levez-vous !

L'un des cinq hommes se lève. Âgé d'un peu plus de la vingtaine, il est tellement épuisé qu'il paraît bien plus vieux.

L'huissier lui ordonne de se rasseoir et le juge se tourne vers Salomé :

— Veuillez procéder.

— Docteure Okaro, vous avez confirmé que la cause de la mort est bel et bien attribuée aux brûlures subies par les victimes ?

— À l'exception de Kevin Nwamadi, qui a reçu un coup à la tête, oui, les deux autres ont succombé à leurs brûlures.

— Puis-je demander à mon client de se relever ?

La manière dont l'accusé n° 4 se relève, sitôt après s'être rassis, a quelque chose de très pathétique – on dirait une marionnette. Je suis maintenant convaincu qu'il est bourré de Thorazine.

— La défense présente Ezenwo Dikeh, indique Salomé en désignant son client avant de se détourner. Docteure Okaro, avez-vous vu les vidéos des meurtres ?

— Tout le monde les a vues.

— Vous aussi ?

— Oui. Bien des fois.

— Avez-vous vu mon client sur l'une ou l'autre de ces vidéos ?

— Absolument.

Le procureur se lève rapidement :

— Votre Honneur, la Dre Okaro est médecin légiste, pas experte en audiovisuel. Est-ce que Maître Briggs peut préciser en quoi sa question est pertinente ?

— J'y arrive, Votre Honneur, répond Salomé tandis que j'imagine son sourire moqueur. Docteure Okaro, vous pouvez donc identifier mon client comme étant l'une des personnes présentes parmi la foule ?

— Dans les vidéos, je l'ai vu, oui.

— Avez-vous vu, à un moment, mon client passer un pneu autour du cou des victimes, les asperger d'essence et leur mettre le feu ?

Je vois bien où Salomé veut en venir. J'ai envie de crier au procureur d'objecter sur-le-champ. Salomé n'a aucune intention de rester pertinente.

— Bien sûr que non, se hérisse la docteure.

Elle a compris qu'elle s'est fait piéger.

— Alors, si c'est bien le feu qui a tué les victimes, et si mon client n'a pas mis les pneus autour de leur cou, ne les a pas aspergées d'essence ni n'a gratté la moindre allumette, il ne devrait pas être jugé pour leur meurtre, n'est-ce pas ?

Le tribunal entier semble prendre vie. L'indignation et le choc provoqués par l'audace de Salomé emplissent physiquement l'espace. Elle n'espère tout de même pas s'en tirer comme ça ?

— Ridicule ! s'écrient à l'unisson les avocats de l'accusation en se levant.

Celui qui a interrogé la Dre Okaro se tourne vers Salomé.

— Votre client était visiblement sur place. Il apparaît dans les vidéos et nous avons la preuve qu'il a porté des coups à plusieurs des victimes.

Salomé hausse les épaules et désigne la Dre Okaro.

— Mais rien ne prouve que les coups de mon client ont directement entraîné la mort.

Le procureur pousse un hoquet très démonstratif.

— Vous êtes sérieuse ?

— Tout à fait !

Le président abat plusieurs fois son marteau, et le silence revient peu à peu dans la salle.

— Maître Briggs, visez-vous l'acquittement ?

— Votre Honneur, mon client n'a jamais nié avoir été présent lors du drame qui a conduit à la mort des victimes. Tout ce que je dis, c'est que la demande de l'État – à savoir une condamnation maximale – est démesurée, à moins que le *mens rea* et l'*actus reus* ne soient prouvés.

— C'est ce que nous sommes en train de faire ! s'écrie le procureur, livide de rage.

Salomé ne perd pas une seconde.

— Si, comme l'indique votre témoin experte, la mort a été causée par des brûlures et si votre principale preuve de culpabilité est la présence de mon client sur les lieux du crime, j'exige que vous prouviez qu'il a mis les pneus autour du cou des victimes, a allumé le feu et les a regardées brûler sans essayer de les sauver. Faute de cela, abandonnez les charges pesant sur lui et optez pour des accusations moins graves.

Le tumulte envahit de nouveau le tribunal. Les rappels à l'ordre du président se perdent dans le chaos.

Si je m'étais remis de la surprise de croiser Salomé ici, j'y aurais pris part.

CONFIRMATIONS ET RÉVÉLATIONS

Postés près du Land Cruiser, Chika et moi observons Salomé s'avancer vers nous. Le soleil brille sur son visage, qui n'affiche aucune trace de transpiration alors que tout le monde paraît sortir d'un sauna.

— Messieurs, nous salue-t-elle.

— Vous êtes réellement pleine de surprises, dis-je en ne parvenant pas à étouffer une note de ressentiment.

— Vous saviez que j'étais avocate...

— Vous avez parlé de pétrole et de gaz.

— Et c'est vrai, répond-elle posément.

Son calme me fait hausser le ton, un peu plus que je ne le souhaite vraiment.

— Vous n'avez jamais dit être impliquée dans l'affaire sur laquelle je travaille !

— Est-ce si important ? Vous prétendiez être ici pour comprendre comment ça s'est passé, et non pour établir la culpabilité des uns ou des autres, rétorque-t-elle froidement.

— Vous êtes censée communiquer ouvertement ce genre d'informations, intervient Chika avant que je n'aie pu répliquer.

— Aux autres parties impliquées, oui, fait-elle d'une voix un peu plus glaciale que celle qu'elle utilise avec moi – et qui signifie clairement « Attention, restez à votre place ».

Un silence gêné s'étire tandis que Chika bouillonne, les poings serrés. La Dre Okaro nous rejoint à ce moment-là et la tension grimpe d'un millier de crans.

— Maître Briggs.

— Docteure Okaro.

Les deux femmes se toisent tels deux faucons cherchant le meilleur angle d'attaque.

— Je vois que vous êtes déterminée à ce que les coupables ne soient pas punis, lance la Dre Okaro avec mépris.

— Je pars du principe que les universitaires tels que vous devraient savoir que refuser aux suspects une défense crédible, c'est se montrer coupable de la même justice expéditive dont on accuse ceux-ci.

— Plier la vérité n'est pas une défense, objecte la Dre Okaro avec un reniflement hautain.

— Ça s'appelle exiger une preuve. Chose que votre camp a beaucoup de mal à fournir. Excusez-moi.

L'avocate s'éloigne et nous laisse au milieu d'un silence tendu. J'adresse un léger sourire à la docteure tout en refoulant l'envie de m'excuser pour le commentaire de Salomé.

— Vous vous en êtes bien tirée, madame, commente Chika.

L'austérité de la docteure s'atténue, et avec un sourire triste elle dévisage mon compagnon – que soudain j'ai presque envie de prendre dans mes bras.

— Quel bien ça va faire ? J'ai apporté mes preuves à plusieurs reprises, et chaque fois Mlle Briggs a réussi à faire libérer un nouvel accusé parce que les procureurs n'ont pas fait leur boulot.

— Ça doit être très frustrant, abonde Chika avec compassion.

— Vous n'imaginez pas à quel point. Et ça va encore empirer maintenant que Godwin Emefele est mort. C'est pour ça que je suis venue.

Elle me regarde avec moins de chaleur.

— Je vous ai vu entrer dans le tribunal et je me suis dit que c'était une drôle de coïncidence. J'allais vous téléphoner…

— Vous avez trouvé quelque chose ? fais-je sans réussir à cacher mon enthousiasme.

— Rien de concluant, mais il existe une forte indication de la présence d'alcaloïdes dans le sang de Godwin.

— Des alcaloïdes ? s'enquiert Chika.

— Du poison… Vous pouvez les identifier ?

— Ce garçon avait absorbé tellement de substances chimiques que distinguer l'une de l'autre n'a pas été une mince affaire. Mais vu la nature de sa mort, je suis à présent presque certaine que ces alcaloïdes n'ont pas été délibérément ingérés.

J'enchaîne, tout en m'interrogeant *in petto* sur la manière dont l'université va réussir à maquiller cette nouvelle information :

— Vous allez modifier votre rapport ?

— Je vais d'abord en parler avec Ikime, mais oui, je vais changer mon rapport. Le reste est du domaine des autorités, admet-elle, résignée, comme si elle n'avait déjà que trop vu de cas similaires. Bref, j'espère que ça va vous aider dans ce que vous faites. Vous avez mon numéro, si vous avez d'autres questions.

Elle nous salue d'un hochement de tête et repart.

— Il a donc été assassiné, assène Chika.

— Comme nous le soupçonnions...

Mon téléphone vibre et j'ouvre un nouveau texto.

Les balles correspondent.

J'imagine qu'il provient d'Omereji.

— Cette journée est pleine de confirmations et de coups de théâtre, dit Chika.

Il prononce les mots « coups de théâtre » d'un ton acerbe, et je présume qu'il fait référence à Salomé.

— Si les balles correspondent, reprend-il, ça signifie soit que Godwin a tiré avec cette arme, ce qui a provoqué l'attaque de la foule, soit qu'il l'a volée aux garçons.

— Dans tous les cas, on ne peut se fier à rien de ce qu'il nous a dit. Mais nous sommes sûrs de deux choses.

— Lesquelles ?

— Il y a un meurtrier en liberté.

— Et ?

— Tant que nous ne sommes pas certains que la mort de Godwin n'a rien à voir avec notre affaire, nous ne sommes pas en sécurité.

UN ÉTRANGE ÉCHANGE

Je ne peux plus travailler. Sans ordinateur portable, impossible de mettre à jour le rapport complet que j'ai constitué pour Emeka, même si j'ai sauvegardé le dernier jet. Si j'arrive à mettre la main sur un clavier, je pourrai le brancher à mon iPad et abattre un peu de travail. Je n'ai toujours aucune idée de la manière d'aborder le sujet du meurtre de Godwin dans le rapport, et je ne suis aucunement préparé à déjouer les intentions d'un tueur.

On frappe à la porte et quand j'ouvre, je me dis que la télépathie fonctionne. Chika est là, aussi impassible que de coutume.

— Vous désirez quelque chose ? fais-je le plus calmement possible.

— Le patron est là, m'explique-t-il sans que son regard trahisse quoi que ce soit.

— Emeka est ici ? Maintenant ? Vous lui avez dit... ?

— Vous venez, monsieur ? me coupe-t-il.

— Laissez-moi le temps de m'habiller.

Tandis qu'il s'éloigne, je n'arrive pas à me débarrasser de l'impression déroutante d'avoir été dénoncé au principal du collège. La venue d'Emeka, si rapidement après que Chika a remis en cause mon jugement concernant Salomé, ne peut pas être une coïncidence.

Quand j'entre dans l'immense hall, Emeka est en train de faire tourner un verre de cognac dans sa main. Son blazer est déboutonné mais sa cravate parfaitement nouée. Chika est assis en face de lui et, d'après leur silence subit, je soupçonne qu'ils étaient en train de parler de moi.

— Emeka, quelle surprise ! dis-je avec un entrain forcé.

— Philip, me salue-t-il d'un ton froid. Asseyez-vous, je vous prie.

Je m'exécute et me tourne vers Chika :

— Il y a un problème ?

Chika se lève aussitôt et jette un coup d'œil à Emeka.

— Je vais attendre dehors, monsieur.

— Vous buvez quelque chose ? me propose Emeka une fois que nous sommes seuls.

— Non, merci. Mais vous n'avez pas répondu à ma question.

— Il semblerait que vous êtes en train de vous fourvoyer dans le cadre de cette mission.

— C'est Chika qui vous en a fait part ?

Il englobe de la main le hall de l'hôtel.

— Mes sources me révèlent que vous résidez ici au bon plaisir des avocats des gens qui ont assassiné mon fils.

Si Emeka avait l'air moins sérieux, je plaisanterais en lui disant que je peux aussi lui envoyer la facture de l'hôtel. Au lieu de quoi, je l'observe. Il est hagard, ses yeux sont enfoncés dans leurs orbites et bordés de cernes noirs. Je me laisse aller à la compassion et quand je reprends, c'est d'une voix douce et bienveillante, bien que ferme.

— C'est comme ça que vous percevez toute chose ? Avec ou contre vous ?

— Ils ont tué mon fils…

— Et vous savez comme j'en suis désolé, Emeka. Mais je suis un adulte, pas un écolier en sortie éducative. Vous ne pouvez pas me parler comme vous venez de le faire.

— Vous perdez de vue votre objectif, Philip.

— Le but est de découvrir pourquoi et comment votre fils a été tué, et pas une seule fois, au cours de la semaine écoulée, je n'ai pensé à autre chose ni fait autre chose.

— Cette femme défend ses assassins.

— Son tort est de faire son travail ou d'être mon amie ?

— Les deux ! crache-t-il si fort que les conversations des clients alentour diminuent brièvement de volume.

Je jette un regard autour de moi ; certains s'efforcent de faire comme s'ils n'avaient rien entendu. Je baisse la voix pour l'apaiser :

— Écoutez, Emeka, je vous promets que je n'ai rien fait qui puisse compromettre mon enquête. Si Chika vous avait donné des informations aussi précises qu'il aurait dû le faire, il vous aurait dit que nous avons fait des progrès significatifs…

— Des progrès qui soulèvent plus de questions que de réponses.

— Ça prend du temps. Dans une affaire pareille, les questions débouchent d'abord sur des pistes, qu'il faut creuser.

Emeka sirote une gorgée de cognac, pose le verre sur la table et se penche vers moi.

— Je n'ai pas le temps pour d'autres questions. Si tout se passe selon les calculs de Mlle Briggs, un autre accusé sera libéré lors de la prochaine audience.

— Je ne suis pas policier, Emeka. Je vous ai expliqué dès le début ce que je faisais. Je ne peux pas vous fournir des informations pour déterminer la culpabilité de…

— Alors je ferais peut-être mieux de tout arrêter.

Je cherche à savoir s'il bluffe, en vain.

— Vous voulez mettre un terme à l'enquête ?

Il secoue obstinément la tête.

— Ça ne sert à rien de continuer.

Je prends une profonde inspiration.

— Emeka, vous et moi savons que je ne peux pas me présenter devant mon père sans les informations qu'il m'a poussé à aller chercher.

Une pause gênée. Emeka détourne les yeux pour finir son cognac d'un trait, puis repose le verre.

— Docteur Taiwo, j'ai toujours éprouvé de la gratitude envers votre père et ses amis pour leur soutien depuis la mort de mon propre père.

— Alors vous comprendrez que…

— De grâce, laissez-moi terminer. Ma gratitude ne signifie pas que je vais accepter sans rien dire ce que leur génération a créé au sein de notre système universitaire il y a bien des années.

— Vous savez ?

— Pas au début. Je pensais qu'ils étaient juste des amis très proches. Jusqu'à ce que mon fils aille à l'université et soit tué parce qu'on le soupçonnait d'appartenir à une secte, ça ne me dérangeait pas.

— Et quand vous avez su ?

— Alors j'ai coupé les ponts.

— Vous avez coupé les ponts ?

Emeka opine.

— Oui. À partir du moment où j'ai pris conscience que les dérives sectaires pouvaient avoir entraîné la mort de mon fils, je n'ai plus souhaité fréquenter les amis de feu mon père.

Je comprends à présent pourquoi mon père tenait tant à ce que j'accepte la mission. Il essayait de se réconcilier avec Emeka.

— Ce n'est donc pas vous qui avez demandé à mon père de me convaincre ?

Emeka secoue la tête.

— Il y a quelque temps, au country club, il m'a approché et m'a dit que vous étiez de retour au pays, et que vous pourriez m'aider. J'ai poliment décliné, mais j'ai fait mes propres recherches et découvert où vous travailliez. Voilà où nous en sommes.

Alors comment mon père a-t-il su qu'on m'avait approché et que je n'avais aucune envie d'accepter cette mission ? Depuis mon retour des États-Unis, il se montre très protecteur ; il garde un œil sur moi et m'a même transmis les coordonnées d'Abubakar quand il a estimé que je mettais trop de temps à trouver du travail.

Abubakar ! Est-ce que c'est lui qui aurait appelé mon père ? Il va vraiment falloir que nous ayons une vraie conversation, tous les deux.

— Vous comprendrez qu'il est important pour moi d'achever ces recherches, dis-je sans quitter Emeka des yeux, à deux doigts de le supplier. Mon père compte sur moi. Visiblement, votre famille et vous avez beaucoup d'importance pour lui. Et pour les autres.

Emeka agite impatiemment la main.

— Comment ? Vous n'arrivez à rien.

— Je suis sûr que Chika vous a parlé de Godwin…

— Une autre diversion, coupe-t-il sèchement. Je compatis avec ses parents, mais ce garçon était une bombe à retardement. Tout le monde savait qu'il finirait par s'autodétruire.

— En effet. Mais je sais avec certitude qu'il ne s'agit pas d'autodestruction.

— Même si ce jeune homme a été tué, qui en serait coupable, hormis ceux qui ont assassiné mon fils ?

— Et si vous vous trompiez ? Et si…

Il m'interrompt encore une fois.

— Il n'y a pas de « et si », et la seule raison pour laquelle vous envisagez une autre hypothèse, c'est que votre jugement est biaisé.

Nous nous fixons une fois encore dans un silence tendu. Il est temps pour moi d'utiliser ma dernière cartouche.

— Voilà qui est un peu fort, fais-je d'un ton nonchalant en me rencognant dans mon fauteuil. Surtout de la part de quelqu'un qui ne s'est pas montré tout à fait honnête envers moi.

— Je ne vous suis pas, dit-il, perplexe.

— Chika n'est pas qu'un simple chauffeur, n'est-ce pas ?

J'ai parlé d'un ton neutre, et Emeka prend le temps de se pencher légèrement pour reprendre son verre.

Quand il constate qu'il est vide, il le laisse sur la table et s'adosse au canapé de cuir. Quand il croise de nouveau mon regard, il reste de marbre et garde le silence.

— Vous ne niez pas ?

— Nier quoi ?

— Que vous avez utilisé Chika pour m'espionner ?

Emeka croise les jambes.

— Vous devenez paranoïaque, docteur Taiwo. Chika était impliqué dans l'enquête bien avant que je ne pense à vous.

— En tant que chauffeur ?

— Ce dossier qu'Abubakar a partagé avec vous, qui l'a constitué, d'après vous ?

Tout devient clair. Le fait que Chika connaisse si bien tant d'aspects de l'affaire. Ses réactions rapides, ses intuitions.

— Pourquoi ne pas me l'avoir dit dès le début ?

— Parce que je ne voulais pas vous encombrer de préjugés. Je voulais que vous repartiez de zéro, au cas où il aurait raté quelque chose.

— Alors qui est-il ? Une sorte de détective ?

Emeka décroise les jambes, se lève et me toise avec un sourire que n'atteint pas son regard.

— Docteur Taiwo, j'attends depuis cinq cent soixante-seize jours les réponses que je vous paie pour découvrir. Vous me comprendrez si je dis que j'arrive à bout de patience.

Je me lève aussi et lui lance :

— Vous n'avez pas répondu à ma question.

— Une question qui n'a aucun lien avec le sujet.

— Bon sang, qui est Chika Makuochi ?

— Voilà une question à laquelle vous n'êtes pas payé pour répondre. Gardez les yeux sur votre objectif, docteur Taiwo. Vous avez une semaine pour trouver quelque chose qui me servira.

— À quoi ?

Mais il s'éloigne déjà, très élégant dans ce qui doit être un costume sur mesure.

Je me rassieds et fais signe au serveur. Lorsque mon whisky double arrive, je le bois cul sec. Je m'apprête à en commander un autre lorsque je me sens subitement étourdi. Je me lève, reprends mes esprits puis me dirige vers l'ascenseur. Tandis que je passe devant les grandes portes vitrées de l'impressionnante entrée, quelque chose attire mon attention.

Là, dans le parking, Emeka discute avec Chika. Il semble plus agité que jamais, et gesticule abondamment. Chika me tourne le dos, mais je vois qu'il secoue la tête.

Un homme en uniforme que je reconnais comme le chauffeur d'Emeka s'approche alors d'eux. Il porte un gros sac qu'il remet respectueusement à son patron, qui le donne à Chika. Emeka s'adresse ensuite à ce dernier, plus calmement, et Chika acquiesce. Bientôt, le Range Rover fait marche arrière et sort par le portail de l'hôtel tandis que Chika file vers le Land Cruiser.

Je me décale légèrement pour m'assurer qu'il ne peut pas me voir. Lorsqu'il arrive à la voiture, il ouvre le coffre. Je ne vois pas grand-chose de là où je me tiens, mais lorsqu'il referme le coffre et revient vers l'entrée de l'hôtel, je fonce vers les ascenseurs. Par chance, ils s'ouvrent dès que j'appuie sur le bouton.

Tandis que la porte se referme, je vois Chika entrer et se diriger vers le bar. Les mains vides.

MENSONGES ANODINS

Je m'exerce devant le miroir de la salle de bains :

— J'ai laissé mon iPad dans la voiture.

Je sais à quel point ça peut paraître ridicule de m'entraîner à demander les clés à Chika, mais je suis conscient de ne pas être très doué pour mentir, et Chika est très bon pour lire les gens. Je dois lui dire que j'ai besoin de l'iPad pour travailler. Sans nervosité, mais avec détermination et juste ce qu'il faut de nonchalance.

— Je crois que j'ai laissé mon iPad dans la voiture...

Oui, c'est bien mieux. Ajouter « je crois » paraît plus naturel. Je finis la boisson que j'ai commandée et gagne le couloir pour me diriger vers sa chambre.

S'il n'avait pas répondu au premier coup, j'aurais fait demi-tour.

— Je crois...

Les mots restent coincés dans ma gorge. Il a l'air tourmenté, si bien que ma ruse se transforme en question sincère :

— Qu'est-ce qui ne va pas ?

— Rien.

— C'est votre femme ?

339

— Elle va bien. Vous voulez entrer ?

Il s'écarte et je ne vois aucune raison valable de décliner l'offre.

Dans sa chambre, j'hésite et m'interroge : dois-je revenir à mon projet initial ou le pousser à me dire ce qui le perturbe ?

— Je vous dois des excuses, lance-t-il depuis la porte.

Bien que pris de court, je ne peux pas feindre d'ignorer pourquoi il s'excuse.

— Vous auriez pu tout me dire. Ç'aurait été plus simple.

Il hoche la tête.

— Je comptais le faire… Je suis sincèrement navré, Philip.

Ses mots sont solennels, et je pense que s'il avait ajouté un « monsieur », j'aurais refusé ses excuses. Mais il a prononcé mon nom avec respect et regret, et il serait impoli de ma part de ne pas répondre sur le même mode.

— D'accord. Je suis sûr qu'Emeka et vous aviez vos raisons, dis-je en haussant les épaules.

— J'aurais dû vous dire quel était mon vrai rôle dans cette affaire.

— Ça n'aurait pas été plus mal.

— Ça n'aurait pas aidé non plus.

Si j'envisage les différentes façons dont j'aurais pu aborder la mission en sachant qui était vraiment Chika, je suis prêt à le contredire. Mais plus que tout, je n'aime pas qu'on me mente.

— Vous êtes détective privé ?

Il secoue la tête.

— Expert en sécurité. La National Bank est l'un de mes clients. J'évalue les risques que courent leurs systèmes, je fournis une formation aux convoyeurs de fonds et, parfois, on fait appel à moi pour des missions particulières comme celle-ci.

— Vous êtes vraiment marié ?

Il sourit.

— Oui. Et oui, ma femme attend vraiment notre premier enfant.

— Grâce au ciel. J'aurais détesté avoir gaspillé mes conseils matrimoniaux.

Il rit.

— Ils ne sont pas tombés dans l'oreille d'un sourd. Je les ai bien intégrés, et je suis heureux de pouvoir dire que ma femme est bien plus sereine et qu'elle me soutient, désormais.

Une série d'images me revient : Chika, debout à côté du Land Cruiser, attendant que je revienne de l'entretien avec Sobi. La manière familière dont il s'est adressé au vigile de Whyte Hall et leurs rires spontanés et décontractés. Le froncement de sourcils de Sobi, quand il a aperçu Chika.

— Tochukwu n'existe pas, n'est-ce pas ?

— Quoi ? fait-il, surpris.

— Ce jour-là, à Harcourt Whyte, vous étiez déjà venu. Vous n'avez interrogé personne, vous m'avez simplement donné des informations que vous possédiez déjà.

— Oui. Mais je vous jure que je ne savais rien de Tamuno.

— Vous n'aviez pas interrogé Mercy ?

— Non. Durant les premiers mois, c'était trop risqué. Elle était trop fragile. Ç'aurait été cruel.

C'est pourquoi il m'a encouragé à me rendre à l'hôpital et s'est montré si insistant quand nous avons parlé à la jeune fille. Tout paraît logique, à présent.

— Le secrétaire général de l'université, vous l'aviez déjà rencontré aussi…

Il détourne les yeux. J'aime à penser qu'il éprouve au moins un peu de honte.

— Oui. Je l'ai interrogé plusieurs fois, durant les semaines qui ont suivi le drame.

— Et Godwin ?

Je retiens mon souffle et il me lance un regard acéré.

— Non. Pour la même raison que je n'ai pas parlé à Mercy. Je n'avais pas le droit de l'interroger parce qu'on le considérait comme trop instable, et je n'étais ni détective privé ni policier. C'était l'une des conditions qu'avait posées Ikime pour nous aider, d'autant que l'université menait alors sa propre enquête. J'ai écouté les enregistrements de ses interrogatoires, j'ai rassemblé des informations auprès des autres étudiants et je l'ai observé de loin, mais je vous jure que je ne lui ai jamais parlé directement.

J'ai envie de le croire mais, à ce stade, mon niveau de confiance est à son nadir. Qui d'autre était dans la confidence ? Mon père ne fait sûrement pas partie de cette mascarade. Abubakar ? Salomé ? L'inspecteur ? J'ai la tête pleine de questions, mais je ne suis pas convaincu d'obtenir la vérité de la part de Chika – pas maintenant, pas alors que l'échange qui s'est opéré entre Emeka et lui sur le parking est encore si frais.

Je me rappelle soudain les mots qui ont confirmé l'impression gênante que Chika n'était pas ce qu'il prétendait être : « Un étudiant raté qui joue au détective. »

— Et la TSU ? Vous y avez vraiment étudié ?

Chika se rend à la fenêtre et regarde dehors.

— Oui, mais je n'ai jamais eu mon diplôme.

— Qu'est-ce qui s'est passé ?

— J'ai été mis à la porte en troisième année, pour appartenance à une secte.

Je n'étais pas préparé à cette révélation. Je prends une profonde inspiration en me demandant comment réagir, mais les mots ne me viennent pas.

— Je n'en suis pas fier, ajoute-t-il face à mon silence.

Quand je reprends la parole, j'essaie de conserver un ton aussi neutre que possible.

— Vous savez avec certitude si ces garçons appartenaient à une secte ?

Il se tourne vers moi mais reste muet.

— Chika ?

Quand il relève lentement les yeux, son regard me supplie de ne pas lui poser d'autres questions.

— J'ai découvert que Winston et Bona étaient populaires parce qu'ils distribuaient de la drogue. De l'ecstasy, du poppers et même de la cocaïne.

— Godwin était leur fournisseur ?

Il opine.

— Apparemment. Ils achetaient auprès de lui et revendaient dans les fêtes où ils se rendaient, mais ils ne faisaient partie d'aucune secte.

— Et Kevin ?

Chika expire profondément et détourne encore les yeux.

— Promettez-moi de ne pas dire à M. Nwamadi ce que je sais.

Je refuse de participer à ces duperies, mais Chika cessera de parler si je ne fais pas un effort.

— J'essaierai. Ça, je peux vous l'assurer.

Il braque sur moi des yeux pleins de tristesse.

— Kevin, si. Il m'a fallu des semaines pour réunir les preuves mais oui, il était membre d'une secte.

Je pousse un soupir décontenancé et m'assieds sur la chaise la plus proche.

— Vous ne l'avez pas dit à Emeka ?

— Je ne pouvais pas. D'autant plus que j'ai aussi découvert, plus tard, que Kevin avait essayé de s'en sortir après avoir commencé à fréquenter Mercy. Il avait arrêté d'aller aux rassemblements et s'était lancé dans des causes telles que « Justice pour Momoh » pour prouver qu'il cherchait à s'amender.

— Mais vous n'avez pas réussi à comprendre comment Kevin s'est retrouvé avec Winston et Bona ?

— Tout est devenu très confus quand j'ai appris que Winston et Bona n'appartenaient pas à une secte, et que rien ne prouvait que Kevin consommait ou dealait. Et je ne pouvais pas enquêter davantage sans dire à Emeka que son fils faisait bel et bien partie d'une secte.

— C'est pour ça que vous avez accepté de m'aider à découvrir ce que vous saviez déjà, pour que ce soit moi qui lui dise tout.

Chika opine avec un sourire contrit.

— On dirait que ça s'est retourné contre moi, puisqu'on sait maintenant que les sectes n'ont aucun lien avec l'assassinat de ces trois jeunes. Nous ne l'aurions pas découvert si Emeka n'avait pas fait appel à vous.

Maigre consolation vu la quantité de mensonges déjà déployés.

— Vous avez découvert plusieurs détails capitaux qui auraient grandement facilité mon travail.

Il botte en touche.

— Je ne suis qu'un gros bras amélioré, je n'ai pas votre instinct ni votre expertise.

— Vous vous sous-estimez.

— Vous êtes bien aimable, mais je connais mes limites.

Nous restons silencieux un moment.

— Et votre renvoi... ?

Il sourit, mais je ne sais pas si c'est de la résignation ou du regret.

— Je l'ai mérité. J'ai été stupide. J'ai perdu plusieurs années et je ne peux plus m'inscrire dans aucune autre université du pays.

— Si je puis me permettre, qu'est-ce qui vous a poussé à rejoindre une secte ? fais-je en pensant à mon père.

Il me gratifie de son haussement d'épaules caractéristique.

— J'aimerais pouvoir dire que c'est la pression de mes amis, sauf que non. Je suis arrivé à l'université avec de bonnes notes et pour être honnête je me sentais spécial, en quelque sorte. Je viens d'une famille de marchands. J'ai été le premier à faire des études supérieures. Mais là-bas, j'aurais aussi bien pu être invisible. Chez moi j'étais spécial, mais à la fac je n'étais qu'un étudiant de première année parmi des dizaines de milliers d'autres. Je voulais sortir du lot, être quelqu'un qui compte, avoir du pouvoir. Ils ne m'ont pas recruté, c'est moi qui suis allé les trouver. Je correspondais à ce qu'ils cherchaient : impatient, téméraire, stupide.

Il n'y a pas la moindre trace d'auto-apitoiement dans sa voix. Ce ne sont que les détails d'un passé avec lequel il est en paix. J'attends qu'il m'en dise plus, mais comme il n'en fait rien, je change de sujet.

— Est-ce qu'Emeka possède un jet privé ?

— Oui.

Il me jette un coup d'œil interrogateur.

— Pourquoi ?

— Ça expliquerait comment il a pu nous rejoindre si vite, aujourd'hui.

Chika ne répond pas et je comprends qu'il préfère ne rien dire plutôt que de mentir encore. Emeka n'est donc pas arrivé à Port Harcourt aujourd'hui, mais plus tôt. Voire en même temps que moi. Ce genre de surveillance rapprochée ne m'étonnerait pas de la part d'un homme comme lui.

Ce qui me ramène à mon projet initial.

— Je suis venu vous voir parce que je ne retrouve pas mon iPad. Je pense que je l'ai laissé dans la voiture, dis-je avec une facilité qui me surprend moi-même.

Peut-être en raison de l'atmosphère tendue et de sa culpabilité, Chika semble soulagé de changer de sujet.

— Je peux aller voir, si vous voulez.

— Non, non, ça va, j'y vais.

J'aperçois les clés de la voiture sur un bureau, les ramasse et lui tapote l'épaule.

— Vous avez fait du bon travail, Chika. J'aurais préféré que vous m'ayez tout dit depuis le début, mais je comprends que vous n'ayez pas pu. En plus, cela aurait pu modifier mon regard sur les faits. Peut-être que ce n'était pas plus mal, au fond.

Mon sourire est sincère, mais Chika reste sur ses gardes.

— Je reviens tout de suite, fais-je avec toute la nonchalance dont je suis capable.

Les ascenseurs tardent et je suis à deux doigts de me rabattre sur l'escalier, mais je me force à rester détendu. J'entre calmement dans la cabine et, dans le vestibule, je salue le portier avant de me diriger vers le parking.

Je lève les yeux vers la fenêtre de l'hôtel pour m'assurer que Chika ne me surveille pas. Je me rends au 4 × 4 et ouvre rapidement le coffre.

Le cric et le démonte-pneu sont posés sur le tapis du coffre, et pas glissés en dessous, à leur place habituelle. Je les écarte précautionneusement et soulève le tapis. Le sac noir est là. Je me retourne pour regarder autour de moi. Rien. Personne ne m'observe.

J'ouvre rapidement la fermeture Éclair du sac, mon cœur tambourinant dans ma poitrine. Je soupçonnais depuis le début ce que j'allais trouver, mais cette confirmation renforce encore mon impression de perdre pied.

Je sors mon téléphone pour photographier d'une main légèrement tremblante le contenu du sac. Puis je le referme, remets en place le tapis par-dessus, rabats le coffre et verrouille les portières.

J'espère rayonner de calme quand je reviens dans l'hôtel. Une fois dans ma chambre, je me précipite vers mon iPad.

Après quelques recherches en ligne, je retrouve ce que j'ai vu dans le sac.

Brügger & Thomet APR 338. Un fusil de sniper réputé pour son silence et sa portée.

RETOURNEMENT DE SITUATION

Je frappe à la porte de Chika en faisant semblant d'être en pleine conversation téléphonique avec Folake. J'agite l'iPad sous son visage tout en marmonnant « Attends un instant » à mon interlocutrice imaginaire.

— Merci, dis-je en lui remettant les clés et en désignant le téléphone. C'est ma femme, à plus tard. Pardon, chérie, tu disais ?

Il referme la porte derrière moi. Dès que j'ai regagné ma chambre, je fonce sur le minibar. Lorsque j'appelle pour de bon ma femme, je suis tout à fait éméché. Sans ça, je serais retourné à la chambre de Chika pour exiger des réponses.

— Salut, répond-elle d'un ton endormi.

— Désolé de te réveiller.

— Non, c'est pas grave. Tu vas bien ?

— Non.

— Qu'est-ce qui ne va pas ? Qu'est-ce qui se passe ?

Je l'imagine se redresser dans notre lit. Je lui raconte tout, et la semaine écoulée se déverse en un torrent de mots proche de la logorrhée.

— Chéri, tu es saoul ? demande-t-elle quand j'ai fini.

— Presque.

— Tu veux dormir un peu et me rappeler dans la matinée ?

— Non. Je rentre.

— Mais tu n'as pas fini.

— Tu as entendu ce que je viens de te dire ? C'est le chaos. Je ne comprends plus rien à rien.

— Parce que tu as trouvé un fusil de sniper dans un sac que ton client a donné à ce Chika, soudain, plus rien n'a de sens ?

— Pourquoi est-ce qu'Emeka lui donnerait un fusil, Folake ? Explique-moi ça…

— Je ne peux pas. Tout ce que je sais, c'est que si tu rentres sans avoir trouvé les réponses que tu cherchais, tu vas t'en vouloir.

— Tout le monde ment…

— C'est souvent le cas quand un crime a été dissimulé.

Je note une certaine sécheresse dans son ton.

— Ouais, ben je ne veux plus être mêlé à tout ça. Je rentre.

— Qui va rentrer, au juste ? me lance-t-elle sur un ton de défi.

— Qu'est-ce que tu veux dire ?

— Tu m'as bien entendue, Philip. Est-ce mon époux qui va rentrer, ou l'homme en colère qui est parti de chez nous il y a une semaine ?

Je reste muet. Une partie de mon cerveau s'efforce de concilier les nombreux événements des derniers jours avec la petite semaine pendant laquelle ils se sont déroulés.

— Phil ?

— … Je ne sais pas.

— Je pense que tu devrais y réfléchir avant de rentrer. J'espérais que cette mission restaurerait ce que tu estimes avoir perdu en quittant les États-Unis. Peut-être le prestige, la fierté ou je ne sais quoi.

— C'est toi que j'ai perdue, dis-je avant d'avoir pu m'en empêcher.

Une partie de mon cerveau me signale que je ne suis pas simplement éméché, mais totalement ivre. Trop tard.

— Qu'est-ce que tu veux dire ?

— Je t'ai vue, Folake, dis-je en essayant d'étouffer la colère qui menace de se changer en sanglot dans ma gorge. Je t'ai vue.

— Tu as vu quoi ?

— Toi et ce garçon. Ton assistant !

Les mots se ruent hors de moi. Je raconte à Folake que je suis passé la chercher à son bureau, espérant lui confier la première impression que m'avait faite Emeka Nwamadi, avant d'aller voir nos fils jouer au tournoi de basket du collège. Je lui raconte que je me suis garé, que je l'ai appelée pour lui demander de descendre. Elle n'a pas répondu, j'ai levé les yeux vers les grandes fenêtres de son bureau. Et c'est alors que je les ai vus.

Elle et ce jeune homme, qui est passé chez nous bien des fois pour déposer des copies, des devoirs et autres tâches administratives dont Folake doit se charger. Je me souviens de son nom : Soji Bello. Un beau jeune homme auquel je n'avais jamais accordé davantage qu'une pensée distraite, jusqu'au moment où j'ai vu ma femme dans ses bras.

351

— Tu as dit que tu étais coincé dans les embouteillages, glisse Folake tandis que je reprends mon souffle.

— Je suis reparti. Je devais réfléchir. M'éclaircir les idées.

Un silence. J'ai envie de lui hurler de me répondre quelque chose, n'importe quoi pour se défendre, mais…

— Je vais te laisser te reposer, lâche-t-elle. Je ne peux pas te parler vu ton état.

— Qu'est-ce que tu comptais dire ? Je sais ce que j'ai vu !

— Va dormir, s'il te plaît. Je t'appelle demain.

Et elle raccroche sans me laisser la possibilité de répliquer, ce qui m'exaspère encore plus. Je refais son numéro. L'appel tombe directement sur sa boîte vocale et je balance mon téléphone de côté. Je m'étais préparé à la manière dont j'allais l'affronter : face à face, calmement, froidement. L'exact contraire de ce que je viens de faire.

Le minibar est vide, à présent ; je commande un autre bourbon auprès du *room service* et sombre dans un sommeil agité.

Étonnamment, je n'ai pas mal à la tête à mon réveil. J'ai la bouche sèche, je me sens nauséeux, mais hormis cela, je vais bien. Sauf que je n'en ai pas l'air. Après un tour aux toilettes, j'observe mes yeux injectés de sang dans le miroir de la salle de bains et je dois m'agripper aux bords du lavabo pour ne pas tanguer. Comme souvent lors d'une gueule de bois, j'essaie de me rappeler tout ce qui s'est passé hier soir, et la précision de mes souvenirs n'a rien de réconfortant.

Je retourne dans la chambre et consulte mon téléphone. Pas de nouvelles de Folake. J'ai envie de l'appeler, mais je me retiens. C'est à elle de faire le premier pas et d'implorer mon pardon.

Je jette le téléphone sur le lit et vais prendre une douche. Quand je reviens, j'ai raté quatre appels de Salomé. Elle n'a pas laissé de message. De toute façon, je ne suis pas d'humeur à lui parler. Elle fait partie intégrante de ce foutoir. Non, Mlle Salomé Briggs, je ne vais pas me prêter au petit jeu auquel vous jouez. Pas aujourd'hui.

J'ai un meurtrier à retrouver.

Chika affiche sa bonne humeur quand nous nous retrouvons au restaurant de l'hôtel.

— La nuit a été dure ? s'enquiert-il.

— On devrait se mettre en route. On n'a pas le temps de bavarder.

Je chasse le serveur d'un geste. Pas de petit déjeuner aujourd'hui.

— Quelqu'un est de mauvaise humeur, ironise Chika avec une légèreté qui m'irrite encore plus, avant de s'esclaffer. Eh bien, espérons que ceci va vous remonter le moral.

— Quoi ?

Désespérant de recevoir de bonnes nouvelles, je tire une chaise pour m'asseoir. Sans cesser de sourire, Chika sort son téléphone et l'agite triomphalement.

— Regardez ce que m'a envoyé mon ami hacker.

Je le dévisage.

— Il a réussi à pirater le compte de Kevin ?

Chika hoche la tête et me tend son téléphone.

Je parcours des captures d'écran de messages qui confirment ce que Tamuno nous a confié sur Godwin. Celui-ci connaissait très bien Kevin. L'échange entre les deux garçons montre que Godwin niait avoir renseigné la police sur les images compromettantes du téléphone de Momoh. Le premier est de Kevin.

Il vivait près de chez toi. Tu sais que c'était un coup monté !

Si qqn l'a balancé à la police, c'était pas moi !!!

La réponse de Godwin est suivie d'une série d'émojis confus et en colère.

Qqn a envoyé ces images à Momoh. Il me l'a dit.

Je vais te blok si tu continues à m'envoyer des messages comme ça. Je te blok !

Tu peux me bloquer mais pas te cacher ! Tu sais des choses, j'en suis sûr.

C'était le dernier échange entre Kevin et Godwin.
Je dévisage Chika :
— Alors tout serait lié à #justicepourmomoh ?
Chika hoche la tête.
— Vous vous rappelez que Tamuno disait écrire un article avec l'aide de Kevin ?
— Oui ?
— J'ai cliqué sur le lien d'un post #justicepourmomoh signé Kevin, qui m'a envoyé vers l'article d'un journal sur les réformes juridiques. Je l'ai téléchargé.
Chika agite une clé USB.
— N'oubliez pas que je n'ai plus d'ordinateur.

Sans clavier, travailler sur mon iPad est une corvée. Chika se lève.

— Je vais le faire imprimer à la réception.

— Merci.

Tandis qu'il s'éloigne, je relis l'échange entre Kevin et Godwin sur son téléphone. Je réfléchis : si l'ami de Chika est parvenu à pirater le compte Messenger de Kevin, il peut en faire autant avec celui de Godwin. Ça nous donnerait peut-être une idée de qui a tué ce dernier, et de la manière dont son meurtre est lié aux Trois d'Okriki. Je pense aussi qu'il pourrait être très utile d'avoir une autre conversation avec Tamuno, en sachant ce qu'on sait maintenant.

Quand Chika revient, il est accompagné de trois policiers, arme au poing. Mon cœur bondit lorsque je reconnais le bleu du poste de police d'Okriki. Derrière eux, des vigiles armés ; ils sont censés protéger l'hôtel des attaques terroristes, des cambrioleurs et des kidnappeurs, mais pas des policiers.

C'est le bleu qui m'apostrophe :

— Philip Taiwo ?

— C'est moi.

J'essaie de rester calme, mais ce que je viens d'apprendre est encore trop présent dans mes pensées. Il me faut toute ma volonté pour arborer un air d'étonnement poli, mâtiné du léger embarras que cause la scène.

— Vous êtes en état d'arrestation.

— Pourquoi ? intervient Chika avec insolence.

La recrue gonfle la poitrine.

— Pour tentative de meurtre sur Kinikanwo Omereji, chef suprême de la communauté d'Okriki.

POUVOIRS SUPÉRIEURS

Trois heures et trente-six minutes. Voilà le temps que j'ai passé, seul, dans cette petite pièce du poste de police d'Okriki. Le bleu m'a confisqué mon téléphone. Il semblait extrêmement fier de lui en me poussant vers la voiture de police pendant que je donnais le numéro d'Abubakar à un directeur d'hôtel troublé, et que Chika lui communiquait celui d'Emeka. Le directeur m'a proposé de prévenir ma conjointe. Au vu de ma conversation avec Folake la veille, je lui ai répondu qu'informer Abubakar suffirait pour l'instant. Si mes soupçons sont fondés, le commandant appellera mon père qui, je l'espère, fera usage de son bon sens pour déterminer ce que Folake doit savoir ou ignorer.

Tout au long du trajet vers Okriki, le bleu a refusé de répondre à mes questions. Chika se trouvait dans un autre véhicule, et je n'avais donc personne avec qui partager ma sidération. Comment suis-je passé d'enquêteur à suspect en quelques heures ?

La porte s'ouvre et l'inspecteur Omereji entre. Il a très mauvaise mine et je vois à son expression qu'il est prêt à faire le nécessaire pour obtenir les réponses qu'il désire.

— On a tiré sur mon père, la nuit dernière, annonce-t-il en avançant une chaise devant moi pour s'asseoir.

Je dois rester prudent.

— Tiré sur lui ? Il va bien ?

— Il est en soins intensifs. Il a plus de 70 ans et son pronostic vital est engagé.

— Je suis navré, sincèrement.

— Vraiment ?

— Bien sûr. Et si vous m'avez fait venir ici parce que vous pensez que j'ai quelque chose à voir avec ça, vous faites erreur.

— Et votre ami Chika ?

Je repousse l'image du Brügger & Thomet qui vient occuper le devant de mes pensées.

— Eh bien ?

— Où était-il la nuit dernière ?

Je hausse les épaules et lui dis la vérité.

— Nous sommes partis d'ici, sommes rentrés à l'hôtel et chacun a regagné sa chambre.

— Comme c'est commode.

— Mike…

Il se hérisse quand je prononce son prénom, je redeviens donc formel :

— Inspecteur, vous devez me croire. Je ne sais rien de ce qui est arrivé au chef.

— Moi je pense que si, et vous allez tout me dire.

La menace dans sa voix est évidente. Aux États-Unis, je demanderais à parler à un avocat et dénoncerais cette arrestation arbitraire au cours de laquelle on ne m'a même pas lu mes droits. Mais ces lois n'ont pas cours à Okriki, et cela m'effraie. Je reprends d'un ton conciliant :

— Écoutez, je sais que vous devez être terriblement bouleversé, mais je vous promets que vous perdez votre temps à m'interroger pendant que le vrai coupable est en liberté.

— Ça, c'est à moi d'en juger. À quelle heure êtes-vous arrivés à votre hôtel ?

— Vers 18 h 30.

— Et qu'est-ce que vous avez fait, une fois là-bas ?

— Je vous l'ai dit... Chika et moi sommes allés chacun de notre côté. J'ai bu un verre au bar et j'ai décidé d'aller me coucher tôt.

— Vous ne savez pas ce qu'il a fait hier, alors ?

— Non. Pas durant la nuit, en tout cas.

— C'est bizarre, parce qu'il jure que vous étiez ensemble...

Chika ne peut pas être assez idiot pour se servir de moi comme d'un alibi, d'autant que nous n'en avons pas parlé avant. Je garde le silence et me contente de soutenir le regard ferme d'Omereji.

Ce dernier change alors d'approche. Il sourit et se rapproche de moi. Son regard signifie : « Vous pouvez m'aider à attraper le méchant et être un héros. » Visiblement, il n'est pas au courant que j'ai longtemps travaillé avec la police de San Francisco.

— Écoutez, docteur Taiwo, je suis sûr que vous n'avez pas appuyé sur la détente. Je sais reconnaître un tueur quand j'en vois un.

— Alors qu'est-ce que je fais ici ?

— Vous savez qui a fait le coup.

— Pensez-vous être en mesure de diriger cette enquête ? Vous n'êtes pas un peu trop impliqué personnellement ?

Il affiche un sourire condescendant.

— Vous n'êtes plus en Amérique, docteur Taiwo.

Je lui renvoie un sourire sec.

— C'est ce que tout le monde ne cesse de me rappeler.

Omereji s'apprête à reprendre la parole lorsque son téléphone sonne. Il le regarde, fronce les sourcils, se lève et, sans s'excuser, quitte la pièce.

J'attends, brûlant de curiosité.

Le fusil de sniper.

Chika.

Emeka.

Le chef Omereji qui se fait tirer dessus.

Mais qu'est-ce qui se passe ? Je tente de mettre un frein à mes pensées pour au moins paraître serein au retour d'Omereji. Quand il réapparaît, je n'arrive pas à déchiffrer son expression.

— Vous pouvez partir.

— Quoi ?

Il affiche un sourire glacial.

— Vos contacts ont fait appel à des contacts encore plus élevés dans la hiérarchie, qui soutiennent que, faute de preuves contre vous et votre ami, je dois vous laisser partir.

— Abubakar vous a appelé ?

— Ça vient d'encore plus haut. Vous pouvez partir. Mais priez pour que mon père vive, parce que s'il meurt, je vous jure qu'aucun de vos amis haut placés ne pourra vous sauver, vous et votre complice.

— Pour ce que ça vaut, j'espère sincèrement que votre père va s'en sortir.

— Au revoir, docteur Taiwo. Vous pouvez être sûr qu'on va se revoir.

Je fais quelques pas vers lui et m'interromps.

— Tâchez de vous reposer, Mike.

Sans un regard, il me laisse partir.

Je passe devant son bureau, les cellules de détention, et gagne la réception, qui est aussi peuplée et bruyante que de coutume. Le bleu me rend froidement mon téléphone, dans un sac en plastique aux armes d'une chaîne de supermarchés. Les gens se sont interrompus pour murmurer en me montrant du doigt. Un homme particulièrement énervé crache par terre et me toise, la bouche tordue par le mépris.

Je feins de ne rien voir en traversant la petite foule. Je suis à peine sorti du poste que j'entends une explosion de voix dans plusieurs dialectes, et je parierais jusqu'à mon dernier dollar qu'elles parlent de moi.

Chika est déjà dehors, les vêtements froissés. Il est évident qu'il a été bousculé. Mais quand je le rejoins, ses yeux flamboient.

— Ils nous font venir ici dans leurs voitures mais refusent de nous ramener, s'insurge-t-il sitôt que je l'ai rejoint.

Je tente de l'apaiser en lui proposant de prendre un taxi.

— Pourquoi devrait-on faire ça ? C'est eux qui nous ont amenés ici !

Je le dévisage, cherchant des traces de culpabilité, mais je ne perçois que son irritation.

— Ils vous ont brutalisé ?

Il hausse les épaules, avant de lâcher :

— Pas plus que je ne m'y attendais.

— Vous savez pourquoi ils pensent qu'on sait quelque chose ?

— C'est la police, non ? siffle Chika. Est-ce qu'ils ont besoin d'une bonne raison pour malmener d'honnêtes citoyens ? Au lieu de faire leur travail, ils roulent près d'une heure pour venir nous arrêter sans la moindre preuve. Absurde.

— Chika, attendez, vous marchez trop vite.

— Désolé.

Il ralentit et nous cherchons du regard un taxi. Certains s'arrêtent, nous lancent un coup d'œil, se tournent vers leurs passagers pour échanger en ikwerre, puis repartent. Il est évident que nous ne trouverons pas ici de taxi vers Port Harcourt. Du moins pas de taxi local.

— Je vais appeler le patron, décide Chika en sortant son téléphone. Il peut nous envoyer une voiture…

— Emeka est toujours à Port Harcourt ?

— Il n'en est jamais parti, réplique brusquement Chika en portant le téléphone à son oreille.

Je songe à contacter Salomé. Elle doit être atterrée par l'attentat contre la vie de son oncle. Peut-être est-ce pour ça qu'elle a essayé de m'appeler, mais je ne veux pas lui parler devant Chika. Je lui envoie un texto.

Désolé d'apprendre ce qui est arrivé à votre oncle. Je sors du poste. Je vous appelle plus tard.

De son côté, Chika a terminé son appel.

— On devrait aller à l'arrêt de bus, suggère-t-il. Il y aura de l'ombre, au moins. Le patron dit qu'il nous envoie une voiture, mais ça peut prendre une ou deux heures selon la circulation.

Nous nous dirigeons vers la section de route où les Trois d'Okriki ont été tués. Un sentiment de déjà-vu me saisit tandis que nous longeons la chaussée, cherchant un taxi parmi les voitures et des motos – lesquelles sont pour la plupart chargées de davantage de passagers que la loi ne l'autorise – qui filent autour de nous. Il y a dans l'air un malaise dont je n'arrive pas à me débarrasser, comme si l'animosité à présent habituelle de la ville remontait à la surface.

— Vous pensez que tout le monde sait pourquoi on nous a interrogés ?

— On peut partir du principe que oui, répond Chika en allongeant le pas. Allons à l'arrêt de bus ; avec un peu de chance, on en trouvera un qui n'est pas conduit par un autochtone.

— Et la voiture que nous envoie Emeka ?

— Je veux juste me tirer d'ici, tranche Chika d'un ton âpre. On pourra la retrouver un peu plus loin.

C'est peut-être à cause de la manière dont les gens nous dévisagent ou du fait que je suis nerveux, mais à présent je marche aussi vite que Chika. Nous pressons encore le pas pour dépasser le plus rapidement possible la résidence de Madame la propriétaire.

Le temps que nous atteignions le rond-point où se dresse le fameux canon, je transpire et suis à bout de souffle. Ne me sentant pas plus en sécurité parmi les personnes hostiles qui attendent leur taxi, je propose d'attendre au rond-point plutôt qu'à l'arrêt de bus.

Une voiture décrit un cercle et s'arrête près de nous. Le conducteur, qui a déjà un client sur le siège passager, se penche par la fenêtre :

— *You dey go campus[1] ?*

Je regarde Chika, puis l'arrêt de bus bondé.

— Partons d'ici, dis-je.

_____

1. Vous allez sur le campus ?

L'ATTAQUE DES DAMNÉS

Nous grimpons sur la banquette arrière et le taxi finit de faire le tour du rond-point pour emprunter la route déserte que les gens ont cessé de prendre depuis le drame – le chauffeur ne doit pas être du coin. Nous nous détendons.

Chika continue d'envoyer des textos et je sors mon propre téléphone pour vérifier si j'ai reçu d'autres messages de Salomé. Aucun. Le véhicule bifurque à un croisement et quitte la route principale.

— Eh ! proteste Chika. Ce n'est pas le...

Soudain, le passager se retourne, une arme braquée sur nous. Instinctivement, je lâche mon téléphone et lève les mains. Chika ne bouge pas.

— Vous n'auriez pas dû revenir.

L'homme ôte ses lunettes noires et remonte un peu sa casquette de base-ball. J'ai le souffle coupé en reconnaissant l'un des jeunes gens qui ont vandalisé nos chambres à l'Hôtel Royal.

— Où nous emmenez-vous ? tente Chika.

— À un endroit d'où vous ne reviendrez pas.

Le chauffeur de taxi nous lance un regard mauvais dans le rétroviseur.

— Vous avez essayé de tuer notre chef. Vous allez payer !

Je réplique sans baisser les mains :

— Les policiers nous ont seulement interrogés. Ils ont les preuves que nous n'avons pas essayé de tuer votre chef.

L'arme du passager ne vacille pas, il ne me quitte pas des yeux et son regard brûle de haine. Je jette un rapide coup d'œil à Chika. Il semble aussi détendu que s'il faisait un petit tour en ville. Il n'a pas levé les mains, et je vois qu'il pianote discrètement sur son téléphone.

La voiture s'arrête et j'observe les alentours. Nous nous trouvons dans une clairière, à l'écart des routes fréquentées. Mon cœur commence à battre plus vite, et je sue à grosses gouttes.

— Faites-les parler, chuchote rapidement Chika tandis qu'on nous tire brutalement hors du véhicule. Le patron écoute.

— À genoux ! ordonne le passager.

Chika a levé les mains, à présent, et nous nous agenouillons lentement.

Le chauffeur de taxi parle rapidement en ikwerre dans son téléphone en agitant une autre arme. J'espère qu'il appelle des renforts. On a besoin de temps.

— Recule !

Le passager donne un coup de pied à Chika.

— Frappe-moi encore sans ton flingue, qu'on voie si tu es un homme.

Le passager lui obéit, au moins partiellement : il assène un coup de crosse à Chika, en plein visage. Je proteste d'une voix paniquée :

— Arrêtez ! Pourquoi faites-vous ça ? On vous a dit qu'on n'avait rien à voir avec...

— Mensonges ! crie le chauffeur. Quelqu'un vous a vus la nuit dernière.

Il envoie à son tour un coup de pied à Chika qui s'est effondré, le visage en sang.

— C'est tout ce que vous pouvez faire ? grogne ce dernier.

Il se redresse avec un sourire mauvais que ses lèvres fendues et ses dents rougies rendent particulièrement inquiétant.

— C'est comme ça que vous assassinez les gens sans défense, dans cette ville ? Vous les enlevez et vous les brûlez ?

Je me livre à un rapide calcul. Si Emeka est encore au bout du fil et a appelé à l'aide de son côté, quand pourrons-nous compter sur du renfort ? Et à qui va-t-il bien pouvoir demander de voler à notre secours, depuis Port Harcourt ? À voir la correction qu'ils sont en train d'infliger à Chika, je doute de pouvoir encaisser aussi bien.

— Ces gamins étaient des voleurs !

— Votre ville est un repaire d'assassins ! les provoque Chika. C'est ce que vous comptez faire, hein ? Nous amener à l'endroit où vous avez tué ces pauvres gosses pour nous faire la même chose ?

Est-ce que Chika est en train d'indiquer notre position à Emeka ? Oh, Seigneur, je l'espère.

Le chauffeur de taxi frappe de nouveau Chika et, à présent, son passager braque son arme sur moi. J'entends alors le rugissement de plusieurs moteurs. Des renforts pour nos bourreaux ou de l'aide pour nous ?

— Notre chef t'avait dit de ne plus revenir ! me crache celui qui me tient en joue. Il t'a prévenu de ce qui t'arriverait si tu continuais à fouiner.

Dis quelque chose, Philip. Fais-les parler.

— Oui. Et je suis parti. Je vous ai dit qu'on avait été arrêtés par la police. C'est elle qui nous a ramenés à Okriki !

— Parce que vous avez essayé de tuer notre chef !

— Si on a fait le coup, pourquoi la police nous aurait-elle laissés repartir ?

Il faut une fraction de seconde à notre kidnappeur pour réfléchir à une réponse. Ce temps suffit à Chika, qui s'est légèrement relevé, pour lui cracher au visage. Le passager lâche un juron et le chauffeur, fou de rage, assène à Chika un coup de pied si violent qu'il glisse sur plusieurs mètres dans la boue. Son téléphone tombe de sa poche. Le chauffeur le ramasse, et semble encore plus enragé par ce qu'il voit.

— Qui écoute ?

Chika ricane.

— Le monde entier. Tout le monde saura ce que vous êtes, toi et les gens de cette ville !

Je l'interpelle, dans l'espoir qu'il se taise. Il y a une différence entre provocation et comportement suicidaire.

— Vous ne pourrez pas les sauver ! beugle le chauffeur de taxi dans le téléphone avant de le jeter par terre et de le piétiner.

Le bruit se rapproche et j'aperçois enfin trois motos, chacune chargée de deux passagers, et la voiture. Le chauffeur de taxi et son acolyte discutent avec excitation, lèvent le poing et saluent les nouveaux venus.

C'étaient donc des renforts.

Chika s'est légèrement déplacé, ce qui oblige nos agresseurs à s'éloigner de moi pour concentrer toute leur attention sur lui. Je saisis ma chance, me redresse rapidement et me jette sur eux avec toute la force que je peux rassembler. Je sais que c'est inutile, mais tout vaut mieux que rester à genoux dans la boue, les mains levées.

Chika, à son tour, se relève, rapide comme l'éclair. Je me mets à frapper à l'aveuglette, je touche une pommette. Ou une mâchoire ? Difficile à dire. Un bâton, ou quelque chose d'aussi dur, me frappe aux côtes. Je me plie en deux.

D'autres hommes surgissent. J'entends des os craquer et, à travers ma propre douleur, je distingue Chika, qui expédie un coup de pied au passager et essaie de lui prendre son arme.

Des coups de pied et de poing s'abattent sur moi, administrés par les nouveaux assaillants ; j'ai beau me recroqueviller, ils continuent de pleuvoir. Chika s'effondre de nouveau et ma vue se trouble. J'entends alors un bruit puissant. Comme une détonation. Puis une autre. Et j'aperçois Chika par terre. Tout devient noir.

A-t-il été touché par un coup de feu ?

Ou est-ce que c'est moi qui l'ai pris ?

Je bascule dans un espace vide et infini.

L'AUTRE FILS

J'ai cédé la place à John Paul pour qu'il puisse voir sa mère.

Je la lui laisse souvent, ces derniers temps, d'autant que le Plan Final approche. De plus, il est temps que maman rencontre les deux moi de son fils.

John Paul prend l'ascenseur jusqu'au service oncologie, peu perturbé par l'odeur de médicaments, de vomi et de maladie. Il adresse un sourire à l'infirmière de garde, qui croit le reconnaître et lui fait signe de gagner la chambre de notre mère.

Lorsqu'il entre, il tire une chaise tout près du lit et lui chuchote à l'oreille :

— Je vais te sortir d'ici.

Les yeux de ma mère pétillent gaiement.

— Ne dis pas de bêtises. C'est un bon hôpital.

— Je m'occuperai mieux de toi.

— Tu n'es pas docteur.

— J'ai appris des tas de choses au monastère, maman, y compris comment soigner les malades.

— Ma maladie à moi, on ne peut pas la soigner.

— *Alors pourquoi m'as-tu appelé ?* demande John Paul assez sèchement.

Ma mère le fixe en fronçant les sourcils. Son sourire s'évanouit.

— *Ce n'est pas toi,* souligne-t-elle d'un ton plat.

John Paul ne prend pas la peine de nier.

— *Comment le sais-tu ?*

— *Tes yeux. Ils sont morts. Tu es ce diable qui s'empare de lui. Celui qui a tué son père.*

— *Ce n'était pas son père.*

— *C'était un homme bon, il s'est occupé de nous quand son père nous a abandonnés.*

— *Il abusait de ton fils.*

— *Tu mens !*

Maman s'agite, et moi aussi. J'observe depuis l'ombre. J'ai envie de crier à John Paul de mettre fin à cette conversation, mais son emprise est trop forte.

— *Tu sais que je ne mens pas.*

— *C'était un homme bon,* insiste ma mère.

— *C'était un homme riche qui s'est servi de son argent pour t'aveugler.*

— *Il t'aimait... c'était juste de l'affection.*

— *Il me violait, maman...*

J'arrête de chercher la lumière. Est-ce que John Paul vient de dire qu'il est moi ? C'est impossible. C'est à moi que c'est arrivé ! C'est moi qui ai besoin d'être sauvé, pas lui.

— *C'est le méchant en toi qui te fait dire ces choses. Appelle l'infirmière. Tu dois partir. Ne reviens pas tant que tu tiendras mon fils.*

Maman essaie d'appeler l'infirmière, mais sa voix est trop faible. John Paul se lève et tire le rideau, la dissimulant à la vue du personnel et des autres patients.

— *Je veux l'infirmière, répète maman.*

— *Je t'ai montré les bleus, le sang, mais tu as refusé de me croire.*

John Paul se penche sur elle, les traits déformés par la colère.

— *Tu m'as sacrifié pour ton mari parce qu'il t'a donné un toit et t'a acheté de beaux cadeaux.*

— *Tu avais une imagination débordante. Tu inventais toujours des histoires, tu dessinais des choses folles sur le moindre bout de papier de la maison. Comment savoir que ce n'était pas l'une de tes histoires ?*

— *Tu lui as demandé ? Tu l'as confronté à la réalité ?*

— *Avec quoi ? Je ne l'ai jamais vu se comporter autrement que comme un père avec toi, et tu l'as tué.*

— *Et même après sa mort, tu as abandonné ton enfant...*

— *Tu étais avec des hommes de Dieu !*

— *Tu ne sais rien de Dieu ! siffle John Paul. Et eux non plus n'en savaient rien.*

— *Et toi, si ?*

— *Je suis mon seul dieu.*

— *Tu es le diable.*

Maman semble puiser une nouvelle force venue d'on ne sait où. Elle attrape la main de John Paul et lève la tête vers lui.

— *Mais ce n'est pas trop tard. Tu peux encore être sauvé.*

— *Sauvé ?*

— *Regarde-moi. Je suis en train de mourir d'une maladie incurable. C'est ma punition. Mais ce n'est pas trop tard pour toi. Si tu vas voir la police...*

La réponse de John Paul fait écho à la mienne, dans l'ombre :

— *Non.*

— *Tu as tué un homme !*

— *Il méritait de mourir. Si tu étais une vraie mère, tu l'aurais tué à ma place.*

— *Confesse-toi, mon fils. Je peux appeler la police et le prêtre, et nous nous confesserons ensemble...*

Tandis qu'elle parle, John Paul se redresse de toute sa taille et arrache sa main aux siennes.

— *On pourra même dire que c'était de la légitime défense*, insiste maman d'une voix pressée, suppliante. *Mais on ne peut pas laisser nos âmes partir en enfer en ne confessant pas ce péché mortel.*

John Paul se penche de nouveau sur ma mère. Il vérifie l'intraveineuse, examine la machine qui surveille ses fonctions vitales, puis la fixe, elle.

Maman continue de parler.

— *Mon fils, je t'en prie, même si nous sommes punis sur cette terre, nous trouverons la paix au ciel. Nous devons nous conf...*

John Paul se penche vers maman et l'embrasse doucement sur le front.

— *De la part de ton fils*, chuchote-t-il.

Puis il tire l'oreiller sur lequel repose sa tête et le lui pose sur le visage.

— *Et ça, c'est de la mienne.*

ACTE IV

Les ondes lumineuses changent de direction quand elles traversent une ouverture ou rencontrent un obstacle.

ASTEM

DE L'AIR

J'essaie de respirer et j'ai l'impression que mille couteaux me lardent les flancs. La douleur me force à ouvrir les yeux.

Le chaos.

Des gens parlent rapidement, mais je ne comprends pas ce qu'ils disent.

Du blanc partout. Même les gens sont blancs, leur visage flou dans leurs vêtements blancs, comme dans une aquarelle.

Un visage brouillé s'approche, se penche sur moi, et un rayon de lumière perce mon champ de vision.

Je tressaille face à cet éclat, et la douleur vive dans mes côtes menace de m'assommer de nouveau.

— Il est conscient. Comment vous appelez-vous ? Dites-moi votre nom !

Je veux leur dire de ne pas crier, mais au lieu de ça…

— Philip.

— Deux plus deux ?

— Quatre.

Ma voix semble venir d'un endroit lointain. Mais c'est bien moi qui réponds. Qui respire.

— Qui est le président du Nigeria ?

Inspirer me fait mal.

— Qui ça intéresse ?

— Bien. Il est avec nous. Prévenez le bloc.

Je suis vivant. Mais où est Chika ?

Tout redevient noir avant que je ne sois sûr d'avoir posé la question.

RÉVEIL BRUTAL

La première fois que je rouvre les yeux, c'est sur un plafond d'un blanc aveuglant. Un ventilateur tourne au ralenti et me donne l'impression que la pièce tourbillonne. Je referme les paupières et tout redevient immobile. Je décide de les garder closes un peu plus longtemps.

La deuxième fois, c'est une migraine aveuglante qui m'oblige à les refermer. Malgré ça, le martèlement persiste dans mon crâne. Un son perçant emplit la chambre et j'aimerais me couvrir les oreilles, mais je ne peux pas. Il y a trop de fils partout. Le sifflement se fait plus fort. Je garde les paupières serrées jusqu'à ce que le bruit se réduise à une série de bips et que les coups dans ma tête refluent.

La fois suivante, j'ouvre les yeux parce que j'entends des voix.

— Il sait quelque chose…

— Tu ne peux pas en être sûr.

Je n'arrive pas à déterminer si je rêve ou si Omereji et Salomé se tiennent vraiment au pied de mon lit, face à face, discutant avec agitation.

— Ils ont essayé de tuer mon père. Ton oncle, crache Omereji dans un murmure pressé.

Tout me revient. Le poste de police. Le kidnapping. Chika !

— Tu ne peux pas le prouver…, dit Salomé.

— Eh, dis-je faiblement.

Omereji et Salomé se tournent vers moi à l'unisson, mais c'est Salomé qui vient à mon chevet.

— Vous êtes réveillé !

Je plaisante en tentant de me redresser :

— Comment dormir avec tout ce bruit ?

— Ne bougez pas. Vous avez une côte fêlée et une grosse commotion.

Je touche ma tête et sens un bandage. Ça explique les migraines. Et si je n'arrive pas à respirer, c'est parce que mon torse est emmailloté comme celui d'une momie.

— Depuis combien de temps je suis là ?

Salomé lance un coup d'œil à Mike, qui ne m'a pas quitté des yeux, puis se tourne de nouveau vers moi.

— Trois jours. Ils vous ont plongé dans le coma parce qu'ils craignaient une hémorragie cérébrale.

— Trois ?

J'essaie de me relever et le regrette aussitôt.

— Où est Chika ?

— Votre ami va bien, répond Omereji d'un ton indifférent. Il a subi des blessures mineures après en avoir infligé quelques autres à vos assaillants.

Je me détends légèrement.

— Ils ne lui ont pas tiré dessus ?

— Non, Philip, me rassure Salomé, il va bien.

— Mais j'ai entendu des coups de feu…

— Je pense que vous devriez vous reposer, maintenant. Mike et moi sommes venus ici pour voir mon oncle, et nous nous sommes dit que nous pourrions passer vous rendre visite.

— Comment va-t-il ?

— Il est sorti des soins intensifs. Son état est stable, à présent.

— Grâce à Dieu.

Omereji a une drôle d'expression, et je devine ce qui va suivre. Je me sens subitement épuisé.

— Vous pensez pouvoir répondre à quelques questions ? s'enquiert-il en se rapprochant.

Il semble n'avoir pas dormi depuis la dernière fois que je l'ai vu.

— Philip, vous n'êtes pas obligé de..., proteste Salomé.

— Qu'est-ce que je pourrais ajouter à ce que je vous ai déjà dit quand vous m'avez arrêté à tort ?

— Écoutez, à propos de ça, comprenez ma position...

Ma tentative de sourire doit ressembler à une grimace. Ma migraine revient avec une violence décuplée.

— Ça ne ressemble pas à des excuses, dis-je pour gagner du temps et retrouver mes esprits.

— Des excuses ?

J'aurais ri face à la consternation manifeste de l'inspecteur si ça ne m'avait pas fait mal dans tout le corps.

— Vous m'avez arrêté sur un simple soupçon et des préjugés personnels...

— J'avais de très bonnes raisons de le faire ! siffle Omereji.

— C'est ce que tu vas dire à son avocat ? riposte Salomé en dévisageant son cousin avec un air de défi.

Un silence tendu s'installe. Ma tête recommence à me faire mal et mon cœur bat trop vite, mais je sais que je dois rester calme.

— Docteur Taiwo, je mentirais si je vous disais que je suis désolé de vous avoir fait conduire au poste. En revanche, je m'en veux de n'avoir pas suivi le protocole, de ne pas vous avoir fourni de protection dans une ville que je savais hostile envers vous, et, bon, je…

— D'accord… ça va.

Voir ce fier officier admettre ses fautes est embarrassant, et ce serait malvenu de ma part de le laisser continuer.

— Je comprends.

Je plaque un sourire de circonstance sur mon visage tandis que Salomé rayonne comme une institutrice qui vient d'empêcher une bagarre dans la cour de récréation.

— Qu'est-ce que vous voulez savoir ? fais-je.

Salomé intervient encore.

— Philip, rien ne vous oblige à…

Omereji coupe court à ses protestations.

— Nous avons fait une analyse balistique de la balle qui a touché mon père. Elle a été tirée par un fusil de sniper. Ce n'est pas une balle ordinaire. C'est un modèle coûteux, difficile à trouver dans le coin. Je pense que c'était une tentative d'assassinat.

— Et vous croyez toujours que je sais quelque chose là-dessus ?

Je tente de m'exprimer le plus calmement possible, mais je me sens de plus en plus mal.

Salomé soupire :

— Mike n'a aucune preuve, mais il soupçonne Chika d'avoir tiré sur son père.

— Mais pourquoi ?

— Parce que Chika est arrivé en ville juste après la mort de ces garçons, me répond l'inspecteur. Il fouinait, posait des questions et suivait des gens. Dont mon père.

— Pourquoi ne pas l'avoir arrêté, alors ?

Salomé pose la main sur le bras de Mike, comme pour lui demander de me ménager.

— Je l'aurais fait si j'avais été là. Mais pour quel motif ? ironise Omereji. D'abord, les gens l'ont pris pour un journaliste. Puis certains ont pensé qu'il écrivait un livre. Au bout de quelque temps, il s'est tout simplement volatilisé, et tout le monde l'a oublié ; quand il est revenu avec vous, on l'a à peine reconnu.

— C'est alors qu'on a découvert que vous aviez été engagé par Emeka Nwamadi, glisse Salomé.

— Ce qui signifie, ajoute Omereji, que Nwamadi a aussi engagé votre Chika.

Mon regard va de l'un à l'autre. De toute façon, elle saura si je mens. Alors je dis la vérité.

— Je vous garantis que si c'était Chika qui avait tiré sur le chef, il n'aurait jamais manqué sa cible.

Omereji et Salomé échangent un regard. Il hausse les épaules, résigné, et Salomé me toise. Son maquillage a un peu coulé autour des yeux. J'imagine qu'elle aussi dort peu en ce moment.

— Nous allons rendre visite à mon oncle, conclut-elle. Vous êtes au même étage que lui mais il est dans l'aile ouest, sous surveillance permanente en raison de son âge. Je tâcherai de revenir vous voir.

Elle tapote ma main et se tourne vers Omereji, qui me fixe sans ciller.

— Mike, allons-y.

— C'était un Brügger & Thomet.

— Pardon ? dis-je d'une voix inégale.

— Le fusil employé pour tirer sur mon père. Un Brügger & Thomet. Faites-moi savoir si vous tombez sur une telle arme.

— Et vous, faites-moi savoir quand vous aurez arrêté les gens qui nous ont attaqués.

— C'est déjà fait, réplique Salomé. Mike leur a mis la main dessus le jour où vous avez été amené ici.

— Vous devrez les identifier et répondre à quelques questions avant qu'on ne puisse les inculper formellement. Mais oui, nous avons dix jeunes en garde à vue.

— Merci, dis-je à Omereji, me sentant soudain un peu honteux.

— Et donc, prévenez-moi si vous tombez sur le fusil en question, docteur Taiwo. Remettez-vous bien.

Il se détourne et sort. Salomé soupire, m'adresse un signe de la main et lui emboîte le pas.

SECOURS INATTENDU

Vu où j'en suis sur cette affaire, je m'interroge. Qui dois-je voir en premier ? Chika ou Emeka ? Mais je n'ai pas à me donner cette peine, puisque Emeka ne tarde pas à rentrer dans ma chambre d'hôpital en compagnie d'un homme que je reconnais d'après ma désastreuse visite à la clinique psychiatrique.

— Docteur Taiwo.

— Emeka !

Je réponds prudemment, les yeux braqués sur le père de Mercy.

— Je vous ai amené un visiteur. Elechi Opara, je vous présente le Dr Philip Taiwo.

Elechi Opara s'avance avec un grand sourire chaleureux. Je me sens de nouveau honteux :

— Je suis vraiment désolé pour...

Il lève la main pour m'interrompre.

— Ça va, docteur Taiwo, lance-t-il avec bienveillance. Je ne vous en veux pas. Emeka m'a dit à quel point il vous mettait la pression.

— Il n'empêche, monsieur, que je regrette profondément. Comment va Mercy ?

— Elle va mieux, et elle est rentrée chez nous. Nous espérons qu'elle va y rester pour de bon, cette fois.

Emeka s'avance.

— J'ai fait venir Elechi pour que nous puissions tous deux le remercier…

Je les scrute, perplexe. Emeka affiche un large sourire, et passe même un bras autour des épaules d'Elechi Opara.

— Le remercier ?

— On ne vous a rien dit ?

— À propos de quoi ?

— C'est Elechi qui vous a sauvés de ces voyous.

Je ne m'y attendais pas et je bafouille, médusé.

— Comment… ?

— Par chance, je me trouvais assez près de l'endroit où vous avez été attaqués quand Emeka m'a appelé…

— Vous l'avez appelé ?

— Grâce à Chika, j'ai tout entendu, confirme Emeka, et j'ai compris le danger que vous couriez. J'ai dû agir vite, et je n'avais personne à prévenir dans le secteur hormis Elechi.

— Je n'ai pas eu de mal à vous trouver. J'ai vu que plusieurs jeunes gens, déjà passablement agités, partaient vers un endroit précis, et j'ai compris qu'ils devaient se diriger vers vous. Alors j'ai appelé une moto et je les ai suivis.

— Même après ce que j'ai fait, dis-je en secouant la tête, abasourdi, vous êtes venu à notre secours…

— Je n'avais pas d'autre choix.

— Je me suis excusé de notre part auprès d'Elechi, précise Emeka, et je lui ai expliqué que je vous pressais de terminer votre rapport. Je ne pouvais vraiment faire appel à personne d'autre, et il m'était totalement impossible d'arriver à temps, avant que ces garçons ne vous fassent vraiment du mal.

Je me tourne vers Elechi.

— C'est vous qui leur avez tiré dessus ?

— J'ai tiré en l'air, pas sur eux. C'était la seule façon de les calmer.

— Heureusement que vous étiez armé.

C'est à la fois une question et une constatation. Aux États-Unis, je n'ai jamais pu comprendre pourquoi certaines personnes portent une arme comme ils porteraient n'importe quel autre accessoire. Pourtant j'ai vu plus d'armes ici, en moins de deux semaines, que durant une année entière passée à travailler avec la police de San Francisco.

— Mes compatriotes ont tué l'ami de ma fille et l'ont même attaquée quand elle a essayé de sauver Kevin. Depuis, je suis armé.

— Et nous avons eu de la chance que ce soit le cas, souligne Emeka en tapotant l'épaule d'Elechi – d'une manière trop joyeuse, qui doit être une façon de masquer la douleur que ravive chaque mention de Kevin.

J'ajoute doucement :

— Et Chika aussi.

Le visage d'Emeka se durcit.

— Bien sûr. Et Chika aussi.

— D'ailleurs, où est-il ? fais-je, déçu qu'il ne m'ait pas encore rendu visite, s'il va vraiment mieux.

— Il règle quelques affaires pour moi à Port Harcourt. Il reviendra bientôt. Pour l'instant, remettez-vous. Nous aurons besoin de vous sur pied le plus vite possible. Venez, Elechi, laissons-le se reposer.

— Merci, monsieur Opara, dis-je très sincèrement.

— C'était le moins que je puisse faire, docteur Taiwo.

Nous échangeons une faible poignée de main car le moindre mouvement me fait mal. J'ajoute :

— Je ne sais pas comment vous exprimer ma gratitude, monsieur.

Elechi se tourne vers Emeka, qui hoche la tête.

— Emeka m'a dit que vous étiez psychologue, commence Elechi avec embarras. Je ne veux pas tirer avantage de votre état, et je sais que les docteurs de la clinique font tout leur possible pour Mercy…

Il ne termine pas sa phrase et j'essaie de deviner où il veut en venir. Lorsque je comprends, je fais aussitôt non de la tête, et Emeka intervient.

— J'ai expliqué à Elechi que vous n'étiez pas ce genre de psychologue, mais tout ce qu'il demande, c'est un deuxième avis.

— Oui. Rien de plus que ça. Je me dis que vous pourriez découvrir quelque chose que nos docteurs nigérians ne voient pas…

Elechi me sourit, mais il y a dans ses yeux une tristesse qui me rappelle celle d'Emeka quand il parle de son fils.

— Mais, monsieur, je suis désolé, je ne suis pas praticien.

Le visage d'Elechi se décompose et des yeux je supplie Emeka pour qu'il me vienne en aide, mais ce dernier se contente de hausser les épaules.

— Je ne suis qu'un chercheur, monsieur.

— Vous restez néanmoins un psychologue…, insiste Elechi.

— Oui, mais pas le genre qui peut émettre des diagnostics ou délivrer des médicaments.

— Pourriez-vous malgré tout donner un avis ? Voire nous dire où trouver de l'aide ?

— Je suis spécialisé dans le crime et…

J'interromps mon discours bien rodé ; Elechi ne comprend pas pourquoi je renâcle. De son point de vue, je suis psychologue. Toute précision superflue sur mon domaine d'expertise constitue une dérobade ou, pire, un refus. En outre, je lui dois la vie. Je concède finalement :

— Je pourrais vous dire ce que je pense, et peut-être vous donner le nom de certains praticiens…

— C'est tout ce que je vous demande, répond-il avec un large sourire. Dès que vous serez rétabli, je pourrai passer vous prendre à Port Harcourt…

J'ai envie de lui dire qu'il va trop vite en besogne, mais je ne peux pas me résoudre à faire disparaître le soulagement qui s'est peint sur son visage.

— Et au fait, propose Elechi en se tournant vers Emeka, l'action de grâce ?

— L'action de grâce ?

Ma migraine m'indique clairement que ce n'est pas un événement auquel j'ai envie d'assister, mais je risque de ne pas pouvoir décliner.

— Elechi organise un repas d'action de grâce chez lui pour fêter le retour de Mercy, explique Emeka.

— Le parrain et la marraine de Mercy arrangent un petit service dans leur église ce jour-là, et ensuite nous dînerons tous chez nous. Vous pourriez vous joindre à nous, observer Mercy, lui parler...

Je dévisage Emeka, sans parvenir à déchiffrer son expression. Est-ce qu'il veut que j'y aille ? Est-ce que lui-même ira ?

— Si vous vous sentez mieux, bien évidemment... ? insiste Elechi.

Cette précision me permet de sourire et de promettre que j'y réfléchirai en toute sincérité.

— Nous devrions vous laisser vous reposer, dit enfin Emeka en s'avançant.

Je serre la main qu'il a posée sur la mienne et, du regard, le prie de rester. Il acquiesce et indique au père de Mercy :

— Je vous rejoins tout de suite, Elechi...

Opara hoche la tête mais s'arrête à la porte.

— Vous me direz si vous pouvez venir, alors ?

J'agrippe encore la main d'Emeka mais réussis à afficher un sourire reconnaissant.

— J'en serai honoré, monsieur.

Les dés sont jetés.

— J'enverrai les détails à M. Nwamadi.

Opara me sourit encore et, sitôt qu'il est sorti, je demande sans préambule à Emeka :

— Est-ce que vous avez demandé à Chika de tuer le chef Omereji ?

Il retire brusquement sa main.

— De quoi parlez-vous ?

— Je vous ai vu lui donner le sac contenant le fusil, Emeka. Dites-moi la vérité.

— Vous avez pris un sale coup sur la tête, Philip.

— Ne vous moquez pas de moi, Emeka.

Il jette un coup d'œil autour de lui comme s'il craignait que quelqu'un nous écoute. Lorsque son regard revient à moi, il arbore une grimace outrée.

— Vous m'accusez d'un crime terrible...

— Vous êtes un père endeuillé. Un homme en colère. Je pourrais comprendre que...

— Personne ne peut comprendre, lâche-t-il d'un ton glacial avant de se diriger vers la porte.

— Vous avez parlé à mon père, au moins ? Vous lui avez dit ce qui m'est arrivé ?

Son visage se ferme sur-le-champ.

— Pour ce que ça vaut, Philip, oui, je lui ai parlé. Et je l'ai remercié de vous avoir convaincu d'accepter cette mission. Je l'ai aussi tenu informé de votre état de santé. Je crois qu'il est en contact avec vos médecins.

Je hoche la tête. Mon père et ses amis vont peut-être profiter de ces événements pour ramener Emeka dans le droit chemin.

— Je veux voir Chika, dis-je.

Emeka opine avec un sourire artificiel.

— Je lui ferai savoir.

— Vous savez qu'il a raté sa cible volontairement, n'est-ce pas ?

— J'ignore de quoi vous parlez. Reposez-vous, à présent.

J'insiste, fébrile :

— Il l'a ratée pour vous empêcher de commettre une terrible erreur.

— Reposez-vous, docteur Taiwo.

Son ton indique que la discussion est close, et il referme la porte derrière lui pour s'assurer que j'ai bien compris le message.

Pour la deuxième fois de la journée, je me retrouve seul, à me demander qui sont les véritables méchants dans la tragédie des Trois d'Okriki.

RETROUVAILLES

Je rêve que Folake est assise au pied du lit. Je lui souris, et elle me rend mon sourire.

— Salut, trésor, lui dis-je.

Lorsqu'elle se lève et me rejoint précipitamment, je me rends compte qu'elle est vraiment là. Mon cœur tambourine de joie. J'éprouve une bouffée de gratitude perverse envers les jeunes gens d'Okriki qui nous ont attaqués, Chika et moi. L'inquiétude qu'affiche ma femme justifie presque les côtes fêlées et les terribles migraines.

— Grâce à Dieu…, souffle-t-elle.

— Je ne rêve pas…

— Je suis bien là, trésor.

— Les enfants ?

Je regarde derrière elle.

— Ils vont bien. Ils sont avec ta mère.

— Mais comment as-tu… ?

— Ton père. Il m'a prévenue que tu avais eu un accident et m'a mise en contact avec Emeka, qui a tout organisé pour que je puisse venir.

— Avec son jet ?

— Je n'allais pas me priver, sourit-elle.

— Ha. Une vraie star.

Je ne peux pas m'empêcher de rire, malgré la douleur. Folake rit aussi et me serre la main mais, subitement, son rire devient sanglot.

— S'il te plaît, ne pleure pas…

— J'ai eu si peur, lâche-t-elle entre deux hoquets. Je n'arrivais pas à te joindre. Ton téléphone était coupé.

Elle cherche un mouchoir dans son sac à main posé sur une chaise et se mouche.

— Je pensais… aux choses que tu m'as dites la dernière fois…

Les larmes reprennent de plus belle. Peu importe ce que j'ai vu, peu importe ce qu'elle a fait, je sais qu'elle m'aime. Et je l'aime. Mais mes paroles se dressent encore entre nous. Comme les choses que j'ai vues. De la main, je lui propose de s'approcher, ce qu'elle fait en se mouchant bruyamment.

Je me décale précautionneusement vers le bord du lit pour lui faire une place. Comme elle ne peut pas poser la tête sur ma poitrine, elle s'appuie contre mon épaule. Je ferme les yeux et hume l'odeur d'huile de coco et de beurre de karité de ses boucles. Je me penche pour l'embrasser sur le front.

Nous restons couchés là. En silence. Ensemble.

Elle ne quitte pas mon chevet et les infirmières ne semblent pas s'en offusquer. Elles la laissent tranquille et nous passons la nuit ensemble pour la première fois depuis presque deux semaines.

Je suis fatigué et sonné, mais ma femme m'a tellement manqué que je reste éveillé pour l'écouter me régaler d'anecdotes sur nos enfants, sur son travail – en évitant soigneusement notre dernier coup de fil.

Moins de quarante-huit heures après l'arrivée de Folake, mon scanner cérébral confirme que mon cerveau va bien. Je dois me ménager et prendre des analgésiques pour mes côtes, mais hormis cela, je suis en assez bonne santé pour quitter le pavillon privé de l'hôpital universitaire d'État.

Je suis sur le point de commander un taxi qui nous ramènera, Folake et moi, à Port Harcourt, quand je reçois un texto d'Emeka qui me prévient que Chika est en route pour me retrouver. Je décide de l'attendre.

— Tu ne l'as vraiment pas revu depuis l'attaque ? s'étonne Folake tout en m'aidant à passer les vêtements qu'elle m'a apportés de Lagos.

Je tressaille quand je dois lever un bras pour enfiler ma chemise et lui explique :

— Pas une seule fois. Je crois qu'il a honte.

— De quoi aurait-il honte ?

J'essaie de hausser les épaules, sans succès.

— J'ai été plus qu'honnête avec lui, et il l'a été beaucoup moins avec moi.

— Tu veux parler du fusil qu'Emeka lui a donné, c'est ça ?

Folake boutonne la chemise à ma place.

J'ai envie de partager mes soupçons concernant la tentative d'assassinat du chef Omereji, mais mieux vaut attendre que nous soyons rentrés à l'hôtel. J'ai hâte de partir d'ici.

À ce moment-là, la porte s'ouvre et Salomé entre. Elle s'arrête net en voyant Folake. C'est bref, presque imperceptible, mais son sourire vacille puis s'élargit tandis qu'elle s'avance vers nous.

— Vous devez être la professeure Taiwo. Bonjour, je m'appelle Salomé Briggs.

Si Folake est surprise, elle n'en montre rien. Elle lui tend la main.

— Ravie de vous rencontrer.

— Vous avez meilleure mine, l'Américain, me lance Salomé.

— Avec tous ces bandages, j'ai l'impression d'être un paquet cadeau.

Salomé rit gaiement.

— Et madame est là pour l'ouvrir, glisse-t-elle.

Sur ce, elle lance un clin d'œil moins licencieux que taquin et, sans attendre de voir notre réaction, elle repart.

— Je suis venue rendre visite à mon oncle, alors je me suis dit que je pourrais passer vous voir avant de me retrouver coincée avec toute la famille, précise-t-elle sur le pas de la porte.

— Comment va-t-il ?

— Bien mieux. Contente d'avoir fait votre connaissance, prof.

Et elle disparaît comme elle est arrivée.

— L'Américain ? répète Folake.

Je m'abstiens de commenter ce surnom.

— C'était rapide, comme visite, poursuit-elle sans me regarder.

— Elle est très occupée. Je suis surpris qu'elle arrive à passer voir son oncle aussi souvent.

— Qui est-ce ?

Sa question me frappe. Durant ces deux derniers jours, j'ai presque tout dit à Folake de ce que j'ai vécu à Okriki et à PH, mais je n'ai pas mentionné Salomé une seule fois. Du moins, pas par son prénom. Freud se régalerait.

— Tu te souviens de l'amie dont je t'ai parlé, qui a organisé notre hébergement à PH ?

— C'est *elle*, l'amie ?

Je fais de mon mieux pour ignorer la manière dont elle accentue le mot.

— Elle est avocate. Elle défend certains des accusés de l'affaire d'Okriki.

Folake écarquille les yeux.

— Et vous êtes amis ?

— Oui.

Je me détourne pour prendre ma montre sur la table de chevet, mais le regard de ma femme me brûle le dos.

— Et son oncle est ici ?

Le verre du cadran est fissuré en plusieurs endroits, mais elle fonctionne encore.

— Son oncle est le chef Omereji.

— Eh bien, trésor, tu choisis drôlement bien tes amies.

L'arrivée de Chika m'épargne une réponse.

Il a l'air fatigué, et le pansement sur son front lui donne un air dolent. Je suis content de le voir – surtout qu'il tombe à pic.

— Eh bien, bonjour, dis-je avec une nuance de reproche dans la voix.

— Bonjour, monsieur, répond-il, son sourire ne montant pas jusqu'à ses yeux.

Je prends une profonde inspiration. Retour à la case départ.

CONFESSIONS D'UN ASSASSIN

Après les nuits inconfortables passées avec Folake à l'hôpital, le Tropicana ressemble à un paradis. Dès que nous sommes dans ma chambre, elle se fait couler un bain, choisit une playlist sur son téléphone et prend ses quartiers dans la luxueuse salle de bains.

C'est peut-être à cause des analgésiques ou du fait que j'ai dormi pendant presque six jours d'affilée, mais je suis agité et mon esprit ne cesse de ressasser les deux dernières semaines.

La tentative d'assassinat du chef a déclenché une série d'événements à Okriki. Les nouvelles des troubles qui agitent la communauté sont partout. Bizarre de penser qu'un mois plus tôt, même la mort de trois étudiants n'a pas suffi à susciter une curiosité particulière de ma part envers cette ville. Aujourd'hui, je ne pense plus qu'à elle et à ses habitants.

Les opioïdes, la compresse massive sur mon front et les épais bandages autour de mes côtes ne manquent pas de me rappeler que je suis passé à un cheveu de la mort. Avec le recul, je dois admettre que cette attaque n'était pas surprenante. Avec la mise à sac de ma chambre d'hôtel et l'hostilité qui nous a souvent accueillis, Chika et moi, ce n'était qu'une question de temps avant que la situation ne dégénère.

J'ai parlé à ma mère et aux enfants, qui sont gâtés à l'excès par leurs grands-parents. Je les ai rassurés sur mon état, mais je n'ai pas pu faire davantage qu'envoyer un bref texto de remerciement à mon père. Quand tout sera terminé, je sais que nous devrons avoir une conversation très sérieuse qui durera jusqu'à bien après l'aube.

J'entends Folake fredonner « Feeling Good » de Nina Simone, et je ne peux m'empêcher de revenir à la brève rencontre avec Salomé, plus tôt dans la journée. Ma femme n'est pas idiote et elle a sûrement détecté ce qui se passait. Ne pas avoir mentionné son nom quand j'ai relaté les événements qui m'ont amené au Tropicana est déjà une preuve accablante – et si je n'ai jamais été infidèle en dix-sept ans de mariage, je ne peux pas jurer que je serais resté insensible aux charmes de Salomé si les circonstances avaient été différentes.

Et puis il y a Chika.

La musique qui émane de la salle de bains bascule sur une compilation des plus grands succès d'Anita Baker. Ma femme ne sortira pas de sitôt. Je consulte l'heure et me lève, un peu trop vite pour mon état. Je me dirige vers le bureau dans l'intention de rédiger un bref message destiné à Folake, et marque un temps d'arrêt. Sur le bureau, une enveloppe en papier kraft avec mon nom et le numéro de la chambre. Dedans, je découvre un article extrait du *Nigerian Journal of Law Reform* : « Implications légales du décret anti-gays au Nigeria. Une étude de l'affaire Momoh Kadiri contre la police de l'État de Rivers », par Tamuno Princewill, faculté de droit, université d'État.

Ah oui, les fichiers que Chika a fait imprimer juste avant notre arrestation. Je note que l'étude a été supervisée par le professeur Esohe, et m'étonne de la rapidité avec laquelle les choses ont changé. Je n'ai pas eu le temps de rencontrer le doyen de la faculté de droit.

Je ne remets pas l'article dans l'enveloppe pour penser à le lire ce soir, puis rejoins la chambre de Chika.

— Vous êtes censé vous reposer, me sermonne-t-il, la porte à peine ouverte.

— Je pourrais en dire autant pour vous.

Il hausse les épaules, comme de coutume.

— Vous ne me faites pas entrer ?

Il hésite mais finit par s'écarter.

Je le suis à l'intérieur. Avec mes affaires et celles de Folake étalées partout, ma chambre ressemble à un vrai lieu de vie. Celle de Chika, en revanche, est parfaitement en ordre. Sa valise est ouverte.

— Vous allez quelque part ?

— Je rentre chez moi.

— Sans me prévenir ?

Il évite soigneusement de croiser mon regard.

— Le patron m'a dit qu'il vous préviendrait lui-même.

— Pourquoi ?

Chika, très concentré sur sa valise, triture ses vêtements déjà pliés. J'insiste.

— Pourquoi partez-vous ?

— Le patron vous le dira quand il en aura envie.

— C'est à vous que je pose la question.

— J'ai été renvoyé, Philip, répond-il, laconique. Il m'a dit que je n'étais pas à la hauteur et m'a ordonné de rentrer chez moi. S'il m'a demandé de revenir hier, c'était seulement parce qu'il devait sauver les apparences devant vous.

— Quoi ? Mais pourquoi cette mascarade ?

Chika plante ses yeux dans les miens.

— Vous savez bien pourquoi.

Emeka doit lui avoir fait part de mes soupçons ; il a peut-être même pensé que Chika m'avait tout avoué.

— Vous avez raté votre coup délibérément.

Chika a un rire sardonique.

— J'ai été incompétent.

— C'est ce que vous vouliez qu'il pense. Pourquoi ?

Il reporte son attention sur sa valise.

— Chika, s'il vous plaît, soyez franc avec moi. Qui êtes-vous en vérité ?

Délaissant ses vêtements, il commence à faire les cent pas. Il se demande probablement si c'est judicieux de me parler. Je le laisse à son débat intérieur et vais m'asseoir sur son lit. Comme poussé par une force qu'il ne contrôle pas, il finit par baisser la garde.

— Vous vous rappelez ce que je vous ai dit, à propos de mon appartenance à une secte ?

Je hoche la tête. Je crains qu'il ne se ravise si je parle.

— Je ne vous ai pas révélé ce que j'avais fait après avoir été renvoyé de la fac.

Je garde le silence et il soupire.

— J'ai rejoint une société de sécurité, qui forme des jeunes, hommes et femmes, au métier de garde privé. Ceux d'entre nous qui s'avèrent particulièrement doués deviennent les gardes du corps personnels de gens très

importants. Les meilleurs intègrent un groupe de com-
battants d'élite qui sont envoyés dans des pays en guerre,
sous contrat. La plupart du temps, on ne fait qu'escor-
ter des ambassadeurs ou des dignitaires en visite. Mais
parfois, on est vraiment amenés à combattre.

— Vous êtes mercenaire, en fait ?

— Oui.

J'ai l'impression d'être dans un film, ou dans un
roman de John Le Carré. Mais vu la tête de Chika, il
ne s'agit clairement pas d'une histoire inventée pour
distraire un public. Je revois les cicatrices sur son dos.

— Vous faisiez partie de ceux qu'on a envoyés combattre ?

— Ça m'a donné un but. Je n'avais pas de diplôme,
aucune fac ne voulait plus de moi, j'avais déçu ma
famille. Et j'avais besoin d'argent.

— Pas la peine de vous justifier. C'était un travail.

— Je le détestais, mais j'étais doué. Et j'aurais continué à le faire, si je ne m'étais pas fait capturer à Say'un.
Au Yémen. Moi et deux de mes camarades. L'un d'eux
était américain ; un accord a été immédiatement trouvé
et il a été rapatrié. L'autre était sud-africain. Ça a pris
un peu plus de temps, mais là encore, un arrangement
a été conclu et il a été libéré. Moi, en revanche…
Le Nigeria ne reconnaît même pas l'existence légale
de ses mercenaires. J'ai passé deux ans et trois mois
dans cette prison, jusqu'à ce que la société pour laquelle
je travaillais réussisse à réunir assez d'argent pour me
faire libérer.

— C'est de là que viennent vos cicatrices ?

Il a un sourire piteux.

— Celles que vous voyez. Mais oui, c'est arrivé là-bas. Passages à tabac réguliers et privation de nourriture sont des méthodes de torture courantes dans les pays en guerre.

— Pourtant, ce n'était pas votre guerre...

— C'était encore pire. Je n'appartenais à aucun des deux camps, alors j'étais une proie pour tout le monde. Être noir n'aidait pas.

— Donc vous avez été libéré..., dis-je pour l'encourager à poursuivre.

Son haussement d'épaules me donne cette fois l'impression qu'il balaie une histoire qui ne peut pas être réécrite.

— J'ai pris un emploi administratif au sein de la même société de sécurité, j'ai travaillé pour leur rendre l'argent qu'ils avaient déboursé pour moi, et j'ai retrouvé ma liberté.

— Emeka vous connaissait ?

Il acquiesce.

— Quand j'ai lancé ma propre société de sécurité pour fournir des gardes du corps et des conseils en sécurité informatique à la banque, je lui ai raconté mon passé.

— Et donc quand Kevin a été tué, il a fait appel à vous ?

— En fait, c'est moi qui le lui ai proposé. J'étais tellement en colère que je suis allé lui offrir mes services. Je lui ai dit que j'irais à Okriki et que je découvrirais comment Kevin s'était retrouvé mêlé à tout ça.

— C'est alors que vous avez constitué le dossier.

— Oui. Mais je n'ai rien trouvé de plus que ce que vous y avez lu. Et Emeka commençait à perdre patience.

— Qui a suggéré d'assassiner le chef ?

Il y a un bref silence, puis Chika affiche un sourire froid.

— Le chef n'était pas la seule cible.

Je mets un instant à retrouver mes mots.

— Vous dites que… Il voulait que vous traquiez tous les assassins ?

Le silence de Chika est une confirmation. Je manque m'étrangler d'indignation :

— Si c'était son plan, pourquoi m'avoir engagé ?

— J'ai commencé à douter quand j'ai découvert que Kevin faisait partie d'une secte. Ça m'a décontenancé et je me suis demandé s'il existait d'autres points sur lesquels j'avais pu me tromper. Je n'avais pas l'expertise nécessaire pour confirmer ce que j'avais découvert, et je l'ai dit à Emeka. Il a balayé mes objections. Je ne pouvais pas lui révéler ce que je savais de Kevin, alors je lui ai répété que je n'étais pas détective et que si l'on me demandait de tuer des gens, je devais être sûr qu'ils méritaient de mourir. C'est alors qu'il m'a parlé de votre père, qui disait que vous étiez rentré au pays.

— J'étais donc là pour tout confirmer ?

Ce haussement d'épaules, encore et toujours.

— On peut dire ça comme ça.

Je réfléchirai plus tard à ce que cela implique pour mon ego. Pour l'instant, c'est la curiosité qui domine.

— Vous dites qu'il n'y avait pas que le chef…

Chika ouvre son ordinateur portable ; une feuille de papier est posée sur le clavier. Il semble réfléchir une seconde puis il me la tend.

La feuille A4 contient une liste de noms. J'en reconnais un grand nombre d'après celle des suspects initialement arrêtés pour le procès des meurtres d'Okriki. Je lève les yeux vers Chika, qui secoue la tête comme quelqu'un qui espère se tirer d'un mauvais rêve.

— Je n'ai pas pu, Philip, je n'y suis pas arrivé. Surtout quand on a compris qu'il y avait peut-être un véritable assassin en liberté. Je n'ai pas pu presser la détente. Pas en sachant ce que nous étions en train de découvrir.

— C'est pour ça que vous avez raté votre cible.

— Mais il n'en restera pas là. Je connais Emeka. Il trouvera quelqu'un d'autre, ou il s'en chargera personnellement.

Je baisse les yeux sur le papier. Sous le nom du chef, une dizaine d'autres deviennent flous. Mes yeux tombent sur l'un d'eux.

Salomé Briggs.

CONVERSATIONS SUR L'OREILLER

Il est tard quand je retourne dans ma chambre. Folake, couchée, lit quelque chose. J'ai à peine refermé la porte qu'elle ôte ses lunettes et brandit une liasse de papiers.

— Tu as lu ça ? Je l'ai trouvé sur ton bureau.

Je prépare ma dose d'antibiotiques et d'analgésiques du soir. Toujours sous le choc des révélations de Chika et de la liste des cibles, je lui réponds que pas encore.

— Tu as parlé avec l'étudiant qui a écrit ça ?

— Oui, pourquoi ?

— Tu sais que Godwin est mentionné en tant que témoin de l'accusation parce qu'il aurait assisté aux prétendues activités homosexuelles de ce Momoh ?

— J'imagine que c'est le but de l'article, fais-je en me couchant.

Je lui résume rapidement la campagne #justicepourmomoh lancée par Kevin.

Perplexe, Folake poursuit :

— J'ai lu des tonnes de notes d'affaires, mais celle-ci ressemble à un témoignage à charge. Du moins dans le détail. Les arguments juridiques sont brillants, mais les notes, les impressions et les conclusions sont trop… comment dire ? De première main.

— Ce garçon connaît son affaire. C'est ce qu'il nous a dit, à Chika et à moi, qui nous a permis de progresser autant.

Folake consulte encore les papiers qu'elle tient.

— Le professeur Esohe. Je le connais…

— C'est le doyen de la faculté de droit.

— Tu lui as parlé ?

— Pas encore.

Et peut-être que ça n'arrivera jamais, me dis-je intérieurement. Découvrir la véritable raison pour laquelle j'ai été engagé m'a ébranlé, et pour l'instant je n'ai pas d'autre plan que de tenter de convaincre Emeka d'oublier ses projets meurtriers. Mais impossible de le révéler à Folake. J'essaie de faire diversion – et d'oublier mes propres tourments – en l'attirant à moi, tâchant d'ignorer la douleur dans mes flancs. Je lui lance sur un ton aguicheur :

— Tu crois que tu pourrais laisser cet article de côté un instant ?

Mais je perçois en elle une raideur, un refus de se fondre dans mes bras comme elle le faisait auparavant. Je scrute son visage, guettant l'indice qui trahira ce qu'elle pense. Elle me renvoie mon regard, comme si elle essayait d'en faire autant, mais son corps se tend à l'opposé de moi.

— Je t'assure que je cicatrise très bien, si c'est ça qui t'inquiète.

Ma tentative d'humour semble tomber à plat puisque Folake se libère définitivement de mon étreinte et se détourne pour poser l'article sur la table de nuit.

Je me glisse derrière elle, contre elle ; elle ne s'écarte pas mais je la sens se crisper, comme si elle voulait s'enfuir. Je tente une autre approche, en lui soufflant doucement dans le cou :

— Trésor ?

Elle ne me répond pas. Elle est aux aguets, alerte comme un chat prêt à bondir. Je resserre mon étreinte.

Nous restons ainsi un moment, puis son corps frémit et je comprends qu'elle pleure. Je ne bouge pas et attends. Peut-être que je vais pouvoir lui dire que je lui ai pardonné. J'ignore si c'est mon bref contact avec la mort ou le fait indéniable que j'aime ma femme, mais à partir du moment où j'ai vu Folake au pied de mon lit, à l'hôpital, j'ai compris que je devais tourner la page. Tout ce que je veux savoir, c'est ce que j'ai pu faire pour la pousser dans les bras d'un autre homme.

— Je m'en suis voulu, lâche-t-elle, interrompant mes pensées.

— Pardon ?

Je ne suis pas sûr d'avoir bien entendu. Je la tire vers moi, ignorant la douleur de mes côtes et espérant qu'elle va se retourner pour me laisser voir son visage.

Elle n'en fait rien et se faufile hors de mes bras pour descendre du lit. Je l'observe passer le peignoir de l'hôtel et se rendre à la fenêtre. Elle scrute le ciel nocturne en silence tandis que j'attends ce qui va suivre.

— Pour ce qui s'est passé avec Soji, mon assistant, je m'en suis voulu, lance-t-elle enfin. C'est pour ça que je n'ai rien dit.

Je jure entendre mon cœur battre la chamade dans le silence qui suit ses mots.

— Je l'aimais bien, et peut-être que je me suis montrée trop familière avec lui, poursuit-elle.

J'ai du mal à entendre, elle me tourne le dos et parle à voix basse.

— C'est un garçon intelligent, il réfléchit vite, et sa maîtrise des subtilités juridiques est supérieure à ce que son expérience laisserait penser. Je l'ai pris sous mon aile. Je crois que je le voyais comme un ami, en quelque sorte. Je me suis confiée à lui et je l'ai encouragé à en faire autant. Aux États-Unis, ça n'aurait pas été un problème. Mais ici...

Elle fait volte-face et ses yeux sont pleins de regrets.

— Je crois que j'ai franchi une limite.

Elle se retourne vers la fenêtre, pousse un profond soupir et essuie son visage avec sa main. Même si ça me brise le cœur de la voir si affligée, je la connais suffisamment pour ne pas bouger et la laisser tout déballer.

— Il m'a fait des avances, Phil. Il a cru qu'il m'attirait, et il m'a fait des avances. Il m'a avoué son amour. Et quand je lui ai dit que c'était inapproprié, il ne m'a pas écoutée. Il est devenu... très physique.

Elle revient vers moi et esquisse un sourire amer.

— Tu as dû nous voir avant que je ne le repousse en lui disant qu'il pouvait se trouver un autre directeur de recherche.

— Le fumier !

Ce jeune homme a bien de la chance de ne pas être dans les parages à cet instant.

— Je me suis sentie sale. Une femme facile, trop disponible.

Je me lève et la rejoins alors qu'elle s'éloigne de nouveau vers la fenêtre. J'essaie de la prendre dans mes bras mais elle résiste. Je fulmine, à présent.

— Tu l'as dénoncé ?

Elle tend son visage vers moi en essuyant ses larmes.

— Pour quoi faire ? Je suis enseignante dans un système universitaire grouillant d'affaires d'agressions sexuelles de la part de profs abusifs. Tu imagines de quoi j'aurais l'air ? Tout le monde me verrait comme l'Américaine fraîchement revenue qui ne sait pas poser ses limites.

Elle secoue la tête et enchaîne en voyant que je ne suis pas d'accord avec son analyse.

— Il s'est égaré. Il est jeune. Stupide. J'aurais dû réfléchir davantage et poser un cadre clair. Je suis plus âgée, plus expérimentée, mais j'ai senti qu'il y avait quelque chose en moi, dans mon comportement, qui lui avait donné l'impression qu'il avait le droit de faire ça. Eh oui, reprend-elle en baissant les yeux et en détournant la tête, je me suis aussi dit que j'aurais peut-être dû voir quelque chose, soupçonner quelque chose. Et que si je n'avais rien vu ni rien soupçonné, c'est parce qu'une partie de moi s'était sentie flattée. C'est à ce moment-là que j'ai commencé à avoir honte.

Je voudrais la rassurer sur le fait qu'elle n'a rien fait de honteux et que c'est moi qui devrais me reprocher de ne pas lui avoir fait confiance. De ne pas avoir été là pour la protéger.

Elle soupire de nouveau.

— Aux États-Unis, je n'aurais pas hésité à lancer une action disciplinaire contre lui. Mais ici… C'est un territoire nouveau. Qui me croirait ? Il est jeune, beau et intelligent. Je suis une femme d'âge mûr…

Je proteste vivement :

— Tu es encore jeune ! Et tu es brillante…

— Mais une femme avant tout. Bien sûr, je pourrais plaider ma cause de manière très convaincante. Mais au fond, est-ce que j'en ai envie ? Est-ce que j'en ai besoin ?

— Oui !

J'ai répondu avec emphase, mais j'entrevois où mène cette conversation et une partie de moi en éprouve de la tristesse. Moins d'un an après notre retour dans ce pays, ma femme, dont le surnom à l'université de San Francisco était Miss Black Panther, a déjà perdu sa combativité. Qu'est-ce qui a pu provoquer ça ? Pourquoi avons-nous quitté les États-Unis pour revenir au Nigeria ?

— Tu ne peux pas le laisser s'en sortir comme ça. Je ne le laisserai pas…

— Si, réplique-t-elle avec fermeté. Je te le demande. Et pense aux enfants. Quelles répercussions aurait sur eux une plainte ? Ils commencent à peine à se faire à leur nouveau lycée. Qu'est-ce que je réussirais à faire, sinon attirer l'attention sur moi plutôt que sur ma carrière ?

Je crache avec amertume :

— Alors il va s'en tirer ?

— Je te l'ai dit, je ne suis pas sûre de ne pas l'avoir encouragé. Je ne peux pas dire honnêtement que je n'ai jamais pensé que, si je n'avais pas été mariée et mère de famille…

L'image de Salomé me traverse l'esprit. Son nom, sur cette liste. Mais la conversation en cours est trop importante. Ce qui se joue ici, dans cette pièce, c'est ma vie. Je poursuis avec ménagement.

— C'est pour ça que tu n'as rien dit ? Pas même à moi ?

— Je suis désolée, Philip. Vraiment. Si j'avais su que c'était à cause de ça que tu te montrais si froid, j'aurais parlé.

— Mais quand j'ai parlé, tu n'as rien dit non plus.

— J'étais en colère.

Elle hausse le ton, et je retrouve une trace de sa force.

— Je me suis dit que tu imaginais trop rapidement le pire de ma part, et ça m'a fait mal.

— Je suis désolé, dis-je doucement. J'ai été idiot.

— Quand bien même je voudrais te contredire…

Elle hausse les épaules, mais avec un sourire cette fois.

— J'ai quand même envie de lui casser la gueule.

— Pas la peine, rit-elle.

Je l'attire à moi.

— Je ne suis pas d'accord.

Elle ne se dégage pas, cette fois.

— Pas d'accord avec quoi ?

— Avec le fait que tu n'en vaux pas la peine.

— Je voulais dire que c'est lui qui…

Je couvre ses lèvres avec les miennes, étouffant ses mots. Tout ça n'a plus d'importance.

Lorsqu'elle finit par m'offrir sa bouche, ses épaules se détendent et elle m'enlace. Je m'arrête, me plonge dans ses yeux et y cherche le moindre doute sur moi, sur elle, sur nous. Je n'en vois pas.

Lorsque je l'entraîne doucement vers le lit, elle me suit.

TROP D'INFORMATIONS

Le lendemain matin, j'attends Chika pour le petit déjeuner. Je me retiens de tambouriner sur la liasse de feuilles agrafées dont j'ai surligné certains passages. Je ne peux pas me permettre d'être impatient. Je dois rester prudent désormais, d'autant que Folake est ici. Il y a moins de deux semaines, j'avançais encore dans l'inconnu et je n'aurais jamais pensé être en danger. Mais le meurtre de Godwin, l'attaque dont Chika et moi avons été victimes, et maintenant la possibilité qu'Emeka planifie une série d'assassinats... Tout ça se combine pour me mettre à cran.

Mettre en danger la vie de Folake est hors de question, mais comment empêcher le désastre que je pressens imminent depuis que Chika m'a montré sa liste de cibles ? Si j'ai été engagé pour confirmer qui doit être puni de mort, ne serait-ce pas irresponsable de ma part de partir ? D'autant que je sais maintenant que la plupart, sinon tous les gens de cette liste, ne méritent pas le sort que leur réserve Emeka.

Chika entre dans la pièce et je lui fais signe. Lorsqu'il se rapproche, je constate qu'il a à peine dormi. Ses yeux sont rouges et il n'est pas rasé, ce qui lui confère un aspect négligé.

Il est à peine assis que je pousse le document vers lui. Il me lance un regard perplexe.

— Philip, je vous ai dit que j'avais été renvoyé…

— Oui, mais pas moi. Et l'étau se resserre. Emeka m'a donné une semaine pour terminer ma tâche, donc en réalité j'ai trois jours pour lui donner assez d'infos pour l'empêcher de faire ce que, selon vous, il est farouchement déterminé à faire.

— Qu'est-ce que vous voulez dire ?

Je tire la feuille de papier que j'avais placée sous ma tasse de café et la lui remets.

— Voilà votre réservation ici, au Tropicana, sur mon compte, pour les trois prochains jours. Tous frais payés.

— Philip, je ne peux…

— Je sais que votre femme est enceinte et que votre vie est à Lagos…

Je baisse la voix et me penche vers lui :

— … et après ce que vous avez fait au chef Omereji, vous ne devriez pas rester dans le coin. Mais on ne peut pas abandonner maintenant, en sachant ce qu'on sait et ce que prévoit Emeka.

Chika me dévisage, puis scrute la feuille.

— Je ne suis pas sûr qu'on puisse le faire changer d'avis.

— Nous pouvons toujours essayer, et la seule chose qui me vient à l'esprit c'est de le confronter à des éléments concrets.

— Nous n'en avons pas.

— C'est pourquoi vous devriez lire ça.

— Tout ça ? maugrée-t-il en plissant le nez devant la page de garde. Je ne raffole pas des essais académiques.

Je ris.

— Vous n'êtes pas obligé de tout lire. Heureusement pour vous, j'ai surligné les passages qui devraient nous intéresser.

Chika lâche sa réservation, prend la liasse et la feuillette. J'attends qu'il en arrive aux passages surlignés. Si je ne me trompe pas, son visage devrait m'indiquer que je suis sur la bonne piste.

Il plisse légèrement le front, se redresse et lit :

— « Avec le décret anti-gays, étayé par une loi archaïque sur l'indécence, le gouvernement de la République fédérale du Nigeria a dans les faits armé ses citoyens et dressé des voisins, des familles et des communautés entières les uns contre les autres… »

— Ce mot : « armer ». Ça m'a fait penser à notre conversation de la semaine dernière. Vous vous rappelez ? Quand j'ai parlé de sous-traitance de la violence ?

Chika fouille sa mémoire et opine en se remémorant notre échange.

— Continuez.

Il tourne quelques pages et s'interrompt pour lire un passage.

— « Momoh Kadiri a-t-il été livré à la police pour non-respect des lois contre l'indécence, ou a-t-il été victime de rivalités sectaires au sein d'une université qui n'a pas encore résolu le… »

Chika me fixe, déconcerté.

— D'après vous, Tamuno savait que Kevin appartenait à une secte ?

— Je l'ignore, mais si vous lisez tous les passages surlignés, vous verrez que Tamuno savait beaucoup de choses. Folake qualifie ça de « connaissances préalables ».

— Comment va votre dame ? Elle ne déjeune pas avec nous ?

— Elle vomirait si elle voyait ça, dis-je en désignant le buffet. Elle n'est pas du genre à petit-déjeuner.

— Vous lui avez raconté ce que je vous ai dit…

— Non, non. J'étais trop occupé à soigner mon ego meurtri, après vos révélations de la nuit dernière.

Devant mon sourire désabusé, Chika retourne au document.

— Pour être honnête, Tamuno nous a dit qu'il en savait long sur l'affaire, mais que la police refusait de l'écouter.

— Certes, mais allez à la page 8, au paragraphe des conclusions.

Chika tourne encore quelques pages et s'arrête sur la dernière.

— « Faute de protocoles précis pour présenter des preuves d'activités homosexuelles, le décret anti-gays fait peser un danger sur la tête de tous les citoyens. Dans le cas de Momoh Kadiri, la police n'a jamais remis en question le témoignage anonyme qui l'a dénoncé, un coup de fil passé depuis un téléphone prépayé qui n'était même pas enregistré auprès du fournisseur. »

Il lève brusquement la tête, les yeux écarquillés. C'est la réaction que j'espérais.

— Exactement, fais-je en opinant. Il utilise les mêmes mots qu'Omereji. Alors la question que je me pose, c'est : si Tamuno affirme qu'il n'a pas réussi à se faire entendre de la police au sujet des Trois d'Okriki, comment a-t-il eu accès à des infos qui suggèrent l'inverse ? Il semble avoir été en contact avec au moins un membre de la police locale, et il a connaissance d'un détail que seule la police connaît.

— Je vois ce que vous voulez dire. Ce garçon en sait bien plus que ce qu'il prétend.

— Il a répondu aux questions que nous lui avons posées. Mais ce serait intéressant de lui parler, maintenant que nous en savons plus. Vous êtes partant ?

Chika me gratifie d'un grand sourire.

— Un séjour tous frais payés au Tropicana et une occasion de démêler cette histoire ? Ça oui, vous pouvez compter sur moi.

PAREIL, PAS PAREIL

De retour dans ma chambre d'hôtel, j'explique à Folake les raisons pour lesquelles je dois retourner à l'université d'État. Elle n'est pas convaincue, mais je crois lui avoir communiqué mon empressement parce qu'elle me fait promettre de me ménager. Je lui propose de m'accompagner ; elle refuse d'emblée de s'approcher d'Okriki, sinon pour se rendre au service et au repas d'action de grâce du père de Mercy.

— Pour le remercier de ce qu'il a fait pour toi, précise-t-elle d'un ton emphatique.

J'en suis heureux, pour être honnête. Moins nous nous frottons à Okriki, mieux ça vaut pour nous tous. Fort à propos, mon téléphone tinte et je lis le message reçu.

J'espère que vous vous sentez mieux. Faites-moi savoir quand nous pouvons nous parler, j'aimerais vous montrer quelque chose.

Son texto m'intrigue.
— Qui est-ce ? s'enquiert Folake.

— L'inspecteur Omereji...

— Celui dont le père s'est fait tirer dessus ? Ils ont retrouvé le tireur ?

J'espère que non. Mais que me veut-il ?

— Je ne sais pas, trésor, mais Chika et moi en tout cas allons à la TSU, alors je passerai le voir. Tu es sûre que ça ira, de ton côté ?

Folake s'étire dans le lit.

— Je te promets que oui.

Je l'embrasse et me dépêche de rejoindre Chika. Je transmettrai plus tard à Folake l'adresse de Elechi Opara et celle de l'église où se tiendra le service.

Lorsque Chika et moi arrivons à la TSU, nous nous rendons directement à Harcourt Whyte Hall.

Nous marchons d'un pas vif et grimpons quatre à quatre les marches vers la chambre 481, et comme ma dose matinale d'opioïdes fait effet, je réussis presque à suivre Chika. Presque...

— Attendez-moi !

— Désolé, répond-il sans toutefois ralentir.

Nous sommes au quatrième étage et le temps que nous arrivions à la chambre 481, j'ai à peu près retrouvé mon souffle.

Chika frappe à la porte. Pas de réponse. Un autre coup et Tamuno ouvre, débraillé.

— Quoi ? aboie-t-il si brusquement que Chika et moi reculons d'un pas.

Je remarque que même s'il ne porte pas ses lunettes, ses yeux sont vifs et alertes. Il fronce les sourcils en nous reconnaissant subitement. Je vois qu'il essaie de reprendre l'expression qu'il avait lors de notre première rencontre, il y a plus d'une semaine.

— Bonjour. Docteur Taiwo, n'est-ce pas ?

— Oui. Vous vous rappelez mon collègue Chika ?

Tamuno semble pressé.

— Oui, oui. Je peux vous aider ?

— Nous avons encore quelques questions concernant…

— Je suis occupé, nous coupe-t-il sans ménagement.

Chika se penche légèrement en avant.

— Nous souhaitons juste un éclaircissement…

— Je suis occupé. J'ai de la visite.

Il coule un regard vers l'intérieur de la chambre, puis nous adresse un clin d'œil suggestif.

— Les gars, vous tombez au mauvais moment…

Il baisse la voix pour adopter un murmure conspirateur.

— Repassez une autre fois !

Puis il nous ferme la porte au nez.

Chika et moi échangeons un regard.

— C'est bien la même personne ? s'étonne Chika, abasourdi.

Même son élocution était différente. À notre première rencontre, il s'exprimait de manière mesurée ; il donnait l'impression d'avoir bénéficié d'une éducation privée et de posséder des manières impeccables. Aujourd'hui, il évoquait presque un rappeur cherchant ses rimes.

Nous pourrions frapper jusqu'à ce qu'il soit forcé d'ouvrir, juste pour nous assurer de ce que nous venons de voir. Cependant, j'ai la nette impression que le jeune homme auquel nous avons eu affaire est du genre agressif. La situation pourrait rapidement dégénérer, ce qui serait contre-productif. Je trouverai une autre manière de parler à Tamuno. Et vite.

Nous retournons au Land Cruiser et passons en revue nos options. L'une d'elles consiste à demander un entretien en passant par le doyen de la fac de droit.

— Folake dit le connaître, dis-je en m'installant dans la voiture avec des gestes mesurés. On ne peut pas attendre une lettre d'approbation du bureau d'Ikime.

— En effet, souligne Chika en démarrant. Et puis ces gamins n'ont vraiment pas la même attitude quand ils sont seuls…

Je repense à la scène que nous venons de vivre devant la chambre 481.

— C'est bien le problème, Chika. Il s'est montré si respectueux quand nous l'avons rencontré ! Qu'est-ce qui a pu changer aujourd'hui ?

Chika réfléchit.

— Peut-être qu'il se drogue. Ça peut avoir cet effet, non ? Un comportement complètement aberrant ?

Je ne suis pas sûr d'être d'accord, même si en théorie c'est vrai. Je me souviens de l'expression de Tamuno. Vif. Aux aguets. Il n'avait pas l'air drogué. C'était la manière dont il se tenait, ce qu'il renvoyait, qui différait totalement de la fois précédente.

Je me tourne vers Chika.

— Vous savez que j'ai des jumeaux ? Ils sont monozygotes…

— Identiques.

J'acquiesce.

— Des portraits crachés. Mais je ne les ai jamais confondus. Même quand ils étaient bébés, leurs personnalités étaient distinctes. Je sais les reconnaître à leur démarche, à leurs gestes et même à la manière dont ils parlent. Folake est encore plus douée que moi pour ça. Elle les sent. Elle ne les a jamais, jamais confondus.

— Vous pensez que Tamuno a un jumeau ?

— Je ne sais pas. Mais je l'ai trouvé sympathique quand on l'a rencontré, et je l'ai soigneusement observé.

— Et ? m'encourage Chika.

— Ce type que l'on vient de voir n'est pas le Tamuno que nous avons vu au village des étudiants.

SOURCE DE TROUBLES

Il serait indélicat de solliciter Chika pour m'accompagner voir l'inspecteur Omereji.

— Je ne devrais pas en avoir pour très longtemps. Je suis très curieux de ce qu'il veut me montrer...

Chika acquiesce, visiblement mal à l'aise de se retrouver à Okriki, si j'en crois la tension lisible sur son visage et le fait qu'il balaie les alentours du regard, comme s'il s'attendait au pire.

— Vous pourriez en profiter pour appeler l'assistante d'Ikime pour vérifier que nous avons le droit de parler au professeur Esohe ? Si c'est trop compliqué, je pourrai demander à Folake d'intervenir.

— Je m'en occupe, m'assure Chika en sortant son téléphone.

J'entre dans le poste de police et, ignorant les personnes présentes, je me dirige droit vers le bureau de l'inspecteur Omereji. À ma grande surprise, personne n'essaie de m'en empêcher, encore que des regards insistants restent braqués sur moi. Je suppose que l'inspecteur a prévenu tout le monde.

Lorsque j'entre dans le bureau, son comportement est différent de la dernière fois, mais il paraît encore plus échevelé.

— Vous êtes là, s'étonne-t-il en se levant pour me saluer. Il n'y avait pourtant pas d'urgence…

— Je sais. Mais nous étions dans les parages.

Je m'interroge sur la pertinence d'évoquer avec lui notre rencontre avec Tamuno et décide que non. Ça ne serait pas judicieux. Pas encore.

— D'accord.

Il me fait signe de m'asseoir mais je ne bouge pas.

— Mike, votre message avait-il quelque chose à voir avec les garçons qui nous ont attaqués, Chika et moi ?

— Pas vraiment. Mais ça concerne la tension qui règne dans toute la ville.

Sa réponse me laisse curieux et un peu perplexe.

— Et vous vouliez m'en parler ?

— J'ai discuté avec ma cousine et j'ai fait des recherches sur vous, sur Internet. J'ai vu votre domaine d'expertise. Très impressionnant.

Je présume que c'est le plus beau compliment que je recevrai jamais de sa part. Si c'est ce qui l'a poussé à réclamer ma présence, soit.

— Alors, s'il vous plaît, j'aimerais avoir votre point de vue, Philip, me prie-t-il en m'invitant à m'approcher.

« Philip » ? Ça doit être vraiment important. Je le rejoins et me penche sur l'écran de son ordinateur.

L'inspecteur ouvre plusieurs dossiers, où apparaissent des captures d'écran de publications postées sur Twitter et Facebook.

Après en avoir lu quelques-unes, abasourdi et révolté par ces horreurs déversées au nom de la religion, je lui lance :

— Qu'est-ce que c'est que ça ?

— Il y a environ quatre à six mois, personne ne sait exactement, des messages concernant Okriki ont commencé à pulluler sur Internet. La ville s'étant déjà retrouvée au centre d'une tempête pareille par le passé, on les a ignorés. Mais au bout de plusieurs semaines, ces messages sont devenus plus spécifiques...

Il me montre une page Facebook.

— Ce type, Alfurquran, est un musulman qui provoque beaucoup de rancœur contre les chrétiens sur les réseaux sociaux.

— Ceux d'Okriki ?

— Oui. Ce n'est pas un clampin quelconque, quelque part dans le monde ; cette personne vit ici, parmi nous. Et il semble avoir trouvé un adversaire à sa hauteur... Jetez un coup d'œil sur ça !

L'inspecteur Omereji clique et des captures d'un autre compte Twitter emplissent l'écran. Si Alfurquran évoque bien d'autres djihadistes de par le monde, ce #NoOtherGodbutJesus remporte la palme de la haine la plus débridée, appuyée par des citations choisies tirées de la Bible. Et il réunit une myriade de *followers*. Que de tels fanatiques attirent autant d'admirateurs me fend le cœur.

— D'après vous c'est de là que viennent les tensions, inspecteur ?

Il opine.

— On est sûrs qu'elles viennent de là. Regardez ce message du chrétien : il appelle à incendier l'unique mosquée d'Okriki. Regardez combien de *likes* il a obtenus...

Je me rapproche de l'écran.

— Sept mille deux cent trois. Mince… Qu'est-ce que vous allez faire ?

— Eh bien, voilà le hic : j'ai fait appel à mes contacts à Interpol et au sein du département cybercriminalité de la police…

Il s'interrompt en voyant mon expression.

— Oui, docteur Taiwo, la police nigériane compte un département cybercriminalité.

Je lève les mains et adopte mon meilleur accent américain.

— Hey, j'ai rien dit !

Il retourne à son écran.

— On a essayé de retrouver les adresses IP utilisées pour poster ces messages.

Il clique encore, et une succession d'adresses défile sous nos yeux.

— Il y en a beaucoup.

Je scrute la liste de plus près, intrigué par cette série de nombres aléatoires.

— Ça signifie qu'il y a plusieurs personnes.

— Ou du moins, plusieurs ordinateurs. Mais tous ont une chose en commun. Toutes ces adresses proviennent de cybercafés installés sur le campus de la TSU.

Je suis estomaqué.

— De la TSU ? Vous en êtes sûr ?

— Tout à fait. Et avant que vous ne pensiez que c'est une bande de gamins qui s'amusent à semer la pagaille, regardez ici.

Il me désigne la dernière série d'adresses IP, accompagnées des dates les plus récentes.

— Vous remarquez quelque chose ?

— Ce sont toutes les mêmes.

— Exactement. Un, tous les messages semblent maintenant postés de la même adresse IP. Deux…

Je complète à sa place :

— Alfurquran et le chrétien utilisent le même ordinateur et/ou la même adresse IP.

Je le dévisage.

— Pourquoi me montrer ça ?

— Parce que c'est votre métier de comprendre la nature humaine. Et vous avez le regard extérieur d'un étranger. Ce qui est arrivé à ces trois garçons, vous trouvez ça normal ?

— Mais Mike, c'est arrivé quand même, dis-je avec douceur. Vous préféreriez le contraire parce que vous aimez votre peuple, mais c'est le cas.

— Mais *pourquoi* est-ce arrivé ?

Il semble perturbé, alors je le laisse parler.

— Est-ce que les gens auraient pu être manipulés à l'époque ? Comme ils le sont à présent par cet Alfurquran et/ou ce chrétien ?

J'y réfléchis un instant, et peut-être que mon visage trahit mes doutes, parce que l'inspecteur Omereji reprend :

— Écoutez, je sais que ça a l'air dingue, mais j'ai déjà vu ce genre de choses. Il y a deux ans, de violentes escarmouches ont éclaté entre groupes religieux rivaux à Jos. Vous connaissez cet endroit ?

J'acquiesce.

— C'est dans la Middle Belt[1]. Une agglomération

---

1. Région centrale du Nigeria, séparant le Nord à majorité musulmane du Sud à majorité chrétienne.

normalement paisible, où chrétiens et musulmans vivent en harmonie depuis des années. L'explosion de violence a été si soudaine, si surprenante que personne n'a réussi à l'expliquer. La police a déployé des renforts pour enquêter sur ses origines. Ça avait commencé exactement comme ça : des messages postés sur les réseaux sociaux pour attiser l'intolérance. Je faisais partie de l'unité qui a enquêté. Pendant des mois, nous avons essayé de retracer d'où venaient les posts et les messages de masse. Lorsque nous l'avons finalement découvert, avec l'aide d'Interpol, vous savez d'où ils venaient ?

Je secoue la tête.

— D'un appartement de Brixton, à Londres.

— Mais pourquoi ?

— Personne ne sait. Quand la police anglaise a pris d'assaut l'appartement, elle a trouvé des ordinateurs, mais pas âme qui vive. On recherche encore les coupables. Une ou plusieurs personnes manipulaient les gens, se servaient d'eux…

Je connais ça. C'est de l'hyperciblage. Utiliser des données pour influencer l'opinion et la perception du public. Une technique employée dans la publicité, qui a même pesé sur le résultat de certaines élections. Je peux croire qu'une chose pareille soit le fait d'un groupe organisé en Europe ou aux États-Unis, mais ça demande de l'expertise et des ressources importantes. Ce que j'essaie d'expliquer à l'inspecteur.

— Ce qui s'est produit à Jos remonte déjà à quelques années, Philip. Aujourd'hui, les gens ont plus de smartphones que jamais, et il ne faut pas beaucoup de données pour créer des campagnes telles que celles-là.

Surtout quand il s'agit de religion, dans une ville aussi petite que la nôtre.

Depuis le début de mon enquête, je suis parti du principe qu'un système sociopolitique désorganisé, un environnement qui l'est tout autant et une culture du chaos se sont combinés pour engendrer la tragédie des Trois d'Okriki. Je me suis persuadé que les nombreux défauts de ce système ont forcé les gens d'ici à être autonomes – à inventer des solutions qui ne sont pas durables mais répondent à des besoins immédiats. Manque d'eau ? Creuser son propre puits. Manque d'électricité ? Trouver un générateur. Manque de sécurité ? Avoir recours à une justice expéditive.

C'était plus facile à comprendre parce que ça restait logique. Les gens d'Okriki avaient tué trois jeunes hommes parce qu'ils avaient été dévalisés plusieurs fois par le passé. Parce qu'ils avaient eu peur en entendant des coups de feu. Parce que, parce que...

Mais ce qu'avance Omereji, l'idée que quelque fauteur de troubles utilise le chaos et la colère des gens pour jeter de l'huile sur le feu, est bien plus effrayant.

Sous-traitance de la violence.

— Je n'ai pas fini.

Je me détourne de l'écran pour dévisager Mike Omereji.

— Il y a encore autre chose ?

— Cette adresse IP, me révèle-t-il en désignant l'écran, a été identifiée comme étant située à Harcourt Whyte Hall.

ARME MANQUANTE

Folake est de bonne humeur quand je retourne à l'hôtel. Elle me montre la pléthore de cadeaux qu'elle a achetés pour Elechi Opara et sa famille non loin de l'hôtel. Je lui dis qu'elle n'aurait pas dû, mais elle me répète que c'est le moins qu'on puisse faire pour la personne qui m'a sauvé la vie. Je n'insiste pas. Je n'ai pas envie de lui faire part de mes réticences à l'idée de me livrer à une évaluation psychologique sur Mercy. Mieux vaut aborder ce repas comme une sortie ordinaire, la pression sera moins élevée.

Nous échangeons sur nos journées respectives, l'impression laissée par Tamuno étant le point culminant de la mienne.

— Tu penses qu'il se drogue ?

— Non. Il était trop alerte, trop lucide. Ses pupilles n'étaient pas dilatées, son discours mesuré, du moins une fois qu'il nous a reconnus.

Son expression se fait sceptique quand j'émets l'hypothèse que ce jeune homme souffre d'un trouble dissociatif, voire d'un dédoublement de personnalité.

— Et ne me rétorque pas que c'est du psychoblabla, fais-je pour l'asticoter.

Elle me lance un regard de regret.

— Je me suis déjà excusée.

J'aime voir ma bagarreuse de femme admettre qu'elle a tort. C'est tellement rare que, lorsque cela arrive, j'ai tendance à traire le moment jusqu'à la dernière goutte.

— Non, tu ne t'es pas excusée.

— Si !

Nous échangeons quelques amabilités pendant un moment, nous taquinant, nous rabibochant et nous redécouvrant. Puis nous appelons les enfants.

Lara se plaint aussitôt de la vétusté de son ordinateur portable alors qu'il a moins d'un an.

— Cet ordinateur est doué d'une volonté propre, maman, se justifie-t-elle.

— Qu'est-ce que ça veut dire ? l'interpelle Folake en levant les yeux au ciel.

— Il choisit quand et où ça l'arrange d'avoir du réseau.

J'interviens rapidement parce que je sais où conduit cette conversation.

— Lara, pas question qu'on t'achète un nouvel...

À ce moment-là, quelqu'un frappe à la porte. Folake continue de discuter avec Lara pendant que je vais ouvrir.

Le visage de Chika est plus énigmatique que jamais.

— Je peux vous voir en privé ?

— Qu'est-ce qui ne va pas ?

Il donne un coup de menton vers Folake qui papote encore, sur haut-parleur, avec Lara. J'acquiesce et passe la tête par la porte pour prévenir ma femme que je reviens rapidement, puis referme derrière moi et suis Chika dans sa propre chambre.

Une fois là-bas, il se tourne vers moi et m'annonce précipitamment :

— Je ne veux pas vous inquiéter, Philip, mais il a disparu. Quelqu'un est venu le voler dans ma chambre...

— Quoi donc ?

— Le fusil !

— Vous l'avez gardé tout ce temps ? Ici ? Dans cette chambre ?

— Je ne pouvais pas le laisser dans le Land Cruiser, au cas où la police le fouillerait. Je comptais le rendre à Emeka quand il nous dirait quoi faire ensuite, mais il n'est pas venu...

— Peut-être le service d'étage... ?

Je ne termine pas ma phrase. Chika n'y croit pas plus que moi.

— Je suis descendu poser des questions. Le chauffeur d'Emeka est venu ici.

— Comment ?

— Je ne sais pas ! peste-t-il en agitant sa carte magnétique. Ces trucs-là, c'est difficile à reproduire.

Quelqu'un aura prétendu avoir perdu sa clé pour en obtenir une autre. J'imagine que si c'était un homme du statut d'Emeka, personne n'a discuté – surtout s'il avait réservé une suite entière à l'hôtel. Je m'efforce de rester calme.

— Bon, d'accord. Emeka a repris son arme. Ça signifie qu'il a bien compris que vous n'alliez tuer personne...

Il me coupe avec une calme certitude.

— Philip, il va s'en servir.

430

Chika se rend à son bureau et ramasse une feuille de papier familière. Les cibles.

— Chacune des personnes figurant sur cette liste a fait l'objet de recherches poussées : ses habitudes, où la trouver à tel ou tel moment de la journée. Le chef, par exemple, fait une promenade entre 21 et 22 heures tous les soirs, hormis lorsqu'il y a une réunion des anciens. Ce qui arrive le mardi de 16 à 21 heures. Il boit une petite Guinness Stout...

Je l'interromps d'une voix qui tremble un peu :

— Et Salomé ?

Chika me renvoie un regard ferme.

— Elle se rend à la réunion mensuelle de l'Association du barreau le dernier mercredi du mois, à 20 h 30.

— Quel jour on est... Oh, Seigneur !

— Elle est la secrétaire de l'association. Hormis quand elle voyage, elle est tenue d'assister aux réunions.

Il ajoute précipitamment :

— La réunion n'a lieu qu'une fois par mois, Philip. Si un assassin rate cette fenêtre, il devra attendre encore un mois pour qu'une autre occasion se présente à cet endroit.

Je consulte ma montre. 19 h 18.

— Vite, dis-je tandis que Chika attrape les clés du Land Cruiser.

PRÉCIPITATION

Chika roule très vite. Après avoir envoyé à Folake un message délibérément vague prétendant que nous sommes partis suivre une nouvelle piste, je sonde mon compagnon :

— Vous avez une idée d'où il pourrait se poster ?

— Quand je me préparais pour cette mission, j'ai exploré les environs des locaux de l'association et j'ai repéré deux immeubles depuis lesquels tirer, m'explique Chika sans quitter la route des yeux. Vous verrez quand on y sera.

Comment ? aimerais-je lui demander. Il y a une coupure de courant et, faute de lampadaires, j'ai du mal à distinguer quoi que ce soit. Je consulte l'heure. 19 h 59. Mes côtes commencent à palpiter et je me rends compte que je n'ai pas pris ma dose de médicaments du soir.

— On est bientôt arrivés ?

— Oui.

Il ralentit un peu et fouille les ombres du regard.

— Je crois qu'on ferait mieux de se garer et de marcher.

— Pourquoi ?

432

— Parce que si Emeka est dans l'un des bâtiments que j'ai repérés, il risque de nous voir débarquer.

Ah. C'est logique.

Chika se gare et nous nous élançons.

— Vous voyez ? C'est là…

Chika tend le doigt et, malgré la pénombre, je vois que les locaux se trouvent presque devant la commission des services judiciaires où l'affaire des Trois d'Okriki est entendue. Il y a beaucoup d'activité à l'intérieur. Le bâtiment, dans le quartier des affaires, sort du lot ce soir : il est le seul à bénéficier encore de l'électricité.

20 h 03.

Je jette un coup d'œil autour de nous.

— Quels bâtiments aviez-vous repérés ?

— C'est soit celui-ci…

Il désigne un immeuble d'environ dix étages, dont les panneaux éclairés annoncent qu'il accueille principalement des cabinets d'avocats et de comptables. Il se dresse directement en face des locaux de l'association. Mais hormis ces panneaux, qui doivent être alimentés par des batteries rechargeables, l'immeuble reste plongé dans les ténèbres. L'entrée est gardée par un vigile qui doit utiliser la lumière de son téléphone pour lire un journal froissé.

— Ou celui-là, complète-t-il en désignant un autre immeuble.

Bien sûr. S'il n'est pas situé directement en face de l'Association du barreau, ce bâtiment est plus grand et abrite une succursale de la National Bank. La section des distributeurs dispose de veilleuses, et nous entendons le vrombissement d'un générateur au loin.

— Je pense qu'il est dans celui-là, décrète Chika avec assurance en levant les yeux. Il aura lui aussi repéré les lieux, puisque sa banque y a des bureaux.

— Mais je ne vois pas de lumières...

Je plisse les yeux pour guetter le moindre mouvement aux fenêtres.

— Le fusil est équipé d'une lunette de vision nocturne. Venez, je crois que je sais où le trouver...

Il s'élance dans le bâtiment, mais la douleur ne me permet pas de courir aussi vite que lui. Je le rejoins au moment où une lampe torche se braque sur nous.

— *Where you dey go[1]?* tonne une voix.

Bien qu'aveuglé par le faisceau, Chika sourit. Il agite les clés du Land Cruiser et la carte magnétique de l'hôtel.

— *I work here o, my brother*. J'ai oublié quelque chose.

— *You get ID?* aboie le garde.

— *I get my key now... If I no work here, I go get key[2]?*

Il y a une pause, puis...

— *And ya friend?* l'interroge le garde d'un ton soupçonneux.

— *I no wan leave am for car. We no go take long[3].*

On attend un instant. La lumière braquée sur nos visages doit nous faire ressembler à des clowns figés dans un sourire artificiel permanent.

---

1. Où allez-vous ?

2. Je travaille ici, mon frère. J'ai oublié quelque chose.

— Vous avez une carte d'identité ?

— J'ai une clé. Si je ne travaillais pas ici, pourquoi aurais-je une clé ?

3. Et votre ami ?

— Je ne veux pas le laisser dans la voiture. On n'en a pas pour longtemps.

— *Watch ya step*[1], prévient le garde en nous faisant signe d'avancer avec sa torche.

Chika chuchote :

— On va devoir prendre l'escalier.

Je consulte l'heure sur mon téléphone. 20 h 21. Nous devons faire vite.

Je suis Chika, qui utilise à présent son téléphone pour nous éclairer. Après ce qui me paraît être un million de marches, nous arrivons à l'étage que, selon lui, Emeka aura choisi – juste au moment où la batterie de son téléphone rend l'âme.

— Merde, souffle-t-il dans le noir.

Je sors mon propre téléphone, allume l'iFlashlight… – 20 h 28 – … et nous nous retrouvons devant la porte d'une salle de réunion, indiquée par un panonceau.

— Il ne tire pas depuis ses propres locaux ? fais-je en un murmure pressé.

— L'angle est mauvais, m'explique Chika. Ça, c'est une salle commune pour tous les occupants de l'immeuble. Elle donne sur les locaux de l'association.

Nous pénétrons dans une pièce vaste et plongée dans un noir d'encre.

— Appelez-le, chuchote Chika.

— OK… Emeka !

— Qui est là ?

Je me dirige vers la voix tandis que Chika m'adresse un signe, me signifiant qu'Emeka ne doit pas remarquer sa présence.

— C'est moi. Philip.

Nos voix portent clairement.

_____

1. Attention où vous mettez les pieds.

— Philip !

Une lampe m'illumine subitement le visage. Je braque mon téléphone vers Emeka, qui cille à son tour.

— Qu'est-ce que vous faites, Emeka ?

— Si vous êtes ici, vous savez pertinemment ce que je fais.

— Emeka, je vous en prie, écoutez-moi. Nous avons beaucoup avancé. Nous en savons beaucoup plus sur la manière dont Kevin a été tué.

La lampe s'écarte brièvement de mon visage et j'aperçois Chika, accroupi sur le côté droit de l'immense pièce.

La voix d'Emeka résonne, déchirée par la douleur :

— Je sais comment il a été tué !

— Est-ce que vous saviez qu'il menait une campagne pour l'un de ses amis, qui est mort en garde à vue ? Est-ce que vous saviez qu'il avait découvert que cet ami avait été piégé ? Est-ce que vous saviez tout ça ?

Le ton d'Emeka, quand il répond, est à la fois amer et peiné.

— Qu'est-ce que ça change ?

— *Oga, she dey come down step oh*[1].

La voix du chauffeur d'Emeka provient à peu près du centre de la pièce, quelque part derrière son patron.

Je décale ma lampe pour éclairer un point situé derrière Emeka, afin de situer le chauffeur et de peut-être aider Chika à mieux voir. J'ignore si c'est utile car je distingue à grand-peine une silhouette. Il fait très noir et, manifestement, Emeka s'est bien préparé car son chauffeur porte des vêtements sombres, tout comme nous.

---

1. Patron, elle est en train de descendre l'escalier.

— Vous allez demander à votre chauffeur de presser la détente ? fais-je d'un ton délibérément railleur.

Où est Chika ? Est-ce qu'il a repéré l'homme et, par conséquent, le fusil ? Dans ce cas, qu'est-ce qu'il attend ?

— Je peux le faire moi-même, rétorque Emeka, sur la défensive, ce qui me fait comprendre que j'ai fait mouche.

— *Oga*, répète le chauffeur avec empressement. *She dey come down step oh.*

— Tire, ordonne brusquement Emeka.

— Tirez vous-même, Emeka. Si vous pensez que Salomé Briggs doit mourir, tirez. Ce n'est pas le fils de votre chauffeur qui est mort. C'est le vôtre.

— Tire !

Le coup de feu résonne comme un coup de sifflet, et au même moment un corps percute le chauffeur. Je me rue sur Emeka et le renverse, puis je cours vers la fenêtre. Il y a de l'agitation à l'Association du barreau, et des cris de panique retentissent. Des gens tendent le doigt vers notre position.

Je me tourne vers les trois hommes à terre.

— Courez !

LÂCHER PRISE

Je traîne pratiquement Emeka dans l'escalier, jusqu'à l'entrée de la succursale de la National Bank. On entend déjà des voix, au rez-de-chaussée, qui exigent d'entrer. Le chauffeur d'Emeka s'empresse d'ouvrir. Nous nous engouffrons dans les bureaux juste au moment où des bruits de pas et des voix grimpent vers la salle de réunion d'où le coup de feu a été tiré.

Nous haletons tous les quatre, mais essayons de rester silencieux. Il fait si noir que nous parvenons à peine à distinguer le visage des autres. Je chuchote à Chika :

— Qu'est-ce qui vous a pris tant de temps ?

— Je ne voyais rien ! réplique-t-il dans un murmure pressé. J'ai dû me fier à sa voix pour être sûr de sa position.

Le chauffeur, visiblement ébranlé, a du mal à reprendre son souffle.

— Ils doivent tous mourir, marmonne Emeka.

Je rampe vers cet homme puissant brisé par le deuil de son enfant. Bien des choses m'effraient en ce monde, mais rien ne me paralyse plus que l'idée terrifiante de perdre un de mes enfants.

438

— Emeka...

— Pourquoi m'en avez-vous empêché ? siffle-t-il.

— Vous alliez faire de votre chauffeur un assassin.

— J'aurais pressé la détente moi-même !

— Vous seriez devenu comme les gens qui vous ont pris votre fils.

Je distingue Chika à la fontaine d'eau, dans un coin. Il apporte un gobelet en plastique à Emeka. Comme un enfant en colère, celui-ci balaie d'un geste le gobelet, dont le contenu se répand par terre.

— Ils ne méritent pas de vivre, tous autant qu'ils sont ! Ce sont des animaux !

— J'ai bien observé cette ville. Ils ne vivent pas en paix là-bas, Emeka. Croyez-moi, ils paient déjà ce qu'ils ont fait à Kevin et aux autres. Mais si vous aviez réussi, ce soir, et si Chika avait tué le chef, comment auriez-vous pu vivre avec ça ?

— Je n'ai plus envie de vivre, répond-il d'une voix atone. Je veux retrouver mon fils.

Il y a un temps pour consoler une personne en deuil. Il y a aussi un temps pour se taire et la laisser exprimer son chagrin. Ce soir, ni l'un ni l'autre ne sont de mise.

— Emeka, dis-je doucement. Kevin ne reviendra pas.

Il secoue la tête, refusant de laisser mes paroles l'atteindre.

— Je veux mon fils. Je veux le serrer dans mes bras.

— Kevin est parti. Et vous continuerez à vouloir le serrer dans vos bras, et il vous manquera tous les jours, chaque seconde ; mais la seule manière d'honorer l'amour que vous lui portez passe par l'amour. Seulement l'amour.

— C'était un si bon garçon, lâche-t-il d'une voix qui se fissure.

— Il a été élevé par un bon père...

Là, dans le noir, dans la succursale de la troisième banque du Nigeria, Emeka Nwamadi, tremblant, me laisse l'attirer à moi. Il se refuse à accepter l'irréfutable. L'une de mes mains est fermement posée sur son épaule, et de l'autre j'oriente délicatement son visage vers moi. Il continue de secouer la tête en me fixant de ses yeux écarquillés, perdus. Je lui répète calmement, hochant la tête dans un mouvement d'acceptation fataliste :

— Il est parti, il est parti.

Mon regard ne le quitte pas. Et, peu à peu, il en vient à m'imiter.

— Il est parti, scande Emeka comme s'il venait de découvrir un douloureux secret.

J'acquiesce. Il acquiesce. Puis il s'effondre dans mes bras, cet homme qui est resté fort bien plus longtemps qu'il ne l'aurait dû.

Je l'étreins ainsi un moment, pleurant moi aussi ce jeune homme que je n'ai jamais rencontré.

Il est près de 23 h 30 quand Chika et moi déposons un Emeka un peu apaisé à la maison d'hôtes de la National Bank, où je soupçonne qu'il loge depuis ma propre arrivée à PH. Vu son état émotionnel, le laisser s'avère difficile. Mais je suis sûr que, du moins pour l'instant, sa colère vengeresse a reflué. La présence de son chauffeur, très ébranlé, semble avoir un effet rassérénant sur lui. Quand Chika et moi remontons dans le Land Cruiser, nous sommes à peu près certains qu'ils vont s'en sortir. Pour le moment.

Nous franchissons en silence le portail du Tropicana. Curieusement, je ne ressens la douleur que maintenant. La magie de l'adrénaline. Je frotte mes bandages à travers ma chemise. Tout semble intact, mais je ressens comme une brûlure. Je dois prendre mes analgésiques.

Tandis que nous attendons l'ascenseur dans le vestibule désert, Chika me dévisage et s'exprime pour la première fois depuis que nous sommes repartis de la maison d'hôtes.

— Merci de ne pas lui avoir dit, pour Kevin… Vous savez, qu'il appartenait à une secte.

— Qu'est-ce que ça aurait apporté de plus ? De toute façon, nous sommes maintenant presque sûrs que ça n'a rien à voir avec sa mort.

— Merci, en tout cas. Emeka m'en aurait voulu de ne pas lui avoir dit.

— Merci à vous de m'avoir fait confiance.

Lorsque les portes s'ouvrent à notre étage, nous sortons et nous souhaitons bonne nuit.

— Philip ? m'interpelle Chika alors que j'atteins ma porte.

Je me tourne vers lui.

— Ce n'est pas fini, n'est-ce pas ?

Je soutiens son regard un moment.

— Non. On a encore du travail.

Il opine.

— Bonne nuit.

— Bonne nuit.

Quand j'entre, Folake m'attend, assise sur le lit.

— Tu as disparu, lance-t-elle.

— C'était une urgence. Je t'ai envoyé un texto.

— Je l'ai vu et j'ai essayé de t'appeler…

Me servir de mon téléphone en guise de torche a épuisé la batterie, mais si je lui fournis cette information, je devrai lui expliquer pourquoi. Et qui j'allais sauver de la vengeance d'Emeka. Je reste silencieux.

Elle m'adresse un regard assez froid.

— Cette urgence, ça a quelque chose à voir avec cette femme ? Celle de l'hôpital ? Salomé ?

Je reste muet.

— Elle a appelé la chambre. Elle a dit que tu avais essayé de la joindre, elle voulait te demander si tu allais bien.

— Elle a été très généreuse avec moi.

— C'est tout ce que tu vas dire ? « Elle a été très généreuse » ?

Nous nous regardons comme des gens qui rechignent à entamer une conversation par peur de là où elle va les mener.

— Il ne s'est rien passé entre nous, Folake.

— Aujourd'hui ou avant ?

— Les deux.

— Tu aurais voulu qu'il se passe quelque chose ?

Je gagne mon côté du lit et attrape mes médicaments.

— Tu ne comptes pas répondre à ma question ?

Je plonge mes yeux dans les siens, sans ciller.

— Parce qu'il n'y a rien à dire. Nous sommes amis. Rien de plus.

Pendant un instant tendu, j'ai l'impression qu'elle va insister.

— Je crois que je vais aller prendre un bain, conclut-elle d'un ton plat.

Elle se rend dans la salle de bains et referme la porte d'une manière qui n'invite pas à la suivre.

LUMIÈRE ET OMBRE

Tu ne t'en sortiras pas comme ça.

John Paul relève subitement la tête de son ordinateur portable et jette des regards déments autour de lui. Lorsqu'il constate qu'il est bel et bien seul, il sourit. Il secoue vaguement la tête et ricane. Depuis l'ombre, je lui crie :

— Tu l'as tuée !

Il se repenche sur l'écran et dit à voix basse, comme s'il s'adressait à un enfant qui refuse de rester sage :

— Elle parlait d'aller voir la police. On ne pouvait pas se le permettre.

— Tu n'étais pas obligé de la tuer.

— Elle était morte de toute façon. Cancer stade 4. On lui a fait une faveur. On doit continuer à suivre le plan.

Il tape frénétiquement, à présent. Le crépitement du clavier résonne bruyamment dans la petite pièce.

Je ne veux plus faire ça.

Je m'entends ; je suis sûr que j'ai l'air irrité. Faible, même.

Mais j'ai peur. Il se passe trop de choses, et trop vite. Il y a trop d'inconnues. On pose trop de questions. Depuis que John Paul a plaqué cet oreiller sur la tête de maman, j'ai plus peur de lui que de voir le Plan Final s'effondrer. Au cas où il ne m'aurait pas entendu, je suggère :

— On peut arrêter.

John Paul cesse de taper, regarde autour de lui, me cherchant fébrilement du regard.

— Tu ne le penses pas.

— Tu as tué maman.

Ma douleur et ma colère doivent avoir résonné dans cette accusation, parce qu'il se lève et répond d'une voix si forte que, j'en suis sûr, on l'entend dans tout le couloir.

— Pour toi ! Pour nous !

Ses yeux s'immobilisent et c'est presque comme s'il arrivait à me voir, debout devant lui. Il baisse la voix :

— Elle était faible. Comme toi. Elle devait disparaître.

— Elle n'avait pas le choix.

John Paul serre le poing, et si j'étais vraiment face à lui, je sais qu'il me frapperait. Il lâche un rire sec, à la fois moqueur et provocateur.

— On a toujours le choix.

Et soudain, sous l'effet de la colère, son visage se déforme comme je ne l'ai jamais vu.

— Sale ingrat ! Je t'ai sauvé de ce monstre. Tu mourais, tu étais trop faible pour le repousser jusqu'à ce que je vole à ton secours. Où était ta chère maman, à ce moment-là ?

Il pousse alors un long sifflement et retourne s'asseoir devant son ordinateur. Il recommence à taper.

— *Je ne veux pas que d'autres gens meurent.*

— *Tout le monde meurt, lance-t-il à l'écran.*

MERCY, MERCY

Chika feint de ne pas remarquer le froid entre Folake et moi. Sur la route, il lui indique les centres d'intérêt de la ville, et elle réagit avec enthousiasme pour éviter d'avoir à me parler.

Dire que je suis perplexe serait un euphémisme. Les femmes sont étranges. Alors que j'essaie de lui pardonner et d'oublier le moment où je l'ai soupçonnée de me tromper, elle semble déterminée à me punir pour un crime que j'ai seulement envisagé.

Mon téléphone sonne. C'est l'inspecteur Omereji.

— Bonjour, Philip. Je voulais juste vous tenir au courant pour l'adresse IP.

— Ah ! fais-je, ce qui coupe court à la discussion de Chika et Folake.

Je baisse la voix.

— Que s'est-il passé ?

— Il y a une hausse d'activité à Harcourt Whyte Hall. Les messages sont postés environ toutes les demi-heures.

— Des deux ? Alfurquran et le chrétien ?

— Oui. Et c'est de pire en pire. Dans certains cas, les messages sont plus personnels. Il y a environ une heure, Alfurquran a écrit qu'il prétend savoir qui est à l'origine des tensions à Okriki, et annonce qu'il produira des preuves d'ici deux heures. Il demande à tous ses frères musulmans de se tenir prêts...

— Ça n'augure rien de bon.

Je devine que Chika et Folake écoutent attentivement ma conversation.

— Non, en effet. On a demandé au gouvernement local d'appuyer notre proposition de couvre-feu, mais ils refusent sous prétexte qu'il n'y a aucun danger apparent. Mon père ne se sent pas assez bien pour convoquer une réunion des chefs.

— Qu'est-ce que vous allez faire ?

— J'ai fait une demande d'urgence auprès de la TSU pour pouvoir me rendre sur le campus et mener une perquisition, mais le secrétaire s'est contenté de me dire qu'il me rappellerait. C'était il y a trois heures.

— Je suis en ville en ce moment. Je peux passer au poste plus tard.

— Bien. On comparera nos notes. Je vous tiens au courant.

Il y a une pause à l'autre bout de la ligne, et je sais qu'il va poser une question à laquelle j'ai une réponse toute prête.

— Philip, il s'est passé quelque chose hier. Salomé... Enfin, pas directement, mais...

Je le coupe :

— Elle va bien ?

— Oui. Oui. Mais je veux savoir. Étiez-vous avec votre ami Chika hier ? Toute la journée ?

Je réponds par l'affirmative, avec sincérité et certitude. Un silence gêné plane dans la voiture après que j'ai raccroché.

— Qu'est-ce qui se passe ? m'interroge Folake, curieuse malgré sa rancœur.

Je cache un sourire soulagé et résume ma conversation avec l'inspecteur.

— Tu penses que tout ça est lié aux Trois d'Okriki ? demande-t-elle depuis la banquette arrière.

— Franchement, je ne sais pas. Ça ne colle pas tout à fait, mais il est certain que quelque chose se prépare.

Nous arrivons à présent dans le secteur où, selon le GPS, vit Elechi Opara. C'est un quartier plutôt aisé qui regroupe les autochtones à col blanc de la ville. J'appelle Opara ; il décroche presque immédiatement et me confirme que nous sommes dans la bonne rue et qu'il va se poster devant sa maison pour qu'on ne la rate pas.

Sitôt entrés chez les Opara, nous sommes présentés à leurs trois filles. Mercy paraît en bien meilleure forme que la première fois que je l'ai vue, à l'hôpital. Aux dires d'Elechi, elle est revenue depuis presque une semaine et, jusque-là, rien ne laisse présager un autre effondrement.

— Elle fait des nuits complètes. Pas de cauchemars, pas de larmes, assure-t-il une fois que les filles sont parties prévenir leur mère de notre arrivée.

Amaka, la femme d'Elechi, nous rejoint et nous met rapidement à l'aise en nous proposant de nous asseoir et en nous offrant à boire avec un grand sourire.

448

— Nous mangerons après le service, mais nous avons préparé quelques petites bricoles pour nous caler l'estomac d'ici là, annonce-t-elle, en hôtesse aguerrie.

Nous lui répondons que nous préférons attendre la fin du service et leur remettons nos cadeaux. Chika s'assied avec Folake tandis qu'Amaka continue de s'extasier sur nos présents en insistant pour qu'on picore quelque chose.

Je prends Elechi à part quelques instants pour lui parler de Mercy. Si je ne suis pas encore prêt à donner mon avis sur son état, je tiens à m'assurer que son père est conscient que l'emmener au sein d'un groupe de personnes élargi comporte un risque.

— Vous avez raison, acquiesce-t-il. Nous avons discuté de l'action de grâce avec son docteur. D'après lui, du moment qu'elle prend ses médicaments, tout ira bien. L'autre jour, il nous a demandé de faire une sorte de test. J'ai emmené Mercy et ses sœurs au marché, et ça s'est bien passé. Je l'ai dit au docteur.

Cette nouvelle me conforte dans mon opinion. Il se pourrait que, entourée de sa famille, Mercy supporte bien le fait de se retrouver dans un espace ouvert, au milieu d'une foule peu importante. Cela cadre avec le genre de réactions qu'ont les gens ayant vécu un traumatisme dans un espace public.

Nous discutons du traitement de la jeune fille et je fais part à Elechi de mon inquiétude quant aux doses élevées de Clonazepam qui ont été prescrites à sa fille alors que son état, me semble-t-il, relève davantage d'une psychothérapie et d'un suivi psychologique. Quand je lui transmets le nom d'un ami psychiatre à l'université de Lagos et suggère de lui amener Mercy avant sa prochaine visite chez son médecin de PH, il me fait part de sa gratitude et invite sa fille à nous rejoindre.

— Le Dr Taiwo m'a donné des conseils te concernant. Tu peux le remercier pour nous.

Malgré mes protestations, elle s'exécute.

— Vous avez rédigé votre rapport ? s'enquiert-elle ensuite.

Il me faut un instant pour me remémorer la couverture que Chika et moi avions employée à l'hôpital.

— Nous travaillons encore dessus.

— Pourquoi est-ce que ça vous prend aussi longtemps ?

Je songe à lui révéler une partie de la vérité et jette un coup d'œil autour de moi pour m'assurer que nous sommes plus ou moins seuls. Les autres filles se sont jointes à la conversation entre leur mère, Chika et Folake. Je me retourne vers Mercy et décide de prendre le risque.

— Mercy, nous avons encore trop de questions sans réponse. Et la première, c'est la raison pour laquelle Kevin se trouvait dans la résidence de Godwin ce jour-là…

Elle affiche un air perplexe.

— Mais, monsieur, je vous l'ai déjà dit. Il allait voir Tamuno.

— Oui, en effet. Et nous avons parlé avec Tamuno.

— Il dit que ce n'est pas vrai ?

— Au contraire, il dit qu'il était en retard pour aller retrouver Kevin et se reproche…

— Pour aller le retrouver ?

— Tamuno prétend que Kevin et lui travaillaient sur un article concernant la mort de Momoh.

450

Mercy a un rire sec.

— Impossible que Kevin et Tamuno Princewill aient fait quoi que ce soit ensemble.

Mon cuir chevelu se hérisse subitement.

— Pourquoi ?

— Ils se détestaient. En plus, Kevin pensait avoir découvert par Godwin comment Momoh avait été piégé. D'après Godwin, c'était Tamuno le responsable.

— Chika ?

J'essaie de l'appeler d'une voix calme, mais mon empressement est perceptible.

— Venez un instant, s'il vous plaît.

Chika abandonne les sœurs de Mercy et nous rejoint, Elechi restant dans les parages tel un chien de garde. Folake et Amaka cessent aussitôt de parler en voyant l'attention dont Mercy fait l'objet.

Je m'adresse doucement à la jeune fille :

— Mercy, vous dites que Kevin pensait que Tamuno avait quelque chose à voir avec la mort de Momoh ?

— Non, monsieur. Juste que Godwin avait dit à Kevin que c'était Tamuno qui avait mis des photos sur le téléphone de Momoh.

J'entends Folake hoqueter de surprise derrière moi, mais mes oreilles sont monopolisées par la jeune fille.

— Si Kevin était au courant, pourquoi est-il allé voir Tamuno ?

— Kevin ne croyait pas Godwin. Tout le monde sait qu'il se drogue et raconte des histoires. Kevin voulait confronter Tamuno, et ils avaient prévu de se retrouver chez Godwin.

— Vous en êtes sûre ? demande Chika.

La jeune fille prend une profonde inspiration. Elle essaie manifestement de garder son sang-froid.

— J'en suis sûre, monsieur. Je lui ai demandé de ne pas y aller. Momoh était mort, de toute façon. Mais Kevin est têtu. Je n'ai jamais aimé ce Tamuno ; c'est pour ça que je me suis précipitée sur place quand je n'ai plus eu de nouvelles de Kevin.

Juste pour être certain, j'ajoute :

— C'est Tamuno qui a proposé à Kevin de venir le voir ?

— Oui, répond Mercy en hochant la tête avec assurance.

LA FLÈCHE DE LA COLÈRE

Chika et moi devons mobiliser toute notre volonté pour ne pas nous précipiter hors de la maison des Opara afin d'aller chercher Tamuno. Mais il serait impoli de filer à l'anglaise alors que le service auquel nous sommes venus assister n'a même pas commencé.

— Je suis sûre qu'Elechi comprendrait, vu les circonstances, souligne Folake.

Nous roulons derrière les Opara en direction de l'église.

— Oui, mais si je vois juste, je pense qu'il serait plus prudent d'être accompagnés de l'inspecteur Omereji quand nous interrogerons Tamuno.

— Ce n'est pas un peu prématuré ? fait Folake, circonspecte.

— Tamuno a demandé à Kevin de venir chez Godwin, explique Chika. C'est donc sûrement lui qui l'a désigné à la foule.

Tout en me débattant avec l'idée que Tamuno a peut-être orchestré la mort de trois de ses camarades, j'ajoute :

— Il ne nous a pas dit qu'il avait vu Kevin ce jour-là, ni même qu'il se trouvait à la résidence quand les garçons ont été tués.

— C'est bizarre, ça…, marmonne Folake depuis la banquette arrière.

Je me retourne pour suivre son regard.

Nous sommes en train de dépasser le canon du rond-point. En temps normal, des voitures et des gens filent en tous sens tandis que les marchands ambulants tentent désespérément de vendre. Mais aujourd'hui, la circulation est plus dense et les piétons forment des petits groupes qui discutent avec agitation ; certains consultent leur téléphone en gesticulant avec colère. Je m'efforce de chasser la sensation de menace que dégage la scène.

Je signale les craintes d'Omereji à Chika et Folake, et suggère que c'est peut-être la raison pour laquelle les gens semblent aussi tendus et nerveux.

— Ils ne vont pas croire des âneries pareilles sans au moins chercher à savoir d'où elles viennent, si ? s'insurge Folake.

Mon ton se fait amer :

— Les gens ont tendance à s'aligner sur l'opinion majoritaire plutôt qu'à aller à son encontre, en règle générale. Et ce n'est pas typique d'Okriki.

Chika claque la langue avec irritation.

— Cette ville remporte quand même le pompon. Tout le monde est à cran, ici. Tout le monde est disposé à croire le pire des autres.

Nous avons à présent quitté le centre-ville pour une rue plus calme. La voiture d'Elechi ralentit et tourne vers une vaste résidence. Plusieurs véhicules sont déjà garés devant un bâtiment évoquant un entrepôt, orné d'une immense bannière « *Église de la Lumière du Monde* ».

Elechi gagne une allée moins encombrée, sur le côté du bâtiment. Chika l'imite et gare le Land Cruiser à côté de sa voiture.

— Nous pouvons rester ici parce que nous sommes les invités d'honneur, nous explique Elechi. Le parrain et la marraine de Mercy sont diacres ici. Suivez-moi, on va passer par l'entrée latérale.

Il salue de la main un concierge âgé, qui nous sourit et nous fait signe de le suivre. Tandis que nous emboîtons le pas à la famille Opara, je murmure à Chika :

— On va assister au service, puis on expliquera à Elechi qu'on ne peut pas rester avec eux pour le repas.

Des chants émanent déjà de l'intérieur. L'entrée latérale nous conduit directement à l'avant du bâtiment, juste à côté du lutrin. Nous découvrons la congrégation, qui se joint au chœur dans une interprétation émouvante d'un chant religieux populaire, traduit en ikwerre. L'assemblée accueille les Opara avec des cris joyeux, des ululements et des embrassades. La musique croît en volume et en tempo, et même Amaka commence à se trémousser tandis que nous gagnons les sièges vers lesquels les Opara et nous sommes aiguillés sous le chant de « Nous chantons les louanges du Seigneur, Il règne ! ».

Les chants et les danses se poursuivent un moment mais, si fascinant que soit le spectacle, toutes mes pensées restent orientées vers Tamuno. Qui est-il ? Que dissimule-t-il ? Travaille-t-il pour quelqu'un d'autre ? Son changement de personnalité, la dernière fois que nous l'avons vu à Whyte Hall, était frappant. Est-ce que, comme Godwin, il est drogué ? Cache-t-il une addiction ? Ou une relation sexuelle avec Momoh ? Sans ça, comment aurait-il eu l'idée de glisser des photos licencieuses dans le téléphone de ce dernier ? Quel serait le motif de meurtre le plus évident : la possibilité d'être dénoncé comme homosexuel, ou une addiction à la drogue ?

— Nous servons Dieu notre Seigneur !

La voix tonitruante du pasteur me ramène à la réalité. Elechi se penche en arrière pour me chuchoter :

— C'est le pasteur qui a le plus d'ancienneté, Jeremiah Oriakpu. Il est très charismatique. Ma femme et moi, nous assistons à ses services du soir quand il n'y a pas de messe.

— Notre Dieu règne sur tout et sur toutes choses, déclare encore le pasteur Oriakpu.

Alors que la congrégation crie son assentiment en une rafale de « Alléluia » et de « Amen », je croise le regard de Folake. Nous sommes tous deux des anglicans non pratiquants mais de tradition conservatrice, aussi sommes-nous passablement gênés par ces démonstrations de piété exubérantes. Elle désigne Elechi du menton et je comprends qu'elle me rappelle pourquoi nous sommes ici.

Après plusieurs exhortations ponctuées d'autres cantiques, de grands mouvements dans l'assemblée qui se lève, se rassied, danse jusqu'à l'autel, fait des offrandes, agite des mouchoirs, vient un sermon assez long sur les bienfaits des actions de grâce. Le pasteur Oriakpu prend son temps pour en arriver à la raison de ce rassemblement.

Je consulte ma montre brisée mais encore en état de marche. Nous sommes ici depuis cinquante-deux minutes, et le service ne semble pas près de se terminer. Je sors discrètement mon téléphone et vérifie qu'Omereji n'a pas tenté de me contacter. Rien de neuf. Folake me donne un coup de pied et je range rapidement le portable.

— Aujourd'hui, nous sommes réunis pour un service particulier afin de remercier Dieu pour la vie de notre fille, Mercy Opara…

Enfin ! Je suis à deux doigts de lancer mon propre « Alléluia » et de me mettre à danser.

Le pasteur désigne les bancs où nous sommes assis avec la famille Opara. Il agite la main, faisant signe à ces derniers de le rejoindre à l'autel. Puis il se tourne vers le chœur.

— Entonnons un beau cantique de gratitude pendant que cette famille bénie s'avance.

Le chœur se lance dans un nouveau chant tonitruant, et Elechi nous invite d'un geste à nous avancer en même temps que sa famille. Je me tourne vers Chika, qui secoue la tête. J'insiste pour lui signaler qu'il serait incorrect de ne pas accompagner les Opara quand soudain…

Les hurlements retentissent une nanoseconde après que mes yeux ont vu la flèche filer par-dessus la tête d'Elechi pour se ficher dans la poitrine du pasteur. Quand je me retourne, plusieurs hommes en robe blanche sont en train de faire irruption dans l'assemblée, agitant des machettes, des arcs et des flèches.

Les fidèles s'enfuient de toutes parts en hurlant. J'attire Folake contre moi tandis que Chika se rue vers les Opara. Il atteint la famille en état de choc au moment où certains des intrus bondissent sur l'autel. Je cherche du regard l'issue la plus accessible ; l'entrée par laquelle nous sommes arrivés est bloquée par d'autres hommes en caftans et kufis blancs.

Chika prend les filles Opara dans ses bras et protège Mercy en serrant sa tête contre sa poitrine. Folake récite le nom de nos enfants comme une prière haletée sur mon torse, mais je vois qu'elle aussi cherche des yeux une sortie. Il n'y en a pas.

Mon regard file vers le pupitre : deux hommes se penchent pour prendre le pouls du pasteur. Une grosse tache de sang s'élargit à la base de la flèche encore fichée dans sa poitrine. Au milieu des cris et de la panique, les assaillants qui occupent le chœur se redressent au-dessus du pasteur, terriblement calmes. L'un d'eux crache sur le corps immobile – sans doute déjà sans vie, au vu des hochements de tête satisfaits qu'échangent ses assassins.

L'un d'eux brandit alors une arme à feu et tire en l'air. Folake se raidit dans mes bras ; malgré les débris de plafond qui leur tombent sur la tête, les hommes autour du pupitre semblent peu impressionnés.

— Écoutez, et écoutez bien ! beugle l'un d'eux.

Je reconnais alors le porte-parole des musulmans, qui avait exprimé leurs doléances devant le chef à la salle communale.

Un autre coup de feu claque sur le flanc de l'autel, et cette fois un quasi-silence s'abat sur l'église.

— Nous sommes venus pour le pasteur ! crie le porte-parole. Cet homme impie avait du sang sur les mains. Maintenant, partez et rentrez chez vous, parce que nous allons faire ici ce qui a été fait à notre propre lieu de culte ! Partez !

Comme s'ils avaient répété avant, les hommes qui bloquaient les sorties s'écartent et les paroissiens se ruent à l'extérieur. Chika emmène les Opara par l'entrée latérale, et je le suis avec Folake.

Nous courons vers nos voitures. Je m'assure que ma femme est en sécurité, sur la banquette arrière du Land Cruiser, puis fonce vers la voiture des Opara, dans laquelle Chika les aide à embarquer. Je me précipite vers Mercy.

— Mercy ! Est-ce que ça va ?

La jeune fille ne souffle mot mais acquiesce. Je l'examine avec attention. Même s'il y a de la peur dans ses yeux, elle ne semble pas sur le point de céder à une crise de nerfs.

— Suivez-moi. Je sais comment rentrer rapidement ! explique Elechi en démarrant.

Folake a recouvré son calme. Je bondis sur la banquette arrière et la serre fort dans mes bras, nos cœurs battant la chamade.

— Attention ! s'écrie Folake tandis que Chika appuie sur l'accélérateur, slalomant entre les piétons qui courent en tous sens.

Je jette un coup d'œil derrière nous et constate que les flammes envahissent déjà l'église.

— Qu'est-ce qui se passe ? lance Folake à la cantonade.

Chika se concentre sur la route ; il suit Elechi. Je répète en boucle :

— Ça va. Ça va. On va s'en sortir…

Chika ralentit soudain.

— Pourquoi s'arrête-t-on ? Qu'est-ce qui… ?

Je m'interromps brusquement en découvrant le chaos qui s'étend devant nous. Des gens hurlent et pointent quelque chose du doigt. Des passants ensanglantés errent au bord de la route. Les blessés sont aiguillés vers une résidence.

— La mosquée, devine Chika avec horreur. Je crois qu'une bombe a explosé dans la mosquée.

Devant nous, de la fumée monte du toit du bâtiment en question ; l'étoile et le croissant, bien que noircis par la suie, demeurent étrangement intacts.

Voilà ce que voulaient dire les assaillants de l'église. Quelqu'un s'en est pris à leur mosquée, et ils ont cru que c'était sur ordre du pasteur Oriakpu.

— Demi-tour ! Demi-tour ! Elechi fait demi-tour, suivez-le ! s'écrie Folake d'une voix dans laquelle perce un soupçon d'hystérie.

Je suis subitement submergé par la culpabilité. C'est à cause de moi qu'elle s'est retrouvée là. Je pense à nos enfants ; mon cœur manque un battement puis repart de plus belle, plus rapidement que jamais. On doit se sortir d'ici.

Chika exécute un demi-tour brusque et nous nous retrouvons de nouveau derrière Elechi, laissant dans notre sillage des gens couverts de suie, de poussière et de sang, et la fumée noire qui monte haut dans le ciel depuis le toit de la mosquée.

FEU RAGEUR

— Oh mon Dieu ! Oh mon Dieu ! répète en boucle Folake tandis que Chika fonce derrière la voiture des Opara, en direction de leur maison.

J'appelle rapidement Omereji.

« Alfurquran a posté un message dans lequel il prétend savoir qui est à l'origine des tensions à Okriki... »

Je n'oublierai pas de sitôt cette colère sur le visage des hommes qui se sont précipités dans l'église. Ce n'était pas une rage aveugle. Elle était spécifiquement dirigée vers ce pupitre, et vers l'homme qui se tenait derrière.

Le téléphone de l'inspecteur sonne occupé, quand il ne bascule pas directement sur sa messagerie.

— Envoie un texto, me conseille Folake.

Je commence à taper, mais reçois aussitôt un SMS d'Omereji. Je le lis à haute voix :

— « Peux pas répondre. En planque à Whyte Hall. » Chika hoche la tête en accélérant.

— Ça signifie qu'il a reçu la permission d'enquêter sur le campus...

461

La circulation est moins dense, ici. La voiture d'Elechi effectue un autre détour en s'engageant sur une route recouverte de gravier, et Chika l'imite aussitôt. Je me retourne et vois des gens qui se ruent, leurs enfants dans les bras, vers les maisons qui bordent la route.

Chika écrase l'accélérateur jusqu'à ce que nous arrivions chez les Opara, juste après ces derniers, encore sous le choc.

Elechi parle au téléphone en ikwerre tout en aidant Amaka à faire descendre une Mercy sonnée. Je fonce vers eux.

— Ça va, assure Mercy.

Je vois bien que non. Heureusement que les Opara étaient tournés vers la congrégation au moment de l'attaque : ainsi, Mercy n'a pas vu la flèche filer au-dessus de leurs têtes pour s'enfoncer droit dans la poitrine du pasteur.

— Je l'emmène à l'intérieur, nous informe Amaka tandis que les femmes qui cuisinaient au fond de la maison accourent à leur rencontre.

Toutes se mettent à converser rapidement en ikwerre tout en soulevant Mercy pour la porter dans la maison.

— Ils disent qu'on trouve en ligne des vidéos du pasteur Oriakpu appelant à éliminer les musulmans, m'explique rapidement Elechi. Après avoir vu cette vidéo, des gens ont jeté des cocktails Molotov dans la mosquée et les musulmans ont réagi. C'est pour ça qu'ils ont attaqué l'église. À présent, les chrétiens vont vouloir riposter… Il vaut mieux que vous restiez ici.

Le pasteur a été assassiné, pas seulement attaqué. Mais je n'insiste pas.

— On ne peut pas rester.

— Quoi ? s'étrangle Folake.

Je lui fais face.

— On doit aller sur le campus.

— Avec ce chaos ? réplique-t-elle en secouant la tête. Ça, non !

— Chérie, on n'a pas le choix. Tout est lié. Les Trois d'Okriki, Momoh, cette émeute... Je pense que Tamuno est au cœur de tous ces événements. Nous devons aller à l'université.

Folake secoue énergiquement la tête pour protester.

— Pour quoi faire ?

— Le trouver !

Chika court déjà vers la voiture.

— Je viens avec vous, annonce Folake comme si c'était entendu.

— Non.

Pas question que je lui fasse de nouveau traverser ce à quoi nous venons juste d'échapper.

— Tu plaisantes ? Je ne vais pas rester ici pendant que vous allez là-bas pour...

Je prends son visage dans mes mains.

— On a besoin de toi ici. De ton calme, de ta logique. Mercy risque de s'effondrer ; Elechi et sa femme ne sauront pas quoi faire. Je ne peux pas rester, mais toi si. S'il te plaît, chérie.

Je l'embrasse avant qu'elle ne puisse m'opposer un autre argument.

— Je reviens vite, promis.

— Tu as intérêt, sanglote-t-elle, les joues couvertes de larmes.

J'ai à peine le temps de me hisser dans le Land Cruiser que Chika exécute une marche arrière à toute vitesse. Je lance un dernier regard au visage baigné de larmes de Folake et me fais la promesse que ce ne sera pas la dernière vision que j'aurai de ma femme.

CHAOS

Le centre-ville a basculé dans la démence.

Chika manœuvre à travers une foule de gens qui brandissent des machettes en scandant des chants de guerre. Les jeunes martèlent le capot des voitures qui tentent de se frayer un chemin parmi eux. Je savais qu'Okriki n'était pas une si petite ville, mais je n'aurais jamais imaginé qu'elle compte tant d'habitants. Tous en colère.

Je me tourne vers Chika.

— Vous pensez que la route du poste de police sera moins encombrée ?

— On peut toujours essayer.

Je compose une nouvelle fois le numéro de l'inspecteur Omereji, en vain. Chika quitte la route, qui grouille de groupes furibonds, et suit un chemin à travers champs, le long des cours des maisons. Je m'accroche de mon mieux tandis que le Land Cruiser rebondit parmi les ornières.

Une fois devant le poste de police, nous nous précipitons à l'intérieur.

— Il n'y a personne !

Chika s'apprête à dire quelque chose lorsque mon téléphone sonne.

— On les tient ! clame l'inspecteur Omereji sitôt que j'ai décroché.

— Pourquoi « les » ?

— Ils étaient tous là. Ce sont eux, Philip ! Ils avaient tout manigancé.

— Qui, eux ?

— Amaso Dabara et des gosses du campus. On les tient. L'ordinateur portable, la drogue, on a tout trouvé ! On les a !

Je tente de maîtriser le flux de mes pensées, qui partent dans toutes les directions. Une foule bruyante est en train de s'avancer vers le poste de police, depuis la résidence de Madame la propriétaire. Elle vient donc de l'arrêt de bus du rond-point. Comme l'attroupement qui s'en est pris aux Trois d'Okriki. J'étouffe ma panique et essaie de me concentrer.

— Écoutez-moi, Mike, c'est très important. Est-ce que vous détenez un dénommé Tamuno ?

— Hé ! Lequel d'entre vous est Tamuno ? Toi, réponds !

Il revient à moi.

— Il n'y a pas de Tamuno ici.

— Où êtes-vous ?

— À Harcourt Whyte.

— Dans quelle chambre ?

— La 481.

Je comprends enfin et m'agrippe au bras de Chika. Mes jambes cèdent sous moi.

— C'est une diversion, Mike ! Vous devez rentrer. La ville a plus que jamais besoin de sa police. Quoi que

Tamuno ait planifié, c'est ici que ça se déroule. Hors du campus. Revenez vite !

Un cocktail Molotov s'envole et atterrit sur le toit en tôle rouillée du poste de police. Le feu se répand immédiatement tandis qu'une autre bombe artisanale frappe le flanc du bâtiment.

Nous nous élançons vers le Land Cruiser ; Chika passe une vitesse et démarre en trombe.

L'inspecteur Omereji est toujours en ligne.

— Philip ! crie-t-il. Qui est ce Tamuno ? Qu'est-ce qui se passe ?

— Revenez tout de suite ! C'est…

La vitre arrière du Land Cruiser éclate en mille morceaux.

— Oh, merde ! rugit Chika.

Il y a un cocktail Molotov dans la voiture. Et impossible de se faufiler à l'arrière pour le renvoyer dehors. J'essaie quand même, mais Chika tente de m'arrêter.

— Pas le temps ! Il faut sortir !

Une douleur terrible me vrille les côtes tandis que je me plie en deux pour atteindre la bombe. Chika roule à tombeau ouvert, et un brusque changement de direction me propulse sur le côté, réduisant à néant mes efforts.

— Il faut sauter ! aboie Chika.

Il ouvre sa portière sans même ralentir la voiture, qui roule à toute allure sur la route où Winston, Bona et Kevin ont été battus et conduits à la mort. L'endroit où nous-mêmes avons failli y passer. Cette pensée me redonne des forces. J'ouvre à mon tour ma portière. Tandis que la route file sous moi, la foule diminue.

— Sautez ! m'ordonne cette fois Chika.

Je ferme les yeux et roule sur la terre dure. La douleur qui explose dans ma cage thoracique inonde mes paupières d'une lumière vive et brûlante. Dans un cri, je rouvre les yeux juste à temps pour voir le Land Cruiser exploser devant nous.

DERNIER SOUPER

— *J'ai une surprise pour toi. De notre part à tous,* chuchote le père Ambrose dans la cuisine.

John Paul sourit et lui demande de quoi il s'agit.

Le père sourit à son tour.

— *C'est un secret. Ça fait quelque temps qu'on y travaille.*

John Paul attend jusqu'à ce que le père emporte le panier rempli de miches de pain vers le réfectoire, puis se remet au travail. Il tire des sachets de comprimés de sous sa soutane. Puis il se rend à la porte de la cuisine et scrute le réfectoire. Les prêtres affluent tout en bavardant, cependant que le père Ambrose dispose le pain sur les tables.

John Paul fait volte-face, se rend à la marmite et y vide les comprimés de neurotoxines. Il les a testés sur Godwin, il est sûr de leur efficacité.

Il attrape ensuite deux vieilles serviettes et se les enroule autour des mains pour soulever la marmite brûlante. Elle est lourde, mais il la porte aussi aisément que ces onze dernières années. Certains des moines le saluent de la main et il leur rend un sourire.

Est-ce qu'ils savent que maman est morte ? Est-ce pour cela qu'ils se montrent si aimables ?

Visiblement, personne n'est au courant du chaos qui a éclaté en ville. Les victimes des émeutes, les blessés et les mourants, ne tarderont pas à converger vers le monastère, en quête de secours.

John Paul retourne dans la cuisine d'un pas vif. Il verse rapidement les derniers comprimés de poison dans les cruches d'eau ; il a soigneusement dosé pour que ce soit indétectable au goût.

Avec un couteau de cuisine, il perce adroitement le tuyau en caoutchouc de la vieille cuisinière, avant de poser sur la flamme une marmite d'eau. Si le père Ambrose revient, il pensera que quelqu'un a mis de l'eau à bouillir et ne fermera pas le gaz.

John Paul inspecte encore le tuyau. La fuite est trop importante. Il n'y a pas assez de gaz pour alimenter la flamme. Elle vacille sous la marmite. Il aurait dû y penser.

Il se rend dans le garde-manger et récupère un rouleau de cellophane, avec lequel il colmate la plupart des trous qu'il a pratiqués. Sous la marmite, la flamme se stabilise.

Satisfait, il tourne ensuite la manette de la bonbonne de gaz dans le sens inverse des aiguilles d'une montre. À présent, il doit calculer combien de temps il faudra pour que le gaz remplisse la cuisine. Ses estimations précédentes étaient basées sur les fuites du tuyau et non sur celles de la manette, qui sont plus importantes. Il doit se dépêcher.

Il pose les cruches d'eau empoisonnée sur le vieux chariot dont se sert le père Ambrose pour apporter la

nourriture dans le réfectoire. Huit cruches, huit tables.
Il pousse le chariot et s'arrête net en voyant le père
Olayiwola et un autre moine déposer un gâteau sur la
plus grande des tables.

Soudain, la pièce retentit de cris de joie et d'applau-
dissements. Les moines viennent l'étreindre l'un après
l'autre, lui taper dans le dos, le féliciter. Ils l'entraînent
vers le gâteau et il découvre les mots tracés par le
glaçage.

— Félicitations à notre avocat ! s'exclament-ils tous.
Depuis l'ombre, je leur réponds :
— Non ! Ne soyez pas si gentils ! Pas aujourd'hui !
Ils prient pour John Paul, qu'ils prennent pour moi.
Ils applaudissent et chantent pendant que ce dernier
sourit, impatient que les autres commencent à manger.
Il observe le père Ambrose pousser le chariot et suit
du regard le vieux moine tandis qu'il pose une cruche
sur chacune des tables.

Les autres incitent John Paul à prononcer un dis-
cours, mais il feint d'être timide et bafouille quelques
remerciements. Malgré l'air d'humble satisfaction qu'il
affiche, je vois qu'il compte mentalement les moines
présents dans le réfectoire. Cette petite fête implique
qu'ils sont tous là. Les quarante-sept. Il n'en reste
aucun dans la salle de prière, dans le dispensaire ou
dans la chapelle. Ils sont vraiment tous là.

Je les considère depuis l'ombre tandis qu'ils com-
mencent à boire et à manger, à échanger des anecdotes
sur mes frasques des années passées. Ils se moquent
gentiment de moi et, quand John Paul fait semblant de
s'esclaffer, ils rient aussi.

C'est ce que je désire. La joie. La rédemption. L'amour. Je les désire depuis si longtemps.

Même depuis l'ombre, je jurerais entendre le sifflement de la bonbonne de gaz, dans la cuisine. Je contemple les moines, qui boivent de l'eau empoisonnée et mangent de la nourriture corrompue. Bientôt, ils se mettront à vomir, et une inévitable paralysie les empêchera d'échapper à l'incendie.

Soudain me frappe l'idée que c'est là le seul foyer que j'aie jamais connu. Que je connaîtrai jamais.

Je pense à maman. Disparue pour toujours. Une partie de moi aurait voulu passer plus de temps avec elle. L'entendre rire et m'appeler son cadeau de Dieu. Son Tamunotonye.

Ma mère.

John Paul l'a tuée.

J'ai tué ma mère.

John Paul est en moi. Je suis John Paul.

Voilà la vérité à laquelle je dois faire face.

Je ferme les yeux dans l'ombre et laisse les rires des moines m'attirer vers la lumière.

John Paul s'interrompt tandis qu'il coupe une part de gâteau. Il me voit approcher. Mais il ne peut pas m'arrêter. La joie des prêtres rend tout plus brillant, jusqu'à ce que je puisse enfin toucher la lumière. Je vois les doigts de John Paul trembler en portant le gâteau à ses lèvres.

Mais c'est moi qui porte la main à la cruche.

SUITES

Laissant l'épave fumante du Land Cruiser derrière nous, Chika et moi nous sommes jetés dans les buissons avant de nous frayer un chemin pour revenir à la maison des Opara, en essayant d'échapper au chaos qui régnait sur les voies principales.

Là, nous avons attendu, écoutant le déchaînement de la violence, blottis dans le salon, tous abattus et effrayés – mes douleurs atténuées par les médicaments que Folake avait pris dans son sac à main. Mercy était sous sédatif, endormie dans sa chambre et heureusement inconsciente de la peur et de l'agitation qui s'emparaient de toute la ville.

L'explosion que nous avons entendue au loin, à l'autre bout d'Okriki, était – nous l'avons appris plus tard – celle du monastère de l'ordre anargyre de Saint-Côme et Saint-Damien. Cela n'a fait qu'ajouter à la confusion. Les musulmans s'en seraient-ils aussi pris au monastère ?

Lorsque des hélicoptères sont passés au-dessus de nous et que nous avons entendu plusieurs sirènes au loin, j'ai appelé Omereji, qui a confirmé que l'État réclamait l'aide du gouvernement fédéral. Des policiers militaires lourdement armés sont alors arrivés à Okriki. Mais il a encore fallu du temps avant qu'on ne comprenne d'où était provenue l'explosion, et pour que des secours soient envoyés aux moines.

Il n'y a eu aucun survivant. Les yeux d'Omereji étaient rouges d'épuisement et d'une profonde tristesse tandis qu'il relayait ce que la police, les pompiers et les volontaires avaient vu dans le monastère.

— Vous pensez que c'est ce garçon le coupable ? ai-je demandé à Omereji pendant qu'il nous ramenait à PH, Chika, Folake et moi.

— Nous partons du principe que oui.

— Les émeutes étaient donc une sorte de diversion pour empêcher qu'on envoie de l'aide au monastère ? s'est étonnée Folake depuis la banquette arrière, à côté d'un Chika silencieux et gêné.

— Encore une fois, on ne sait pas. On ne peut qu'imaginer qu'il avait tout prévu depuis le début. Pourquoi a-t-il fait ça, mystère…, a soupiré Omereji. À moins qu'on n'arrive à le retrouver et qu'il nous explique tout, nous en sommes réduits aux suppositions.

Je devine déjà qu'il n'aura pas de répit tant qu'il n'aura pas mis la main sur Tamuno Princewill pour le faire répondre de ses horribles crimes.

Nous avions d'autres questions à lui poser, mais Omereji était aussi abattu que préoccupé. C'est donc dans un silence pensif que nous sommes retournés à l'hôtel.

Plusieurs jours se sont écoulés, à présent, et même si Folake et moi avons hâte de retourner à notre vie à Lagos, ma femme comprend très bien que je dois aller jusqu'au bout. Elle a préféré ne pas nous accompagner, Chika et moi, au poste de police de PH. Elle fait sûrement les cent pas dans la chambre, inquiète et agitée. C'est peut-être la conséquence la plus horrible de ce déchaînement inattendu de violence : la crainte morbide que tout cela ne puisse se reproduire. À n'importe quel moment, n'importe où.

Le poste de police d'Okriki ne pouvait abriter toutes les personnes qui avaient été arrêtées durant les émeutes ; chrétiens comme musulmans, presque tous ceux dont on soupçonne l'implication ont donc été expédiés au QG de la police de PH. Amaso Dabara, ses hommes de main et quatre étudiants de premier cycle de l'université d'État ont également été transférés ici. C'est pourquoi Chika et moi sommes à présent en train d'assister au cinquième interrogatoire en deux jours du caïd de la drogue, depuis son arrestation dans la chambre 481 du Harcourt Whyte Hall.

— J'ai été manipulé ! On s'est tous fait manipuler, se plaint l'homme maigrichon.

— Tu l'as déjà dit, mais les preuves indiquent tout le contraire, lance Mike Omereji à Amaso d'un ton plein de dédain.

— Quelles preuves ? râle Amaso.

— Celles qu'on a trouvées en fouillant ta maison à Gavana. Tout prouve que c'est toi qui as orchestré les violences à Okriki.

— C'est pas vrai ! Demandez à n'importe qui. Même à vos collègues flics ! Amaso vend de la drogue, c'est tout. Je fais pas de politique. Pas de religion.

— La liste de tes transactions, les coups de fil que tu as passés à tes fournisseurs ne laissent pas imaginer un avenir radieux pour toi.

Amaso scrute l'inspecteur Omereji avec des yeux injectés de sang, et je remarque que ses mains tremblent et que son nez coule. Passer quarante-huit heures en cellule ne réussit pas à un drogué. Je ne doute pas qu'il craque bientôt, mais je ne suis pas sûr qu'il révélera la moindre information expliquant comment Tamuno Princewill a réussi à se jouer de tout le monde et à disparaître. Comme nous tous, je suppose qu'il l'ignore.

— Je vous l'ai déjà dit. C'est à cause de ce gamin. Tamuno. Il a tout manigancé.

Et Amaso déroule son récit une fois de plus : il a approché Tamuno quand celui-ci était en première année, et l'a recruté.

— Ce gamin, c'est le diable ! Il m'a piégé. C'est lui qui m'a donné le disque dur et les téléphones. Il m'a dit que j'y trouverais le nom de ses distributeurs. Ensuite, il a organisé une rencontre avec ses acheteurs, il m'a fait venir et il a disparu...

— Ça ne tient pas debout, Amaso, riposte Omereji. Pourquoi se serait-il donné tout ce mal pour te piéger ? L'ordinateur portable de la chambre 481 est celui qui a été utilisé pour poster les messages qui ont provoqué les émeutes à Okriki. L'un des téléphones qu'on a trouvés dans cette chambre appartenait à l'un des Trois d'Okriki. Et pourtant, tu dis que tu ne sais pas comment tout ça a fini dans cette pièce, à laquelle tu avais visiblement accès ? Tu n'as pas l'impression de nous prendre pour des imbéciles ?

— Je vous dis la vérité ! Je voulais passer un accord avec ce Godwin, mais on s'est rendu compte qu'il ouvrait trop sa gueule. Tamuno m'a dit qu'il s'en chargerait. Je vous ai déjà raconté tout ça !

Je me détourne du miroir sans tain pour faire part de mes impressions à Chika :

— Il n'en sait pas plus.

— Vous en êtes sûr ?

— C'est un drogué en manque. Bientôt, il va se mettre à pleurer et avouera n'importe quoi pour avoir sa dose. Tout ce qu'il dira à partir de maintenant sera a priori inutile. Ce sera tout ce qu'Omereji veut entendre.

— Alors ça ne sert à rien qu'on soit venus ?

— Oh, si. Laissons Omereji terminer, puis nous lui demanderons d'accéder aux fichiers du disque dur qu'Amaso prétend avoir reçu de Tamuno.

— Vous avez entendu ce qu'il a dit ? ajoute Chika sans quitter le miroir des yeux. À propos du téléphone qui appartenait à l'une des victimes ?

— Si c'est vrai et que c'est le cas, alors, mon ami, nous allons pouvoir annoncer officiellement que nous avons résolu le mystère des Trois d'Okriki.

EN ARRIVER AU POURQUOI

Emeka refusant de remettre les pieds à Okriki, nous le retrouvons à la maison d'hôtes de la National Bank, à PH. Je suis soulagé qu'Omereji ait accepté de nous accompagner.

— C'est le moins que je puisse faire, m'a signifié l'inspecteur quand je l'ai appelé.

Je venais de finir mon rapport pour Emeka et je souhaitais que Mike soit présent lors du rendez-vous.

Quand Chika et moi arrivons à la maison d'hôtes, je suis impressionné de voir qu'Omereji nous attend déjà, dans son uniforme de police. Nous échangeons des salutations, et mon respect pour l'officier grimpe en flèche quand il serre la main de Chika comme s'il n'y avait jamais eu la moindre animosité entre eux.

C'est le chauffeur d'Emeka qui nous accueille et nous conduit au salon.

Emeka n'est pas rasé, mais il a meilleure mine que la dernière fois que je l'ai vu. Il nous salue et nous invite à nous asseoir.

— Avant de commencer, monsieur, déclare Omereji, je tiens à vous adresser formellement, au nom des habitants d'Okriki, nos plus sincères condoléances pour la disparition de votre fils.

Emeka le dévisage, ne sachant comment réagir à ce message inattendu.

— Je vous assure, monsieur, qu'à la lumière de ce que le Dr Taiwo et son collègue ont découvert, je ferai tout ce qui est en mon pouvoir pour rouvrir l'enquête et traduire en justice les coupables.

— Votre père ne vous laissera jamais faire, réplique Emeka d'un ton amer.

— Mon père est âgé et, parfois, son jugement est défaillant. Les événements des derniers jours lui ont montré que la seule manière de protéger son peuple est de veiller à ce que les actes qui menacent la paix et la prospérité d'Okriki ne restent pas impunis. Je vous promets, monsieur, que justice sera faite.

S'ensuit un silence gêné et je regarde Omereji, les sourcils froncés en une question muette. Il hoche la tête pour m'intimer de parler et je m'éclaircis la gorge. Ce qui suit ne sera pas facile.

— Emeka, nous pouvons confirmer que Kevin ne faisait pas partie d'une secte ou d'un gang qui avait l'intention de dévaliser Godwin Emefele.

Le visage d'Emeka s'anime, et mon cœur se serre en voyant l'espoir qui illumine ses yeux las.

— La police a récemment retrouvé le téléphone de Kevin, et l'examen des messages qu'il contenait a clairement indiqué que votre fils avait accidentellement découvert le trafic de drogue auquel se livrait l'un de ses camarades.

— Comment ?

— Monsieur, intervient Mike Omereji, il semblerait qu'un ami de Kevin, Momoh Kadiri, avait appris que Tamuno Princewill vendait de la drogue sur le campus. Nous pensons que Tamuno a piégé Momoh, pour l'empêcher de parler, en lui envoyant des images pornographiques, afin de faire croire que Momoh était homosexuel. Puis il a prévenu la police, qui a arrêté ce dernier à cause de ces images. Quand Momoh est mort au poste, Kevin a soupçonné quelque chose de louche et a lancé une campagne pour faire la lumière sur son décès.

Les traits d'Emeka me rappellent l'expression qu'arborait Folake quand nous avons passé en revue les nombreux dossiers présents sur l'ordinateur portable identifié comme celui de Tamuno, et les messages sur le téléphone de Kevin. J'ajoute rapidement :

— Il reste encore de nombreuses zones d'ombre, d'autant que nous n'avons pas retrouvé Tamuno. Mais d'après ce que nous savons à ce stade, il semblerait que Kevin a enquêté de son côté et a fait le lien entre l'arrestation de Momoh et de Godwin Emefele, lequel achetait de la drogue auprès de Tamuno – à la fois pour la revendre et pour sa consommation personnelle. On ne peut pas être sûrs que l'inhalateur de Momoh ait été volé au moment de son arrestation, mais il a eu une crise d'asthme durant sa garde à vue. C'est ainsi que Kevin a relié sa mort aux dealers du campus.

— Et c'est tout ? Kevin a été tué parce qu'il a découvert qu'on vendait de la drogue sur le campus ?

— Il menaçait de dénoncer Godwin et Tamuno s'ils n'avouaient pas leur rôle dans la mort de Momoh, dis-je, navré.

— Pourquoi n'est-il pas venu me voir ? se lamente Emeka. Je lui aurais conseillé de laisser tomber.

— Peut-être parce qu'il se doutait que vous lui diriez ça…

Je lui ai répondu avec autant de ménagement que possible, mais Emeka rentre la tête dans les épaules et j'ai peur qu'il ne craque encore. Au bout de quelques instants, il relève pourtant le menton et fixe Chika, Omereji et moi avec détermination.

— Comment a-t-il fait ? Ce Tamuno, comment a-t-il fait tuer mon fils ?

Chika et l'inspecteur me lancent un regard. C'est à moi de lui répondre.

— Nous pensons qu'il a convaincu Godwin de faire venir chez lui, hors du campus, deux de ses clients qui n'avaient pas payé leurs dettes.

— Bona et Winston ?

— Oui, exactement. Godwin a réussi à les persuader de venir le voir dans sa chambre, afin de se ravitailler et de négocier le remboursement de leurs dettes. D'après des messages détaillés échangés avec Tamuno, qu'on a retrouvés sur l'ordinateur récupéré dans sa chambre, il semblerait que Tamuno ait suggéré à Godwin d'obliger Bona et Winston à le rembourser sous la menace d'une arme.

— Les coups de feu qui ont été entendus ? s'enquiert Emeka en se tournant vers Chika.

— Nous pensons que c'est Godwin qui a tiré sur Bona et Winston, confirme Chika.

— Mais comment Kevin s'est-il retrouvé là-bas ? enchaîne Emeka, incrédule.

— Tamuno lui avait aussi donné rendez-vous. D'après les messages de Kevin, Tamuno l'aurait invité à venir discuter pour régler leur différend.

— Et ce Tamuno était si calculateur qu'il a pu prévoir ce qui se passerait avec les voisins à cause d'un simple vol ? poursuit Emeka avec une stupéfaction bien compréhensible.

— J'ai constaté moi-même à quel point il est aisé de manipuler les gens, Emeka, fais-je avec tristesse. Il suffit d'observer attentivement les tendances et les comportements ; après quoi, il est assez facile de leur faire faire ce que vous voulez. En particulier quand ils sont en groupe.

— J'ai honte de l'admettre, monsieur, intervient solennellement l'inspecteur Omereji, mais le Dr Taiwo a raison. Par le passé, les gens d'Okriki ont subi plusieurs vols qu'on a reprochés à des étudiants de l'université. Les jeunes gens sans emploi qui ne peuvent pas s'inscrire à l'université nourrissent aussi une grande rancœur envers les étudiants. Tamuno en était certainement conscient, et il s'en est servi à des fins diaboliques. Mes concitoyens se sont laissé avoir…

Sa voix faiblit tandis qu'il secoue tristement la tête.

— Alors Kevin était la véritable cible ? Bona et Winston étaient quoi ? Des victimes collatérales ?

Ce n'est pas le moment de parler à Emeka de la vidéo perturbante que nous avons trouvée sur le disque dur de la chambre 481. L'horreur des derniers instants de Kevin n'est égalée que par l'agonie de Godwin Emefele, hoquetant, luttant pour trouver de l'air avant de mourir. Il n'est pas davantage pertinent de lui parler de nos soupçons concernant l'implication de Tamuno dans les troubles qui ont agité Okriki. Nous avons encore du mal à accepter l'ampleur de ses machinations et, pour l'instant, mieux vaut nous en tenir à la raison pour laquelle Emeka m'a initialement recruté.

— Ce garçon, ce Tamuno, vous dites…, reprend Emeka avec la même perplexité que nous. Où est-il ? Où est ce monstre ?

Aucun de nous n'est en mesure de lui répondre.

CHEZ NOUS

Folake vient de monter dans le jet privé d'Emeka Nwamadi et je me retrouve seul avec Omereji dans cette zone de l'aérodrome où les riches et les puissants échappent au périple des citoyens ordinaires qui n'ont d'autre choix que de passer par l'aéroport de Port Harcourt. Les événements des derniers jours pèsent de tout leur poids et nous ont tous deux marqués. Je partage mes interrogations avec Omereji :

— Vous pensez qu'il s'en est sorti ?

— Il est introuvable. On en est encore à identifier les corps du monastère, mais on ne peut pas être sûrs qu'il soit là-bas.

— Peu importe. Il y aura toujours un Tamuno quelque part. On le voit partout. Politiciens. Hommes d'affaires. Tous ceux qui se nourrissent de la peur que nous éprouvons les uns envers les autres pour leurs propres intérêts.

— C'est effrayant, admet Omereji d'un ton affligé, et c'est vrai. Mais ce qui me terrifie le plus, c'est la facilité avec laquelle les gens se font manipuler.

Il secoue la tête comme pour chasser une vision d'épouvante.

— Et on ne comprend toujours pas pourquoi il a lancé ces histoires sur les réseaux sociaux…

Je hausse les épaules.

— Qui peut savoir, avec les individus de cette sorte ? Lorsqu'ils réussissent d'emblée, ils persévèrent et s'enhardissent, imaginent des actions de plus grande envergure. Il était très narcissique ; il voulait qu'on sache ce qu'il avait fait, et qu'il s'en était sorti. En témoignent les preuves qu'il a laissées dans sa chambre. Il percevait probablement l'univers comme une sorte d'expérience sociologique, un laboratoire plein de souris dont il était le maître. Je suis sûr que sa campagne sur Internet était sa dernière démonstration de force, pour se prouver à lui-même de quoi il était capable.

À ces mots, l'inspecteur Omereji s'offusque.

— J'ai honte de mon peuple…

— Avant toute chose, ils sont humains. Faciles à manipuler. Prompts à agir sans réfléchir. Vous seriez surpris de savoir à quel point c'est fréquent.

Omereji soupire et je vois que le pilote de l'avion nous fait signe. Il est temps.

— Restons en contact, me propose Omereji en me serrant la main.

Alors que je monte dans le jet, mon téléphone bipe. C'est un message de mon père.

Emeka m'a appelé. Il m'a dit tout ce que tu as fait. Je suis très fier de toi, fils. Merci et rentre bien.

Je prends une profonde inspiration, savourant la joie que me procure l'approbation paternelle. Oui, j'ai fait ce qu'il fallait.

Je rejoins mes compagnons de vol. J'adresse un signe de la main à Chika, installé au fond, et m'assieds à côté de Folake.

— Eh bien, docteur Taiwo, la prochaine fois qu'on vous proposera de rédiger un compte rendu, rappelez-moi de m'y opposer...

Elle esquisse des guillemets dans l'air autour du mot « compte rendu ».

Je ris et m'abstiens de lui rappeler qu'elle s'y est bel et bien opposée. J'aperçois Salomé par le hublot, au côté d'Omereji. Tous deux me font signe.

— Mesdames et messieurs, bienvenue à bord de ce vol privé vers Lagos...

Je souris. Elle est finalement venue me dire au revoir, mais garde peut-être ses distances par respect pour Folake. Ou alors elle a employé son cousin comme « garçon de queue » et est arrivée au dernier moment. Ça lui ressemblerait bien.

Je lui rends son salut alors que l'avion s'ébranle doucement sur la piste.

— ... la durée du vol sera d'environ cinquante-cinq minutes...

L'atmosphère change quand Folake voit à qui je fais signe. Elle s'emploie alors à lire avec beaucoup d'intérêt les instructions de sécurité qui défilent sur l'écran.

Nous sommes partis depuis quinze minutes lorsque je lui donne un léger coup de coude. Elle se tourne vers moi.

— Je l'aime bien. Elle a l'esprit vif et le cœur à la bonne place.

— Et elle est diablement jolie, rétorque Folake.

— Pas autant que toi.

Elle renifle et détourne la tête. Je tends la main et fais glisser un doigt le long de sa mâchoire.

— Pas autant que toi, je te le répète. Tu es totalement unique. Et crois-moi si je te dis qu'il ne s'est rien passé avec Salomé.

— Je sais, réplique-t-elle d'un ton hautain.

— Comment ?

— Parce que je suis ici, avec toi. Et en dépit de tout ce que tu croyais avoir découvert, tu es ici avec moi. Ça doit être ça, l'amour.

J'éclate de rire et elle en fait autant. Nous jetons un coup d'œil derrière nous pour constater que Chika s'est endormi, oubliant notre présence. Nous nous penchons plus près l'un de l'autre.

— Tu as raison, dis-je. Ça doit être ça, l'amour.

Elle glousse, d'un rire léger et joyeux. Je prends une inspiration et la serre dans mes bras.

Nous restons comme ça durant tout le trajet jusqu'à Lagos.

Chez nous.

REMERCIEMENTS

La vidéo virale du meurtre de quatre étudiants de l'université de Port Harcourt, lynchés et brûlés vifs, me hante encore à ce jour. L'assassinat d'Ugonna Obuzor, Toku Lloyd, Chiadika Biringa et Tekena Elkanah a inspiré ce livre. Je leur rends hommage, ainsi qu'aux autres victimes de justice expéditive de par le monde. J'espère que ce roman pourra contribuer à un débat profond sur les occurrences et la prévention des crimes violents commis par les foules.

L'écrire s'est révélé être une sorte d'exorcisme. Je remercie mon tuteur, William Ryan, d'avoir compris ça, de m'avoir poussé à raconter cette histoire que j'avais en moi et, dans la foulée, d'avoir restauré mon amour pour mon pays natal.

Merci à Sodienye Kurubo pour ses discussions nocturnes, ses conseils légaux, ses recherches si bien organisées, une visite mémorable de Port Harcourt et ses surprenantes analyses. Je reviendrai.

Mes camarades de classe à l'UEA se sont révélés un soutien et des guides précieux. Merci à Dimitris Akrivos, Nicole Valentine, Peter Selby, Roe Lane,

Louise Sharland, Mark Wightman, Denise Beardon, Freya Fowles, Amanda Rigali, Natalie Marlow et Niamh O'Connor. Bob Jones a transformé mes voyages occasionnels au Royaume-Uni en merveilleux moments d'amitié et de conseils. Matthew Willis, grâce à ses critiques franches, ses corrections motivées et ses longues conversations, est devenu un vrai frère. J'éprouve aussi une immense gratitude envers Henry Sutton, Laura Joyce et Tom Benn, qui, au-delà de leur rôle de professeurs, ont mis en place un véritable réseau de soutien que je chéris encore à ce jour. Merci, Ed Wood et Lucy Dauman du comité Little, Brown/UEA Crime Fiction Award. Harriet Tyce m'a ouvert son cœur et sa maison, et j'ai trouvé en elle une championne bien avant de comprendre que j'en avais besoin. Je lui suis reconnaissant.

Harry Illingworth est mon chevalier, mon guide, mon ami et agent. Merci à lui et à toute l'équipe de l'agence DHH pour avoir cru en moi et en mon livre. Salut au duo dynamique composé de Jemma McDonagh et Camilla Ferrier, de l'agence Marsh. En ce qui concerne ma représentation, de fait : *Non, je ne regrette rien*[1].

Alison Hennessey est la *Kapellmeister* de ce livre. Elle y a entendu des notes que j'ignorais s'y trouver, a discerné des connexions qui m'avaient échappé, et a implacablement visé une interprétation tout en nuances. Elle a donné à ce livre beaucoup d'amour, et lui a offert un foyer chez Raven Books. J'ai beaucoup appris, contre vents et marées, mais je suis infiniment heureux de ce qu'elle nous a aidés à devenir,

---

1. En français dans le texte.

ce roman et moi. Un grand merci à Sara Helen Binney, Lilidh Kendrick, Emilie Chambeyron, Amy Donegan et Jonathan Leech pour m'avoir tenu la main à travers ces épreuves. Merci, Emma Ewbank, pour la superbe couverture, à Lin Vasey, dont les brillantes corrections ont arrondi les angles, à Sarah Bance, ma relectrice aux yeux d'aigle, ainsi qu'à toute l'équipe commerciale de Bloomsbury UK pour avoir protégé mes arrières.

Quand ça ne va pas fort, je ressors la lettre que Josh Kendall m'a écrite juste avant d'acquérir les droits de vente de ce livre aux États-Unis. Ses mots m'ont inspiré et m'inspirent encore. J'ai l'honneur de l'avoir pour éditeur et j'ai le privilège de bénéficier de l'enthousiasme d'Alexandra Hoopes, Sareena Kamath, Pamela Brown, Alyssa Persons, Bruce Nichols, Judy Clain ainsi que de toute l'équipe commerciale de Little, Brown/Mulholland Books. Merci.

Ade Fakoya, Femi Olawoyin, Anita Verna Crofts, Kehinde Bademosi, Pearl Osibu, Fabian Lojede, Unoma Azuah, Leye Adenle, Tsitsi Dangarembga, Jessica Ann Wheeler, Yinka Adeleke, Idiare Atimomo, Chika Olejeme, Tom Alweendo, Berlindi Van Eck, Bosede Ogunlana, Selma Neumbo et l'inimitable Esosa Omo-Usoh ont été les premiers lecteurs qui m'ont enjoint de ne pas baisser les bras au moment où j'en avais le plus besoin. Abius Akwaake m'a tiré vers le haut et m'a lancé de nouveaux défis tout en s'occupant de toutes les choses que je n'avais pas le temps ou la force de faire. Matthias Langheld m'a offert du temps, de l'espace et de l'amitié. Mon équipe d'Adforce Advertising m'a encouragé et a pardonné mes longues absences. Je vous apprécie tous.

Chiedozie Dike. Tu mérites ton propre paragraphe. Merci d'avoir brillé à chaque étape du chemin. Je te rendrai la pareille, promis.

Merci à mes parents, qui ont encouragé mon amour des mots et m'ont offert une sœur, Bose ; ma guerrière en prière, pom-pom girl et fan numéro 1 depuis le premier jour.

Je voue une éternelle gratitude à ma meilleure amie, qui est ma femme, Nneka, et aux deux merveilleux êtres humains que nous avons la chance de pouvoir appeler nos fils, Simi et Tomi. Merci d'avoir tenu à l'écart de notre maison le cauchemar qui a inspiré ce livre.

Plus que tout, merci à Dieu, qui m'a offert tout cela et plus encore.

Cet ouvrage a été composé et mis en page
par Facompo, à Lisieux

Imprimé en France par
CPI Bussière
en septembre 2023
N° d'impression : 2073452

Pocket – 92 avenue de France, 75013 PARIS

S33296/01